汉江书

HANJIANGSHU

冰客 著

云南出版集团
云南人民出版社

图书在版编目（CIP）数据

汉江书 / 冰客著. -- 昆明：云南人民出版社，2023.11

ISBN 978-7-222-22065-2

Ⅰ.①汉…　Ⅱ.①冰…　Ⅲ.①散文集-中国-当代　Ⅳ.①I267

中国国家版本馆 CIP 数据核字（2023）第 173060 号

责任编辑：马跃武
责任校对：肖　薇
装帧设计：蓓蕾文化
责任印制：窦雪松

汉 江 书
HANJIANG SHU

冰　客 著

出版	云南出版集团　云南人民出版社
发行	云南人民出版社
社址	昆明市环城西路 609 号
邮编	650034
网址	www.ynpph.com.cn
E-mail	ynrms@sina.com
开本	720mm×1010mm　1/16
印张	21
字数	356 千
版次	2023 年 11 月第 1 版第 1 次印刷
印刷	成都新恒川印务有限公司
书号	ISBN 978-7-222-22065-2
定价	78.00 元

如有图书质量及相关问题请与我社联系
印制科电话：0871-64191534

云南人民出版社微信公众号

作者以诗性的语言和思维，以优美的文字，创作的一部对故乡、对乡村、对童年的怀念，对亲情友情的书写，对岁月时光的感怀，对人生生活的感悟，对行走旅途的所思所忆，以及对生育他的汉江充满的思考，讴歌祖国大好河山的一部散文结集。

目录 CONTENTS

第一辑　行走记

003 / 水墨樱桃沟
005 / 一湖烟波任畅想
009 / 半岛村庄大树垭
013 / 雨行仙山武当
019 / 大山之魂迷魂嶂
024 / 如梦似幻峡江行
027 / 云盖寺探秘
033 / 壮美九龙瀑
036 / 雨游古隆中
039 / 秋醉五龙河
041 / 别有洞天鸡冠洞
043 / 水乡竹韵重渡沟
045 / 古道景阳，桐花满川
050 / 到小太平洋去看"海"
052 / 千古战场韩家洲
054 / 伏龙观与镇江剑
056 / 笙歌悠悠醉南湖
059 / 森林中的城堡红岩背
064 / 酒乡寻白泉
066 / 韩信埋母传千秋
068 / 都市里的寺庙悬鼓观
071 / 春游六郎
073 / 旖旎秀美伍子胥堰
076 / 桂林印象
079 / 天马书崖传神奇
082 / 汉江明珠浴朝阳
084 / 镇江塔遗址访古
086 / 山崖挂榜留畅想
089 / 镇关守隘梨花寨
091 / 樱花桃海樱桃沟
095 / 奇山秀水在大川
097 / 人间仙境桃花湖
100 / 游虎啸滩
102 / 大连风光
105 / 北方风情
107 / 在西峰枕一川乡愁入梦
114 / 幸福之水天上来

第二辑　故乡忆

125 / 怀念乡村春节

127 / 故乡行

129 / 故乡的井

131 / 故乡的冬天

133 / 春回故乡

135 / 梦回故乡

137 / 故乡村支书

140 / 我与郧阳

143 / 古麋情缘

146 / 泪别故乡

149 / 愧对上宴

151 / 郧阳酸菜

153 / 难忘故乡的红薯

155 / 月数故乡明

157 / 圆圆月饼寄乡愁

159 / 遥远的故乡

161 / 老　屋

163 / 难忘乡邻

165 / 走过老街

167 / 腊月的街市

第三辑　亲情书

171 / 好酒为我壮行色

174 / 布鞋的记忆

177 / 父亲和船

181 / 父亲走了

184 / 有关母亲的一次记忆

186 / 父爱的目光

188 / 岳母勤劳俭朴的品质滋养我一生

190 / 父爱如山

192 / 哥哥的期盼

194 / 妻子的担忧

196 / 敬佩妻子

198 / 儿子的伤害

200 / 秉承友善传承书香

第四辑　岁月想

205 / 梦回那年《山道弯弯》
210 / 图书馆，我梦想启航和心灵开
　　　花的地方
216 / 梁子湖畔赴文学盛宴
220 / 犹记少时玉米香
226 / 红薯记忆
230 / 怀念手写时代
233 / 回味书香
235 / 两篇文章和一位位好编辑
238 / 重回母校
241 / 久违的校园钟声
243 / 阅读钟书社
245 / 永远在路上
247 / 一本书的叹息
249 / 怀念那座城市和那片樱花林
251 / 走过樱花林
253 / 怀念那辆永久牌自行车
255 / 五一长假的快乐与劳累
257 / 酒　事
259 / 平安短信伴我行
261 / 闯荡广州的日子
263 / 我们的广州
265 / 大难不死与生命感悟

第五辑　人生悟

269 / 人生是一道大考
277 / 人生的行李
279 / 心灵钙化灶
281 / 疲惫的旅程
283 / 我与老朋友的双沟情缘
285 / 本命年说
287 / 恻隐之心
290 / 青春的履痕
292 / 呼　德
295 / 十八岁的日子
297 / 笑对人生
298 / 再度漂流
299 / 珍重友情
301 / 阳　光
303 / 生　命

304 / 伤感离别

306 / 心灵的守约

308 / 梦的思维

310 / 命运的等候

311 / 在北京照相

313 / 浓浓淡淡老乡情

315 / 我的宗教

316 / 体验到校园收购旧书的感受

318 / 蜗居的时光

321 / 小屋的感觉

323 / 终于有了"温馨的港湾"

325 / 后　记

第一辑

行走记

水墨樱桃沟

花粉白的，像水墨一样；路并不太远，走了不多久，眼前就是一层层一簇簇的，像雪，但又雪里透粉；是梦，却又不全是梦。走在樱桃沟，犹如走进虚幻而真实的梦境，走进我那遥远的童年。

在这种梦幻般的世界里，我不知来过多少次樱桃沟了。从十年前樱桃沟开始打造，到如今樱桃沟"把农村建得更像农村"的成形。置身这花的海洋，我不敢去做一次深呼吸，担心我过重的呼吸会惊扰了樱花的春梦。闭上眼睛吧，不知身在云雾还是梦幻之中。

天要多蓝就有多蓝，阳光暖暖的才有了春意，风虽然微凉，却已无寒意。就在这样的环境气氛中沿着樱桃沟走吧，先是过了刘家老屋，扑入眼帘的少不了蝴蝶和蜜蜂，它们虽然比争奇斗艳的樱花少，但它们忙碌地穿梭，却总是在抢夺你的目光，不时让你来一声尖叫。

心情总是不急不躁，因为在这种樱花拥抱的氛围中，再暴躁的性情也会被樱花的柔情消磨。想大吼一声，又恐震落了这满眼的阳光和春色。

脚步总是不紧不慢，连重重跺一脚山谷的想法也不敢有，担心打翻了一片天然而无色的水墨。在这里完全可以不用画笔，画家的所有内容都显多余，取出画笔，甚至会杂染了这美景。最能超越这山水的，倒是诗人，似乎要比画家更适合吟诵。把所有的美景都装进脑海和心田，这烂漫的樱花让你如痴如醉，怎么也能生发出诗情来，一句两句一首两首都不能表达你沉醉的诗意。

樱花树下自有人家，是朴实地道的村民，端茶、倒水、寒暄，在城市里失去多年的乡邻的感觉在这里又找回来了。

一张桌子，聊起家常农事，这樱花，这自然的美景，这无须雕饰的烂漫，游人可能会一拨又一拨，农户会不时打个招呼。因为住在路边，不管你职位高低、富禄贫贱、亲近疏远，他都是一副平和语气，在这里游人找回了曾经乡村的感觉。

不一会儿，主人会端出自酿的烤酒，邀你斟上几杯，三两道凉菜，让你品茗这山乡野趣，这淳朴乡风，醉意中不觉已是午后。村路不长也不短，整整绕村一周也不过十多里地。美景总是看不够的，起身告辞，继续前行。

这久违的石台阶会让你追忆。多少年了,这早已成了记忆,而这里却让你找回了童年。摸摸那石碾石门凳,会让你想起儿时坐在石凳上仰望星空数北斗的时光。这是"五零山居",叩开门环,便由此叩开了你记忆的童年。

缝纫机、蓑衣、升斗、犁铧、木椅、马灯……这哪一件童年农村的器物不让你历历在目啊!

乡愁啊乡愁!乡愁是你穿越了半个世纪却永远也难以找到的,只有在城市里会时时记起。不用诧异,不用惊奇,这已经找回了你的童年,找回了你散失已久的乡愁。

玉米穗子挂满屋檐,红辣椒映满双眼,腊肉如往事历历在目,瓦片写满了童年的风霜,四合院勾起了你儿时的记忆。

这已经让我们留恋,但20世纪50年代的记忆远远不止这些。虽然于我们这个年代还略早,但已在我们儿时的心中根深蒂固。

上灯时分了,就在"七零黄酒坊"住下吧。夜色已晚,花香扑鼻,一阵一阵,偶尔的蛙鸣告诉我们这是在春天,在城市里曾经无数次遗忘的春天。

窗棂灯光勾起乡愁,透过木棂的窗格眺望田间,月光朗照,还有什么心情不可放松,还有什么凝重不可放下呢?似乎物我两忘,好似早已与城市分离,在这里就是你的家园。

住在"七零黄酒坊",沐浴樱花之暗香,倾听蛙声一片,在这里放牧你所有的思想,放牧你的乡愁,来一次心灵的淡泊与远离,神游与回归。这晚是要真正醉一回的,不仅人醉,心也更要醉的。

全部是无公害的蔬菜,窖藏的黄酒,想坐在室内都不容易。还是坐在樱花树下,来一次孤独吧,让一树的芬芳,一空的月色,一地的乡愁,来陪伴我,度过这一个朗月高照的春夜。看着窗棂,望明月高悬,听田园蛙鸣,饮陈酿黄酒,思失却的千里乡愁,这里难道不是你的故乡吗?不是故乡也胜似故乡。

樱桃沟,如水似墨,如梦似幻,这樱花掩映的村庄,总会在每时每刻勾起人们的乡愁,思乡都会在这样的村庄里,在这一个写满诗情画意,写满故事写满乡愁的村庄,这里都会成为人们今生的向往。

写于2015年5月29日

(此文发表于《经济日报》2018年5月27日)

一湖烟波任畅想

白鹭翩翩，沙鸥翔集。深冬时节，来到位于南水北调中线工程核心水源区湖北十堰郧阳湖国家湿地公园。这里空气清新，气候宜人，生态优良，是鸟类的栖息地，数千只白鹭、苍鹭等各种候鸟轻击湖面，逐浪戏飞，溅起朵朵晶莹，让冬日的郧阳湖生机勃勃。水清岸绿白鹭飞，汉水两岸的青山倒映出的湖光山色在晨光的映衬下显得特别秀美。初升的朝阳，映照着波光粼粼的湖面泛着耀眼的金光。

虽然"秋风起兮白云飞，草木黄落兮雁南归"的季节已过，但进入冬季，这里便是候鸟的天堂，成群结队的白鹭、苍鹭、长脚鹬等南迁的候鸟栖息在郧阳湖国家湿地公园，它们时而在草丛中觅食嬉戏，时而翩翩起舞，盘旋空中，时而俯冲湖面，轻掠碧波，煞是壮观可爱。

前不久，郧阳湖国家湿地公园开展了越冬水鸟同步调查，监测郧阳湖内的水鸟物种竟多达 73 种。

这些横渡千里飞往郧阳湖越冬的候鸟有银喉长尾山雀、斑嘴鸭、苍鹭、北红尾鸲等物种，它们可爱的身姿散落在湖面或湿地上。这一切皆是近年来郧阳湖国家湿地公园持续推进南水北调中线工程核心水源地保护，良好的生态吸引了越来越多的鸟类前来郧阳湖越冬。

生机无限的青青植被、盈盈湖水、萋萋芳草环抱簇拥，共同绘就了一幅壮美的生态画卷，展示着郧阳湖国家湿地公园的迷人风采和生动魅力。

郧阳湖国家湿地公园位于南水北调中线工程核心水源区郧阳区茶店镇、柳陂镇汉江库汊及其消落带，随着南水北调中线工程建成蓄水、调水后，在郧阳城区周边汉江河谷形成了宽阔的水面，因季节性水位涨落变化呈现了这良好的湿地资源环境。湿地公园规划总面积为 26154 亩，现有湿地面积 21061.35 亩，湿地率为 80.53%。

水是湿地之魂。郧阳湖国家湿地公园的美就在于它的水富有灵气和生机，河汊湖渠如镶嵌在大地上的一颗颗闪着银光的明珠，星罗棋布，晶莹剔透，熠熠生辉。清凉、亮丽、湿润、静美，在这里，带给人们的是不一样的感受。

清澈透明的湖水，风平浪静时平静得如一面明亮的镜子，如果偶尔来一阵微风，荡起丝丝涟漪，则更让人心旷神怡，悠然自得，不由得生发诗意和联想。畅游在湖面上的野鸭如微风吹拂的小船在湖面上缓缓移动。茂密的芦苇和丰盛的水草在湖中时而冒出一两米高的湖面，刺向蓝天，时而潜藏进了湖底，仿佛玩起了捉迷藏。百草丰茂的湖边，让人联想到出水芙蓉的女子静坐在江边，或是散披着飘逸的秀发在微风的吹拂中奔跑，时而卖弄风情，摇首弄姿，时而亭亭玉立，娇媚风姿让人产生诸多遐想，浮想联翩。是碧波荡漾的湖水，是丰茂遍布的百草，是绿色无垠的湿地，共同赋予了这片湿润和灵性，青绿和茂盛。花草含情，湖水溢娇，百鸟聚乐，展现在我们面前的就是这样一幅壮美迷人的生态画卷。

这里四季风景如画，景色秀美迷人，行走其间，如痴如醉，犹如走进了神奇的仙境世界。如果是在春天，这里或许更加色彩斑斓，蕴姿万千。或许在满月的夜晚走在这湿地公园里，倾听水鸟奋飞的振翅声，将会是另一番情趣激荡心田。无论是在风和日丽的晴日，还是在细雨蒙蒙的雨季，或是在月光如水万籁俱寂的深夜，也无论是在百花盛开的春天，还是在绿意盎然的夏日，更不管是在满目金黄的深秋，还是在霜雪笼罩无限静美的冬日，都会有不同的风情、不同的风韵、不同的景致、不同的乐趣，更会带来不同的诗意感受和无限丰富的联想。

春潮初涨，山花烂漫，一场微雨过后，美丽的郧阳湖便笼罩在一片浩渺的烟波之中，雾霭深处，朦胧之美渐次升腾。雨后的郧阳湖更是一番美景，湿地水草和宁静湖面仿佛水洗过一样清澈透明，沉浸在一望无际的烟波里，荷叶上的雨珠滚动来去晶莹剔透，煞是可爱。如果说水是郧阳湖灵动之韵的话，那么雾则是郧阳湖之魂。烟雨成雾，如梦似幻，那令人销魂的雾让人顿时生发"烟波江上使人愁"的感慨。雾似帘，虽然遮住了远方的胜景，但遮不住眼前郧阳湖水的秀美。雾如轻纱，薄如蝉翼，仿佛透明的，能够穿过轻纱般的薄雾看到朦胧的诗与远方，却又如仙人的飘飘衣袂，在空中轻飘曼舞，飘逸着仙风道骨般的仙气。晨雾瞬间会稍纵即逝，太阳升起，云开雾阔，让这里又呈现出了春天般的勃勃生机。

湖光山色，烟雨人生。一湖烟波任畅想，天地之间的仙灵之气让人油然而生飘飘欲仙之感。坐在湖边静观碧水蓝天，一任思想的翅膀在想象的空间里升腾和飞翔。独立在湖边，观潮涨潮落之势，听浪涛起伏之声，观湖光潋滟之色，思过往人生之苦。黄昏时，独步郧阳湖湿地，在湖边静沐晚霞，江风拂面，独赏孤月，把酒临风，看一江如明眸般的碧水在渐深的暮色中渐渐淡去，而远方郧阳城市的灯火正渐次点亮，夜幕拉开了神秘的幕帘。

郧阳湖因勤劳勇敢的郧阳人而生，滋养着一代代郧阳人民。郧阳人也逐水而居，因水而兴，在郧阳湖边繁衍生息，世代耕作。2016年底，国家林业局批复同意建立郧阳湖国家湿地公园。

十七孔桥烟波里，滨江新城画中起。远处的柳陂湖十七孔桥如油画般横跨在湖面上，仿佛引渡着苍生。这里曾经是一望无际的荷塘，每当夏初荷花盛开时节，游人如织，来到这里观赏仿佛连着天际般一望无际的荷塘。独立桥上，看荷花怒放，争奇斗艳，一夜恍惚如同来到了江南水乡。白露初升，霜降湖边，冬日里，则可站在桥上欣赏湖中辛勤的挖藕人劳作的身影，又是一番美景。

郧阳湖湿地与汉江相接，遥望两河相汇处，独立江边，看江面上波光灵动，远方郧阳城的江岸上高楼林立，一座秀美的生态滨江新城，又宛如一幅绝美的山水长卷，沿着玉带般的汉江缓缓铺开。

在一片宽阔的水域上，汉江从上游奔涌而下，在这里形成辽阔的水面。这里曾经建有鄂西北山区集山水自然风光和人文景观于一体的旅游胜地"金沙湾"，一度被誉为十堰人的"北戴河"，承载着许多十堰人的亲水记忆。如今，这处记载了众多十堰人美好欢乐记忆的乐园，因为南水北调通水而沉入滔滔汉江，形成了巨大的湖面，承载着郧阳湖湿地的湖水水域。金沙湾沉没江底，郧阳岛临水新生。丹江口水库的水位上涨后，碧绿的汉水环岛而过，一个极富神话鼓浪屿般美丽的郧阳岛正在变身为集文化、旅游于一体的旅游度假胜地。

十年的山城小镇，变成了如今的江南梦里水乡。一座宜居宜业、生态文明、美景如画的生态滨江新城，正如一幅恢宏画卷，在汉江之滨徐徐展开。

在郧阳湖湿地来一次深呼吸，呼入清新的空气是甜甜的，放眼望去，辽阔的湿地令人赏心悦目，心情自然开朗。漫步在郧阳湖湿地，怀想一次浪漫温馨的旅行，释放一下人生的劳累，在这里会找到轻松愉悦的爽快。

漫步走在这郧阳湖湿地，走在这"地球之肾"，我的脑海中仍时时回荡着那翩翩起舞的白鹭，正凌空翱翔，那丰茂青青的水草植被正滋润着雨露生长，那宁静含笑的湖水正碧波荡漾。这良好的生态，这优良的植被，这清洁的江河湖水，不正是忠诚坚守在南水北调中线工程核心水源区，一批批甘当"北方守井人"，确保着"一江清水永续北送"，精心守护呈现出的生动的生态画卷吗！

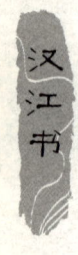

　　几度人生轮回,静看湖风波起,如潮的思绪涌来,心中一如波浪起伏的湖面难以平静。我时常想读懂这郧阳湖,读懂这湖水,这湖水中蕴藏的神奇和故事。人生的起伏潮落,事业的成败辉煌,心情的悲喜酸楚,都被这一汪湖水淹没或带走,沉浸在这一湖荡漾的碧波之中,只有湖面泛出的涟漪告诉我的过往与不平静。然后一任这湖水淘洗与涤荡,留下这水草丛生辽阔的湿地公园和一湖烟波,任人畅想。

写于2021年1月24日

　　(此文发表于《中国劳动保障报》2021年4月21日、《工人日报》2021年8月1日、《太湖》2021年第5期)

半岛村庄大树垭

在湖北省十堰市郧阳区,沿着"柳(陂)五(峰)"路逆汉江而上,经过柳陂镇辽瓦、黎家店后,进入五峰乡地界,过了黑家湾,即可看到九曲十八弯的汉江,抛出一段如黄河般的"几"字形江域。"几"字的顶端直抵汉江对岸"郧县人"头盖骨化石出土地青曲镇弥陀寺和曲远河口,而"几"字则将一个整体行政村五峰乡大树垭村三面包围起来,将这个村庄形成一个半岛状探向江中,湖光山色般浸润着江风的吹拂。

这个村庄的山势又如一猛虎,虎头探出直抵汉江江心,数十丈高的鹰嘴巨石如虎爪紧抓汉江江岸,左右被汉水环绕。这里地势险要,易守难攻,历来为兵家必争之地。这个村庄也成为汉江郧阳段唯一一个三面环水的半岛村庄。这里的历史人文、风土人情、神奇传说、地形地貌、旅游风光等,都曾引起方圆百里之外的人云集于此。

大树垭地势三面环水,伸向江中的虎头山形正对着汉江,江流湍急,一直都是浪涛滚滚,夏秋季节汛期时更是巨浪翻腾,江上行船水运十分危险,当地人称此江段为"三浪滩",意即形如险滩巨浪的三重之浪。船行此处十分惊险,不熟悉此处水性的太公,往往会遭遇打船之险。

这里暗礁明滩多,认不了水的流向或旋涡缓急洪道的太公驾船,稍有不慎就会触礁,轻者伤船呛水,重者船被暗礁撞碎打翻,人财两空。同时这里险滩还多且大,船易卧滩搁浅。以前,由于汉江下游没有建大坝,所以水流湍急,落差更大,至少有七八丈高。这些暗礁急流、浅滩都是行船的关口。

"不是真太公,过不了三道关",就是形容这里行船的险要。这里的"关",指的是暗礁、急流、浅滩。一些当地资深船太公对航道上特别是对航道上有"关"的地方,四季的水深水温、流向流速都烂熟于心,了如指掌。如果远道而来的太公不熟悉航道险滩暗礁的情形,在到了三浪滩,就要请当地太公驾船放滩过险滩。大树垭也因此成为一个古航运码头,这个古码头在水运上也称为一关,曾为兵家必争之地。在过去上千年的历史中,汉江沿岸的人们出行及商品物资来源主要靠汉江水道船舶运输。

20世纪五六十年代,这里还不通公路,运输只能靠水路,航运十分发达。往往通过水路运输,将布匹、粮草等物资从下游逆水运往郧西天子渡口、景阳,再运往陕西汉中,西进长安,或是上游的物资运往下游的老河口、襄阳、汉口等地。

在过去的水上经济时代,因为水路运输的繁盛,久而久之,这里便催生了一批有专门驾船放滩过险滩为业的太公,每天坐于垭口固定位置,抽着旱烟袋眺望激流滚滚的江面待请。靠驾船或给过路的下水船放滩,帮船老大把舵,让船平稳行过这段险滩。

因运送物资的船只要在这里请太公放滩,船太公请放滩者后必需付费,行船者在请太公放滩时又必须停船,于是便又催生了一些地痞船霸埋伏蹲守在这山垭处,一旦停船便实施劫船之匪事。随着这些地痞船霸抢劫事件的屡屡发生,久而久之,为了防止劫船的地痞船霸,便有正义之人士商定在此驻守,管护这里的治安,并在此栽下了几棵大树,闲时便驻守在此歇凉,以警告那些地痞船霸,这里有人驻守,让他们远离。

有专人在此管护后,地痞船霸劫船劫物事件少有发生,猖獗现象得到控制。随着时间的推移,栽下的树木也渐渐长大,这里便有了"大树垭"这个美丽而极富诗意的地名。20世纪八九十年代,人们出行还靠乘坐客轮时,大树垭还是一个码头站点供乘客上下客轮,后大树垭成为一个行政村的名称一直沿用至今。后因修路等原因,以前栽植的大树被伐。村里表示:还准备再栽植几棵大树,让"大树垭"美丽的地名重回现实。

大树垭村位于汉水之滨郧阳段,也是汉江郧阳段唯一的三面环水半岛形行政村。山势形如一猛虎盘踞在汉江之滨,虎头探出伸向江中,数十丈高的鹰嘴巨石如虎爪紧抓汉江,左右被汉水环绕。相传古代时,一将军带领官兵路过并驻守此处时,发现山形如虎,料定这里要出王者,便决定破坏山势,于是命令部下将形如虎尾的山垭挖断,断了这里的龙脉。之后将军带领官兵向郧西和陕西方向挺进,而大树垭雄壮的虎山之山形便断了虎尾,留下一个小地名,人们常叫其豁豁垭。

将军带官兵离开后,当年驻扎时用石头垒砌的一座堆放行军装备物资的石头小屋仍然留在这里。后来人们将这一座石头小屋称作"将军庙",逢年过节都来朝拜,一直香火不断。如今,经过岁月剥蚀的"将军庙"犹存,逢年过节尚有香火。

在大树垭的西侧因生长着许多大桦栎树而得名桦栎湾。在大树垭村部前不远处,有一个叫湾塘的地名。跟随该村副主任兰永林一起,我们来到湾塘处，只见湾塘位于一盆地之处，四面平川，水田之中有一泉眼，清澈泉水长年不断，汩汩流出。兰永林介绍，多年来，无论天旱与否，泉水皆不干涸。据其介绍，20世纪七八十年代，村里有一邪病患者，一日突然说梦到白求恩托梦说此水为神水，让他喝了此水，其病即好。次日，他当即去舀来此水畅饮，果真邪病立好。患者遂四处相告，此水为白求恩梦中所托。"喝了白求恩的水能治百病"的传言于是传遍四方。一传十，十传百，十里八乡方圆百里的人都前来取"神水"治病。许多外乡甚至外省患者也信以为真，带着干粮，排成长队，昼夜守候在此取神水以治百病，由此这里讨神水曾成为一道奇观。

近一二十年来，随着科学的普及和人们对医学的认可，不再迷信地相信这"神水"，前来取"神水"的壮观景象才逐渐消失。如今，该村已将该泉眼处用水泥加固围护，现仍常年清泉不断，滋养着大树垭村一方百姓，已成另一道壮美景观。

村里有一地因兰姓族人居多，遂叫兰家河。此处曾有一祖上叫"兰法官"之人，远近闻名。传说其曾前往湖南茅山学得法术，能飞檐走壁，振臂过河，十分神奇，充满了神秘色彩。

据《蓝氏宗谱》记载，"兰法官"实为蓝开嘉，五峰乡兰家河支系柑子园居住。生于1824年5月10日，逝年无考。他曾于湖南茅山学法，是当时知名的外科医生，医术高明，接骨度损，手到擒拿。当地至今仍流传他一些与恶人斗法的传奇故事。说他极能镇邪，恶人与他斗法没有斗得过的。他的第四代玄孙蓝善信，人称"弹花匠"，继承了他的一些看家本领，能掐会算，预知天象，测人生死，都很准。他算准自己临终那一刻，事先把衣服穿好，将儿孙叫到面前跪着，交代罢家事安详离去，像佛僧圆寂一样，无苦无痛。

由于"兰法官"法力无边，在他去世后，后人视其为"神"，逢年过节都到其墓碑前朝拜敬香，祈求保佑平安吉祥。如今，其墓地仍然常年香火不断，鼎盛时香客排成长队，灯火通明地上香，尤其是在除夕、元宵节等年节日子香火更旺。

在汉江边上，几株生长繁盛的榆树足有百年，环绕着墓地，鼎盛着这里的香火。后有人在这里为其建起一座庙宇，每年除夕、元宵节日香火更加旺盛。

不仅如此，在清朝时期，兰家河还出了读书人蓝治纲，考上秀才以后，当地政府颁给其"贡爷"的称号，曾在朝廷为官，至今其墓碑尚存。

据《蓝氏宗谱》记载，已逝蓝治纲即"蓝贡爷"，五峰乡兰家河阳坡人，出身寒微，无钱读书，靠宗亲们一升米一斗麦子资助，从县学读到府学。光绪年间中举，中举后被湖广总督张之洞点将任命房县县令，他执意不就任。好吃好喝把前来送喜帖的打发走后，他打开药铺继续为乡民诊病。他慈悲为怀，积德行善，开有慈善堂，专为贫困人家送医送药。他是出色的医生，以行医为至高乐趣。自己不做官不置田地，也教育儿孙不要做官不要置地，以技能吃饭。他的格言是："知足常乐，无欺心者自安"。他亲手建造了蓝氏宗祠，并主持一年一度的家族清明会。他的君子之风深受地方官府看重，引以为世人榜样，郧阳知府特赠其"耕读传家""慈善堂"牌匾，以旌其崇高的德望；他留下大量书籍文字和个人诗文，20世纪60年代被焚烧。

据大树垭村党支部书记兰玉清介绍，大树垭村全村版图面积5.53平方千米，其中山场面积1300亩，平地面积430亩，坡地面积580亩。全村通组公路全长15.6千米，全村村民1526人。境内原有的朱家沟林场有千亩松杉生长于20世纪五六十年代，还有500余亩油茶林，正是现在发展油茶基地的优良资源。近年来，该村又发展起了400余亩核桃和300余亩桃子，都已成林。现在村里以15万棒香菇为依托，白芍、白术等药材为推手，还计划发展葡萄基地，同时补齐补足原有的500余亩油茶基地，争取以产业带动旅游，努力打造成集休闲、观光为一体的乡村旅游胜地。

"这里必将是一个风光无限，全域旅游中少有的半岛型旅游目的地，也将成为一个县域旅游中美丽乡村的样板，乡村振兴的示范地。"兰玉清说。

大树垭村有兰家河、任家沟、钱家河、朱家沟、李家沟等多个地名，以兰姓、钱姓、曹姓、任姓、李姓居多。由于其地理位置的原因，以前这里以捕鱼、运砂、淘金等为主要产业。现在这些产业均已不再，但半岛上的金沙因被淘金所致，现在留下了大面积的黄土平地，日照光线充足，雨量充沛，土壤肥沃，十分适合农作物生长。加之这里又紧邻柳五公路，半岛探出，临风临江，湖光山色，优美的半岛风光，更是一个适合发展康养基地的优良处所，将是未来人们理想的养老之地。

写于2020年12月26日

（此文发表于《人民日报·海外版》2021年1月13日）

雨行仙山武当

　　武当山是世界名山,离我们又较近,所以游览武当山自然方便,究竟登了多少次,已无法记清,但印象最为深刻的是前年一次雨游武当,那是一次让人记忆犹新的仙山之旅,让我真正领略了琼楼玉阁,仙宫玉宇,仿佛到了人间仙境。

　　那是前年五一,我和几个朋友相约前往武当山游玩。一大早,我们兴致勃勃地从十堰驱车向武当山方向进发,走时天气晴好,不料车到六里坪时,天空渐渐阴暗起来,似乎有下雨的征兆。但我们还是硬着头皮驱车前往,六里坪距离武当山已不多远,10余分钟即到了。当我们赶到山门口时,此时已下起了大雨,不一会已是瓢泼桶倒般的大雨来了,天公不作美,使得我们游玩的心情也顿时阴沉下来。我们只好在山门口的游客接待中心静候,希望此时雨能停下来,圆我们游览仙山的愿望,同时我们也在登山与不登山之间犹豫。最终我们经过一番商量之后,都异口同声地同意冒雨登山。因为平时都是晴天来游武当,而我们此次恰遇下雨,说不定正是天赐我们的好天气呢,说不定此次雨游武当还能给我们带来更美的景观,看到更为意想不到的美景呢。

　　想到这里,我们买票进了山门,并乘上了旅游观光大巴车向山上进军。沿途我们在想,这雨一定不会持续下一天吧,也许我们到了山顶雨就停了呢。上山的路蜿蜒崎岖,像一条蟒蛇缠绕在山体之上,缓缓上升。而沿途两岸的风景,此时也在雨雾的笼罩之下显得分外绿意浓浓,树木苍翠欲滴,一尘不染,比晴天时看到的景色更别有一番特色。远山则仿佛一幅水墨画,又因泗水过多,山峰的轮廓与天际混为一体,让我们仿佛置身于天地之间。途中我们有说有笑,不时看看车窗外,那经风沐雨、经雨水清洗的青山是多么美丽壮观啊!打开车窗,雨后清新的空气扑面而来,山间碧树青叶扑入我们的视野,山中特有的清香夹杂着初夏的气息扑鼻而来,一路美景在峰回路转中来来去去。吹吹夏风,看看青山,对雨天的担忧和旅途的疲惫早已抛到九霄云外,荡然无存了。

车子在蜿蜒的山道上盘旋，我们的欢声笑语也在山道间荡漾，渐渐地向登山的方向行驶。由于雨下得较大，为了安全，索道暂时停运，我们只有来到乌鸦岭，准备徒步登山。在我的记忆中，我游览武当山最早是在1985年，那时还没有索道，只能徒步上山，山路也极为难走。而我那年又是在腊月三十去的，当时雪下得很大，山上铺满了厚厚的积雪，但依然没有挡住香客和游人们的热情，还有很多从河南赶来的香客，冒着大雪登山。那时我年仅12岁，尽管登山途中一直想到退却，但还是坚持了下来，最终我和父亲一起登上了金顶。虽然武当山的景物在我的脑海中印象不深，但徒步登武当雪山始终在我的脑海中荡漾，挥之不去，对我人生的历练起到了至关重要的作用，时时激励着我克服困难，勇往直前。在我今后的人生之路上，无论我遇到多么困难的事，我都会想起那次登武当雪山的感觉，随后所有的困难都会迎刃而解。

　　那次雪中登武当至今已经过去将近三十年了，但那次徒步登武当的经历却时时伴随着我前行。后来的多次游览武当山，因为有了索道，每次都是坐索道上山，自然没有了那次徒步登山之苦和体验登山之乐。而这一次索道停运，又将徒步登山，是否还会再现那年登山的经历呢？没有来得及多想，我们几个已经开始上路了。

　　从南岩处登山自然有些险峻，不过现在的路要比二十年前的路好走多了。路上都修了石台阶，还有栏杆，各种设施也都比较全，不巧的是这次不是下雪，而是天空下着雨。开始登山时，雨似乎小了一些，但空气还是润润的，我们说笑着开始了登山。

　　武当山如今已是5A级景区，是著名的山岳风景旅游胜地，这是我在历次游览就已深切感受到了的。据资料表明，胜景有72峰、36岩、24涧、11洞、10石、9台等。我没法去一一清数，但从我历次游览所看到的都已经证实了这峰的奇峭和箭镞林立，岩的绝壁深悬，涧的激湍飞流，洞的云腾雾蒸，以及石的玄妙奇特等绝妙奇观。主峰天柱峰海拔1613米，"一柱擎天"，四周群峰皆向主峰倾斜，敬尊武当山，形似"万山来朝"，当是武当仙山的一大奇观。真正要在雨中来体验这一次武当之游应该是另一番感受了。

　　由于人多边走边看，并不显累。首站自然是要看看南岩宫附近的乌鸦岭。站在乌鸦岭时，不知不觉间雨已经住了。好一场清新的空气，让我们这一帮久居闹市的人开始在这里做做深呼吸，吐掉长期以来吸收的城市废气，我们静静地呼吸着清新的空气，享受着这大自然之美。不时有乌鸦从我们的头顶飞过，并且不住地鸣叫着。

乌鸦岭，顾名思义，就是因为有乌鸦而得名啊，此时又恰逢我们的到来，迎来了这乌鸦的叫声，是多么吉祥啊！我知道，乌鸦在民间历来被视为不祥之鸟，而在武当山却被视为神鸟。这种说法除了是早年乌鸦齐飞奇景的写照，还因为有玄武修道、乌鸦唱晓的神奇传说，而有了神鸟的说法。相信乌鸦的叫声一定会给我们带来吉祥。在乌鸦岭虽然没有看到"乌鸦接食"的奇观，但听到了乌鸦的叫声，已足令我们心满意足了。

沿着乌鸦岭我们直攀金顶，途中雨住天晴的气象让我们好一派惬意。沿途我们先后经过榔梅祠、朝天宫，然后到了一天门，每到一处我们都会休息片刻，然后欣赏每一个景点。看完这些景点，继续登山，那奇形怪状的树，参天蔽日，让人生出"入云深处亦沾衣"的感慨。

继而又经过二天门到了三天门，直奔金顶而去。不知走了多久，到了一片开阔地，忽然一阵强光出现，碧空晴日喷薄而出，照耀着武当这座仙山。猛然发现，我们经过曲曲折折地攀登，已经上了金顶。

据《武当山志》记载，"晴明之日，然后见之"，登天柱峰大顶要选好时日，"若圣意不容，强欲上山，则雾锁云横，莫辨高下"，那是神示，如入"玉虚无色之界"，强行不得的。而此次，我们登临武当山时刚好雨住天晴，真有"风雨洗荡秽气"之神示吗，完全地澄明通透，一路攀登，那山崖石壁积雨流下形成的水帘，犹如珍珠般晶莹剔透，草木青翠欲滴，茁壮吐翠，让人喜不自胜。

海拔1613米的"金顶"是武当山的最高峰，也是武当之行的"终点站"。进南天门，走依山开凿的弯曲长廊，攀九连蹬，再盘旋而上，就到了金顶。登上金顶，一种成功感、成就感顿时涌上心头。眼前的香炉上飘起的缕缕香火，让人顿感庄严肃穆。站在金顶之上，我们极目远眺，好一派壮观的景象啊。此时只见雨住风收，云开雾阔，晴日云出，真可谓一览众山小，七十二峰正朝着大顶啊。武当山的七十二峰尽收眼底，天空湛蓝，云朵皎洁，峰峦是那样葱郁，仿佛置身于人间仙境，雨后白色的雾气让远处的道观若隐若现，还真让人有点飘飘欲仙之感。四周已是云山雾海，自己仿佛就在云中。站在金顶沐浴清幽，坐看云起，心中只想此时真要升仙，唯有成仙才能得以解脱。心中想着，便真有投入自然怀抱、与天地融为一体的意识飞身成仙了。

天柱峰，又名金顶，坐落在武当山主峰上的金殿，建于明永乐年间，距今有500多年的历史，相传明朝朱棣皇帝为了崇尚和收宠张三丰，依照道教的建筑原则，不动山体一丝一毫，依照山体的自然走向和地形顺势而建。紫禁城墙是在明永乐十七年（1419年）按皇宫的标准所建，历经500多年保持原貌没有什么损坏，在峰巅之上饱经风雨，气势泰然自若。那石砌城墙和墙基呈梯形状，结实牢固依山就势地攀附在山体之上，那石块上斑驳风化的历史印痕仿佛诉说着古老的沧桑，而历久弥新的苍苔，则又给人以经过常年风雨侵蚀的沧桑感和怀旧感。

金顶上的金殿是中国一绝，整体用黄铜制成，屋顶用纯金箔铺就。无丝毫缝隙的结构结合，不同金属的熔点和金属的热胀冷缩，都被远古的匠人细心掌握。更为神奇的是处于1613米海拔的金殿，经过500多年竟然没有被雷电击中过，让我们不禁浮想联翩。看着金殿的金属建筑，历经500多年风雨雷电，依然固若金汤，崭新如初，你在惊叹于以前工艺的同时，更会为这空前绝后、美轮美奂的建筑工艺而称奇不已。看到金殿在夕阳下金光四溢，在惊叹之余不知道还会说什么。在金殿中点着一盏长明灯，终年燃亮。尽管山风长年劲吹并不断改变方向，但这盏长明灯却依然不歪不斜，照彻武当山的今生，也照彻未来。金殿这一束照彻千古的金光，伴随着武当山的过去和未来一直向前。

站在金顶，举目远眺，这时你会为你选择雨天游览武当山这个明智之举感到多么庆幸。四周尽是雨雾笼罩，你就在云雾之中，如同到了仙境，风吹金顶，你会担心自己被风吹起，跃入云海，顿时飘飘欲仙，成仙成佛，犹如到了仙境。风吹金顶，四周的铜锁被风吹动，发出悦耳动听的声响，再加上道教音乐，更是为这云霄中的高楼增添了几分沉稳与庄重。忽然一阵风过，云开雾阔，却又露出一片茂密的树林，或是隐约中现出山下的道观，又犹如海市蜃楼，这时你会发现雨中游武当山才是你的最佳选择。云开雾散，这座大山才显得更加巍峨。

游完金顶，该下山了，尽管留恋，但仍要返程，再晚了，当天就下不了山了，只能在山上住宿。下山时，我们沿着另一条线路，一条古神道，回到南岩。回到南岩仰望金顶，云山雾绕，琼台仙阁，真是人们向往的仙境啊。

武当山的道观建筑数量之多令人称奇，且风格各异又让人惊叹。道观的半身或一角时不时在山林中掩映显现，这让人联想到"深山藏道观"的意境，让人又会生发出莫名其妙的惊喜，却心中有景道不出。来到紫霄宫，拾级而上，原来这是朝拜真武大帝的圣地，真武大帝的雕像遍布宫内，香火甚旺，古木参天，落木萧萧，这种庄严与肃穆岂是一句两句能描绘得出来的？

武当山古建筑群规模宏大，气势雄伟。据统计，唐至清代共建庙宇500多处，庙房2万余间，明代达到鼎盛，历代皇帝都把武当山道场作为皇室家庙来修建。明永乐年间，大建武当，史有"北建故宫，南建武当"之说，共建成9宫、9观、36庵堂、72岩庙、39桥、12亭等33座道教建筑群，面积达160万平方米。明嘉靖三十一年（1552年）又进行扩建，形成"五里一庵十里宫，丹墙翠瓦望玲珑。楼台隐映金银气，林岫回环画镜中"的建筑奇观，达到"仙山琼阁"的意境。现存较完好的古建筑有129处，庙房1182间，犹如我国古代建筑博物馆。金殿、紫霄宫、"治世玄岳"石牌坊、南岩宫、玉虚宫遗址先后被列为国家重点文物保护单位。除古建筑外，武当山尚存珍贵文物7400多件，尤以道教文物著称于世，又被誉为"道教文物宝库"。这是史料的记载，也是武当仙山现存的道教文物之众之巨。

南岩宫也是武当山古建筑的一绝，游武当山必要到南岩一游，否则会留下遗憾，那建筑之绝无不令人称奇。南岩宫是武当36岩中最美的一岩，殿中所供奉的神像和器具都具有几百年的历史，保护完好。寂静幽深，清静无为的气氛也许真正能让人去认真回味。武当山山势峻峭，道路狭窄，在南岩宫更能体现，但狭窄陡峭的山势却能修建得如此精致的建筑，堪称叫绝。南岩宫就建在这样的悬崖峭壁之上，放眼远眺山峰叠翠。一个石雕的龙头挑出廊外悬崖1米多，下面万丈深渊，无遮无拦，在龙头上面有一香炉，被誉为"龙头香"。龙头香尊对金顶，形如朝拜，是古代工匠采用圆雕、镂雕、影雕等多种手法凿刻的浑然一体的两条龙，在此焚香遥拜金顶，祈求玄天上帝庇佑。古时许多信士香客为表虔诚，每次来朝武当，都要冒险烧"龙头香"，体验那种惊险之举与虔诚之心。由于下临万丈深渊，烧龙头香的人都要从窄窄的龙身上跪着去香炉上点燃香火，稍有不慎就会坠崖落渊，殉命山谷。龙头香自打明朝建成以来，坠崖殉命者不计其数，以至到清康熙年间不得不设栏加锁，明令禁止烧龙头香。

过神道入南岩大殿，你会顿然感到眼前豁然开朗，黑虎涧幽深不测，独阳岩万丈峭壁竖立眼前，而飞升岩飞翼垂天于右前方，天柱峰如众山拱拥般立于正前方。满目青山，云雾缭绕，琳宫琼阁，丹墙翠瓦，让人顿生飘飘欲仙之感。不到这里，你是不会知道建筑之奇之绝的呀。

由于时间匆促，我们无法在山上住宿一晚，没能体验到武当观日出的胜景，但雨游武当已让我深切感受到了雨中仙山的人间仙境。游一千次武当会有一千次的感受，来一次又会有一次的难忘，但雨中登武当仙山才让我真正

懂得，晴登武当有晴游的乐趣，雨登武当自有雨游的意境，雪登武当更有雪游的诗意，风登武当更有风游的豪迈，霜天登武当更有霜天的纯洁，不同的天气游览武当都有不同的感受，每个季节游武当又有不同季节的景色。春有春的花香，夏有夏的绿意，秋有秋的金色，冬有冬的雪景，一年四季，风霜雨雪均可游览武当，那才有不同的意境，不同的感受啊。

写于 2011 年 7 月 8 日

（此文收入 2011 年 11 月由长江出版社出版的《灵秀湖北散文游记》一书，并发表于《长江文艺》2013 年增刊）

大山之魂迷魂嶂

提起迷魂嶂许多人可能都不知道它是景是物，甚或还会想到是建筑，坐落何处，有何神奇，缘何得名，又有哪些文化和景点，如何鲜为人知，都会给人们留下诸多猜想。但是生长在迷魂嶂之乡的我，自小聆听着迷魂嶂的故事长大，耳濡目染地感受着迷魂嶂的神奇魅力，迷魂嶂这一充满诗意的地名便在我幼小的心灵中打下了烙印，留下了深刻的印象，曾经是我童年生活中美好而又神奇的向往。

迷魂嶂就坐落在鄂西北大山深处湖北省十堰市郧阳区五峰乡境内，是一座海拔较高的群峰，当地人俗称"大山"。因其常年云雾缭绕，森林茂密，植被甚好，盛产茶叶，被誉为十堰境内的天然氧吧，鼎盛时期这里还办过"大山高中"，大批的知识青年云集于此，又有着丰富的文化底蕴和诗意梦幻般的名字，以及相连成片的文化旅游景点和神话传说，因而成为市民踏青春游和休闲避暑的旅游胜地。行走其间，游客们就仿佛穿行于神话传说遍布的梦幻城堡，让人回味无穷，浮想联翩。

仲春时节，来到迷魂嶂，只见这里重峦叠嶂，沟壑纵横，峰回路转，树木丛生，青山葱郁，群峰绵延，主峰脉壮硕无比，粗壮的山脊一望无际地自西南直向东北方向绵延东去，傍左右两边的支脉则如人身上的一根根肋骨伸向远山。这里云拥着山，风拂过山峰，站在山顶俯瞰群峰，只见群峰连绵起伏，逶迤绵延，山峦叠嶂，云遮雾绕，甚至触手可摘云朵，山与云交相辉映，让人飘飘欲仙，如梦似幻。满山的茶园依山就势，一行行排列整齐的茶园如琴似键，逶迤满山，铺陈在大山之间，仿佛正在奏响春天的乐章。采茶姑娘们哼唱着山歌纵横游移在茶园里，纤纤玉手在茶树叶尖间飞舞，曼妙的歌声犹如天籁。微风吹拂，腾起的层层茶浪起伏翻滚，如碧波荡漾，仿佛五线谱般的韵律有节奏地起起伏伏，又如一道道天然的画屏，在山间铺展。这里主峰海拔900多米，山高雨多，因其常年云雾缭绕，雾气浓浓，十步之外不见彼此，加之地形复杂，上山路多且纵横交错，人行此处，极易迷路，甚至昏昏沉沉，迷迷憎憎，仿佛丢魂落魄一般，辗转山间迷失方向，很难走出山外，

故名迷魂嶂。传说很早以前，这里还一直藏有土匪强盗，打劫过往客商，让很多人在此遭劫甚至殒命。

迷魂嶂因其水土优良、气温适宜、阳光充足等各种自然条件较好，20世纪60年代后期，当地执政者在此创办了乡办企业——迷魂嶂茶场（初期称"迷魂嶂林场"）。早期，数十名"知识青年"曾来到这里插队落户，接受再教育，后回城。

起初，迷魂嶂林场主要经营杉树，山场面积达1.7万余亩，被称"万亩杉林基地"。后来，这里发展了油茶、青茶上万株，面积有数千亩，便由林场改称迷魂嶂茶场。20世纪90年代，这里开发的"云雾"茶叶屡获省、市、县春茶评比优秀名次，并获农业部奖项，茶叶由此走俏，每年春季采茶时节，购茶者蜂拥如潮。现在，迷魂嶂茶场主要开发黑茶、红茶和油茶等现代系列饮品，以及山茶花新品种嫁接等花木产品。除了饮用茶之外，这里还广植油茶。初冬时节，雪白皎洁的油茶花漫山遍野，将茫茫群山迷魂嶂大山装点得多姿多彩，分外妖娆，实乃苍山美景。

迷魂嶂以西，往年人烟稀少，荒凉无比。20世纪70年代，时五峰区党委（现为乡）带领干群，在此荒山野岭开荒植树，建造茶园，使这里一度成为沸腾的群山。

这里曾经有过辉煌的历史，鼎盛时期，曾在这里办学，大批知识分子云集于此，又使这里喧闹异常。那是在1979年"开门办学"年代，村里执教老师谢守信带领乡里十多名初中毕业生，来到境内的烂泥糊开荒植树。加上当地村民和四面八方云集而来的数十名上山下乡知识青年在这里插队落户，大批的人马聚集这里，以"大兵团作战方式"开荒种地，植树造林，迷魂嶂一时人山人海，变得喧腾起来。随之，山下的学校搬上山来，"大山高中"落户烂泥糊。到20世纪80—90年代鼎盛时期，大批知识分子在这里工作、生活，使这里的文化氛围和生活气息异常浓厚。

20世纪70—90年代，大批人马在烂泥湖植树造林、绿化荒山、建造多种经营基地，又让这里的森林资源、野生动物资源变得丰富，加之加大了森林资源保护，野生动植物群聚山间，这里又成了它们的乐园。现在这里建成了迷魂嶂茶场的一个分场，种植有杉木、松木、山竹、油茶、猕猴桃等植物。

传说为神奇迷人的迷魂嶂注入了更多的传奇色彩。在迷魂嶂西约2.5千米处有一座山峰，海拔800多米。相传很久以前，玉皇大帝在其中的一座山上歇息，此山后来便取名玉皇顶。天清日晴，登临山顶，举目远望，可远眺武当仙山，故又得名"望武当"。

"望武当"山峰陡峭，壁立千仞，形似刀削，群峰独立，险峻异常，在十堰境内为人熟知。

迷魂嶂的"望武当"之名有异于其他地方，此处取名"望武当"在于这里众多景点成片，并非一座独立的山峰，加之与迷魂嶂相距甚近，上面又有古庙遗址，间或年节还有人前来敬香拜佛，所以多年来，当地人独爱到此登高望远、踏青春游。在第三次全国文物普查工作中，此处被列为县级（郧县）重点文物保护单位。

迷魂嶂境内与"望武当"相邻的是祖师殿，建于明代。相传为祖师爷自西北而来落座武当经过之地。后来真武大帝为建庙宇，四处寻山，发现这里颇有仙山灵气，便从汉水北边的娘娘山直奔而来，未及站稳，山降三尺，真武大帝遂腾空而去，后人便在真武大帝落脚处建庙一座，谓之祖师殿。

传说终归是传说，但却实物有证。祖师殿原先是一座庙，建筑面积约300多平方米，砖木石结构。早期，玉皇大帝、祖师爷、观音等多种神像雕塑供奉庙内，供周围众多善男信女登山参拜，庙里终日香烟缭绕，常年绵延不断。此后，数百年过去，经过屡屡兵匪战乱和近代特殊年代被损毁，现在庙宇早已荒芜，失了香火，仅剩残砖断石，成为遗址。

迷魂嶂山大人稀，居民鲜少，境内杂灌林、野生杜鹃众多，每到秋天，满山杜鹃红遍，煞是一道喜人景象。春天满山泼翠，夏天温润的空气沁凉，又是天然的赏花春游和避暑胜地。冬天雪景和雪凇景象更是一道奇观。冬临迷魂嶂，也正是欣赏迷魂嶂雪凇的最佳时节，犹如仙境落下凡尘，峰脉中的山林、树木、植被一起被雪凇装扮得分外妖娆多姿，气象万千。枝头的雪凇又如玉洁冰清晶莹剔透的珍珠，闪耀着晶莹饱满玲珑玉透的珠光，让迷魂嶂的雪凇奇观更加迷人。雪的洁白诗意，雾的梦幻缥缈，雪凇的朦胧遐想，大地的冰清玉洁，玉树琼花，这神奇的大自然造化，让人叹为观之，不禁产生丰富的联想。雪凇往往会是在有雨有雾的冬日出现，树木枝头、草尖叶片都挂满了这晶莹剔透可爱的小精灵。遇到阴雨，加上这里海拔较高，气候甚寒，空中飘飞的细细雨丝，很快就会凝结成雪花漫天飞舞，给人带来诗意梦幻的缥缈感受。行走在这冰雪覆盖的迷魂嶂，踩踏在这雪凇山间，脚下发出吱吱的清脆响声，仿佛要打破这迷魂嶂寂静的世界。

站在迷魂嶂群峰中的制高点天鸡寨，海拔900多米，也属五峰乡境内最高的山峰。在这山顶俯首观望，连绵的群峰犹如一个天造地设的晶莹世界，又如一座纯洁透明的冰雕，玉砌冰堆晶莹玲珑剔透的冰雪世界煞是可爱。环顾群峰四周，一片片洁白静谧，冬日萧瑟，雪凇晶莹，置身在这冰清玉洁的世界，感受着这大自然的神奇造化，仿佛天地间就是这一望无际的苍茫和静寂。那稍纵即逝的雪花和雪淞，将随着冉冉升起的朝阳，瞬间化为一汪透澈的清泉，流淌在这迷魂嶂群峰大山的怀抱之中，去滋润这里的满山植被和群峰万物。关于天鸡寨得名的由来，传说很久以前，山上有一神鸡，时常在凌晨时分鸣叫。一旦此鸡鸣叫，周围村子里的公鸡闻声即随之鸣叫，故称"鸡头"。

　　观雾景，赏雪淞，等日出。雪，或者雪淞，偶尔会覆盖住雪冰凝冻的枝头，在这寒冷的雪天却又不时会透出一丝点点细微的暗红，犹如晶莹的珊瑚缀满枝头，那暗红透出的是喜庆，那是红梅的花蕊，仿佛春天的使者，在向群峰报春，冬天还在，可春天已不远了。那雪淞有时会垂下笔直笔直的凌冰吊，悬挂在沐浴着雪淞的杂草树木的草尖枝头，宛如一尊尊整齐排列身着铠甲雄壮威武的战士，威风凛凛，气宇轩昂，随时准备持戈出击，壮行天涯。雪与草木山石互依互补，雪淞却又如盛开在凌寒冬日中的水仙花，装扮着百里迷魂嶂所有的万千世界，玲珑深闺。

　　天鸡寨由于地处五峰乡境内最高峰，因此可领略到"会当凌绝顶，一览众山小"的意境。登临山顶，可以看到神奇辽远的迷魂嶂大山阡陌纵横，俯瞰眺望远方的城市，却又城郭如画。这里在古代具有军事战略地位，因此山顶建有寨，便于居高观察山四面八方的动静，及时应对出击。由于年代过于久远，抚去历史的烟尘，拨开岁月的迷雾，时光回溯到当前，让思绪回到现实，如今神鸡早已飞离，山寨建筑也均已损毁成为废墟，旧时寨子的模样已荡然无存，面目全非。

　　这里生态特别良好，资源极其丰富，冬暖夏凉，夏季最高气温在29℃以下，昼夜温差在7℃左右，夏季休眠要盖被子，若逢雨天或雨过天晴，山中则大雾蒙蒙，座座山峰恍若海市蜃楼，风光独异，景色优美，十堰境内"天然氧吧"之美誉名不虚传。

　　在迷魂嶂成片相连的文化旅游景点中，群峰脚下至今还存有一座老宅祠堂"夏氏祠堂"，为老式四合院，有房屋20多间，占地约300余平方米，建于1920年，在第三次全国文物普查时被发现，为研究本地乡土建筑提供了珍贵的实物例证。

　　在迷魂嶂境内还有一段古老的盘山路，在山腰间盘来绕去，弯道险急，十八个急拐弯盘根错节紧密相连，故称"十八盘"。站在迷魂嶂主峰俯瞰，如茂密丛林间一条玉带在山腰间缠绕。很早以前，这条声名远播的"十八盘"曾是南来北往的客商路经此处抵达迷魂嶂的必经之路，也是出山的唯一通道。它犹如镶嵌在狭长山沟里壁立陡峭的悬崖上，地势险要异常。如今，迷魂嶂以及境内早已通了公路，很少有人再走"十八盘"了。但"十八盘"的名字和故事却牢牢地烙印在数代人的记忆深处，挥之不去。

秋天看完遍山红杜鹃及深秋的万山金黄，冬日里赏完冬景，看罢雪凇，如果是在夏日，恰逢雨雾蒙蒙，湿意浓浓，行走在这海拔较高的大山云雾之中，深切感受到这里天然氧吧的优美意境，领略到这里云雾飘飘诗意般的仙境。如果说雪景雪凇是这座山峰雕塑般的灵魂，而鸟鸣则是山之魂，是森林之魂，那云遮雾绕，让人飘飘欲仙的感觉，不正是迷魂嶂迷人之魂吗？

如今迷魂嶂有着山场面积1.7万余亩，4000余亩上万株油茶，400余亩物种园。春回迷魂嶂，令人回想到童年时代时常听说的这大山迷魂嶂之中的采茶故事，那一代代采茶人的传说，为我带来了诸多神奇的想象。春到迷魂嶂，随着这些油茶基地的发展，这山之魂将再次摄人魂魄，犹如品尝香茗，令人神魂颠倒，心神荡漾，心向往之。春回迷魂嶂，已经发现春已到了迷魂嶂，春天正以浓浓的绿意，满山春色、满岭春风正吹到了迷魂嶂。

春回迷魂嶂，春到迷魂嶂，春来迷魂嶂，迷魂嶂正迎来了一年一度绿意盎然的春天，一幅乡村振兴的秀美画卷正徐徐展开。

游完迷魂嶂群峰之景点，了解到关于这里的文化和传说，黎明再次登临玉皇顶，极目远眺，只见一轮朝阳冉冉升起。山腰缭绕的云雾云蒸霞蔚，如轻纱般缥缈。阳光如金穿透树梢，洒满群山。不由生发由衷感慨，迷魂嶂的云雾富有诗意，如果说水是韵，丰润了容颜，缥缈起伏的云雾赋予了山以诗意，那么这山就是魂啊！山之魂、人之魂、心之魂、神之魂，这神奇秀美的迷魂嶂既是神的造化，大自然的馈赠，亦是人的杰作，更是魂的向往。

写于2021年4月28日

（此文发表于《火花》2021年第9期）

如梦似幻峡江行

想游三峡的梦想由来已久,因此三峡便一直在我的脑海中魂牵梦萦。

初夏时日,终于有了一次游览三峡的机会。乘上旅行社团的旅游快客,踏上了前往三峡的旅途。车子载着我们在高速公路上疾驶,途经汉十、荆襄、汉宜高速公路,经过近十个小时的奔波,我们到达宜昌,就要前往令我们魂牵梦绕的三峡了,我的心有了些许激动。

车子下了高速,穿过宜昌市区后又在崎岖蜿蜒的山路上盘旋而行,山势的险峻已让我们感受到了即将见到的三峡的气势。在又经过一个多小时的颠簸之后,就在崇山峻岭之间横着一条深深长长的峡谷,一条奔腾的大江出现了,三峡已经呈现在我们的眼前。三峡是由瞿塘峡、巫峡和西陵峡组成,横跨重庆、湖北两省市,而我们此次由于行程较紧,不可能全部游完三峡,我们选择游览的仅仅是三峡的一个部分,西陵峡中的一个新开辟的景点——三峡人家。

这是一个中国首创的原生态、场景式、体验型的民俗区。在三峡秀丽的西陵峡畔,杨家溪与龙进溪之间的长江灯影峡,在4平方千米的范围内,形成了一个开放型的、场景式的大舞台,在这个舞台上,上演着三幕大剧:洪荒时代的地质与神话、巴人部落的农耕与传奇、峡江岁月的风情与民俗。由三峡人家、龙进溪、天下第四泉、灯影洞、石令牌、石牌古镇、抗战纪念馆七大景区组成,三峡人家又分为山上人家、水上人家、溪边人家、今日人家。

进入景区门口,那一排早已等候在此的土家妹子立即用一曲曲悠扬的歌声欢迎我们的到来。跨上索道,我们的心便随着索道的缓缓上升,开始走进了远古的洪荒时代,走进了遥远的岁月和遥远的地方,我们滑行在三峡的上空,滑行在三峡的崇山峻岭之上,心情自然十分豪迈。下了索道,一个险峻如画的灯影石便呈现在了我们的眼前。灯影石看上去像一个大大的蘑菇,又像是大自然的千年神奇造化,鬼斧神工,看上去很险,仿佛巨石就要坠落,但仍然千年不变地立在那里,让人产生丰富的联想。

从灯影石穿过,登上陡峭山顶上的邀月亭极目四望,三峡美景尽收眼底,长长的三峡仿佛一条银练缥缈在崇山峻岭之中。站在这高山之上,俯瞰三峡,心情自然十分愉悦,一切的烦恼和忧愁尽皆可忘。在邀月亭上自然会想起李白的"举杯邀明月,对影成三人"的悠闲与自得。

穿过千年古藤缠绕的石径,我们向下山的路途行进。突然一个巨大的石令牌,高大雄壮地耸立在我们的眼前,这石令牌的动人传说和先人治水治山的壮举一下子便浮现在了我们的眼前。"英雄之气概,欲与天公试比高;治水之丰碑,长留人间启后人"。石令牌的高大令我们景仰,怀念先人的治水之举,又无不启迪着我们,回望滔滔江水,伟大诗人杜甫的"窗含西岭千秋雪,门泊东吴万里船"的诗境又不禁令我们动容。眼看峡江,本来巨大的江轮此时也变得犹如一叶扁舟,树叶一般地行驶在峡江之中。

远古洪荒时代,一头连着过去,一头牵着未来,这里既是神奇的画廊,又是优美的音乐盛宴。不知不觉间,我们已经进入了时光隧道,让我们怎么也不会想到在这么高的深山中竟然藏着一个天然大溶洞,洞内千姿百态、形状各异的钟乳石,又将我们引领到了另一个世界,让我们仿佛走进了远古的时光隧道,洞内不时传来乐音,仿佛曼妙的音乐。

三峡位于巴山楚水,它就介于巴人与楚人之间,而古代的巴族是我国西南少数民族之一,早在两千多年前就消失在长江三峡。《山海经》中对巴人建筑的最早记载就是碉堡和石堡。走完三峡人家第一幕洪荒时代的大剧之后,即进入了巴人部落,这里有在西陵峡复建的巴族城堡的巴王宫,它是最后一个巴王及其族人退守三峡的居住之地,又是抗击外敌入侵的军事要塞。

走进巴王宫,两位巴人将士全副武装地把守着巴王宫的大门,顿时给人一种威严的气势,再进入宫内,美丽俊秀的巴王宫女和巴王便出现在了我们的面前,与他们合影自然是一大幸事,这就让我们联想到一段爱情,一场战争和一个凄美的传奇,关于生死,关于战争的人生哲理,联想到巴王为天下而和,其魂魄化为白虎的崇高境界。

"山环水抱必有气,虎踞龙盘向无敌。"在巴王宫内,自然感受到这山环水抱的地势和虎踞龙盘的气概。站在宫内,轻叩房门、屋瓦,仿佛听到了历史的声音。若在深夜,那静静的月光从天井口照下,在寂静的山野,你是否又会想到那旧时的月光呢,依然会朗照着巴王宫的布瓦、栏杆和窗棂。在这里,爱与仇、战与和、生与死、夜与昼,虽然所有的恩恩怨怨,在几千年滚滚流逝的岁月中已随风而逝,但这仍留人间的巴王宫却又无不将人牵回到了历史的岁月。走进巴王宫回头望时,那犹如山寨的巴王宫镶嵌在山腰之中,虎踞龙盘,让人自然而然地想起那巴人部落。

从远古岁月中一步步走来,我们的思绪仿佛还沉浸在那数千年的时光中,但是不觉间已经到了充满现代文明的峡江岁月,到了龙进溪口,眼睛会立即被这风情如画的景色所吸引,那些如今早已成为历史印记久违的古老帆船和乌篷船静静地泊在江面上,溪边少女挥着棒槌在清洗衣服,江面上悠然的渔家在撒网打鱼……千百年来流传不衰的各种习俗风情,体现着峡江人民的质朴好客。走进峡江吊脚楼,峡江妹子载歌载舞,手中的红绣球飘飘欲落,这时清秀的三峡少女为您捧上一杯峡州清茶,您会觉得如梦似幻、亲切怡然。让人仿佛到了江南水乡,这不分明又是一幅动人的山水画卷,在竹排上撑篙划行,张网捕捞的渔民,无不充满着诗情画意,那诗韵、情韵、水韵十足,一幅幅山水画卷,如诗、如梦、如幻,仿佛流淌着三峡的千年风情,土家妹子的大胆泼辣,三峡男子的古朴淳厚,走进龙进溪,体味三峡风情,感受峡江岁月,那古老的桥、古老的门、古老的楼、古老的船、古老的帆,跳动在一幅幅静止的画面中,江上偶尔传来一声长长的汽笛,才会唤醒江上的游人。

沿溪进,忘路之远近,时而有撑着长篙的三峡渔民,荡着小船,哼着龙船调子;时而又传来粗犷豪迈的峡江号子,水悠悠、船悠悠、情悠悠、歌悠悠,仿佛悠悠岁月。浆动船走,白云前行,青山后移,他们昂首唱着《龙船调》,歌声悠扬,和回声相和,让我们领略这由山民和船夫用泪水和汗水伴奏而成的著名的"川江号子",联想到那嵌在山崖的岩缝里,用纤绳勒出来的血泪歌唱!溪边浣衣的三峡妹子见有游人到来,停止了浣衣,撩起了溪水,和岸上的游人对唱了起来,突然又有几只鹅从溪上游来,这不就是一幅动人的画面吗?是画,是景,是梦,是幻。

在小溪中行进,有吱吱呀呀的水车转动,不觉间眼前出现了一个吊脚楼。土家妹子们展示的民俗风情哭嫁,让你领略到土家的民俗文化风情。姐姐出嫁,妹妹们那撕心裂肺的哭唱,是真是假,是哭是笑,尽皆有之。"那一声哭,带走了感恩的心,这一声哭,掀开了明天的梦。"三峡演绎的哭嫁为你这次峡江之旅增添了更为丰富的内容。

楚音楚乐,三峡编钟,峡江古乐,在古往今来无不散发着穿越时空的魅力,编钟编磬,更是谱写着楚国宫廷的诗章,屈原的《离骚》《九歌》的余音亦在这里响起。皇宫古筝同样在这里交织,亲身体验了川江号子的粗犷、山野民歌的古朴、土家婚嫁的动人。

藏在深山,峡江的三峡人家分明就是远古的一幅水墨画,原汁原味的峡江风光,在这里让你感受到如梦似幻的峡江之行。

写于2007年6月4日

(此文发表于《十堰晚报》2007年6月12日、《东渡》2014年第1期)

云盖寺探秘

众所周知，云盖山位于武当山北侧郧阳区鲍峡镇境内，这里的云盖寺绿松石矿因盛产绿松石而扬名中外，在鼎盛时期曾是郧县（今郧阳区）全年财政收入的半壁江山，还曾是我国第一个国营绿松石矿，世界上最著名的绿松石产地、世界最古老的绿松石矿山之一，是世界著名优质绿松石产地，所产绿松石颜色鲜艳，质地细腻。这里还有天然的云盖山云海奇观、闻名遐迩的云盖寺。曾有人称，云盖寺这一带为中国矿业之母，是中国最早开采绿松石的地方。据有关史料记载，云盖寺山主峰海拔862米，因常年云雾缭绕，故名"云盖山"。山上有座寺庙，因寺院所处山势较高，且同样常年云雾缭绕，故就叫"云盖寺"。

仲秋时节，我随市区两级作协组织的文艺家采风团一起来到云盖山。清晨，我们一行步行登上云盖山顶，只见这里浓密的云雾弥漫群山，仿佛笼罩在如梦似幻的云霞之中，煞是一道优美的风景，山顶的云盖寺庙也掩映在虚无缥缈的云雾之中，置身其间，如处仙境。

我们一行在云盖山顶，领略了云盖寺云海奇观。登高远眺，眼前云海翻腾，如梦似幻，如临仙境。在高高的云盖寺山巅，白云飘忽，如棉絮朵朵，如雪山滚滚，如巨浪奔涌。大风拂过，云开雾阔，俯瞰，又如巨浪翻腾的大海。站在高山之巅，飘然欲仙，犹如站在云海之上，云盖山云海奇观宛如仙境。

据郧阳云盖寺绿松石国家矿山公园建设指挥部副指挥长李茂勇介绍，云盖寺庙虽不大，但名气不小。相传唐贞观年间，尉迟恭在此山建造寺院。当地还流传有"先有云盖寺，后有武当山"的说法，可见云盖寺建寺之早。

据其介绍，根据当地村民流传的传说，据说当年真武大帝修炼成仙后，沿秦巴余脉的奇山巨峰欲寻一处布经传道之地，来到此山，甚喜其云横雾飘、直逼九天的俊美气势，可惜此地已建有庙宇，只得叹息一声而去。所以当地便有"先云盖后武当"之说。

67岁的黄荣海一直坚持在这里守庙，他本来住在山下，十年前来到山上住进了寺庙。黄荣海告诉我们，新寺建成以前，只有十几个难辨年代的残破小石佛，被一块大红布连成一排，立在旷野里。新寺修成后，香客络绎不绝，每到春节期间每天都有几百人来进香、上供。

在云盖寺庙前，我们看到庙门前写着一副对联："云盖古寺名今古，东方圣玉誉中外"，横批是："名山古刹云盖寺"。云盖寺庙是一排砖房，寺门口立着两尊旧石像，一马一狮，寺内供着十八罗汉、财神、观音、弥勒佛、如来佛等。十八罗汉着新漆，如来佛石像只剩下一个佛头，刻工甚是精美，纹路清晰。院内有两个碑，一个是明代的，一个是当代的。新立的功德碑上写着："云盖寺源于明末，古为宗教圣地。其时香火之鼎盛，可与道教圣地武当山相媲美，素有'先云盖，后武当'之说。然该寺历经沧桑，终被毁。有志之士赵智全、何青等倡导重建云盖古寺，并于二〇〇六年七月十五日竣工……"而摆放在庙门前的旧碑已被岁月侵蚀，字迹不再清晰。云盖寺庙的前面则是一口大井，终年井水不枯。

在云盖寺现场，倡导重建云盖古寺的有志之士赵智全向我们介绍道，云盖寺历史上多次被毁，到底有多大规模，没有留下史料记载。最近的一次拆毁发生在20世纪60年代前期，从一张毁后的照片可以看出，断壁残垣，枯井倒佛，满目疮痍衰景，但仍可依稀推断出它曾经的辉煌盛况：依山势而建有前堂后殿，有似兵马俑形象的上百尊石佛供奉，僧侣不下百人，香客常年挤满寺院，那一旁尚在的用水大井足可表明它昔日的鼎盛香火。

现在沿寺院旧址，可见近两里的山脊上砌筑的防御墙体，并有射击孔口，如今虽山风萧瑟，但仍可感受到当年硝烟弥漫的场景。此外，云盖寺还有湘子殿、财神庙遗址等人文景观。

李茂勇曾经采访过现年78岁的老人何均厚，据其回忆云盖寺当年的盛况时说，他1941年出生于云盖寺村，是十堰亨运集团退休职工，小时候他经常在寺庙里玩耍，凭记忆自己手绘了拆毁前云盖寺的平面图。据其讲述：寺庙很宏伟，东西坐向，高高的围墙和大门，有前殿、中院、正殿，南北两侧全部是厢房。大门外的两棵千年娑罗树，一棵五人合抱，十余丈高，另一棵三人合抱，也有十余丈高。1954年开采绿松石矿，这座古寺便于1956年冬的一个雪天建矿时开始拆庙建厂房，20世纪60年代后期彻底被毁，令人十分痛心。

李茂勇根据有关史料推断，云盖寺若建于唐初，距今有1300多年，这要比武当山目前的主要建筑早700多年。

方圆十里八乡的人们都知道，郧阳区鲍峡镇的云盖寺很出名，它的名气不是因庙宇的大小，而是云盖山下埋着的宝藏——绿松石。"是云盖山中出宝石才建了寺庙，还是有了寺庙后才发现了宝石？分不清是因寺而名山还是因山而名寺。但根据当地人介绍，唐宋时期云盖寺附近就已开采绿松石了，现在山上还能看见那时候的矿洞。"李茂勇说。

"有人称云盖寺这一带为中国矿业之母，是中国最早开采绿松石的地方。这一说法并非没有根据。云盖寺以北十多公里的董家湾，1992年考古人员就发现了6万平方米的春秋战国古铜矿遗址。"李茂勇介绍说。

十堰云盖寺绿松石历史十分悠久。元朝陶宗仪《辍耕录》记载："荆州石，襄阳甸子"，湖北绿松石产地郧县、竹山一带，正是古代荆州襄阳辖地。因产于巍巍八百里武当山下，也有商家称之"武当圣玉"。

同行的郧阳博物馆副馆长王诗礼曾搜集了诸多关于绿松石的有关考古，与云盖寺隔汉江相望的郧阳区五峰乡乔家院，在一座距今2500多年的春秋古墓中，出土的绿松石青铜剑，经专家鉴定，绿松石原料来自云盖寺矿。

距今约3800年的河南偃师二里头遗址出土的绿松石龙形器，被誉为"中国第一龙"，经专家鉴定，原料主要来自云盖寺矿。

根据史料记载，鲍峡镇云盖寺绿松石矿作为矿场开采，肇始于清朝末期。中华人民共和国成立前夕，云盖寺绿松石矿为赵斌父子私人所有。1954年，矿山收回国有，组建成立了国有云盖寺绿松石矿，成为新中国唯一的大型国有绿松石企业。该矿年产量就一直稳定在20吨左右。截至1999年，开采出的绿松石总产量约800余吨，累计创汇3亿多美元，最高年产量达30吨，年产值达1200万元，为地方财政和国家外贸出口作出了突出贡献。

资料显示，云盖寺矿是世界上著名的绿松石矿山，开采历史悠久，品质优良，无论产量、质量、储量均居世界前列，被业内高度认可。谈起云盖寺绿松石的品质，李茂勇如数家珍，他介绍说，这个矿口出产的优质高蓝高瓷绿松石，犹如碧空如洗的蔚蓝天空，让人无限向往，由于其色泽艳丽，质地细腻，被称为"云盖蓝"，也叫"鲍蓝"，美国人称其为"云盖石"。这种高品质的松石一直受到全球绿松石玩家的追捧，每克价达到千元，甚至数千元。尽管如此，这样的云盖蓝松仍然一货难求。

同样，资料显示，在武当山系迄今所发现或开采的绿松石矿中，首推郧县鲍峡镇云盖寺的绿松石质量最好，储量最大。20世纪60年代以后，云盖寺的绿松石占领了世界的广大市场，产品远销欧、亚、美、非洲各国。在世界绿松石交易市场上，绿松石也被称为"云盖石"。云盖寺绿松石质地优良，色泽艳丽，驰名中外，成为顶级绿松石的代名词，云盖寺矿山因而被誉为绿松石圣地。

李茂勇介绍，据考证，该矿开采100多年，从未中断。清末、民国时期，不仅北京、上海等地的玉雕厂商来郧县采购，英、法等国外商和玉石专家也亲自到郧县采购。中华人民共和国成立后，绿松石的生产实现了机械化、产量不断提高。现常年产20吨左右，最高年（1977年）产27吨。

李茂勇介绍说，北京人民大会堂湖北厅陈设有巨型雕刻珍品绿松石"李时珍采药"就是用的郧县绿松石。大型绿松石雕刻《楚天曲》则是用一块重达14.7公斤原石雕刻而成。高11.5寸、宽6寸。整块松石料面纯净，质地细腻，色泽碧绿，鲜艳夺目，是湖北省开采绿松石以来，极为罕见之珍品。1986年，郧阳绿松石收入中国旅游出版社出版的《中国名产趣谈》一书。

我们随采风团一行来到原云盖寺国营绿松石矿矿区，只见当年一辆接送工人上山下山出行的破旧大客车和一辆老上海轿车还停放在厂区内，仿佛在诉说着矿区曾经的辉煌。矿区内已人去楼空，冷冷清清。院内是破旧的厂房和零零碎碎的矿渣，其中有一栋厂房已经被推倒。只有矿产稽查人员守在矿区，旁边有建设工人在从事建设。

我们在原云盖寺国营绿松石矿前厂长贺立斌的带领下，深入一号采矿巷道矿洞中，只见矿洞中各处被封堵着，里面运矿石矿渣的轨道还保留着原样，依稀还能感受到当年开采时的盛景。"1995年，云盖寺绿松石产量大减，由1994年的24吨，下降到15吨。长约5千米、宽1.5千米，高1千米的云盖山，已经打了40多个洞口，顺着绿松石矿脉走向，前后左右，从上到下共凿了30千米的隧道。前山穿后山，上洞连下洞，云盖山已经成了窟窿山。"贺立斌说。

"当年这个矿的产值曾占郧县全年财政收入的一半……"贺立斌说，别看矿区现在冷冷清清，以前曾是我国最大的绿松石企业，全国闻名。

据《郧阳地矿》一书记载，云盖寺绿松石矿于1954年收归县办，更名为郧县地方国营绿松石矿。"开始建矿时，只有20几名工人，靠着一根钢钎一把锤，点着油灯，在洞里打眼放炮，寻找矿石，绿松石的开采量也小。到1970年，郧县绿松石矿归国家轻工部统一管理，由轻工部投资，开挖一号井。应用风钻机打炮眼，矿井内安装电灯铺架钢轨轨道，用矿车拉矿渣，开掘速度比50—60年代大大提高，1972年就采到富矿带，年产绿松石25吨，产值达140余万元，上缴利税60余万元。"

"从1970年到1990年，郧县绿松石矿属国家轻工部下设的工艺美术总公司管辖，公司下拨开矿资金，包括探矿费、防尘费、厂矿建设费等。公司每年下达开采计划，将计划分解到北京玉器厂、武汉玉器厂、武汉工艺美术厂、光华（现老河口）玉器厂等国家大型玉器厂家，各厂拿着计划单到郧县绿松石矿提货，现款现货。郧县绿松石矿因品质优良和丰富的储量，成为全国几大家玉器厂绿松石主要供应地，这些厂家将绿松石加工出口，销往世界各国。

从1974年到1990年间，绿松石矿年上缴利税在70万元以上，占全县财政收入的八分之一，成为全县的利税大户。在20世纪70年代以前，绿松石矿上缴利税就能养活全县的国家工作人员。那时的绿松石矿，机器轰鸣，车水马龙，一派兴旺。"

在现场，李茂勇向我们介绍说，云盖寺绿松石矿开采最高峰是20世纪70年代到80年代中期，当时郧县财政收入大部分都来自这个矿，是当时郧阳地区效益最好的企业之一，最高峰该矿人数达1500多人，每天下矿井的有四五百人，产量是每天半吨到1吨。云盖寺绿松石矿年产量占全国总产量一半以上。到21世纪，由于资源、市场以及企业负担过重等原因，云盖寺矿于2005年拍卖改制。

《郧县志》上也记载了那段辉煌岁月：1974年8月6日至11日，轻工部和工艺美术总公司在郧县绿松石矿召开全国玉器工作经验现场交流会，郧县绿松石矿负责人做经验介绍；1977年郧县绿松石矿获国务院工业学大庆先进企业奖；1978年云盖寺绿松石矿选矿工江西芝当选第五届全国人大代表；1988年云盖寺矿获国家轻工业部优秀出口产品铜奖；1992年7月6日，郧县首家中外合资企业——郧县雷霆绿松石工艺品有限公司建立；1994年1月15日，世界最大的一块天然优质绿松石在云盖寺山产出，长82厘米，宽、高各29厘米，重66.7公斤，呈蓝绿色，结构完整，质地细腻，现陈列在郧阳博物馆。

著名工艺雕刻大师王德龄，于1968年采用云盖寺绿松石精雕的一枚毛主席像，是世界上唯一用绿松石雕刻的毛主席像珍品，现作为郧阳博物馆的镇馆之宝。

云盖寺矿历来受到国家轻工业部的重视和支持，逐步建成为一个十分标准和规范的玉石矿山企业。采矿、运输、加工的设施完备，学校、医院、派出所、疗养院、礼堂、住宅区等配套设施一应俱全。最高峰时，矿上生产生活人员达1000多人，俨然一个小社会。

湖北郧阳云盖寺绿松石矿作为我国第一个国营绿松石矿，不仅是世界上最著名的绿松石产地、世界最古老的绿松石矿山之一，也是具有科学研究、观光旅游的历史文化遗产，其自然和人文的双重属性，具有重大的开发利用价值。

云盖寺绿松石矿山因其稀有性、典型性、观赏性、科学和历史文化价值、旅游开发价值五个方面的优势，根据原国土资源部《关于开展第八批国家地质公园和第四批国家矿山公园申报审批工作的公告》，2017年11月21日，原国土资源部（现自然资源部）地质环境司组织召开了第四批国家矿山公园专家评审会，同年12月27日，根据评审结果，湖北郧阳云盖寺绿松石矿山公园被原国土资源部授予国家矿山公园建设资格。按照公司化运营模式，十堰市云盖绿松石矿山公园有限公司,将承担矿山公园的投资建设和运营管理。

我们在云盖寺绿松石矿遗址上看到,建筑工人正在对矿工旧房进行修复施工。云盖寺绿松石国家矿山公园由国家自然资源部批准建设,占地4.31平方千米,规划建设绿松石矿业遗迹保护区、科学考察、科普体验、文化旅游、休闲度假等7个主题区。首期投资5000万元(含景区道路),计划投资2.45亿元。

"云盖寺绿松石矿凭借其稀有性、典型性、观赏性、科学和历史文化价值、旅游开发价值五个方面的因素,被国家授予矿山公园资格。"李茂勇介绍说,"云盖寺正在规划建设绿松石国家矿山公园,助力十堰旅游事业发展。不远的将来,这里将成为一个集绿松石矿业遗迹保护、宝石加工销售、科学考察、科普教育、文化旅游、休闲度假为一体的综合性公园。"

湖北郧阳云盖寺绿松石国家矿山公园将遵循"开发中保护,保护中开发"的理念,规划矿业遗迹展示区、科普功能体验区、休闲养生区、自然风光游览区、综合服务区、自然生态区等区域,成为集绿松石矿业遗迹保护、宝石加工销售、科学考察、科普教育、文化旅游、休闲度假等为一体的综合性矿山公园。

云盖山云盖寺不仅风景优美,未来,这里还将成为世界级绿松石地矿遗迹矿山公园、全球绿松石科学研究基地、全国绿松石科普教育基地、国内外绿松石地学旅游示范景区、宝玉石爱好者淘宝目的地。

写于2020年10月21日

(此文发表于《十堰晚报》2020年10月28日)

壮美九龙瀑

飞瀑如银、瀑花四溅、奔腾咆哮、声如雷鸣，如果不是亲眼见识了奇险峻美的九龙瀑，我是无法想象到她的神奇与壮美，更是无法用这些形容词来形容这一道道雄伟壮观的飞瀑。

初夏时日，来到了神奇秀美的湖北九龙瀑大峡谷，让人一睹了她藏在深山的雄奇与壮美。进入景区，九个精美的龙头造型将拦河坝坝顶的湖水，分成数道细流便垂落在眼前，而这还没有撩开九龙瀑的神秘面纱。如果不是继续往前，我还真不知道九龙瀑是藏在深山峡谷中的大家闺秀。她的秀丽与壮美就是因为她与天接、与山连、与峡通、与石依，与天地相依相生。

垂挂在眼前的这数道细流瀑布告诉人们已进入了九龙瀑观瀑，这些小瀑布只是从上面的湖中用了九条龙的造型将拦河坝中的湖水分割倾流下来，而真正巧夺天工的瀑布还藏在深山峡谷中。

登着台阶拾级而上，眼前就出现了一道湖，这一湖的蔚蓝倒映着两岸的青山，不管是荡着舟排游船还是乘坐全球罕见的悬崖观光小火车，观湖光山色，让人仿佛穿越时空隧道回到了童年时代，会感到一种童话般的快乐和惬意。继续随舟排或悬崖观光小火车往景深处行，来到湖的尽头，弃舟排上岸或走下小火车，才算进入景区最美风景的开始。

先是峡谷拓展训练运动，在原生态的峡谷中挑战自我，提升观瀑的激情。人在峡谷中拓展动荡，充满了无穷的乐趣，早已将前面还要观瀑的兴致忘在了脑后。字母桥、九曲桥、晃板桥、缅甸桥、爬网桥、脚印桥、吊装桥、吊板桥、轮胎桥，桥桥相连；搭木过河、时空穿越，两公里一路拓展训练，让人其乐无穷。

湖北九龙瀑大峡谷居秦岭南麓，处汉水之滨，位武当山下，坐拥鄂豫陕交界处的湖北省郧阳区南化塘镇和大柳乡接壤的崇山峻岭，处在兆河境内，因有九条瀑布形成的瀑布群似九龙腾飞，九瀑九景，潭瀑相映，气势磅礴，蔚为壮观，被誉为"楚天第一瀑"。

在这里流传着一个神话，传说古时此处大旱，干旱八月无雨，苍茫大地赤地千里，致百姓民不聊生，民众无奈祈求上苍降雨。龙王爷获悉民众疾苦，遂派遣九子前往降雨。九位龙子来至此地调风遣云，该地瞬时普降大雨，雨量超过一兆，瞬间在山川间汇成河流，在雨量充沛的情况下，又形成了连绵的瀑布群绝美胜景，兆河大峡谷由是得名。九子留恋此美景圣地，难舍难离，执意在此修炼，修炼成真龙后飞天成龙，便于此地留下九道瀑布，九个深潭，九龙瀑因这美丽的传说而名。

传说终归是传说，都是美好而极富诗意的神话。又传龙生九子，而九龙瀑恰有九道瀑布。景区遂以"中国龙文化"为主题，以龙九子传说为主线，在这大型原生态山水风景名胜区长达7千米的峡谷里，以龙九子命名了九道瀑布。分别是九龙瀑之一老九貔狻、九龙瀑之二老八螭吻、九龙瀑之三老七趴蝮、九龙瀑之四老六赑屃、九龙瀑之五老五饕餮、九龙瀑之六老四麒麟、九龙瀑之七老三狴犴、九龙瀑之八老二睚眦、九龙瀑之九老大囚牛。诗意的龙九子之名便赋予在了这九龙瀑九道瀑布之上，让人在观瀑的过程中产生了丰富的联想。

喊泉是景区的一大亮点，也是一个网红打卡游客火爆的激情观景点，具有神奇无限的魅力。只听见空旷的山野中不知来自何处的一声声声嘶力竭的呐喊，只见一柱喷泉便缓缓地喷涌直出，拔地而起，喷泉冲出挺立，直向云天，喊叫声越大，泉水就喷得越高，直至喊得声嘶力竭声音渐微后，泉水才会回落下来，趋于平静。喊泉神力无穷，喊出了雄壮的力量，喊来了游客在此止步观看，纷纷称奇并拍照留念。

七情六欲石则是九龙瀑又一道亮丽的景观，只见游客云集在这里排队和七情六欲石合影，希望能够得到七情六欲的念想。七情六欲石传为"龙宫四宝"之一，为龙王当年修炼所留，此石的法力是可以控制和调节人的七情六欲。为了不被妖魔窃取祸害他人，龙九子老大囚牛便化身为瀑布守护着，于是这条瀑布就叫作囚牛瀑布，也成了九龙瀑之首。

酣畅淋漓，激情畅游了美丽壮观的九龙瀑，让人无不领略了她的神奇魅力，感慨万千。九龙瀑的美在于她的瀑瀑相连，九道瀑布接二连三；九龙瀑的壮在于她的雄奇磅礴，气势雄伟；九龙瀑的秀在于她藏在深山峡谷，秀美含蓄而不示人。她时而涓涓细流，时而雄宏飞奔，倾斜飞瀑，一泻千里，集优美的音乐和天然的韵律于一身，如山水长卷，又如一首流动的诗，一幅泼墨的山水画，大写意般地倾泻而下。巨大的落差，让九道瀑布一路飞奔，咆哮高歌，如喷珠溅玉般奔腾而来。

登得九龙九瀑之首，山顶又一湖出现在了眼前。这一湖的碧深幽蓝如同明眸，让人产生无尽的遐想，仿佛看到透彻的人生，而远山则如淡眉，装点着眼前的美景。此时，独立在这群山碧水之间，倾听万籁俱寂，只见那远山在云雾中若隐若现，流云飘忽变化莫测，唯有那流云飞瀑的激流在天地间发出优美而动听的鸣奏，犹如奏响乐章的音符天籁般悠扬地在山间飘荡起伏。

天高湖深，仿佛连天接地，湖天一色，惊险秀美藏于一湖。峡谷的深险浪漫，狭长幽深，树与峡谷交融，湖与瀑布相生。蓝天白云倒映在清澈的湖面，山的险峻和蓝天的高远都倒映在这湖中，仿佛奇险俊美都沉于在这一湖之水。不知道是山孕育了湖，还是湖滋润了山。也不知道是湖流成了瀑，还是瀑蕴集成了湖。

这些瀑布群落雄伟壮观，配以原始苍翠的山野，潺潺流动的溪流，汇聚交织成碧澄的潭水成湖，涓涓流水声宛若天籁，穿行于这些瀑布群落中，置身其间，会让人感到神清气爽，心旷神怡，飘飘欲仙。

这湖天相接，青山碧水倒映湖中，这瀑的雄奇和瑰丽犹如铺排在高远的天地之间。这道湖仿佛天外来湖，又如天湖，独立其间，心中不禁涌现出这湖水中究竟藏着多少秘密和传奇故事的奇想。一湖山水一湖胜景，一道湖水一道人生。如诗如画，诗画之境。诗画相配，诗画交融，以画之形，演绎峡谷的自然之美；以诗之韵，彰显峡谷的幽深意境。这一路飞奔而来的瀑布毫不掩饰自己表面阴柔而内心却强悍的本质。峡谷多水，溪流、瀑布、水潭、暗泉随处可见。行走在狭长的峡谷之中，空气清新，潮意融融，潮湿的空气氤氲其间。

飞瀑激进的流速和颜色各异的交融叠加，给人带来无法想象到的奇美意境和斑斓多姿的画面和风景。一瀑一风景，一瀑一气势，每一道瀑布犹壁挂在悬崖之上，飞瀑直下，激情奔涌。这些瀑布群如同奔腾咆哮的巨龙，一路狂奔，冲撞的瀑布声如响彻万里的巨雷，撞起的瀑花四溅，仿佛幻化成一条接天及地的巨龙，飞舞在青峰翠峦之间，景象蔚为壮观。

九瀑九景，曲折多姿，变幻无穷。瀑壮，水秀，山美，山水秀美的九龙瀑构成了一道道秀美亮丽奇妙绝美的山水胜景。

写于2021年6月15日

（此文发表于《躬耕》2021年第8期）

雨游古隆中

到过几次襄樊（现襄阳），每次都是行走匆匆，逗留的时间不长，因此对十分景仰的古隆中自是无暇去游，这便成为一种遗憾，久久地遗留在心中。

终于在一个周末，有了到襄樊的机会，在妥善办好所有事宜之后，决定多待一天，好好游览一下古隆中，一则弥补心中的遗憾，再则了却心中早年的愿望。可事情总是不巧，原本计划好的这天，早晨起来，却发现天气阴沉沉的，天公不作美，要游古隆中却又遭遇下雨，心情顿时阴了起来。想到下次再到襄樊不知要到何时，因此也就没有顾及天气，而是径直从市区打车前往古隆中方向。

到了景区大门，雨已经渐渐地下了起来，好在雨下得不是很大，仰头看了看天，迟疑片刻，还是决定登山。这时刚好景区大门口有卖伞的人，于是买了把伞，便开始登山。初夏的天气本就不是十分炎热，恰又逢上雨天，倒是有了几分凉意。进入景区，树林荫翳蔽日，寒气袭人。淅淅沥沥的小雨虽然下着，但是并没有扫去游览美景的兴趣。进入景区大门，"古隆中"的牌坊就映入眼帘，牌坊坊体高大，蔚为壮观，精美的浮雕加上苍劲有力的书法更是为景区增添了几分雄伟气势。"三顾频烦天下计，两朝开济老臣心"的牌坊楹联立即将人带入了三国的浩荡历史中，那"三顾茅庐"的传说让人浮想联翩，使人想到这历经百余年风雨洗礼的石牌坊如今仍完好矗立在隆中山下，是何等的珍贵。继而躬耕陇亩的石碑跃入了眼帘，当年的诸葛亮原来就是在这里"躬耕陇亩"的呀！触景生情，历史之感顿时油然而生。淅淅沥沥的雨时下时停，加之树木茂密，越来越无法看到天空，也不知道雨什么时候再下，什么时候在停，游览古隆中的兴致此时早已超过了阴雨的阻拦。

沿着山路走，忽见一开阔地，进得屋中，原是"武侯祠"诸葛亮的铜像矗立祠内，那"冈枕南阳依旧田园淡泊，统开西蜀尚留遗像清高"的对联又将人引到另一种境界中。这里山峦叠翠，溪水潺潺，田园淡泊，野趣横生。

祠内仍然留存诸葛孔明的铜像，祠内有诸葛孔明的《隆中对》。诸葛孔明在隆中躬耕达十年之久，由于他才华横溢，独居隆中，被誉为"卧龙"，隆中便是他多年隐居的旧址，走进这块圣地，自然感到几分神圣。

"三顾频烦天下计，一番晤对古今情"，更是当年刘备三顾茅庐拜见诸葛亮，宾主之间恳谈的隆中对策，看实物，想起史书记载，别有一番意蕴。这里有"桃园三结义"的景观，有卧龙遗址，更有隆中作对的智谋，还有诸葛亮隐居耕读的"隆中书院"，以及八卦阵图，好一派三国人物谱，看一下这些景点，顿时将人牵到"三国演义"的豪情与历史中。"滚滚长江东逝水，浪花淘尽英雄"的磅礴气势立即回响在耳边。卧龙深处更是藏龙卧虎之地，几乎《三国演义》中许多三国故事都能在这里找到踪迹。

景点繁多，几乎每个景点都与三国故事有关，让人不胜遐想，诸葛先生的智谋怎不令人敬仰。看完这些景点，继续登山，那奇形怪状的树，蔽日参天，让人生出"入云深处亦沾衣"的感慨。走在登山的路上，想起诸葛孔明，常年在这里居住躬耕、指挥，足智多谋的他，闲暇时，也会沿着这林荫小道上到后山。山高而陡，但步步有阶，倒又让人生出几番情趣来，每一处都赋之于传说，景因人而贵。

不知走了多久，到了一片开阔地，忽然一阵强光出现，雨不知何时停了。经过曲曲折折地攀登，终于上了山顶，这时发现，山顶是一个腾龙阁，而四周却是云山雾海，自己仿佛就在云中。腾龙阁有十层之高，登上阁楼发现，里面全是诸葛孔明先生足智多谋的篇章悬挂阁内，阁内配以铜像，让人亲自领悟诸葛先生的谋略篇章。

上到阁顶，站到阁外，举目远眺，这时你会为你选择雨天游览古隆中是多么明智之举啊。四周尽是雨雾笼罩，你就在云雾之中，如同到了仙境，风吹阁楼，你会担心自己被风吹起，跃入云海，顿时飘飘欲仙，犹如到了仙境。四周的铜铃被风吹动，发出悦耳动听的铃声，更是为这云霄中的高楼增添了几分沉稳与庄重。忽然一阵风过，云开雾散，却又露出一片茂密的树林，或是隐约中现出山下的城市，又犹如海市蜃楼，这时你会发现雨中游隆中才是你的最佳选择。云开雾散，这个城市也不过弹丸之地。

"登阁沉吟愧我无孔明才智，向天舒啸问谁有玄德胸襟"的风云际会；"劲足步出隆中地，伸手托起国汉天"的雄才大略，这时你顿然会找到诸葛亮当年在这里腾龙的境地。

松涛云海赋腾龙,开襟赏一潭碧水的意境,独立拔地的腾龙阁,顿时让你身临其境,找到那种"雾去云来我欲飞"的感觉。

江流天外的豪情,龙卧渊中的智谋,云开雾阔的仙境。这又哪里是你晴日游隆中所能感受得到的呢!雨游隆中,你会感受更多,更能步入人间仙境,找到飘飘欲仙的感觉。

写于 2006 年 6 月 3 日襄樊吉祥旅社

(此文发表于《安徽文学》2010 年第 12 期、《中国铁路文艺》2013 年第 10 期)

秋醉五龙河

有着"鄂西北小九寨"之称的郧西五龙河风景区，我早有耳闻。深秋的一天，有幸前往五龙河风景区游览。车子驶出十堰城区后，进入高速公路向郧西进发，下了高速后再行驶一个小时车程，即到了五龙河景区。已是深秋时节，天空又落着秋雨，想着来游五龙河会不会扫兴，然而还未进景区，那奇山秀水的风景已改变了我最初的想法。

手中的景区宣传资料已让我对五龙河景区有了大致了解。据传，五龙河的来历，是由于很久以前，郧西县城遭受干旱，庄稼颗粒无收，民不聊生，这一带的乡绅长老们时常梦见有五条龙由东南云游而来，便带着乡民到五龙河祈雨，每祈必灵。原来这五条龙来自武当山的五龙祠。相传唐贞观年间，均州太守姚简奉旨上武当祈雨灵应，就地建了"五龙祠"，宋真宗封为"五龙灵应之观"，元仁宗封为"大五龙灵应万寿宫"，宫中有五口井，一井汲水，五井连动，五口井内居着五条龙，井虽幽深，毕竟狭窄，因而五龙经常到清幽隐秘的五龙河巡游布雨，济善万民。人们为了纪念五龙，就将这条清幽神奇的河称为"五龙河"，故此得名。

传说终归是传说，有些神话的意味，但20世纪70年代考古工作者就在五龙河东山背上的白龙洞发掘出土了古猿人牙齿化石，被定名为"郧西人"，同时还出土了熊、大熊猫、剑齿象、剑齿虎等20多种动物的牙齿、头角、骨骼、粪便化石，后又发现了一批人工凿痕的打制器和用火迹象，这就是人们所称的"郧西猿人文化"。而4000多年前，这里曾经又是商周改朝换代的封神古战场，姜子牙调集古庸国、麇国等部落联盟，从此进军殷商腹地朝歌，而秦汉时期的"商山四皓"等都在这里演绎了古老的神话和仙境。

神话和传说都是无可考证的，但这里有着悠久的历史却是真实的。五龙河的美誉并不仅仅在于其远古的文化，更有她神奇秀美的天然画廊，仿佛让人走进人间仙境。深秋时节步入五龙河峡谷，首先映入眼帘的是她那优美的生态植被，万山红遍，层林尽染，那山上红的枫叶，峡谷中红的火棘，仿佛燃遍这个深山大峡谷。五龙河的天然植被会让你感受到秋的浓荫与沉醉，火红与静美，如果是在春天，这里一定会是万花争艳，夏天会让你感受到绿意盎然，清新凉爽，又将成为避暑胜地，冬天会感受到雪盖四野、冰雕玉琢的雄壮与秀美，这里又会成为冰雪的世界。这里各种珍稀植物应有尽有，随处可见。天然的生态植被，会让你领略到天然氧吧的清新，呼出久居城市中呼吸的工业废气与城市烟尘，而吸进清新凉爽的新鲜空气，会让你真正感受到这里空气的清新。置身于五龙河峡谷，什么都可以不想，在这里尽情地享受大自然的神奇秀丽之美，沉醉在这世外桃源之中，忘掉了在生活中的名利之争、仕途争斗和工作的艰辛之累，在这里完全就是一个真正的自我，脱离了凡尘，忘掉烦恼和忧愁，在这里静静享受大自然带给你的快乐和惬意，将自己投入大自然的怀抱。

五龙河峡谷完全是一个水的世界，放眼望去，谷谷皆瀑，瀑瀑相连，站在瀑下，一任瀑布溅起的飞沫淋湿你的思绪，怎能不升发几缕诗情呢？那瀑布的壮观与泉水的清灵，又是多少城市人所向往和追求的意境呢。这里瀑瀑相叠而生，层层叠叠，一道比一道俊美，一条比一条神奇，在这里你会惊艳于大自然鬼斧神工的造化。在峡谷中穿行，峡谷一拐，忽然又一泓清泉流出，巡着水声，你放眼望去，会发现又是一个奇异的瀑布立在眼前，瀑布就像奔跑的兔子，忽而不见了踪影，忽而又突现在你的眼前，它们不停地腾挪、跳跃，唱着欢歌向远方流去。在这里完全可以超凡脱俗，如果是夏季，你定会情不自禁地跳进潭中，或在瀑下，让泉水荡涤你的心灵尘垢，如同身在仙境。

如果说是水的灵气、山的俊美、谷的悠长，造就了五龙河美景的话，那么栈道与山崖的险峻则缔造了五龙河的又一特色。走在奇险无比的栈道上，感到山崖仿佛倾倒，而在悬崖绝壁的栈道上行走，则又有攀岩的快乐，让人找到有惊无险的感觉。刀砍斧削的山崖如同一位饱经沧桑老人的脸，又如雄鹰腾飞，金鸡独立，耸立于天地之间，行走在峡谷之中，无不让人产生丰富的联想，这险峻无比的山崖，又让人找到了无尽的快乐。

经过了几小时的穿行，从五龙河谷的这端穿行到那端，仿佛人生的一次穿越，又像是人生的历练。走出五龙河峡谷，那种快乐与淡定的心境却久久让人挥之不去，抬起头来，一枚树叶打落在地，踏在秋叶上，一种绝美的心境油然而生。深秋时节，醉在这五龙峡谷，如同独饮一壶老酒，似醉非醉，梦幻交织。抬头望去，想起已是深秋，何时再来这五龙峡谷，待到雪飞冰冻时，那时的五龙峡谷定又是一番景象。

走出五龙峡谷，仍然似醉非醉，何曾想到还有这等人间仙境！秋游五龙河，秋在五龙河，秋醉五龙河！

写于 2008 年 12 月 3 日

别有洞天鸡冠洞

栾川风光秀美早有耳闻,有幸到了一趟栾川,游览号称"北国第一洞"的鸡冠洞,顿时为这别有洞天的溶洞而称奇。

时值阳春三月,鄂西北已是桃红柳绿,而栾川境内却仍然大雪飞扬,银装素裹,好一派北国风光,立即让人感受和领略到了栾川的秀美和迷人。5个多小时的长途奔波,所有的疲劳都被这秀美迷人的风光而抛之脑后了。匆匆吃过午饭,我们便直奔景区。鸡冠洞景区距离栾川县城仅有3千米,几分钟的车程即到。

鸡冠洞位于鸡冠山坳处。来到景区门口,那山的巍峨顿时让人举头仰望。山头孤峰峭立,犹如雄鸡引颈,阵阵高歌响彻幽谷山涧,鸡冠山因此而得名,鸡冠洞又因山而名。

进入洞口,要走318级台阶,登山之累会被景色的吸引而淡去。这是一个天然大溶洞,千年大自然的造化,成就了这一个神奇的自然景观。穿过一条笔直平坦的洞内长廊,即真正进入了另一个开阔的世界。

高低不同、粗细各异的石柱石笋,仿佛将我们引领到了一个无声的世界,它们仿佛领首,又似微笑,更像低语,在欢迎着我们的到来。首先映入眼帘的就是玉柱潭,仿佛一柱擎天,顶天立地,而旁边又似瀑布飞流直下,落花四溅,汇入一潭碧水,彩灯映照,叠影重重,五光十色,又如一个浓缩的大自然景观,石笋密如丛林,犹如步入仙宫。

金龟渡仙翁、玉兔望月、五佛画山,一个个景点惟妙惟肖,仿佛让人置身仙宫,缥缥缈缈虚幻朦胧的世界,让人如入人间天堂之美景。

洞内一改想象中的狭窄幽暗,而是越走越开阔,越走越明亮。千层瀑布头顶飞泻,万道流泉脚下延伸,这仿佛亿万年的瀑布流泉在这一刻突然遇到冰川期而凝固一样,顿失滔滔水流,哗哗水声,又似春天杨柳万千,柳条倒垂的自然景观。

洞内所到之处皆为景观,没有人为的雕琢,都是大自然的神奇造化,赋予了人们更丰富的想象,看啥像啥,洞壁洞顶千孔百穴,无处不景观,这时会让你感到两只眼睛看得太累,景观一道接一道,令人目不暇接,洞中自然奇观会令你想到它的壮丽与辉煌。

走进洞内，曲径通幽，峰回路转，景观自然布局，疏密有致，遍布洞内的钟乳石形象各异，姿态万千，如仙、如佛、如禽、如兽、如笋、如林、如帘、如幕，道道景观，栩栩如生，惟妙惟肖，琳琅满目的石笋、石柱、石盾、石花、石琴、石塔等，更是为我国北方所罕见。也难怪新华社原社长、著名作家穆青在游览该洞后，盛赞该洞为"北国第一洞"。

小洞藏世界，大洞纳千古，洞中有奇观，其奇、丽、幽、深、险、峻、秀无一不绝妙至极。

鸡冠洞也是水的世界，不时有水潭出现，头顶有叮咚叮咚的水滴下，清脆悦耳，犹如玉珠落盘。水滴打在石上，如木鱼声声，落在水中，如琴瑟和鸣，又如缥缈的音乐从远方传来，奇妙无比。那水上塔影、玉兔探水、碧波仙子等景点无不向你展现出了一个水的世界，水的绝妙景观；那鳞波瑶池、鲤鱼戏水、水珠落水，溅起一圈圈涟漪，波光粼粼，妙趣横生，还有那耐人寻味的莲池映雪山，更是向你展现出洞内的奇妙世界。洞内冬暖夏凉，夏季寒气袭人，会带给你阵阵凉意，让你清爽无比，而冬季又会让你尽享洞内的温暖，为你避去洞外的寒意。

你的意念会随着导游小姐的讲解早已融入了洞中奇观。这里共有6个展厅，厅厅有奇观，景观各异。玉林宫，绚丽多姿，蔚为壮观，五彩斑斓，美不胜收。

第二厅牡丹仙子则形态逼真。第三厅洞天河向你展示水石幽雅，情畅神怡的仙境。而第四厅雪花宫则如霞似锦，如雪如玉。第五展厅更是白塔林立，玲珑剔透。第六展厅如千年古刹，钟声悠扬，不绝于耳。

在洞内，"中华第一柱"为你展现一柱巨型钟乳石的雄奇，而"千年一吻"那留给人的奇妙想象，两个钟乳石就差那么一点才能相连，必须要待千年才能一吻。而紧接着的景点"一吻千年"则又展现出了仿佛一对恋人紧紧相吻、久久不散的状态。三分景观七分想象，这绝美的景观，再加上丰富的想象，使那景观更富有几分神秘。更有那景区曾经为"一吻千年"景点而举办的接吻大赛，更是吸引了大量的游客的兴趣。

走到"瑶池回首"再看来时看过的景点尽在身后，那幽谷深长，让你生出几分毛骨悚然，不知自己是怎么从这险境中走过来的，然而就在你游览时，却又会有惊无险，那亿万年厮守的情侣石向谁演绎着爱情的永恒和真谛。

在鸡冠洞内领略了石的神妙，感受了水的旋律，体会了洞的气息，感受了这地质运动八亿年的生命历程，的确不虚此行啊！

写于2007年3月25日

水乡竹韵重渡沟

神奇秀丽的飞瀑、返朴历史的农耕文化、浩如林海的茂林修竹、自成绝景的农家宾馆，如果不是亲眼看见了重渡沟海明农耕村的景色，我是不会相信栾川是一个如此令人称奇具有浓郁南方水乡、竹乡特色纯生态型的"北国江南"。

这是一个4A级景区，拥有景点100余个，也是目前全国独有的一家展示民国历史文化的操作性景区。在这里，爬满青藤的曲径长廊穿过竹林坐落在漫石急泻而下的小溪两侧，土墙茅屋、木阁竹楼古朴粗犷，农家小院则掩映在翠竹林中。那些如今在农村都已十分少见的富有民国历史文化的老酒馆、土油坊、土陶坊、豆腐坊、纺织院、打绳场、竹编院、铁匠铺等豫西传统手工业遍布景区内，真实地再现在游客的面前，游客还可亲自参与。景区内泉水喷涌、飞瀑成群，竹林藏幽遮天蔽日，水轮转闲如烟如梦，小吃水巷碧波穿带，农家宾馆恬淡适宜，漂流戏水有惊无险，量贩超市山珍荟萃，农耕民俗返回历史百年，好一幅民国时期豫西山村画卷。

进入景区，各种旅游产品琳琅满目，让人眼花缭乱，目不暇接。那现场酿造的农耕村酒、花盆、筷篓、古董锤、木碗、木勺、木瓢、小犁、独轮车等应有尽有，无不展现出古朴的农耕文化和文明来。

关于重渡沟的地名由来，更为这里赋予了传奇的色彩。相传西汉末年，王莽追赶汉光武帝刘秀到此，忽然看见一条大河拦住了去路，刘秀急忙拔剑命令众将士开始"渡河"。众将士渡河之后，又遇到一条深山沟拦住去路，刘秀又指挥众将士涉水渡过去。两次渡河有惊无险，使刘秀顺利地逃过了王莽的追杀。

刘秀惊魂甫定，随即封此地为"重渡沟"。之后刘秀洛阳称帝，建立东汉王朝，对重渡沟再次赐封，"重渡沟"之名遂流传至今。

传说毕竟是传说，至于是否真实已无可考证，但是却为这里的秀丽风光披上了一层神秘的面纱。

来到重渡沟，300多家自成一景的农家宾馆，让你领略鸡犬相闻、炊烟飘香的乡村风情和韵味。这里不愧开创了中国农家宾馆第一村的先河，淳朴的民风、民俗，地道的乡情乡音，别具特色的接待方式，身处其中，会让你在逃离城市的烦躁和喧嚣后，感受这里浓郁的乡情和文化氛围扑面而来的清新和愉快。

竹乡、水乡是重渡沟驰名的主要元素，更为重渡沟的神奇增添了无穷的魅力。重渡沟农耕村数万亩茂林修竹会让每一个游客叹为观止，在称奇的同时，也惊讶于这里大自然的造化。流泉飞瀑遍布景区，水的神韵在这里展现得淋漓尽致。犹如九天一波三折、飞泻而下的泄愤瀑，飞光溅玉、涛声震天，会让你耳目一新，领略到这里瀑布的壮观。形若女子坐浴谷间，山洞涌流而出，绝缝成瀑的金鸡谷瀑布，犹如玉女出浴，让人产生几分联想。还有狂放不羁、一泻千里，如绫扯帛断，气贯长虹的飞虹瀑布。瀑声如雷，响彻云霄的震天雷瀑布。纤手轻抖，丝舒帘垂，飞光泄玉，帛展乳泄的水帘仙宫瀑布，青苔布满水绣石，飞瀑流过被青苔割成条条飞金泄银的白色水涟，恰似银线穿珠精制而成的珠帘悬挂于悬崖峭壁之上。百余条瀑布形色各异，蔚然大观，使这里俨然成了水的世界、竹的海洋。水的轻俏、水的柔美、水的抒情、水的浪漫无不表现得恣意汪洋，酣畅淋漓。

美妙的风景再加上丰富多彩的地方传统民间娱乐、地方传统饮食文化演艺，以及地方传统风土人情展示，使这里真正又返回到了民国前的山村。那以中原一绝高空惊险民间故事的狮子上绳表演为代表，配以狼吃羊、滚铁环、荡秋千等民间娱乐喜闻乐见。再现旧时农村传统婚礼的坐花轿、烧犁铧、犁田耙地、拍连枷等，活脱脱就是一幅20世纪20年代的豫西山村画卷。

"清水出芙蓉，天然去雕饰"，这里竹秀、谷幽、山峻、水奇的景点，竹林、瀑布、山泉、农家小院掩映交错，形成了一幅浓淡相宜的泼墨山水画。这里就是美丽的香格里拉，这就是美丽的重渡沟海明农耕村。

水乡竹韵重渡沟，返朴历史农耕村。重渡沟农耕村，一个奇妙的水乡竹韵的世界。

写于2007年4月21日夜

（此文发表于《十堰晚报》2007年4月23日）

古道景阳，桐花满川

穿越古道，去看历史的风云。我始终在想千年的黄金水道究竟是什么模样，昔日的繁盛景象是否已经荡然无存？那古道、驿站是否还能让人产生怀古的念想，那占山为王，劫掠河道上过往船只的土匪所盘踞的寨堡是否依然让人惊心动魄，还有那原生态的《创世歌》说唱艺术，古道驿铃声声入梦，桐子花漫山遍野。这古道景阳川在我心中早已神往已久了。

四月的鄂西北，春意盎然，绿意浓浓。前往郧西县景阳乡的路，桐花漫山遍野，五彩斑斓。踏访山川古道，欣赏着一路桐花，一路花开，预示着这将是一次幸福之旅，一次开心之旅，愉快之旅。

四个小时的颠簸不显疲惫，在穿越两省三县后，来到了心中景仰已久的郧西县景阳乡境内。沿江而栖的景阳乡古来就是一条黄金水道，一条秀丽逶迤的汉江穿境而过，在这里不知留下了多少优美的传说。车到兰滩古渡，从汉江南岸到景阳乡要过汉江，早有景阳乡党委、政府准备的一艘轮渡，载上我们溯江而上，先观看一番这曾经的黄金水道留给景阳乡的胜境。在渡船上，虽是枯水季节，但两岸春光依旧，风景依然，不时现出富有神秘传说的江壁岩石上的岩墓和寄死窑，在向我们诉说着汉江的古老和景阳文化的神秘。两岸的山花丛丛簇簇地开着，我们寻古探幽的心情也在这山花的怒放中多了几分惬意。

弃船登岸，在乱石荒滩的滩头，一块界碑立在面前。这书写着"洵阳界碑"几个大字的界碑告诉我们，这里成了陕西旬阳县和湖北郧西县的交界处。碑文上仍清晰可辨的字告诉我们，这块界碑树立的年代，界碑嵌于岩石之上，立于河道江岸，听凭着岁月的诉说，风雨已侵蚀它的容颜，可鄂陕两界的交界却没有改变。一条美丽的汉江从陕西流入湖北境内，景阳由此成为汉水入鄂第一乡。在这里可以让你真正体验秦头楚尾的感受，那种朝秦暮楚、脚踏两省、鸡犬相闻，两省乡邻和睦相处，秦楚文化在这里相互交融，两地的风俗互为渗透，真可谓秦之咽喉，楚之门户，不失为一块风水宝地。

放眼望江，正值日坠西山，霞光铺设汉江的最美时分，那晚霞映红的江面，似乎让人多了一份惆怅和怀想，而景阳乡境内江边这一奇石崛起正如鲤鱼跃农门，雄踞在汉江崖畔，这一雄姿是傲视汉江还是喜迎客人来到景阳？

到了景阳，处处都是景色。穿越一条曲曲弯弯的山川乡道，来到乡政府所在地，领略这里淳朴的民风。乡村的夜静得出奇，偶尔的一星灯火，点缀着这山乡独有的夜色。集镇的文化广场上灯火通明，循声走去，是一群自发组织的说唱艺术，乡民们在这里搭建天然的舞台自娱自乐。蓦然想起，景阳乡原本就是被学术界誉为汉民族"荷马史诗"《创世歌》的发现地。这一重大发现曾经引起了学术界的轰动，同时也让景阳为世人所瞩目。台上是原汁原味的演奏，台下则是云集而来的四乡八邻。乡民们或席地而坐，或整齐排坐在广场，静静地聆听着来自山乡的天籁，那原汁原味、幽默风趣的说唱，不时引起乡民们爆发热烈持久的掌声。

久居闹市，回归乡间，那渐行渐远的乡风，渐行渐远的民俗，那时时勾起人们眷恋乡村的说唱，让人仿佛回到了那遥远的乡村和少年时光。弯月初上，普照山乡，人群渐散，余音绕梁，再次从未尽的《创世歌》曲调中回过神来。已近深夜，而集镇这文化广场上却仍然华灯初上，三三两两的人群在迷幻多彩的霓虹灯下轻歌曼舞，在这露天舞池中跳起了欢快的舞步，没有了城市的喧嚣，却又多了乡村独特的文化。不知何时，曲终人散，乡民渐稀，举首望天，一轮弯月已躲过了山的那头，而四周的山野也早已进入了酣然的梦乡。走出广场，来一次深呼吸，那乡野少有的清新和夜色，顿时沁人心脾。回到房间，抱枕入眠，那曾经在城市喧嚣夜色中不绝于耳的车轮声和工厂劳作声仿佛大隐于世。在一片雪夜般的沉寂中，让鸟鸣声迎来又一个崭新的黎明。

景阳有着众多的传说，但更多的则是有实物为证。景阳素有景阳川之称，大兰河、小兰河两条河流在此交汇，流入汉江，而交汇处的骡马店则是史上一个重要的驿站。史可考证，古来景阳就是黄金水道，曾经商贾云集，千帆林立，繁盛一时，陕西中部的西安、西汉、前秦、隋唐等代都曾在此建都。古往今来，在道路交通尚不便利的远古，马帮驼铃便响彻在这山间古道，依靠水路，而后又依靠马帮运输，便成为这里重要的货运方式。货物经水路后在兰滩铺起坡靠岸，再利用马帮从兰河峡谷北上，景阳骡马店便成为首个驿站。继续北上今上津古城，就抵达了陕西漫川关的骡马店，成为第二个驿站。再继续北上就是商州，进而蓝田，就到了古都长安。由此，景阳成为史上一条古道重要的驿站，而耸立在秦巴汉水。古道景阳川也由此成为一条通往天国的路，而被誉为"天路"。可想而知，景阳当时的地理位置是何等的重要，在通往天国的路上，不知道有多少皇家物产从此路输送经过。这里曾经有造纸印刷术在兰滩铺出现，让景阳川曾经繁盛一时。行走在这条"天路"之上，我们不禁思绪万端，心中穿越多么漫长的历史云烟。

也正是有了如此重要的地理位置，致使这里扼守险要，有易守难攻之势。相传，三国时代的曹操曾在上津屯兵。而据《西游记》第九回记载，唐玄奘陈祎的出生地就在位于景阳乡兰滩口村万家山上的刘洪寨。据传，早在唐太宗时，新科状元陈光蕊携妻子殷氏赴江州上任，途经乌江渡，遭刘洪抢劫，将陈光蕊推入汉江中，把殷氏劫上山寨。当时殷氏怀胎六甲，半年后生下一子。殷氏为使儿子长大后不沦为土匪，将其装进木盆，放入汉江。木盆倒流15千米，被上游百佛寺老主持救起，并收为弟子，取名玄奘。十八年后，刘洪杀死状元冒官上任的事情暴露后，唐军攻破刘洪寨，活捉了刘洪，救出殷氏，玄奘母子得以相认。

这里山势险峻，岩石陡峭，壁立千仞。立于山顶那始建于唐朝初年的刘洪寨，历经千百年的风雨，虽残垣断壁，却依然傲视着滚滚西来东去的汉江。站在高高的山顶之上，眼望着山下如银练般流淌的汉水，仍然心生几分后怕。这就是当年的土匪刘洪操练兵马、发号施令的场所。鼎立于山顶之上的刘洪寨，左可观滚滚汉江，曾经商贾云集，千帆林立，繁盛一时的乌江渡也尽收眼底，而右侧那万丈悬崖则为刘洪寨当年劫富敛财创造了险要而独特的地理优势。

据当地村民相传，刘洪为一土匪，在此安营扎寨后成一寨主，收养一帮劫手。在刘洪寨对面的山上设一石镜，可观南来北往的船只，一旦发现有船只从江上而来，便指示守候在江面的匪徒实施抢劫恶行。据传，刘洪当时召集匪徒之多难以形容，但可信的是从山下到山顶数千米的山路，从江上抢劫的财物，匪徒们徒手相传，不用搬运，可传至山寨，可见人员之众，匪徒之多。

最终刘洪寨被黄家营用火牛火羊阵而攻破，活捉了寨主刘洪，救出殷氏，玄奘母子相认。传说终归传说，是否确有此事，姑且不用考证，但如今仍然雄伟屹立山顶的刘洪寨则为传说更增添了几分可信和想象。就在刘洪寨右岸的悬崖上设立的洞穴处攀藤蔓方可进入刘洪洞，洞内的石桌、石凳等器物一应俱全，足以可见当初匪徒刘洪指挥战军发号施令所独设的险峻驻地。

岁月掩不去历史的风尘，只有残存如今的刘洪寨依然仿佛诉说着千年的传说，在风雨飘摇中耸立。那与刘洪寨隔江相望的女儿寨，以及山后的麻王寨，三寨鼎立，遥相呼应，则可见当年肃杀的惨烈和寨主的剽悍。站在这历史之巅，站在这土匪扎寨的匪区之寨，未免心中生出几分恐惧与感慨。在这和平年代，这曾经土匪肆虐的匪区能否成为今人唾骂与观看土匪刘洪罪行的景区。游人来到这山顶可俯瞰南水北调蓄水后，千帆竞渡，竹楫林立，烟波

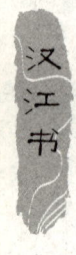

浩渺的江面，这该是多么壮美的景观啊！历史的硝烟终究散去，新的景观正在向我们徐徐展现。

景阳的历史和文化是厚重的、灿烂的，在这鄂陕交界的边关，文化底蕴丰厚，民风虽剽悍，但却淳朴，地势险峻，但却壮美，无不展现着一个多彩秀美的新景阳。

生于元至正十七年（1357年）的明代大臣方孝孺在惨遭永乐皇帝诛杀其族时，他的一个孙子在其外祖母家侥幸逃过了生死劫难。为了保住性命，改姓外祖母姓祝而逃隐深山。在景阳及周边地区，自古以来，就有"方祝一家"之说，祝氏子嗣至今谨记世代祖训"生时姓祝，死后姓方"。

穿越这崎岖蜿蜒的山路，来到这藏隐深山的景阳境内祝家大院。这气势恢宏的建筑仍不失当年大臣后裔所藏身居住的建筑。这建于清乾隆中期的祝家大院，共分上下两院，砖木结构。抬梁、穿斗式构架，石质门框，屋内为木隔板装修，石板铺地，廊边宽绰，石条砌坎，石雕柱大气，木刻门精致，前后均为两层，曲折楼廊，马头封火山墙，典型的明清风格，现在还基本保持原貌实属不易。正门上置石匾"人杰地灵"四字，院内正庭悬挂"天地君亲师位"，横额"正学遗风"，警示后人严谨治学、清廉为官。祝家大院至今还保存着许多珍贵的文物，圆形八仙桌雕龙画凤、"二龙戏珠"四壁帐幔的古式龙凤床，踏脚板、箱储柜、雕花桌、竹编簸、竹花篮，还有精致的帽瓶。在这里，真正让人再次领略到民间艺术的辉煌，步入祝家大院，仿佛走进一座民俗博物馆，又如走进了一座民间艺术殿堂。让我们在这浮雕石刻、青石走廊、闲庭院落、雕梁画栋中感悟历史的沧桑，回味方孝孺先生的铮铮铁骨。端起如今祝家备好的土家老烧柿子汤喝上几杯，在感受到祝氏传统遗风的同时，也感受到了这来自乡间的佳酿，顿时醉意微醺，飘飘欲仙。

从古老沧桑的祝家大院走出来，从历史的风尘中走进现代，感受到四月仲春的风和日丽，体验这景阳古道的柳暗花明，沿道两岸山川上的桐子花正白里透红地怒放盛开。行走在景阳山川古道，看到那"中国油桐之乡"几个苍劲有力的大字，让人顿时联想到这漫山遍野盛开的桐子花，一丛丛，一簇簇；似雪，却又白里透红，又似雾笼罩山野；似霜，落满这商旅古道，沟岔山川，一朵朵白白的花瓣，包围着紫红色的花蕊，像喇叭一样盛开在山岗之上。这就是小河村，毛体字的"景阳桐"跃然眼前，一阕《景阳桐赋》更为这布满山谷山顶的桐子花，赋予了更为神奇的魅力和诗意。这是"幸福花"，这是"摇钱树"，这就是"景阳桐"。还有那正在培育嫁接的"景阳桐"，正是这漫山遍野盛开桐子花的景阳桐。

据景阳乡干部介绍，景阳乡有景阳桐基地20亩，年育桐子树苗10万株，基地选育的"五爪桐""七星桐"为全国独有品种。以其籽多、含油率高，曾于1983年5月经中科院专家鉴定后，被列为国家优质植物品种，而定名为"景阳桐"。景阳桐作为郧西县景阳的特色产业曾经闻名全国，早在计划经济时代，景阳桐就一度达到5万余亩，一度成为群众的"摇钱树"，使这里的百姓依此走上致富之路，也使得这里真正成为"中国油桐之乡"。

桐子花是这里百姓的福音。桐子花开预示着花开幸福，花开春天。开花结果，结出的油桐所榨桐油是国内、国际市场紧缺物资，国内外市场供不应求。

从景阳乡干部的谈话中得知，该乡目前正在实施复兴"景阳桐"计划，恢复发展10万亩。这正是景阳乡借助古道文化、民歌文化、栈道文化、驿站文化、河道文化等诸多文化集合而成。加上这油桐，这开满山岗山川的桐子花，不正是为景阳古道、景阳川带来的一个经济发展的春天吗？春走景阳，赏桐子花开，桐花满川，幸福满川，财富满川，景阳桐经济正在景阳悄然兴起，也正在描绘景阳又一轮发展的春天。

放眼景阳，桐花满川，虽无暗香，却满目风景。历史的尘烟早已烟消云散，而唯有这怒放的桐子花盛开在景阳山川，盛开在这景阳商旅古道，犹如幸福花，开在景阳人的心中，成为一道财富，带领着景阳人去开创未来，开创更加美好的明天，开创那油光溢彩的新景阳。

写于2012年4月30日

（此文发表于《中国铁路文艺》2013年第10期、《旅游视野》2013年第2期）

汉江书

到小太平洋去看"海"

看海一直是山里孩子的梦想。有幸到小太平洋去看"海",同时游览中原四大名刹之一的香严寺,也算是梦想成真了。

那天正逢大雾。早上8点,我们一行乘坐郧县汉水旅游公司快艇从郧县出发。当时大雾漫天,我们的心中平添了几丝愁绪,但瞬间就被那雾不可能永远遮住一切的想法排除了。河道开始有点窄,快艇不敢加全速,但是那超出一般客轮几倍的速度,已让我们感到了别样的心情。两岸的山脉排山倒海般地退去,不一会儿就是郧阳有着古老优美传说故事的天马崖了。天马崖叠压的沉积山岩,连同那给郧阳人民带来幸福的优美传说,和着几分神秘,给我们的旅途带来了一个好的开端。

远离了生活的忧愁,放下了工作的烦恼,出门的心情格外舒畅、愉快。河面在渐渐变阔,而雾却越来越浓,其实太阳早已升上了天空,雾虽然遮住了太阳的光芒,却没能遮住太阳的形体。快艇的时速早已加到了48千米。此时,抬头望望失去光芒的太阳并不耀眼,只感到船在行,太阳也在走,那种朦胧的感觉,觉得自己是在夸父逐日般地与日逐走。

辽阔的江面已见不到两岸的山脉了,加上有雾,放眼望去,便是白茫茫一片。快艇很快进入了龙口,在龙口的江面上,江阔白鹭飞,船腾江面,吞江越浪,惊起一群群的野鸭乱飞,一种豁然开朗的心情顿时让人无比兴奋。龙口的江底正沉没着均州古城,当我们在江面上行驶的时候,顿时有一种在均州古城之上的豪迈感,那种寻古探幽的心境油然而生。

从龙口的江面上转出来,那雄伟的镇江塔已镇住了一江之水。江面上遍布着网箱,渔民们的船只在江上捕捞,使我们犹如到了"鱼米之乡"一样。久居在闹市,那城市的喧嚣、工作的烦躁等等一切,在这里都被抛在九霄云外,忘得一干二净。

船到丹江口,我们泊船上坝一游,心中顿生雄壮豪迈之感。想到同为郧阳儿女,当年不知有多少同胞为修建这个大坝而背井离乡,出力流汗,敬佩之情油然而生。

快艇要进入小太平洋了,就要看到那梦里渴望见到的"大海"了,谁的心情不会随着库水的辽阔无边而变得开阔起来呢？在这小太平洋上，一眼望不到边，即使在晴天也看不到边，真有一种大海的感觉。此时，人们早已从舱中走出，站在船头，眺望这辽阔无边的"大海"，享受那波澜壮阔的滋味。此时的船在"海"上会显得那么地渺小，就连那大客轮在这"海"面上也仅仅是一个小小的点，犹如沧海一粟。没见过大海的你，会想到今生如果能见一次大海就够了，那么这次到小太平洋见了一下"海"，你肯定会心满意足了。虽然这并不是真正意义上的海，但是也已让你领略到了大海那烟波浩渺、水天一色的气势。

快艇在小太平洋上吞波吐浪，颠簸得就像个小摇篮。经过风浪的颠簸驶到了河南淅川县宋岗码头，我们也早已越过了湖北的边界，进入了河南省境内。

到宋岗，如果不到渠首看看，那算你白来了一遭。这渠首在宋岗镇陶岔，是我国南水北调中线工程取水处，著名的引汉济黄工程从这里开口，将我们纯净的汉江水千里迢迢送往京津，作为汉江儿女，养育我们的汉水又将从这里去滋润京津大地，我们心中情不自禁产生一种自豪感。

晚上我们歇息在丹江航空俱乐部。夜宿江船，把酒临风、饕餮自然，眺望江风渔火，别有一番情趣。

早上起来，还是坐坐海上飞机吧，为此次汉水之旅增添新的内容。在空中游览情人岛、小太平洋、小三峡，南水北调源头闸及景观，领略空中乐趣，在空中感受这小太平洋的绝妙风景。在空中，你会感到有惊无险，刺激、开心。

当朝阳徐徐升起，我们又要坐上快艇出"海"了，去观赏那坐落在仓房镇的中原四大名刹之一的香严寺。在香严寺，那茂林修竹、荫翳蔽日的原始生态，那错落有致的台阶，龙虎相抱的山势，有着动人传说的古树和那寺庙里雕梁画栋、斗拱飞檐的古代建筑，还有那栩栩如生的壁画，都会让你流连忘返。以及那八仙溶洞、欧阳修读书处、马蹄古战场等名胜古迹，更会为此次汉水之旅增添无穷的乐趣。

返回途中，我们又感受了一次小太平洋的浩渺。到小太平洋看"海"，我们真是不虚此行。

写于 2003 年 1 月 24 日

（此文发表于《十堰日报》2003 年 7 月 12 日、《十堰晚报》2003 年 8 月 7 日）

千古战场韩家洲

清纯优美的汉江九曲回肠地从远古流来，千百年地流淌着，带着古老的神话和优美的传说，带着远古的历史，流经郧县（今十堰市郧阳区）境内。在距郧阳城区溯江西行25千米处，与其支流堵河交汇。就在两水交汇之处，徒然升起一座天然小岛，状如鲤鱼，形似卧波，西高东缓，仿佛迎着两河江水抖水嬉戏，景色煞是好看。小岛四面环水而栖，洲头迎着堵河之口，阳光自早至晚终日照射，于是便又有"堵阳"之名。由于小岛有堵水之势，致使堵河之水从此处又向西回流，顺小岛右侧汇汉江奔流直下，因此逆行之水经过之地又被人称作"西流"。曾经在三国时候，这里曾被置为"堵阳县"，后不知何年何月，有了韩姓人氏在此繁衍生息，因此便有了"韩家洲"之名。

韩家洲山高海拔236米，总面积为0.18平方千米，因其方圆周长4.5千米，因而又被人称作九里山。其四周形成了天然的沙滩浴场，环洲而围。每逢夏日，人们戏水玩乐，又是一道热闹的景观。然而韩家洲的闻名却并非源于此，而是因为她刀枪剑戟随处可寻、瓦砾断砖俯拾皆是，曾经是闻名古今的古战场，因而吸引了远近游客的觅奇之心。自古多少文人雅士、墨客骚人、史学考古、旅游观光等人士前来觅奇考古。一年四季游人如织，四通八达的客人都从那欸乃的桨声中西来东往、南进北出，使这里竹帆林立，一时成为商贾云集之地，繁荣之景成为一时之盛。也许这就是她的风水之所在。

这里又名大孤山、九里洲、汉王城、堵阳城。洲上遗落的箭镞和随处可见的汉代砖瓦、汉文物之盛，均为"汉王城"的来历找到了佐证。当年，王莽新朝时和刘秀在此屯兵厮杀，后韩家洲终被刘秀攻占，并在洲上树起了"汉王"大旗，使这里成为真正的"汉王城"。

这里因为其地理位置的特殊，且在列国纷争的春秋战国时期又是古麇国（今郧阳）的东大门。因此，在春秋战国时期虽是弹丸之地，却成为风狂雨骤、干戈迭起、群雄逐鹿、兵家必争的古战场。此地既是楚之屏障、陕之咽喉，又是秦军南下、楚师北上的必经之路。当时，建都于鄀（今河南省淅川县）的楚国，因其与近邻麇国为敌，故常在洲头刀光相见。在春秋战国时期，魏晋秦汉之争，大小战争上百回，激烈厮杀，兵马恶战，血雨腥风。

史载，鲁文公十年（公元前617年），楚穆王企图统领天下，鲁文公便相邀诸方国同盟联兵攻打宋国，而相召集的诸方国同盟中麇国国君麇子却不愿为楚国效命，遂中途逃走，于是引起了楚穆王的不满，便于鲁文公十一年（公元前616年）派兵攻打麇国，并在堵河口进行了兵马恶战，互相厮杀，致麇国大败。后楚国再次攻打麇国时，攻破了堵河，直逼麇国国都锡穴（今郧阳区五峰乡锡穴山周围）。后楚师虽兵临麇国国都城下，但并没有灭掉麇国。后鲁文公十三年（公元前614年），楚庄王继位。到了鲁文公十六年（公元前611年）时，适逢灾荒年间，国运维艰。庸、麇两国便乘机联合反楚。谁知却遭到了楚国的防备，关闭了所有城门。后楚国又联络了秦国和巴国几经厮杀恶战，终于灭了庸国和麇国。其间仅在韩家洲就厮杀恶战上百场次，从而使这里成了问鼎中原的古战场。后庸国并入楚国，楚庄王成为春秋五霸之一，才平息了韩家洲的战场硝烟。当时楚庸麇兵决战韩家洲的场面才又远远地去了。

及至韩信出汉中击楚时，又在此屯兵，鏖战韩家洲，逼死霸王别姬，项羽在洲的北面的乌家河自刎，又为这里的千古战场增添了神秘的色彩。

三千多年前的战火硝烟已经远去；三千多年的风雨岁月已被洗礼，鏖战厮杀的场面已经飘然而逝。如今洲上农人们在翻地耕作时时常能挖到刀枪剑戟，秦砖汉瓦亦随处可见，但那血雨腥风的场面已经永远地过去了。回想古时旌旗猎猎、水陆角号、犬吠马嘶、渔歌江渚、浴血奋战的场面，不由使我们热血沸腾。

如今，再听醉人牧歌的沙滩美景，不由得又想起那个年代，那座古城，人就黯然神伤，悄然落泪。然而如今洲上那当年老城、新城的遗址还残留着，老城、新城的叫法仍沿用至今，城墙残垣断壁，断砖残瓦仍留在洲上。现在郧阳博物馆珍藏着的古兵器、古文物，大多都是从这里出土的。当我们一些史学考古、文人墨客、旅客游人等再次踏上这片神圣的土地时，一种豪迈感、惊奇感顿时会涌上心头，使我们仿佛又回到了那兵马恶战、鏖战厮杀、刀光剑影、旌旗猎猎的年代和岁月。

（此文发表于《十堰晚报》2007年2月12日）

伏龙观与镇江剑

在郧阳老城西北角,如今建有一座望江楼,楼高三层,每当春夏,游人如织。楼临江而建,登楼远眺,气象万千,千里汉江尽收眼底。东眺郧阳汉江公路大桥雄伟挺拔,西望不尽汉江滚滚而来的心境,顿时心旷神怡,为景陶醉,诗情勃发。就在这望江楼所建地方就是原伏龙观遗址。

伏龙观前临汉江,建于万丈绝壁之上,地势险要。伏龙观原为郧阳老城大北门外所设挡城城堡,用以保护郧阳府城。相传就在这三面环绕郧阳府城的汉水里藏有三条龙,黄龙居上游,黑龙居中游,白龙就在伏龙观下的汉江深滩中。而伏龙观下正是一汉江大漩涡,水流湍急,时常浪花飞溅,立楼俯首下看,顿时让人头晕眼花,心惊胆战,地势确实险要。而居于此处的白龙又十分凶恶,时不时地出来兴风作浪,时常吞噬过往船只,使船或翻或沉,经常伤害无辜,年年如此,致使多少人丧生深渊,数百年无人能制服这条孽龙。尤其是伏龙观下的崖畔上荆棘丛生,杂草如林,时常有野兽出没,鹰鸣狼嚎,让人毛骨悚然。而远眺汉江一带,则茫茫一片,所以此处总是少有人来,每有人来也总是匆忙离去,不敢久留。

传说到了清朝雍正年间,郧县出了个武举人杨华,自幼练过武当功夫,水性特好,能飞檐走壁,下海擒蛟,易如反掌。为了除掉此处的汉江蛟龙,为民除害,杨华喝酒壮胆,手持七星宝剑,潜入江中与白龙搏斗三天三夜,终将妖龙斩杀。为了使妖龙不再复活,杨华就将妖龙扛到伏龙观内,由一道士装进蒸笼,火蒸七天七夜。

观内道士忠于职守,日夜看守蒸笼,添柴加薪,不敢离去。谁知蒸到六天六夜时,道士耐不住笼内所发出的诱人香味,垂涎欲滴。道士因想到蒸笼内龙肉一定快熟了,遂揭开笼盖,欲先尝尝龙肉,先饱口福。谁知因为时辰未到,蒸笼一打开,龙肉还未吃到,白龙即腾空而起,跳入江中,继续为非作歹去了。

妖龙未除,郧阳知县便拿杨华问罪。后杨华死去,孽龙仍然在伏龙观下的汉江里继续作怪、兴风作浪,为害过往船只。人们为了纪念杨华,便将这座观叫作伏龙观,并于伏龙观挡城垛口悬一近丈铁剑,说是杨华斩龙所用七星宝剑,以镇水险,并刻碑文以记之。

也许是人们的虔诚之心感动了上天,妖龙自此不再作怪,汉江也风平浪静。杨华为民除害,降妖伏龙的故事便一代代流传了下来。

每当春暖花开,游人们蜂拥而至,踏青春游,临江眺望,吟诗作文,谈笑之声,相闻于耳,伏龙观又呈现出一派热闹祥和的景象,好不热闹。伏龙观也成为人们凭吊怀古,睹景思人,纪念杨华之处,成为郧县又一大景点。

世事变迁,多少年后,郧阳老城拆迁,伏龙观也未能幸免,被拆毁,空留一地废墟,一柄镇江剑也在特殊年代被炸毁。昔日繁华热闹的景象顿时消失殆尽,伏龙观处也又恢复了往常的宁静。

1997年,由郧县城建部门在伏龙观处建起了名人园,占地4000多平方米,修建起了草坪、卵石小路,铁石栏杆,雕梁画栋,并于1999年8月在名人园北头修建了高达三层的望江楼,为仿古建筑,配以雕栏。一楼为敞开式厅房,几个廊柱挺起,无墙无窗,空阔宽敞。置放着几张大理石凳,供游人小憩,周围的栏杆供游客观江赏景时攀扶。如今的望江楼替代了昔日的伏龙观,如今的繁华又替代了昔日的热闹景象。白天游客如织,夜晚华灯齐放,还开起了大排档、夜市摊。盛夏时节,这里猜拳行令、谈笑风生、有说有笑,临江观景,一片热闹景象。

近年来,汉江又常现洪水泛滥,郧阳为了勾起人们的回忆,增添汉江的人文景观,打造郧阳的旅游产业,又仿照悬挂千年之久的镇江剑,重铸了一柄重约千斤的镇江剑,悬挂于望江楼下的悬崖上,使千里汉江再现奇观。

(此文发表于《十堰晚报》2007年2月26日)

笙歌悠悠醉南湖

　　舒缓轻柔的音乐，暧昧暗淡的灯光，喧嚣歌舞的噪音，三五一伙七形八色的人群，汇聚在郧县（今郧阳区）柳陂南湖岸边，或歌或舞，豪饮长风，饕餮自然，纵论古今，煞是热闹，构成了南湖一道奇特的景观。这里不是酒吧，但胜似酒吧；这里不是城区，却闹似闹市。来这里的人有男有女，年轻人居多，他们在迷幻的灯光、流动的人群、亦真亦幻的音乐和清澈明净南湖的映衬下，展喉高歌，尽情海饮，往往闹至深夜，甚至通宵，过着醉生梦死般的生活，大有不醉南湖不罢休的气概。

　　南湖坐落在柳陂镇北，如立于郧阳汉江公路大桥南望，可见湖面开阔，碧波荡漾的柳陂南湖。这里是20世纪50年代末国家修建丹江口水库时，水位上涨，形成的一片湖汊。20世纪80年代中期，国家移民部门又拨专款修建了柳陂围堤，便形成了这鄂西北第一大人工湖，取名南湖。

　　随着20世纪90年代末期，郧县县委、县政府提出"开发南湖，兴建水上度假村"的设想，自此便揭开了南湖开发崭新的一页。2001年，又在南湖东岸投资几百万元，修建了人造沙滩，取名"金沙湾"，给人们提供了夏日休闲去处，供人们水上娱乐游玩。冬日则是会议接待、商务洽谈住宿的中心。夏日水上娱乐高峰时游乐人数可达上千人，甚至数千人，经济效益十分可观。

　　与此同时，南湖西岸的湖北省扶贫开发南湖示范基地也建设得如火如荼，一条平坦宽阔的水泥路面已通至示范基地。示范基地成为南湖开发的中心位置。于是，狭义的南湖就是专指这一个中心位置。随着南湖东岸金沙湾生意的日益火爆，也给这隔湖相对的南湖示范基地带来了无限商机。这里也开始了经营餐饮业，以小吃、炒菜式的"农家乐"等中低档为主，价格实惠，成为朋友聚会、休闲的好去处。

　　摊主们先在河岸边撑起巨大的遮阳棚，配以酒吧式色彩鲜艳的专用桌凳，一字排开，形成一条类似排档长龙。中间则摆放上音碟机，然后放响卡拉OK，歌声阵阵，饮酒者则海阔天空，谈古论今，把酒临风，极目四望。此时，水波荡漾的湖面，则为饮酒者提供了畅达的心情。在这里尽可放松，一切的烦恼忧愁，人生坎坷，世事纷争，生活琐事，情仇恩怨，尽皆可忘，可以没有任何不愉快的心情。在这里可邀晓星残月，观云卷云舒，洗腹中浊气，忘世上烦忧，可返璞归真，超然物外。这里人声鼎沸，但互不影响。在这里海吃山喝无人管，可吃死为乐，喝亡为终，因为在这里没有公款消费。

如果觉得在这人多处谈话不便，那么湖面的"船"上则成了"包厢"。所谓的"船"也就是用些油桶木板专为食客特制的大"筏"，可容纳三五席之多，同有饮料、酒水、炒菜等中低档消费，内设成包厢，取名"南湖酒楼"。这里亦可停车、住宿，真可是为友人叙旧、倾吐心声的最佳去处。使你既品尝了海味山珍，又赏尽了湖光山色，还风光了船上餐饮，消费不多但收获甚多。如若在船上凭窗而望，目及碧波荡漾，心游千古八荒，更是惬意之极。

如果你累了，或是酒喝得乏味了，还可以在这里"甩甩杆子"，尽享南湖垂钓的绝妙之处。也可租上救生衣（圈）跳至湖中，浴尽浑身疲劳和尘埃。

早晨初露曙色，南湖人就要开始一天的忙碌了。放响音乐，接纳垂钓者，布置中午的餐饮，而到下午则更是忙碌了。夜幕徐徐落下的时候，则是就餐的高峰，每当席位坐满，掌勺的厨师们就要忙得不可开交了。此时，那浓浓的麻辣香味，就弥漫在这南湖的上空了。

食客川流不息，先来的就先吃、先喝、先聊；而后来者，则只好在卡拉OK前尽情欢歌狂舞，吼尽一天的劳累。前客让后客，前客离席后客坐上，前客再到那卡拉OK前，唱起歌子。这亦真亦幻的音乐，余音袅袅、笙歌悠悠、不绝如缕。来这里的年轻人中，有情侣，有知心朋友，有同事，各色人等，应有尽有。他们中的人有的是从县城赶来，有的是从十堰赶来，有的则是镇上的。他们中有工人，有职员，也有农民，更有生意人，也不乏小青年们。这些人中有的四五人一桌，也有两人对坐，更有十多人挤坐一桌，狂吃海喝，谈笑不绝，但是一人独饮者却极为少见。这里气氛热烈，个个酒兴高涨，时常喝得面红耳赤。酒越喝越多，话也越聊越多，上至当前政事，下到个人恩怨，私事小事，无所不谈。此时歌声也会越唱越大，分贝越来越高，声音嘈杂，极难听清对桌的谈话。在这里手机等一些通信工具的声音几乎不存在。这里的食物饱含酸辣甘腥咸五味，真是"五毒俱全"，但是却让人们越吃越上瘾，越吃越爱吃，大有不吃个南湖水干不罢休的气势。

食客们在这南湖岸边，尽情耍闹，从不计较花费的高低贵贱，条件的简陋奢华，噪音的嘈杂喧嚣。他们时而高歌，时而猛喝，时而谈笑，时而说唱，个个精力旺盛，兴致盎然，时至深夜仍不散去。甚至人还越聚越多，更有绝大多数是准备在这里度过通宵的，一副醉生梦死的生活态度。

渔灯唱晚，然而，南湖岸边夜市却依然灯火通明，歌声嘹亮。好在邻近的梁家湾、韩家湾村居民相距甚远，不可能影响他们的睡眠。狂欢夜市的食客们在这"夜夜笙歌响起"的南湖上，在这笙歌响亮的夜晚，过着醉生梦死的生活，似有笙歌悠悠醉南湖的气势，但奉劝食客们万不可"湖风熏得游人醉，直把南湖作'西湖'"。

（此文发表于《十堰晚报》2002年8月29日、《十堰广播电视报》2003年3月6日）

森林中的城堡红岩背

这里曾经一度繁荣鼎盛，因为煤矿被迫停产而成为一座城堡废墟；这里因为破败萧条、原始封闭，但独具魅力而成为神奇的现代山寨；这里因为国家森林公园原始森林覆盖的现代屏障而成为一座天然氧吧；这里还藏有原胜利煤矿遗址，数千知青组成的挖煤大军曾在这里奋战，使这里曾一度成了沸腾的群山，如今随着数千挖煤大军浩荡气势的远去，而留存一段让人追忆的历史；这里因为大批奋战知青进城，使这里成为一个被人遗忘的角落。

这里就是距离十堰市区 30 千米的一座森林中的城堡、夏日的避暑胜地——郧阳区红岩背林场，2010 年正式挂牌成立湖北沧浪山国家森林公园。盛夏时日，我们一行来到这里，体验了这里的荒凉与萧条、宁静与破败、原始与封闭，但却独具魅力、清静凉爽的天然氧吧。

沿着 316 国道出十堰城区西行至郧阳区鲍峡境内，在一岔路口处时，一幅醒目的"湖北沧浪山国家森林公园"的雕刻矗立在路边，然后改行一条山间公路，向红岩背林场场区也即湖北沧浪山国家森林公园进发。公路杂草丛生，但是这里曾经寄予了鄂西北人的无限希望，随着我们联想起当年挖煤大军及"上山下乡"的知青从这里走进深山，大批的工程技术人员将矿山机械开进红岩背，充满希望和令人振奋的煤从这条路运出，使湖北人扬眉吐气，为"二汽"供应能源。两旁长满一排排法国梧桐的林荫道，就是当年运煤的大道，走在这条路上的我们，心中自是增添了无限豪迈，现在仍有一种沧桑感。

路上少有人家，当车行驶 10 余千米时，路中一个大门映入了我们的眼帘，大门上的对联更是给了我们一种豪迈的气势："为有牺牲多壮志，敢教日月换新天"，毛主席当年的诗句立即将我们的思绪牵向了另一个时代，牵向了 20 世纪 60 年代挖煤大军奋战时的情景。随后，没走多远，一个沧桑的建筑群便出现在眼前，群山环抱下的小盆地坐落着这个楼房建筑群。林场干部介绍，这里就是曾经的郧阳地区胜利煤矿所在地——红岩背林场，也就是湖北沧浪山国家森林公园管理局所在地。

红岩背因位于一面红色的山岩背后而得名，它的前身就是原郧阳地区胜利煤矿。

几十年前，人们都认为湖北没有煤，就连外国专家也认为湖北没有煤。当时毛主席说："湖北没有煤，我睡不着觉。"20世纪50年代中期，毛主席正在做着"北煤南运"大规划之际，听说了胜利煤矿的发现和开采之后，激动不已地说"湖北有了煤，我就放心了"。于是，为开采石煤用于国家建设，"国营郧县地方煤矿"在红岩背诞生。

由于条件简陋，煤矿建设者在红岩背修建了20千米的人力车道运煤，再由堵河码头——皮古滩用船转运。20世纪60年代中期，为解决"北煤南运"，支援三线建设，"国营郧县地方煤矿"改由郧阳地区燃化局主管，毛主席欣然为煤矿命名为"胜利煤矿"。一时间，来自全国各地的4000多煤矿工人云集红岩背，在这里修路、架电、建房、采矿，自此，红岩背成了沸腾的群山。

在1970年至1979年的十年间，先后有4000余挖煤大军奋战在这里，解决了"北煤南运"的问题，同时支援了国家三线建设，这里群山沸腾，一度呈现出一片繁荣景象。20世纪70年代中期，随着襄渝铁路的全线贯通，运煤通道打开，这里品质差的煤已无市场可言，原胜利煤矿被迫停产。4000余挖煤大军又撤离深山，这里又恢复了昔日的宁静，只留下煤矿遗址。留下的为数不多的煤矿工人和当地的数百村民在这里繁衍生息，辛苦劳作。

在这个曾经喧腾一时的原胜利煤矿遗址上行走，让人无时无处不感受到当年挖煤大军的浩荡气势。那昔日煤矿遗址和裸露地表的原煤随处可见，那些昔日煤矿繁荣时的高工楼、招待所、大会堂，以及知青楼，仿佛仍记载着那个时代的历史。虽然那时的招待所变成了今日的福利院，高工楼、大会堂，以及知青楼除有些尚在利用，有的被改作食堂之外，许多已经废弃，但是当年的遗址仍依稀可见。大会堂外的毛主席语录仍透露出当年的气势，雄伟高大的大会堂虽然人去楼空，但气魄犹存。独立堂内，触景生情，仍可想象出当年挖煤大军们在这里召开会议时的情景。走在还有许多不知名的建筑旁，那种荒草萋萋的景象，透出了几分原始和荒凉，有些建筑多年未经修缮，已经破败，荒草青苔遍布，偌大一片建筑空空荡荡、安安静静，有些建筑已经破败得只剩几堵残墙，残垣断壁随处可见，有些已经成了一片庄稼地，成为一片废墟。走在这里，大喊一声，只有山谷的回音，荒凉、萧条、破败、封闭感油然而生。

当我们走到那些挖煤大军曾经奋战的煤矿处时，似乎眼前又浮现出他们当年劳作时的情景。那透水的洞子仍然流出潺潺的流水，而上面的出煤洞则仍然可以看到当年收工时的残败情景，已经多年没有人动过了，裸露在外的煤更是随处可见。

据《郧县志》记载，1980年4月，郧阳地区胜利煤矿停办后移交给郧县，成立国营红岩背林场。

林场内散落的几十栋知青楼更是为人们带来了无限的回忆，俨然一座城堡废墟将我们的思绪拉回了20世纪。当年会同数千挖煤大军一起来到这里奉献青春和热血的，还有一大批从武汉省城等地赶来"上山下乡"的知青，后来随着煤矿被迫停产，几乎所有的知青都进了城，而唯一一个17岁就来到这里的武汉珞珈山青年，却一直留在这里，成为留守在红岩背的最后一个"挖煤工人"。当他为这里默默奉献了一生之后，也于2002年魂落在了这一个大山之中。他去世后，红岩背林场还为他举行了一个隆重的追悼会，于是这万山丛中又恢复了往日的静寂。

原胜利煤矿遗址只是红岩背的辉煌历史，然而红岩背更为独到的地方还是它的神奇与秀丽，一直吸引着游客，每逢双休这里便游人如织。主峰沧浪山巍峨雄壮、连绵起伏，红岩背就位于沧浪山脚下，红岩背只是沧浪山众多山峰中的一座。沧浪山，又名糠浪山。相传真武大帝云游四海，一日来到一座雄伟峻峭的大山脚下，见该山高大雄奇，山上林木森森，鸟语花香，景色十分秀丽，便顺手一指，山顶立即出现一座金光闪闪的大殿。一炷香后，糠浪山承受不住金殿的重负，开始摇晃起来。真武大帝口中念念有词，顷刻间便从天空两侧飞来一黄一黑两条巨龙，稳稳地托住大山，真武大帝命它们永远在此修行。从此每隔九九八十一天，真武大帝便来此小住，糠浪山香火日渐兴盛。至今民间仍流传着"叫你稳当你糠浪，让你改名叫沧浪"的传说。因真武大帝先在糠浪山（沧浪山）修行，后在稳当山（武当山）落脚，民间便有了先有沧浪后有武当之说。

沧浪山重峦叠嶂，沟壑纵横，古木参天，风景秀丽，主峰海拔1827.4米，比道教圣地武当山海拔还高200多米，因此，被誉为"鄂西北第一峰"。在红岩背林场境内平均海拔达800米，仅海拔在1000米以上的山峰就达19座。山峰群山起伏、山势绵延，湿润性季风气候明显。

当地村民都口传，红岩背的来历源自一个神奇的传说，相传后羿射日时，射下第一个太阳落下的地方后来取名太阳窝，后羿所站的地方后来叫太阳坡，而先后有八个太阳落在同一个山坡的同一个地方，不仅砸塌了半边山峰，还将剩余的山崖烧得赤红赤红，于是便有了红岩背的名字。红岩背也成了这一带最有特色的景点。沧浪山本来就景点密集，错落有致。深峡、峭壁、叠瀑、岩洞、怪石、碧水，应有尽有，尤其是那五座山峰以匍匐在地的造型拱着一尊主峰，宛如"五女朝圣"。该景点就位于进入红岩背的天门垭处，登临红岩背，这个景点即映入眼帘。相传，有彭祖家的五个姊妹个个胜如天仙，因为均看上了村里的后生后羿，便日夜思念，但是姊妹五人谁也不愿伤了姐妹情分，只有默默相守。终有一日，后羿射日后成了神仙，彭氏五姐妹哭思成疾，感动上苍，最终让她们化为五座山峰，保持了翘首观看后羿升天的姿态。因此，又叫"五女争春"。进入红岩背林场，当看到这"五女争春"的景点，再赋以神奇的传说，怎能不令人感怀无限，不管传说是真是假，定会为你的游览增添无穷的乐趣，这也不失为沧浪山和红岩背的神奇与秀丽。

红岩背的大沟小岔，至今保留着许多庙宇和旧时庄园，随处可见。庙宇有悬天观、祖师殿、泰山庙、财神庙、龙王庙、大仙庙等，大庄园则气势雄伟。青砖石瓦、石雕门窗、影壁墙等令人叹为观止，涂氏三兄弟和彭家、朱家所建的明清庄园遗迹至今犹存，更有气势非凡的千佛洞让人流连忘返。

沧浪山山寨颇多，有老虎寨、香炉寨、猪圈寨、青龙寨、观音寨、青峰寨等，寨寨相连，岭岭相通。自然景观有梅花瀑、红岩绝壁、关山潭、猴子岩、猛虎山、千年古柏、古船石、穿心洞、将军印、佛石、蛙石、双龙戏水、回龙望月、老龙角、骆驼卸、狮子岩等30余处。听着林场干部们的解说，看完这些景点需一周时间，由于我们行程仓促，未能一一看完这些景点，但是心中还是对领略了"鄂西北第一峰"的神奇与秀丽，而感到自豪和由衷的敬畏。

临行前，十堰已是燥热难当，气温达到30多度，而来自红岩背的消息则称，最高气温28℃，正是避暑的好时候。我们一行穿行在红岩背林场，空气湿漉漉的，十分清新宜人，的确让我们领略到了这一避暑胜地的凉爽。还没到景区，一股凉意已经渐渐向我们袭来。越往山里走，越是有阵阵凉意，那山脉层林尽染，完全就是绿色屏障，植被保存相当完好。大大小小的山峰绿意盎然，美不胜收，犹如一座绝妙的天然氧吧。

林场干部告诉我们，这里一年四季分明，雨量充沛，昼夜温差较大，年均气温在14℃，最高气温33℃，最低气温-21.5℃，无霜期达220天，平均降雨量1100毫米，水源充足，是避暑消夏、观景休养的好去处。境内树种分布较多，生长着许多稀有树种，同时茂密的森林中还生长着上百种稀有野生动物，其中省级以上重点保护动物就达30余种。这里有2万多亩的天然腊梅林，在冬季腊梅盛开时节，那漫山遍野梅花盛开的奇妙景象着实诱人。2010年，这里继被成功批准为省级森林公园后，又挂牌成立了湖北沧浪山国家森林公园，使这里又焕发出了勃勃生机，再现出了当年的辉煌。

山外暑气热浪灼人，山内凉气袭人。在这里，的确会让人产生这样的感受。茂密的植被仿佛原始森林，宛如一个天然氧吧，在这里做一次深呼吸，才会真正体会到，日日遭受城市中那种废气污染所侵蚀的肺，在这里可以得到一次真正的"清洗"。在景区干部的陪同下，我们来到了梅花瀑，观看这里的一绝。未到瀑边，但闻瀑响，阵阵凉意已沁人心脾。在梅花瀑下，想关于梅花瀑、梅花潭优美的传说，感受梅花瀑的沁凉，真是别有一番享受。梅花瀑所处的地方就是2万多亩的天然腊梅林，只可惜我们去时是在夏季，要是在冬季腊梅盛开时节，那漫山遍野梅花盛开的奇妙景象着实诱人，雪白雪白的，再加上雾凇景象，更是为红岩背增添了无限神奇的魅力。也难怪这里春可踏青、夏能避暑、秋观红叶、冬赏腊梅和雾凇呢，这里真不失为一方旅游胜地啊！尤其是夜间，在这里更是能体验到城市中永远也难以体验到的那种寂静，潺潺的流水，会使这里的夜色显得更加静寂。在这大山之中，就是夏季也得盖被子，否则小心在这个天然氧吧里会感冒的。

在林场的干部们几乎大都在这里一干就是十年八年，他们也已成为这一个废墟的守望者，但他们充满信心，这里将再现生机，一定会变成一个美丽神奇的旅游胜地。红岩背林场干部告诉我们，目前这里正在招商引资，大打旅游牌，预计不久的将来，这里一定会不再沉寂，将再现20世纪70年代前后，数千挖煤大军进驻这里的那种轰轰烈烈，群山沸腾的热闹壮观景象。

写于2006年7月18日

（此文发表于《十堰晚报》2006年7月26日）

酒乡寻白泉

今生不慎爱上饮酒，每饮必醉，不仅身醉，而且心亦醉，醉后又总是感激酒的神秘魅力，总是好奇地探问酒的品牌。生长在郧阳，自幼便对本地盛行的梨花村系列酒情有独钟，家中备之，宴中饮之，就连朋友间来往，也是梨花村相赠，多年来对梨花村系列酒有了一种莫名的情结。时间久了，难免渴望知道这美酒出自什么样的水，想到酒乡去看看。

秋雨过后的仲秋时节，就在十堰白泉酒业有限公司开发研制出一种新品种梨花村古糜系列酒时，有幸在一次笔会中有了到酒乡去看看的机会。乘坐大巴车一路崎岖地奔行在山路上。出县城往西北方向行驶20多千米路程，就到了远近闻名的"酒乡"大柳。进入大柳境内，山上秋色浓郁，雨后的清新空气扑面而来，美丽的秋色层层熏染人醉。未见酒厂，却闻酒香，在这里真正印证了那句"好酒不怕巷子深"的俗语。在这儿做几次深呼吸，那清新的空气里带着几分酒香，真正让人醉在这山乡中了。

到了酒乡必要看水，自古白泉出美酒，这白泉也就是必看无疑的了。白泉圣水早有耳闻，未曾一见，相传是王母娘娘的玉乳犹如喷泉喷涌而出，而后就形成了如今的白泉。传说归传说，今人没法也没有必要去考证传说的真实性，但是去看看白泉，自己感受一下这圣水的样子，那才是很有必要的。看白泉就要进入虎啸滩景区，离景区尚远，就仿佛听到了那清脆的泉声，悦耳动听，景区的路越走越开阔。在这里不需要向导，因为此行的目的就是要寻找白泉，观品圣水。循声走绝对不会有错，开始路边的那一股水虽然清澈，但并不引人注目。因为秋雨刚过，雨水汇聚下的水很小，一看就知道这水与白泉水的差距。再往前走，两岸青山苍翠欲滴，真有"入云深处亦沾衣"的感受。

远远地有"哗哗"的泉水声传来，循声望去，不禁心中一喜，这泉水这么大呀！泉水一路咆哮，一路欢歌，穿山流涧，奔流而下，泉水之美，泉水之清澈，让人大开眼界，迫不及待地循声走去。近了，那是一泓清澈的山泉。见到了泉水，来时那一路寻的心情顿时好了许多。此时兴奋得像个孩子，欢蹦乱跳，惊喜异常，高兴得要将手伸进泉水中，可又恐自己的手玷污了圣水，但仍然禁不住泉水的诱惑，将手伸进泉水中，那种清爽之感顿时随着肌肤浸遍全身。

掬一捧泉水饮下，清纯甘冽，仿佛带着几分酒意，沁人心脾，回味悠长。品尝了白泉的圣水，开始回味那梨花村系列美酒来，这不正是如出一辙的清冽甘纯之味吗？难怪梨花村系列美酒有如此之好的品味呀！原来梨花美酒出白泉啊！

　　白泉的圣美还远远不止这些，再往前寻，你顿感豁然开朗，那巨大的山泉顺着悬崖流下，顿时形成了"疑是银河落九天"的气势，一个巨大的"落九天"瀑布呈现在你的面前。瀑布飞溅，让伫立在瀑布前的你感到丝丝凉意，寒气袭面而来，那飞溅的瀑布犹如千丈银发，雪白晶莹，瀑布飞流直下，落入万丈深渊，我想白泉的真正意义应该由此而得的吧！

　　这时，一位同行者偶发一句，白泉的水是不论洪水季节还是什么时候都是清澈晶莹的，从不浑浊，从不枯竭。前面还有啸潭、蛟潭，蓄满万丈深泉。这就是白泉酒业天然的酒缸啊！也难怪白泉酒业公司有取之不尽，用之不竭的水源、酒源和财源，那源源不断的酒原来就出自这个天然大酒缸啊！正是白泉酿就了这个酒乡！

　　看了白泉更要看酒厂，观看流水生产线。渐近酒厂，酒味更浓。因为平生爱酒，对酒味自是没有反抗，而那些同行的女士们则是闻之酒味，即醉意酣然，早就承受不住了。品尝刚刚出锅的酒头，那种甘冽纯正，不亚于酒精的度数，再观看出酒的过程到成品制作，沉淀、过滤、勾兑，进入装酒的仓库，那大缸小缸盛满的酒液，可真是够人喝上千年万年的！有了好酒，还有"地封"，那些千年陈酿原来又经过地封千年的窖藏，才酿出了这玉液琼浆，喝之甜软无比，回味悠长，这才是真正的美酒啊！

　　中午就餐，再去品尝美酒，酒还未入口，却早已人醉、身醉，心也醉了，虽然酒厂拿出了新开发的古糜御酒，却也难敌半天时间泉醉、景醉、酒醉的人了，心中对酒的渴望，真正得到了一次淋漓尽致的发泄，尽情地再喝一顿吧！出了酒乡难再有机会这么酣畅淋漓地品尝美酒了。古糜御酒可真是梨花村系列酒的又一美酒啊！难敌美酒的诱惑，人自是酩酊大醉了。

　　白泉、古糜这一系列的梨花村系列酒啊！看了白泉圣水，尝了古糜美酒，心中再无遗憾了。有了这么好的白泉圣水，也难怪梨花村又出了白泉、古糜系列美酒啊！

　　不喝古糜美酒会遗憾，喝了而没有看到白泉更会遗憾终身。到了"酒乡"，寻了白泉，才真正不虚此行。

写于2006年10月18日

韩信埋母传千秋

当你穿过战火纷飞的远古年代，踏上这曾经硝烟弥漫的古战场韩家洲，感受到那里血雨腥风的岁月之后，你会发现，让你感到神奇的远非这些，而是那高耸在洲头之上的一个大土丘。千百年来高耸在那里，孤风冷雨之中，经受着岁月的侵蚀，但仍不失土丘的高大。周围已被夷为平地，人们在那里耕作，可就是没有人敢去动那土丘的一草一木，一土一石。那座土丘年年月月地耸立在那里，丘顶上遍布茅草，几株翠柏青青，有风吹过，呼啸声声，让人毛骨悚然。若是孤身一人走在哪里，不禁让人感到阴森森的。这就是当地妇孺皆知的韩信母亲墓。

墓丘占地100多平方米，周围平地约有1000多平方米。关于墓丘还有一段鲜为人知的传说。这个洲周围周长9里，故又称九里山和九里洲。相传秦汉年间，出生于韩家洲的穷家孩子韩信在岛上放牛。他在放牛的时候，恰遇黑胡子和白胡子两个阴阳先生在九里山看宝地，韩信偷听到他们在那里论说岛上九里山是一块风水宝地。黑胡子先生不信，白胡子先生就说不信你试试，这里插竹竹活，放蛋蛋孵。这块宝地将来能出王侯将相之人。他们的话被躲在树丛中的韩信听到，他听在耳里，记在心里，且暗暗记下了这块宝地的地形地貌及所处位置。

为了验证阴阳先生所言是否属实，当晚，韩信便趁夜深人静之时，携一干竹枝和鸡蛋前来试验。次日一大早，他又赶来看时，发现头天晚上所插竹枝果真发芽复活，过段时间，鸡蛋也孵出了小鸡。为了得到这块宝地，韩信便使出了绝招，对两位先生的试验进行了偷梁换柱。二人因见试验不灵验便发生争执，并当场再次验证。只见白胡子先生对着宝地，口中念念有词："石门开，石门开，阴阳先生看地来。"连念三声，石门洞开，顿时楼阁瓦屋，金银珠宝无数。随后，白胡子先生又连念三声："石门闭，石门闭，阴阳先生转回去。"顿时山门又闭上。两人争执中说道，此地将来必为一姓冷之人所得，随后两人扬长而去。韩信遂学着试了一下，果真灵验。韩信便相信了阴阳先生所言属实，但是他又不愿让这一肥水流到外人田里，于是便昧着天地良心，将母亲背到这里急促促地活埋在了这个山堡上。谁知恰好被赶来的白胡子先生看到，并说他得到的太早。韩信争辩，白胡子先生说："冷也是寒（谐音韩），寒（韩）也是冷啊！这宝地将来必为你韩信所得，只因你性情太急，今后须克意惰，戒性躁，方能成大气候。"韩信虽顺应了阴阳先生的预言，后来果真发迹，但由于性急太躁，致使官位太短。

韩信少时生活颇为坎坷，因家中贫穷，常到别人家中吃百家饭，因此常遭人白眼。有韩信忍受胯下之辱的典故，后其常以此为鞭策，逐步成为汉代名将。在韩信成名中，是经由萧何推荐，而从放牛娃一举成为楚汉相争舞台上一个举足轻重的人物，其后并协助刘邦击败了西楚霸王，从而成就了汉家400年的天下，一举登上了淮阴侯的位置。韩信曾与张良、萧何并称为"汉初三杰"。后因被人告发在长安谋反，最后为吕布所杀。还是死于刘邦和萧何之手，非常残忍地死去，这也就是著名的"成也萧何，败也萧何"的典故，也许就是因为韩信当初昧着天地良心埋母的报应吧！

历史如烟，世事变迁。韩信埋母的传说如今已无从考证，但是留在这里的高大的坟丘，却为后人们带来了丰富的联想，并给这里带来了神秘的传奇色彩。几千年过去，这个几经风雨的地方，给人们带来了无尽的遐想。如今这个洲上已由中华人民共和国成立前的170多人发展到如今的400余人，百余户人家，而且都清一色的姓韩，无一外姓。且据传还有80多户为韩信后裔，更为这里韩信埋母的神话传说平添了几分神秘的色彩。

几经风雨去，始见黄金出。在这个小岛上世代繁衍生息的人们，不管是否是韩信的后裔和信不信韩信埋母的传说，但仍是代代相传，将韩信埋母的故事用口头文学的形式传承下来，几乎家喻户晓，妇孺皆知，且毗邻县市皆有所耳闻。但是不管怎样，那高大的坟丘却没有人敢去动过的，唯恐犯了祖上。人们只是辛勤劳作，日出而作，日入而息，过着田园式的生活，且生活一日日富强起来。

如今，随着国家南水北调中线工程竣工通水，洲上的韩姓人氏均已迁出洲外，迁往他乡，岛上已空留孤零零的韩母坟丘守望汉江，再去为后世们带去更加优美动人的传说，再去平添人们丰富的联想。

（此文发表于《十堰晚报》2007年1月29日）

都市里的寺庙悬鼓观

初夏时日,有幸来到郧西悬鼓公园一游。车子尚在山脚下的县城,抬头望去,悬鼓观就如同壁挂在山腰绝壁上的一道奇观,庙庙相连,煞是一道风景。人在山脚下就仿佛有鼓磬之音从观中传来,清脆悦耳,动听传神。

车沿着景区大门蜿蜒行驶,悬鼓观看似近在眼前,实则还有一段路程,车行到不能行走时,突然豁然开朗,现一平地,旁边有一湖静水,我们便在湖边停了下来。开始登山了,久居闹市的我们自然兴致勃勃,可不到一会儿,即感到些许吃力。好在"紫气东来"亭子出现在我们面前,在亭子里坐下,顿时感到身心如沐,虽然初夏的阳光有些毒辣,但坐在亭中,凉风吹来,还是有了几分醉意。稍事歇息,继续登山,这时的亭子一个接着一个,直到将我们每次劳顿的心神荡涤之后,又开始前行。很快便进入了悬鼓观的正门。此时的鼓磬之音愈来愈浓,一种道教音乐不绝于耳,登山的劳累此时在这种美妙的音乐声中顿时化为乌有。进得观内,抬头张望,一个如磬之石悬挂在罅隙之间,横空而出,给人以摇摇欲坠之感。也难怪自有道观介绍:《郧西县志》称它"圆如鼓,不知几千斤,空悬隙外,欲坠不坠,大半游人到此,唯恐石坠"。

这里就是悬鼓观,它是悬鼓公园的主景之一,属"郧西八景"之最。也难怪它有如此神奇,巨石横空悬挂,也正是它的神奇魅力所在。欣赏悬鼓石,自然要想起它的传说。《史书》记载,女娲神曾在此炼石补天,天洞修好之后,便将剩余的一块巨石留在了这里,就是如今所见的横空悬挂在山峰之上的悬鼓石。神秘的传说加上神奇之巨石,自然让人浮想联翩。相传,真武大帝去西天取经途中,为悬鼓石所吸引,便在此打坐修炼,并赐一泓圣水为百姓治病祛灾,扫除瘟疫。此说并非空穴来风。在观中,自有道人为我们舀出圣水,清凉可口。喝一口,清心明目,身心舒服了许多。

巨石神奇,配以道教音乐,让人仿佛到了人间仙境,观内亭台楼阁,庙庙相连,每一座寺庙都是一种文化,每一个道观都有一种内涵。郧西相关史书自有记载:"悬鼓因观以显,观以悬鼓而名,悬鼓得观以传,观亦得悬鼓以传"。这里庙庙相连,成为一道独特的风景,也形成了博大精深的道教文化，经过千百年来的积淀，其独特的神韵和无穷的魅力自然显露了出来，因此成为汉江流域寺庙文化和道教文化的一朵奇葩。

悬鼓观不仅有其深厚的文化底蕴，还有其遭遇战乱的历史，更为其神秘文化增添了无穷的魅力。有史料记载，历史名人李自成商周突围后曾在此避难，张献忠也在此驻军，王聪儿曾在此扎寨。庙宇历经战火洗礼，更显其珍贵，道观历经沧桑，更见其沧海桑田。如今战火遗迹可寻，昔日战旗猎猎的雄风犹如历历在目。独立观内，抚今追昔，仿佛又将人牵向了远古的战乱之中，那旌旗猎猎的厮杀场景又仿佛如在眼前，将人引向生命的远方，厚重的文化，悠远的历史，吸引了无数文人墨客在此相聚。游览悬鼓观无不让人感时伤怀，凭吊怀古之感油然而生，自然为厚重的历史感到可贵，这不能不说是一个收获。

悬鼓观虽是主景，但景区其他景点更是公园不可或缺的一部分。沿着林荫栈道向山上行走，栈道在林中起伏蜿蜒，曲径通幽，时隐时现，游人如没在林中，阵阵松涛传来，在亭内听涛，不觉生出几分诗意来，或许你会诗兴大发，口占一绝，坐在亭内小酌，友人一叙衷肠，更是别有一番风味。林荫栈道奇峰迭出，蜿蜒通向山顶。林中奇形怪状的树也会让人生出几分感慨。那不时啁啾的鸟叫，更使山林变得格外幽静。上山的路，在崎岖中延伸，不知不觉就到了山顶，路虽很长，但身没林中，不知不觉，倒更生醉意，自然也就没有劳累之感。

在山顶行走，豪迈之情能让你不诗兴大发吗，头顶是蓝天，脚下是城市，你所居高度让你登山远眺，好一派壮阔的风景，极目远眺的心境会淡忘你所有的不快和忧愁，就如同到了天上人间。一边是千亩松涛之静，一边是繁华城市之喧嚣，闹与静形成了鲜明的对比，可真谓闹中取静，让你犹如站在"分水岭"上。

下山的路并不是你的回头路，下山之路却有更美的风景在前面。不管你是来自城市还是农村，也不管你是心情舒畅还是忧愁，下山的路都会洗去你一路游览的劳累，更会增加你游览的兴致。那万亩松林，不时传来阵阵松涛，犹如大海里的巨浪滔滔，清脆的鸟叫，犹如天籁，这才是天然纯真的乡间世界，就连乡间农户也没有，完全让你进入了原始森林。刚刚还在闹市，却突然进入这蛮荒之地，你会不会觉得这种反差之大，感叹其实原始森林并不遥远，它有时就在城市，这个悬鼓公园不就是都市里的景观吗，都市里的原始森林吗，乡村之远有时就在眼前，城市之近，有时也在乡村之中。

那一望无际的野花芳香四溢，你进入野花丛中留张影还担心自己污染了这天然的画卷。这里鸟语蝶舞，柏翠松青，层林尽染，仿佛让你进入了陶渊明笔下的世外桃源,要不是景区为你设置的出行路标,你可真会在这都市的"原始森林"中迷失了。

在森林中,你会发现一条小溪,沿溪行,忘路之远近,忽逢清澈透明的双叠湖,两湖相叠,又是一道景观,这才发现了农家乐。到了这里,你就走出了原始森林,镶嵌在湖边的思源山庄,原本就是你的来路啊。其实人生就是一个圆,经常从起点又回到起点,悬鼓公园不正是让你找到人生的这种感觉吗。在农家乐里小憩一番,就在这里备上午餐,吃上农家饭菜,酒至微醉,人醉、身醉、心醉、酒醉,醉意更浓啊!

风柔、山奇、林茂、路幽、景美、湖澈。思源尽在思源中,悬鼓皆在都市里。走进这千古奇观悬鼓观,走进这都市里的"原始森林",你会生出怎样的感叹!

你去走走吧!回来的路会让你更加迷醉,人生的圆会让你真正领悟!

写于 2006 年 6 月 2 日襄樊平安旅社

(此文发表于《十堰日报》2012 年 6 月 29 日、《十堰晚报》2006 年 7 月 5 日)

春游六郎

"人间四月芳菲尽，山寺桃花始盛开。"在春光明媚的四月，沐浴着和煦的春风，我们一行走在景色宜人的郧西县六郎乡，游览这山水胜景六郎。

刚刚踏上六郎这片神奇的土地，立即就被六郎这一个奇特的地名所吸引，自然就联想到了世人皆知的杨六郎。同行的六郎乡领导于是就介绍了关于"六郎"地名的由来。

相传六郎关在宋代中期为"中关"，保朝大元帅杨业第六子（即人们皆知的杨六郎）杨延昭继承父位后，率百万大军驰骋东西，转战南北，从漫川关顺水而下至夹河关，途经中关时在此安营扎寨，后人们为纪念杨将军，便把"中关"改称为"六郎关"。此后，历朝历代均在六郎关设置地方行政建制，并用此地名命名行政建制名。优美的风景加上神奇的传说，自然为六郎这个地方赋予了更为神秘的色彩。这里不仅有六郎关，还有诸多与六郎有关的地名也延伸而来。诸如"六郎里""六郎堡""六郎甲""六郎联保"等。这里究竟与历史上的杨六郎有无关联，似乎无可考证，但这里山川秀美，风光旖旎，湖光山色，则足以让人驻足留恋的了。

车子行驶在蜿蜒崎岖的山路上，打开车窗欣赏这久违的风景，忽然一阵阵芳香扑鼻而来，放眼寻去，原来是从路旁及远处山坡上传来，定睛细看，那白的、粉的、红的，山花烂漫，各种颜色，一层层，一簇簇的桐花，竞相开放，掩映在绿树丛林之中。

山下是清澈见底的湖，这碧绿的湖面映照着晴空万里的蓝天，两岸的山脉也倒映在水面上，偶尔的一两只野鸭从湖面上惊飞，那湖中荡漾起一圈圈涟漪，更为这里增添了情趣。山上白的分明是一树树桐花，倒映在江中，点缀了这碧绿的江面。同行的摄影家们忙不迭地驻足停车，尽情地拍摄，生怕失去了这美好的镜头。

远离了城市的喧嚣，我们来到这青山绿水掩映的山村，自然要游览一下这湖光山色了。登上船，船工开响了马达，我们泛舟江面，导游开始为我们介绍。原来六郎关有着悠久的历史和丰厚的文化底蕴，六郎关是一个具有两千多年历史的集镇，依山傍水坐落，上下几十里地势都十分险要，只有六郎关地势宽阔平坦，处于上至漫川关，下至夹河关的中心地段，所以历史上被称为"中关"，后由于杨六郎在中关驻扎，带动了当地经济的发展，使这里曾经商贾云集，物流繁盛，人们为了纪念杨将军给这里带来的繁荣昌盛和富庶生活，遂将"中关"更名为"六郎关"。

我们的船行驶在碧绿的湖面上，我们担心哪怕是一口唾液都会弄脏这清澈无比的湖水。境内的陡岭子水库更是为这里增添了一道亮丽的湖光山色，2万余亩的有效水面形成了四面环水的孤岛和一面环山、三面环水半岛，自然资源得天独厚，也给这里赋予了神奇的色彩。听导游介绍，陡岭子水库蓄水后，六郎关街道沉入水底，我们的船就行驶在古城之上，这时一种豪迈感顿时油然而生，甚至产生了好奇感，若能探访一下这江底古城该是多么地美妙啊！

船在行驶着，我们的目光穿梭在这湖面两岸的山脉丛林之中，每一处都是一道风景，在这里完全物我两忘，陶醉在了这湖光山色之中，平时的烦恼和忧愁在这里早已被忘到了九霄云外，还有什么心情比此时的心情更愉悦呢。

我们的思绪此时早已随着导游的介绍飞回到了远古的历史，杨六郎不仅为这里留下了"六郎关"的地名，还留下了兵营铺、旱龙洞、云峰寺、观音垭、养生地、卧马池、吊钟垭、龙泉寺、鲶鱼背、香花寨、将军石等众多优美动人的民间传说和自然景点。我们的思绪在那远古的历史与神奇的传说间荡漾，不觉间船已靠岸，一道道景色在我们短暂的游览中深深地印在了我们的脑海中。弃舟登岸，回首再看来时的路，好一派秀美的湖光山色啊！

六郎！好一个优美动人的传说！

秀美的湖光山色真是养在深闺人未识啊！

春游六郎关，让我们真正感受到了六郎无处不春天啊！春在六郎，春天会永远留在六郎关！

写于 2007 年 5 月 1 日

（此文发表于《武当文学》2007 年第 3 期）

旖旎秀美伍子胥堰

在郧县（今十堰市郧阳区）城东大堰处和城西各有一条大堰，相传为伍子胥所修，这里不仅风光秀丽、景色宜人，而且还有着美丽动人的传说，一直为人们所传颂。

伍子胥堰分为东、西两个。东伍子胥堰又名徐家堰，位于郧阳城东北4千米处的西茶亭梁子下段。西伍子胥堰又名武阳堰，位于郧阳城西10千米的堰河。

据《鄂西北胜境志》记载：相传东周时期，伍子胥之父为楚王所杀，为报父仇投奔吴国，借兵十万讨伐楚国。楚败，后楚之子昭王在郧阳继位，伍子胥即领兵攻郧，昭王逃走房陵，因山高路险，设防严密，伍子胥兵马难行，久攻不克，驻郧三年，期间兵民共建两条堰渠，灌溉城郊农田，故此又称"西大堰"。

同时还有史料记载，这两条堰原系伍子胥所筑，到明弘治元年（1488年），堰渠因年久失修，破烂不堪，未能发挥应有的作用。郧阳知府胡伦曾复修武阳、盛水二堰。到了清康熙年间，郧阳知府朱采又主持重修武阳堰，使其重新恢复灌溉功能。康熙三十八年（1689年），灌区为纪念伍生员筑堰和朱太守重修堰渠之功绩，曾修建两座朱庙，东祠位于城东现谭家湾镇十方院附近，西祠建于堰河口，祠内立有伍子胥和朱太守神像，以示流芳百世。由于年久失修，神像而今已荡然无存，但建堰及所立石牌仍成为历史的见证。

但这种说法也有争论，对地方文化颇有研究的郧阳文化学者邢方贵先生曾在《郧阳高等师范专科学校学报》上发表论文《伍子胥堰辩考》一文中则阐明了他的观点："郧县城东、西各有古代所修大堰，灌溉良田万亩，历为地方志所载，明、清朝渠有毁圮用水争讼，地方官则必组织维修或予以调解，并勒碑记之。此类亦为地方志录载，此二渠俗称'盛水堰'、'武阳堰'，方志、现存古碑亦用此名，但清末民初，郧县乡间文人将此二堰讹传为公元前506年吴、楚之战时伍子胥追杀楚昭王至郧县时所修，名之为'伍子胥堰'。这是误把春秋时古郧县（今云梦、安陆）混淆为今日鄂西北之郧县。'伍子胥堰'之说近年在十堰及所辖郧县大盛，但此说不合史实与方志、古碑所载。"至于此堰是否伍子胥所修和伍子胥是否到过郧县，这一直成为史学家争论不休的问题，但不管此堰是否伍子胥所修，但此堰的的确确地存在着，并且真真切切地称作"伍子胥堰"却是不知始于哪朝哪代，但一直流传至今。

郧阳的伍子胥堰像一个秀丽的女子，更像一个风情万种的女人，谦卑地躲藏在秦巴山地一隅，虽然鲜为世人所知，但不管天旱还是枯水季节，她都保持着清水流淌，她用清清渠水，滋润濡养着百代郧阳儿女。

作家吴平安先生曾在《伍子胥堰泽百代》一文中作了这样精彩的描述：伍子胥堰因为据民间传说，那是吴越春秋的风云人物伍员（字子胥）修筑的，他悲壮的复仇是东周列国故事中有声有色的章节；由于奸臣费无极的谗言，昏聩凶残的楚平王下令杀掉太子建，同时株连到太子建的师傅伍奢一家，迫使伍奢之子伍员出奔吴国。为报父兄之仇，伍子胥在吴国物色了著名刺客专设诸，助公子光刺杀吴王僚，篡得君位，即吴王阖闾，终于借得精兵十万，于鲁定公四年（公元前506年）兴师伐楚。五战五胜，攻克郢都。时昏君已死，伍员鞭尸，听说楚平王之子昭王在郧阳即位，遂领兵溯汉江而上直抵郧县。昭王逃至房陵（今房县），由于山高路险，一时难以攻克，伍子胥在郧屯兵三年，采用军民合作方式，共建了东、西两堰渠。屈指算来，迄今有2700年了。这些精彩描述虽是文学手法，但与史实记载几近相同。

两大支流堵河和滔河自南北两地滔滔不绝地汇入九曲回肠的主干流汉江，构成了郧阳境内独特的水系。此外，还有山地溪流河网纵横密布，略呈向心状同时汇注汉江。东伍子胥堰就建筑在这样一条小支流棒棰河上，在茶亭梁子下段与谭家湾老鹰崖之间。主体工程是一座拦水坝，由糯米汁拌石灰浇块浆砌而成。高4米，长41.7米，宽11.3米，主坝之外，还有副坝。沿山开凿一条人工大渠，总干渠长3500米，渠道进口挖凿有一个千米见方的沉沙池，以沉降泥沙，使干渠常年保持清水流淌。从前，渠上还可以看到一些运粮小船穿梭往返，利用水磨加工粮食。主渠上架设有六个防洪渡槽，块石砌就，蔚为壮观。

西伍子胥堰堰址建在堰河韩家院，坝高2.7米，长45米，顶宽19.2米，以白灰、黏土、块石浆砌而成，坝两边筑有防水墙。其北墙偏北延伸，长12米，高5米，宽1.7米；南墙长14米，高3米，宽1.5米。配套工程主要在东南方，全长18千米，渠段还延伸到青曲，灌溉面积约3000亩。沿途修建山洪渡槽13处，过水渡槽5处。另修9个漏眼，10道限口，均为灌田计量使用。为避免用水纷争，两堰还制订有10条规矩，并分别竖碑立据。

吴平安先生还在《伍子胥堰泽百代》一文中这样赞美道：如果说，东大堰干渠在高山大岭上以逶迤壮美为特色的话，西大堰的风光则要以旖旎秀美见长了。那是一条弯弯曲曲的小河，流出花果山狭窄的山口，静静注入汉江。小河与汉江汇合处，冲击出一块葫芦形的小平原，西大堰的主坝就修筑在葫芦嘴上，人们称之为"龙口"。堰东开挖一条人工大渠，沿着葫芦平原东边山脚蜿蜒，拐过一个90°直角大湾，与汉江岸平行，一去17.5千米，直达郧阳城西东郊，日夜奔流不息。

西大堰不仅美丽无比，更为奇妙的是沿着大渠还繁衍出了一条热闹繁华的小街，青光石铺就的街面，给人一种沧桑古朴的感觉。两旁店铺将水渠夹持中央，形成了几分水乡情调。炸油条麻花的，卖三合汤豆腐脑的，打铁的修锁的剃头的，一个挨着一个。水渠日夜哗哗流淌，与打铁声叫卖声鸡鸣犬吠声连成一片。纯朴的乡民们将西伍子胥堰称作大堰，大堰所在乡原来叫大堰乡，现在并入城关镇，无名小河得名堰河，而这因堰渠而生的奇妙的小街，自然就叫作堰河街了，这里的村庄也叫堰河村，学校也叫堰河小学或堰河中学，这里的机关企事业单位也都是以堰河取名。一连串的命名里，饱含着村民百姓对她的崇敬感与亲切感。然而，如今随着道路的改线，昔日的堰河街已经废弃，街道两旁的铁匠铺、麻花铺、豆腐脑店等，一个个手工艺作坊也已经成了一片废墟，有的已经不复存在了，那里成了一条背街。现在一条宽阔的马路从老堰河街的下面经过，路两旁取而代之的是一栋栋楼房，那些手工艺作坊的店铺则被一些商店所取代，只是偶尔的还有一些油坊夹杂其中，倒是让人怀念堰河那条老街。这里如今又开通了公交，有通往黄土梁、建设垭、韩家院几条线路的公交，以及通往大柳乡和虎啸滩景区甚至通过陕西赵川的路都从这里经过，这里每天等车的人流如织，熙来攘往，繁忙的景象又使这里繁华依旧，静静地享受着伍子胥堰所带给人们的福祉。

如今，伍子胥堰处已兴起了一股旅游开发的热潮，早有有识之士将这里打造成了自然风光区，开发旅游度假村，并取名为伍子溪风景区，不论春夏秋冬四季，这里都是游人如织。人们在观赏风景、品尝农家美味的同时，回味伍子胥堰千古流传的传说。

（此文发表于《北大荒文化》2017年第5期）

桂林印象

甲天下的桂林山水，是我在书本上得知的，真正要到桂林却是在二十年后。知道单位安排长假要到桂林旅游，我兴奋了几天几夜。终于登上西行的列车，一路上无暇欣赏车窗外的风景，驿动的心早已飞越千山万水，飞到了桂林的山、漓江的水之间。

火车从鄂西北出发，穿湖南、进广西，在一天一夜的颠簸中抵达桂林，就在火车到达广西时，夜里竟然下起大雨。天亮时分，在火车上醒来，向车窗外望去，眼前竟是突兀的山，奇峰突起，分明就是另一番天地。一种直觉告诉我，这里已经到了广西。春雨使小溪初潮，溪水略显浑浊，而远处的山和近处的草地，则显得清爽翠绿。

一天一夜旅途的劳累被快到桂林的兴奋冲击得荡然无存。从柳州站下了火车，再转乘汽车到达桂林，一路倦意早已消失殆尽，双眼尽情地眺望着车窗外桂林的山水，是那样雄奇，那样秀丽。风停了，雨住了，太阳出来了，桂林的山水显得分外俊美奇秀。

叠彩山是进入桂林游览的第一道景点，来不及卸去旅途的劳顿即投入了桂林的怀抱，恨不得一下览尽桂林的风景。进入景区大门，一切都是那样新颖，桂林山之奇、水之秀是闻名全国的。而叠彩山也正是桂林山水风景的代表之一。叠彩山由于越山、四望山、仙鹤峰和明月峰组成，其构造奇特，而于越山、四望山山峦低平，东西屏列，仙鹤、明月则两峰高峻，并峙于后。登临叠彩山，山势连绵起伏，嵯峨挺秀。山上则藤萝蔓翳，树木葱茏，环境优雅。雨住后太阳依然显出几分威力，然而在这树木荫翳的林间小径中行走，却怎么也感觉不到太阳的热度，反倒感觉阵阵凉意袭来，似有"入云深处亦沾衣"之感。久居城市，呼吸中总是带着浓浓的尘埃与工业废气，来到这里深深地做了几个深呼吸，那清新的空气顿时吸入肺中，这才让人真正感受到"润肺"的滋味。走在林间小径，感受彩翠相间，若叠彩然，方才悟出"叠彩山"幽美之意境。

不知不觉间登上叠彩山顶，沿着树木掩映的登山道逶迤而上，景随步移，登顶眺望，只见足下楼房鳞次栉比，由近而远地慢慢铺展开去。东边山壑苍绿，明月峰巍峨雄立，登山道蛇行而上，时隐时现，可见游人如蚁。拿云亭则像一把绿油纸伞，高高撑起，好像在为山头遮日挡雨。漓江则如银色的飘带，由此而来，在明月峰下似断复续，又悄然南去。南侧临江而卧的伏波山像一朵含苞的莲花，亭亭玉立；独秀峰如巨大屏风，耸立群楼之上；穿山月岩在云雾霭霭的蒸腾里，仿佛飘浮下落的月盘，风吹雾移，明灭变化，奇趣无穷。望西则宝积山郁郁葱葱，云蒸霞蔚；老人山静默无语，雄厚沉稳，背衬以西山诸峰，桂湖波平似镜，弧形则镶嵌在城廓边缘。北侧鹤峰峙立，近在咫尺，山上嶙峋怪岩，石纹可辨，四周远山屏立，好似浮雕立现，又如天际边淡淡的黛色一抹。

登临山顶极目四望，桂林城市风景尽收眼底，心情顿时舒爽，优美的风景和怡然的心情即刻洗却了旅途的疲惫，平时生活、工作的劳累及人生的不惬意在这里尽皆可忘，使人达到物我两忘的境地，犹如自己也置身在这优美的画卷中了。远望，则桂林的两江四湖尽收眼底，那百舸争流的画境在这里成为现实，出现在眼前，真正让人赏心悦目。

而紧邻叠彩山的伏波山则孤峰突起，旁无坡埠，半枕陆地，半插漓江。山上石纹横陈，崖间山榕依附，野藤缠石。其悬崖峭壁，陡然直立，犹如刀劈斧削一般，临江而立，给人以壁立千仞之感。漓江流经之处，形成巨大回流，该山耸立犹如制服波涛，伏波山其岩间奇特，景致清幽，江潭清澈，给人以伏波胜境之美妙，这里因此而成桂林山水的缩影。

象山景区是桂林山水的精华，它包括象鼻山、伏波山和叠彩山。三山濒临漓江，半枕陆地，半沉江河，山水相依。山得水而活，水得山而秀。

象鼻山则位于桃花江与漓江的交汇处，因山东端水月洞犹如象鼻，整个山形，远看近看都像一匹伸鼻吸水的大象，故而有象鼻山之称。风光旖旎，形象传神，加之美丽动人的传说，极富诗情画意。而象鼻与象腿之间溜圆的水月洞，犹如一轮明月静浮水上，便成就了"象山水月"的风景。集青山、秀水、奇洞、美石、倒影于一体，尤其是在烟雨渺茫之时，那时的烟雨漓江才更加迷人，沐漓江风雨、观穿山塔影，更是一种美的享受。难怪象鼻山是桂林城的象征，且桂林城徽也以此为标志。

这三山乃桂林的山水之精华，曾经留下了古往今来许多文人墨客的千古绝句和动人诗篇。古人或由此乘舟，或系舟登岸，或泊舟山岩水洞，把酒临风，览山水之景，探岩洞之奇，惬意之情，溢于言表。

桂林不仅山青，而且洞奇、石秀、水美。银子岩、芦笛岩就是桂林极具代表性的两个岩洞，洞中奇观，真可谓别有洞天。那不知多少年积累的钟乳石，奇特各异，形象逼真，惟妙惟肖，进入洞中，犹如到了另外一个世界，加之导游富于神奇色彩的解说，更是让那溶洞增添了无穷魅力。游完银子岩、芦笛岩，你更是会感叹这大自然的鬼斧神工，神奇造化，真有"桂林归来不看洞"之说啊！

桂林可谓刘三姐的故乡，到了桂林，肯定要到阳朔、漓江和桃花江一游，感受一下刘三姐山歌对唱的宏大场面和气氛，顿时将你拉回到那妙趣横生的电影《刘三姐》中，让你如在戏中，如在画中。三五人围坐竹筏，静享少数民族风情，时而那悠扬的刘三姐歌声自船头或是远方传来，在那山谷间、江面上回荡，偶尔有游客也对上一两句那幼时所看的电影《刘三姐》中的唱段，才又感到人生真是恍若隔世啊！那词、那情境使你仿佛又回到了那个年代。而那漓江上壮族女儿优美的歌声怎能不令你留恋！怎能不令你魂牵梦萦！这仅仅只是桂林漓江上的一个最普通的民俗风情，那集漓江山水、广西少数民族文化及中国精英艺术家创作之大成的大型桂林山水实景演出《印象刘三姐》，则是你来桂林亲睹著名艺人张艺谋导演的艺术作品，也是你来到桂林的一个重要收获。那大写意地将刘三姐的经典山歌、广西少数民族风情、漓江渔火等元素创新结合，不着痕迹地融入山水，还原于自然，宏大、真实的山水实景演出，定会让你流连忘返，真正让你体验到人与自然的和谐，融入天人合一的境界，如诗如梦的幻境，品味到高品位艺术的辉煌。

这就是桂林，这就是漓江，桂林山水甲天下名不虚传。到了桂林，你会不虚此行；没到桂林，你会遗憾终身。

写于 2006 年 5 月 10 日

（此文发表于《江河文学》2016 年第 3 期）

天马书崖传神奇

站在郧阳汉江公路大桥上临江南眺，汉江南边邓湾河岸的陡峭悬崖，宛如一匹腾飞的骏马，驮载着人间的幸福和美好生活腾空而起，向天空飞去，栩栩如生，煞是传神。这就是富有美好传说，令人景仰的天马崖。天马崖，南依群岭，北临汉江，悬崖绝壁，峰秀崖苍。因其极富传奇色彩，景致优美，古往今来吸引了不少文人墨客来此观赏，并留下了大量的诗词墨迹，故又称天马书崖。

天马书崖有着美丽动人的传说。据《郧县志》（康熙版本）艺文卷载嘉靖年间许伦的《天马亭记》一文中写道："郧城西南隔江有山，望之苍赭雄峻者，曰'天马岩'。相传岩下有洞，前代时有骏马出食于野，人伺而逐之，马逸入洞，将纵之，岩崩，石壁有文曰'天马'，因以为名。"

然而，关于天马书崖的传说众说不一。另有一说：唐朝八仙之一的吕洞宾骑着骏马驮着珠宝前往东湖赴宴，途经郧阳府时天气突变。返回时，他看到河边有一山洞，于是便驮着珠宝前往洞中栖息。每日正午，洞中便发出万道光芒。后被一孙姓贪官发现，他问及风水先生，风水先生告知，那里有一匹天马和许多珠宝。于是，孙姓贪官便和两个弟弟一起合谋，把美酒洒在草地上，等天马吃后醉倒，三人便乘机进入洞中盗取珠宝。弟弟见好就收，哥哥却贪得无厌，不肯离去。直到天马醒来后，一脚踢死了哥哥。后来，不知何年何月，天马飞走，绝壁上便留下了"天马崖"三个字。这优美动听的传说也便留在了人间，在郧阳一直流传至今。

自从天马来到郧阳，便给郧阳人民带来了福音，使郧阳人民过上了天堂般的生活。传说天马常住白马庵，时常出没江边洗浴饮水，就连天马洗浴饮用的汉江水，也给郧阳子民带来了福音，使鱼儿成群，且长得又大又肥。郧阳沿江渔民因天马而得福，因汉江而得福，撒网捕鱼，鱼儿多多，因此日子过得红红火火。郧阳也因此而成为水草丰美、水肥鱼跃的福地。天马的传说折射出了人们对美好生活的向往与追求。

据说天马出走是在不知何年何月的一个深夜。当晚人们还在熟睡之中，突然被一阵轰隆声惊醒。人们纷纷披衣起床察看究竟，只见黑夜中半壁山崖

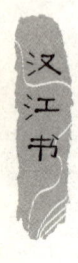

如刀劈斧砍般塌下。顿时天马待住的地方狂风乱起，飞沙走石，乌云遮天，天昏地暗。隐约中只见天马穿过卷起的尘沙，腾空而起，消失在夜幕中。自此，山崖上便留下了"天马崖"三个字。而自从天马飞走后，汉江两岸的郧阳人民便开始遭遇灾难，先是洪水泛滥，继而旱灾连连，地里颗粒无收。农民因此日子过得很是凄凉。四处乞丐遍野，路有饿人。由于家园遭灾，大批的郧阳难民便外出逃荒，背井离乡，自此，汉江两岸人民再难有天马存在的富庶日子。

直至到了明朝嘉靖年间（1522年），郧阳知府许词派人依崖凿洞，并题名曰"月窟"，依此来烘托神般的天马来自九霄，更是为天马崖的传奇故事披上了神秘的传奇色彩。此后，又有许词之弟许伦差人在天马崖上修建了天马亭，并取名为"月窟亭"，还修通道路通往月窟，吸引了众多游客来此游览观光，登高远眺，且吟诗抒怀，历来留下了诸多风流人物的墨迹和诗词。载于《郧县志》（康熙版本）的许伦的《天马亭记》即是当时所留。此后，明代郧阳知府抚治诗人沈晖在游览天马崖时还写下了千古绝唱："房星落地化为石，峭壁苍崖三万尺。长风吹散楚天云，突兀嶙峋耸晴碧。神骏何年此地游，至今三字石间留。仙骍一去无消息，山下清江空自流。吾闻行地须良马，古来不惜千金价。吁嗟骐骥世不常，愁见驽骀满中野。安得龙驹下紫虚，风雷白昼腾天衢。出随大将平狂寇，入为君王驾路车。"

沈晖，明南直隶宜兴县（今江苏省宜兴市）人，天顺庚辰（1460年）进士。弘治七年至十年（1494—1497年），以副都御史抚郧。

郧阳知县骏千洵来此游览时也赋诗道："本是龙生子，飞腾总破壁，也如豪俊士，全不受羁鞠。"

清末道光庚子（1840年）科进士云南巡抚都院贾洪诏在游览天马崖后亦赋诗道："神翼如天马，飞腾绝壁中。星精方跃地，电影忽行空。山子何深隐，孙阳岂易逢。崖高三字古，宛想负图功。"贾洪诏（1805—1897年），字金门，均州（今丹江口市人），清道光年间进士。同治二年（1863年）外任云南巡抚，同治三年（1864年）革职。晚年主讲于郧山书院。晚年还主持纂修《续辑均州志》。著有《宝真斋集》6卷。这些古代文人雅士所写诗文都成为天马崖留给后人的千古绝唱。

在郧阳，清代同治年间盛赞的古郧十景，其中天马书崖就是其中一景，此外还有春楼雪霁、瀛洲雨意、摘星坡峻、盛水灵泉、龙滚滩声、武阳神洞、十堰春耕、南门晴望、萧寺留题。后因时代更迭和丹江口水库蓄水的缘故，目前除天马书崖和武阳神洞尚存以外，其他景点早已湮灭于世。

古今多少文人墨客聚会于天马崖，笔墨相见，诗词相会，留下了许多传颂千古的妙词佳章，为天马崖的传说增添了无穷的色彩和文化魅力。如今，天马已然飞去，空留一崖畅想。多少神话，多少传说，多少福祉都付诸东流。那匹心爱的天马也从这座城市的地平线上消失，而天马的传说却永远留在人间，代代相传。

1988年7月，郧县城二次迁建告一段落时，为了记录曾给郧阳人民带来福禄的天马，郧县县委、县政府出资10余万元，雕塑了一座象征郧阳人民奋斗精神的天马雕塑立于县政府大门前的解放大道与兴郧南街交会处。天马足腾巨浪，身驾祥云，神女跃马，目视前方，衣袂飘然，神采奕奕，充满着对幸福生活的向往。这座天马腾飞成为郧县城市建设走向成熟的标志，成为异域的游子回忆故乡的主要标志性建筑，天马腾飞的奋斗精神也深深地融入了郧阳子民的心中。

"天马腾飞"由此也成为郧阳城一个标志性建筑，和新郧阳城的新十景之首。其他的景致则为广场畅想、桥头春色、大道迎宾、陵园穆思、波悦小憩、大桥临波、南湖访景、街灯入梦、大江雨意。这新郧十景进而取代了古郧十景。同时，郧阳还以"天马"而命名了"天马商场"。

新世纪开年，为改进城市规划，郧阳区又将这座象征城市腾飞的天马浮雕移至沿江大道老城耿家垭子处，与天马书崖遥相呼应，后面与天马商场遥遥相对，三座建筑和景点对照呼应，为郧阳这座城市的腾飞增添了新的景观。

如今，由于有了天马的传说，郧阳的经济建设及城市建设等各方面都取得了历史性的成绩，郧县也撤县设区，挺进了大十堰，汉江上再添一道飞虹，架起了郧阳汉江大桥，十堰大道拉近了郧阳与十堰城区的距离，这些变化都使郧阳取得了犹如天马般的腾飞，这让曾经贫困的郧阳人民扬眉吐气，再露欢颜。天马成为郧阳腾飞的象征。

秉承古代文人雅风，如今郧城文人们相聚，也大都喜爱歌咏天马书崖，书写的美文佳章或发表于报刊，或收录于书中，延续着古来天马书崖的文脉。

天马腾飞福祉临，墨客相聚诗意来。天马书崖已由带来福音到成为文人聚会吟诗的据点，由天马而给墨客们带来了灵感、福音、诗意、传说，几度交融的天马崖，何时能再次腾飞，再为郧阳人民带来更大的福音和经济的飞跃。

（此文发表于《十堰晚报》2016年11月23日）

汉江明珠浴朝阳

来到郧阳古城西河码头,昔日的郧阳古城如今已沉入江底,西河古渡那千帆林立、商贾云集的景象也早已不再,如今取而代之的是汉水旅游公司的汉江明珠游船卧波江面。每当清晨,太阳升起映照着汉江波光粼粼的江面,汉江明珠就沐浴着朝阳,焕发出勃勃生机。这成为如今郧阳老城又一道壮美的景观,成为人们假日休闲、娱乐、度假的又一去处。

数百年前,这里曾是郧阳的古城,有古老的城墙,古朴的城门,穿梭往来的郧阳市民,出城进城这里是一道城门把守。尤其是西河古渡也成了古郧美景之一,时常舟来帆往,一些商家富庶之人常在这里交易,使这里成了一个十分繁华的贸易之地。多少年过去,这些繁华热闹的景象便成了一些年长者脑海里永远的记忆,每每念及此处,他们总会伤心落泪。

随着世事的变迁,郧阳人民为了支援三线建设,毅然舍弃了自己难舍的家园,一任家园在江水中沉沦。自此,郧阳古城开始沉沦江底,取而代之的是一座俊美挺拔的新城屹立在汉江岸边。汉江以其无情的江水吞噬了人们的家园,然而又以其博大的胸怀接纳了郧阳。虽然郧阳古城已从人们的视线里消失了,但是辽阔的汉江江面却给人们带来了无尽的遐思。直至几十年后的今天,自有睿智商家在此投资建起了汉水旅游公司,并将一艘趸船改造成了三层楼,能接纳100多人就餐的餐馆雄卧江面,吸引着吃惯了江岸上宾馆饭店、楼房包间菜肴的食客们,抱着换一换环境的好奇心理,来到了这江面上静享这汉江明珠的独特风味和宜人环境,寻求这把酒临风、饕餮自然、物我两忘的心境。

汉水旅游公司紧依着郧阳汉江公路大桥和郧阳汉江大桥两桥的雄姿,借助着这辽阔汉江江面的衬托,利用汉江明珠这一独特的消费环境和消费方式,以别样的餐饮环境吸引着食客,使人们在此既领略了汉水风光,又品尝了汉江风味,可谓一举多得。尤其是古城以及郧阳汉水境内的悠久历史、古老文化,又有着丰厚的文化底蕴。借助这些,汉水旅游公司又以汉江明珠为轴心,大力开发了旅游这一个朝阳产业。利用自己的豪华快艇和冲锋舟等游乐设施,供人们游览观光韩家洲古战场、天马书崖、挂榜崖、镇江塔遗址、伏龙观、镇江剑、祠堂洲、梨花寨等景点，同时品味韩信埋母、剑伏孽龙、梨花练兵、金榜挂崖、天马腾飞等诸多优美动人的传说故事。

每当晴日的黄昏，夕阳西照，霞光回射，江面泛波之时，坐在汉江明珠游船之上，静静地观赏那些渔歌唱晚的美好景象。此时还可坐上冲锋舟，在那辽阔的汉江江面上去冲浪兜风，极尽激水嬉戏之兴，享受有惊无险的刺激，去消解一天的劳累。上灯时分，再回看大桥路灯齐亮，形如琴弦横跨汉江两岸，你又可回首往事，静思人生，多少世事纷争，人生苦乐皆可忘之脑后。而此时汉江明珠则华灯齐放，真正犹如一颗璀璨的明珠镶嵌在汉江之滨，壮丽美观。这里虽没有尘世的喧嚣，笙歌的悠闲，却有着人生在其他地方无法享受到的独特的静美和境界。

待到黎明时分，再看汉江明珠，真如一尾鲤鱼卧波，迎着初升的朝阳，放射出万道光芒，正对着天马书崖、挂榜山崖和镇江塔，沐浴着朝阳的初辉，吞吐着汉江的细波，既为郧阳的旅游经济涂抹亮色，又为汉江的景致增光添彩。

汉江明珠，沐浴着朝阳起航；

汉江明珠，驮载着天马腾飞。

写于2003年12月1日

（此文发表于《郧县日报》2003年12月22日）

镇江塔遗址访古

滔滔汉江奔腾咆哮，一泻千里，当九曲回肠地流经郧阳时，袭击着古郧阳府的这块"半岛"。随后汉江又斜过西河渡口，直逼陡峭的挂榜崖下，肆虐地袭击着陡峭的山崖。就在这江边雄踞着一座孤峰，孤峰亘古以来，遭受着江水冲刷，形成了一级级土梯，远看像巨螺。就在这里，每逢洪水季节，江水一泻千里，浪涛翻滚，洄流奔袭。山崖振动犹如雷鸣，波涛翻滚又似蛟龙，浪击对面古城脚下的古河滩，发出阵阵涛声，回旋于山谷之中。奇异景象实为一难得景观，被称"龙滚滩声"。有古人吟诗赞叹："滚滚西来水，游龙怒未降，波涛飞断岸，声势莽汉江。鹤警尝鸣和，鲸奔浪击撞，琵琶滩下路，余韵尚淙淙。"然景观之美却置于在郧阳子民的痛苦之上，每逢洪水，郧阳城池便有水患。虽蔚为壮观，却无情地袭击着郧阳人民的家园。尤其是在那些饿殍遍地、尸骨遍野的年代，洪水更是无情泛滥，使多少郧阳子民和财产葬身水底。

据史料记载，为防水患，郧阳府曾多措并举，构筑各类工事。为防止汉水暴涨，水自城东陷口灌入，经知府金达修复，曾于角楼两侧抵城墙处各加筑了一水垡，以防御洪水泛滥毁城，并在临江处加修了防水堤岸，形成围城。

虽多措并举，但仍未能奏效。人们传说天马崖处右侧八宝山下的江面上，常有一条祸害百姓的黑龙兴风作浪，不时地将过往船只推翻江底，后经仙人托梦指点，由过往船商捐资在八宝山头修建七层石塔，以求镇江。

于是康熙年间，由过往船商集资便在八宝山头开始动工修建石塔。几经民工修建，数月后石塔落成。塔为六棱实心椎柱形，六面结构建筑，塔顶呈尖形，塔身7层，顶部有4层小石圆柱，高约20多米。塔基和底层均为人工条石，其他层全是青砖砌成，各层间嵌有塔檐。站在塔顶上，西北分别可与郧阳府古城隔江相望，立于塔内观江，顿觉心旷神怡，诗情勃发，多为游客题诗作文之所。塔身建起后，称之为极星塔，因其又似鸡心，故又称鸡心塔。尤其是更像钢锥，直指星斗，倒映江中。因其为治伏妖龙所建，可免水患，故又称镇江塔。

极星塔修建后，果真灵验，建成初年水灾减少，百姓过上了几年富庶太平日子。因此，极星塔可镇龙伏妖的神奇故事便越传越远，镇江塔的叫法也越叫越神，都认为妖龙已被镇江塔镇于塔底。于是每每灾难之事，便有人前来烧香拜佛，祈叩问卦。

然而传说终归是传说，它终不能代替事实，镇江塔并不如人们传言那样能镇妖伏魔，免于水患，带来福祉。1935年盛夏，汉江再次水洪暴发，河水暴涨，使郧阳城又遭受了一场历史上最为严重的洪涝灾害。城外的万顷良田被水淹没，东城墙被洪水吞噬，城内房屋倒塌上千户，街道积水齐腰深，受灾难民近2000户，石塔镇江的传奇已不复存在，后来汉江又依然洪灾连连。于是人们不再相信镇江塔镇江的神奇和传说，尤其是还有一些固执的年迈之人，仍前去烧香叩头，祈盼神佛保佑，但均为徒劳。于是在特殊年代，这种做法便被认为是封建思想的流毒，遂用炸药将其炸毁。

如今镇江塔已从人们的视线里消失，人们只能从历史上留下的珍贵照片中看到昔日极星塔的雄姿，领略大江奔腾的诗意，回忆汉江吞噬人类的无情。今日站在这镇江塔的山峰上，看到一堆废墟，凭吊怀古，牢记洪魔，追忆历史，不由不使人产生联想感和诗情画意来。

如今，到镇江塔遗址上去访古怀旧，凭吊湖光山色，临江眺望，开阔心境，作诗论文，倒又成为人们的一大去处。

（此文发表于《十堰日报》2004年2月15日、《十堰晚报》2007年3月5日）

山崖挂榜留畅想

在郧阳城东南岸,与郧阳城隔江相望的汉江岸畔有一座山崖,赤红色山崖呈排状铺展如赤壁,下临滚滚东去的汉江水,陡峭的悬崖壁立千仞,险峻如斧劈刀凿。山崖不高,约有百余米,海拔高度在200米左右,崖顶为一平顶,与茶店镇的长岭相连,当地人称挂榜崖。这里缘何叫作挂榜崖,在当地还流传着诸多神奇的传说。

相传在康熙年间,郧阳非常重视科考,然而虽有举人刻苦求学寒窗无数,却成名之人寥若晨星,不禁使时任知府揪心忧虑,并多次要求要对中举成名之人给以重奖,以激励秀才、举人科考。当时知府也特别重视人才,以求人才兴郧。

知府的英明决策激励了众多学子科考,学子们大都争相求学,寒窗苦读,力争给知府一个惊喜。就在这康熙年间,举人王明德历经十年寒窗苦读,金榜题名,率先第一个考取了进士。闻知此消息后,郧阳府城之人皆大欢喜,簇拥金榜过街,披红挂彩,敲锣打鼓,夹道相迎,争相宴请。整个府城一片欢腾,煞是热闹。真有一种"十年寒窗无人问,一举成名天下知"的气势。

郧阳知府获知此消息后,同样高兴至极,当即召见了王明德,并为他摆酒设宴庆贺,犒劳欢庆,希望他能为府城之兴出马效力。知府高兴之余,又派人将王明德所中的金榜悬挂在天马崖右侧的陡峭山崖上,并欣然题名"挂榜崖",用以激励府城学子要像王明德那样寒窗苦读,早日金榜题名。此后,每逢学子科考中举者,必将悬挂金榜于此。

这虽是一个传说,但是却道出了郧阳自古尊重人才,重视知识,重视科举制度的做法。

当地人还传说,挂榜崖又叫挂宝崖,还称作赤壁。挂榜崖的来历是因为前者所述,当地知府为科考中举的郧阳学子挂红榜,故名。而挂宝崖的叫法则来自民间一个优美的传说,相传,当时汉江上水运繁华,千帆林立,郧阳码头上商贾云集,郧阳素有"小汉口"之称,河道上过往船工自然较多,但河道上却经常出没水妖怪魔，袭击过往船只和船工的安全，河神为了保护过往船只的安全，便在悬崖上挂起了镇妖伏魔的宝葫芦，每当水中的江面上出现妖魔时，宝葫芦就发出万道金光，斩妖除魔，甚是灵验，自从悬挂宝葫芦之后，这里便再无妖魔出现。当然也有人认为这些作用可能是那神奇的山崖上真正藏有宝物，从而保护着过往船只的安全，不再有灾难发生。那时，每逢年节，船工们都要来到挂宝崖前烧香祈福，祭祀河神，以保佑在河道上行船航行平安，生意兴隆。

至于郧阳赤壁这一叫法，则是因为当时的官员看到这道山崖赤红色崖壁绝壁临江，和三国时期赤壁之战的赤壁地形有异曲同工之妙，为了增添郧阳的文化内涵，在评选"郧阳十景"和"郧阳又八景"时，于是就将其改叫作赤壁。这样一来就和黄州附近的文赤壁、赤壁市的武赤壁遥相呼应，但为了和前两处的赤壁区别，就将郧阳这个既文又武的赤壁叫作郧阳赤壁。

对于郧阳赤壁的叫法，有志书记载为证。据《明统志》所载："（郧阳）又五里为沇洲，以沇水得名，侧岸赤壁。"明万历版《郧台志·舆地·山川》载："赤壁山，县东，隔江，俗号红岩山，势高峻，色纯赤，日光霞彩朝夕掩映，类黄州赤壁，故名。"明万历版《郧阳府志·山川》载："赤壁山，旧名红岩，县东南二里龙滚滩侧，其势高峻，色纯赤，日光霞彩朝夕掩映，亦郡中一胜也。成化中，郡守余荩公暇游此，讶其绝类黄州之赤壁，故改今名。"清康熙版《郧县志·山川》中将"赤壁山"排在了山川之首，此外，还有清《湖北省志》、清《学在编》等均有郧阳赤壁的记载。

关于郧阳赤壁的来历，郧阳文化学者黄忠富还撰写了长达7000余字的《郧阳赤壁的由来》一文刊载于《郧阳府纪事》一书中，并摘录了明成化十三年（1477年）以御史出名而擢升郧阳知府的余荩撰写的《郧阳赤壁赋》全文，因此关于郧阳赤壁的叫法也是有史料记载可查的。

但关于郧阳赤壁这种叫法由于牵强，加之没有历史渊源，流传甚少，故知其者并不多。相反，当地人叫挂榜崖者最众。每及中举者，当地知府便要在挂榜崖上悬挂金榜，绵延数百米，煞是一道景观，挂榜崖的叫法也由此流传最广，挂宝崖的叫法也因此知之甚少。

挂榜山崖长达2千米，高达百余米，立于汉江南岸，崖如壁立，由于生态环境和地势的原因，这里时常成为海鸟栖息的重要场所。海鸟栖息之处，常有粪便落于其上，经过数千年的累积，如今粪便堆积如小山，纯白如雪霜，景色煞是壮观迷人。

当人们坐在游船上泛舟汉江，看烟波浩渺的江面，倾听龙滚滩声，回音袅袅，观天马书崖，思镇江塔遗址，再仰望挂榜山崖，静看千年鸟粪，回想昔日挂榜的气势，心中不禁浮想联翩，顿添喜悦之感。

山崖挂榜已成传说，来此觅踪却为好奇之人留下了畅想。

（此文发表于《十堰晚报》2007年2月5日）

镇关守隘梨花寨

距郧阳区城关往东约 10 千米，有一座山峰圆似馒头，山顶有山寨遗迹可寻，如今还存有一个插旗的旗坛，这里地势险要，是水陆交通要道，历来为兵家必争之地。这就是当地人称的梨花寨，又称老山寨，与县城郧关遥相呼应。

关于梨花寨还有一段传说，相传唐朝末期，适逢安史之乱，叛军安禄山将中原江南要道全部控制，使得朝廷与中原一度失去了联系。为了打通中原要道，与京城长安取得联系，唐朝巾帼女将樊梨花领命东征。一路上樊梨花带兵 500 余人，翻越秦岭，进入漫川关。她领兵打一处守一处，步步为营，从而一举打通了上津关、郧关，进入这里。为了镇守这些关隘，樊梨花选择了地势险要、地理位置重要的一个山寨安营扎寨，屯兵操练。

山寨位于山头，可放眼四周 10 千米左右，易守难攻。樊梨花便以山寨为据点，构筑工事，将山头夷为平地，垒筑寨墙，修建营房。同时从山底向上挖出梯形台阶，供兵马行走，还可逐级防守敌人进攻。在山寨的前后方，除有一条小道外，周围都是悬崖，樊梨花设置了"头道城"和"二道城"用于防守，分别用作防御和保护营房。

樊梨花在此大肆招兵买马增强自己的实力，并在山下的河滩上进行操练，久而久之，这里的练兵场便越扩越大，阵势也越来越强。樊梨花领兵在此杀富济贫，除暴安良，平安一方，深得民心，在当地群众心中留下了良好的声誉。

为了保障阵营的安全，樊梨花又在山寨脚下不远处的沙子沟口修筑起了关隘，控制敌军水陆路的通行。自此，樊梨花驻守的营寨可谓"一夫当关，万夫莫开"。

当年，樊梨花只顾在此领兵打仗，造福良民，未敢丝毫懈怠，致使年龄已过 30 岁仍未婚配。而恰遇那年，唐朝名将薛丁山挂帅征西，途经梨花寨，被驻守在此的樊梨花大军打得损兵折将，丢盔弃甲，连薛丁山将军也被活活生擒。樊梨花因看到薛丁山仪表堂堂，又杀敌骁勇，武功盖世，顿生爱慕之心，遂招薛丁山为夫，并当即在山寨完婚。樊梨花率军归顺薛丁山部队，随夫西征，继续作战。这便是历史上有名的薛丁山征西。

樊梨花随夫西征后，人们时常怀念她。为了纪念她在这里除暴安良，杀富济贫的功德，便将这个山寨称为"梨花寨"，而将她领兵操练的练兵场命名为"马场关"，将她养马放牧的山沟唤作"牧场沟"，后人代代相传。

后来人们还在山顶修建起了梨花寨，岁岁年年，日日月月，香烟袅绕，烧香敬叩，虔诚之心，溢于言表。直至在特殊时期，梨花寨被强行拆除，然而梨花寨的叫法却沿用至今，并给这里留下了梨花寨的地名和优美动人的传说。

千百年来，当地世代沿用梨花寨的地名流传至今。如今在山顶仍可看到昔日修建山寨的坪地和当年樊梨花插帅旗的旗坛，以及樊梨花当年马驹休憩的地方，人们称这里为卧马坪。不管怎样，人们敬仰樊梨花，所以总是拒绝樊梨花的戏在此上演，以维护人们敬仰的樊梨花的形象。

（此文发表于《十堰晚报》2007年3月20日）

樱花桃海樱桃沟

三月的初春，处处洋溢着春的生机。到郊外寻找春的气息已成为我们这些蛰居城市人们的一大乐趣。与十堰市区仅有10千米之距的郧县（今郧阳区）经济开发区樱桃沟村是我们早有耳闻的湖北旅游名村，那里的小水果产业已是远近闻名，樱桃、草莓、油桃、柑橘都是那里叫响的品牌。

郧县樱桃沟村距十堰市区不远，仅20多分钟的车程即到，介与郧县和十堰城区之间，从"郧（县）十（堰）"一级路（今十堰大道）行走，到达15千米路标后西行，即可看到与之相接的一条村级公路口竖立着"樱桃沟村"的巨大石牌。同时从"十漫"高速公路或209国道郧十段到达十堰市张湾区汉江街办柳家河卫生室处下车，从右边步行1千米即到，紧接209国道郧十段一条村级公路口也同样竖着一块"湖北省生态旅游名村——樱桃沟村欢迎您"的醒目招牌，赫然立在你的面前。尤其是那招牌上樱花烂漫的喷绘，已将你的视线和思绪牵向了那一片神奇的村庄。该村纵贯两条道路，使两条平行的路纵向连接，同时与郧县柳陂镇的王家学村和马蹄沟村形成一条黄金旅游线路，几个村子主要以新农村建设为重点，突出樱桃、草莓等小杂果特色，全力打造市郊型生态观光旅游业名村，成为鄂西生态文化旅游圈上一条一线串珠的旅游线路。

樱桃沟村以前并非这样称呼，而是叫作鹰卧沟村，因该村一个山形似一只雄鹰卧居而名。后来，郧县为将该村打造成生态旅游名村，根据该村盛产樱桃、草莓等水果，而将该村更名为樱桃沟村。

三月正是樱花盛开的季节，我们驱车来到了这个花香四溢的村庄，进入村口，远远的一阵阵浓郁的花香扑鼻而来，村子里一条水泥路如银练一般在这个村子的山上山下崎岖蜿蜒，放眼望去，山头草木葱茏，坡上桃橘连片，庭园樱桃掩映，田地草莓遍地。这里山不大，进入村子即可感受到这里淳朴的民风，那农家小院透出的鸡犬相闻、阡陌纵横的景象，为这里罩上了一道神秘的色彩，使这里犹如世外桃源，让久居城市的我们颇觉新鲜。樱桃沟村整个村子坐落在一个盆地之中，待我们的车子顺着水泥路驶上一个小山头，整个村子已近在眼前了，那争奇斗艳、洁白如雪的樱花犹如让我们置身于花

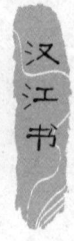

的海洋，花的世界，陶醉在了这樱花桃海之中，不用饮酒，已有几分醉意。

这里不仅仅是樱花的世界，更是桃花的海洋。这里所有的小水果花期都不在同一个时间，樱花盛开的时间早于桃花，使得这里四季可赏花，季季有水果，三月里又正值油菜花盛开之际，放眼望去，这里除洁白如雪的樱花之外，再加那灿烂夺目的金黄油菜花，更让这里增添了七彩的颜色，不时有蝴蝶和蜜蜂穿梭花间，让人感觉这不是画中，也在画中了。偶尔的一两群人从这里走过，问或的一些游人会扑入花丛，留下这美好的瞬间。到这里的游人都不忍心去采摘那让人赏心悦目的花朵。

樱桃沟村目前有樱桃、油桃、草莓、柑橘等2200余亩，每到春天，樱花、桃花次第开放，景色煞是宜人，这里有耕地面积2300亩，现有农户421户，由于大力发展生态旅游，现在已是远近闻名的湖北旅游名村，年接待游客达15万人次，先后被湖北省政府命名为"湖北旅游名村"，被十堰市政府授予"新农村建设示范村""生态旅游示范村""生态农业示范村"等称号。

一条银白色的水泥路纵贯全村，同时成为该村的出口路，连接"郧十"一级路和209国道郧十段，而村子内则形成了一个环形旅游线路，使到这里旅游观光的游客可环绕整个村子赏花观景，摘果品赏。置身在这花的海洋，果的世界，尽皆可忘，所有的不快都变成好的心情。平时工作中的劳累，人世中的争斗在这里都被忘得一干二净，这里完全是人间的净土，在这里可以涤荡心情，放飞自己的思绪。不管你是不是诗人，你都会引吭高歌，甚至对着山谷大喊，独听山谷的回音，享受这离尘而不离城的世界。这里完全是一个都市里的村庄，是人们周末放松心情的绝佳之地。

桃花盛开之时，这里又将是一番更美更新的景象，那粉红的桃花漫山遍野，装点着这里的美景，陶醉着游人，桃花的粉红和樱花的洁白，再加上杏花的鲜艳，白的犹如一堆堆雪压在枝头，红的又如一团团火燃烧在山间，一层层、一簇簇、一团团，将这个村庄装扮得万紫千红。

到这里观光赏景，游山玩水，仅仅只是一部分，如果你来到这里，不去品尝一下樱桃沟村的农家菜肴则会是人生的一大遗憾。那白墙黑瓦的民居，或散落在山凹间，或掩映在花丛中。每到中午时分，那农庄里袅袅升起的炊烟，飘起了农家饭菜的香味。不用问，门口那旗帆招展，灯笼飘飘的，便是专门接待游客的"农家乐"。这里自古民风淳朴，蔬菜又是远近闻名的无公害蔬菜，佳肴全是无公害蔬菜烧制。在这里你若想吃到城市那种大鱼大肉的味道都难吃到，这里农家乐的特色佳肴风味独特，具有浓郁的郧县地方饮食特色。

该村目前已发展农家乐16家，先看看那富有诗情画意的农家乐店名——"金谷园""赏樱阁""双龙山庄""田园酒家""老海酒店""三棵松农庄"

"乡嫂农庄"等各具特色，富有丰富的文化内涵。县里还对农家乐统一进行了文化包装，邀请当地的书法名家写了书法进行装裱悬挂，提升了文化品位，而且每一个农家乐都有一道拿手好菜。郧县餐饮商会及该县文化旅游产业发展委员会办公室还联合组织餐饮商会知名人士及烹饪专业技术人员对各个农家菜肴进行了评比，"老海酒店""翠竹园""赏樱阁"3家农家乐烹制的郧阳土鸡汤被评为郧阳农家乐特色佳肴，"双龙山庄"的剁椒汉江鱼头及"田园酒家""金谷园"的煎汉江白鱼也被评为郧阳农家乐特色佳肴，几乎在每一个农家乐里都能找到一道拿手菜。

这里的蔬菜是纯天然的，均为本土生长的，没有使用任何化肥和农药，更没有任何工业污染。那槐花包子、新鲜黄瓜、柴火豆腐、凉拌土菜等是在城里难见到的。在这里还可自己动手到田间采摘蔬菜，去山间挖野菜，享受劳动的快乐。郧阳土鸡汤、土鸡蛋则是正宗的土生土长的土鸡和土鸡蛋，那种新鲜的美味足以让你品尝到农家菜肴的风味。这里属丹江口库区，濒临汉江，吃惯了城市液化气做的饭菜，再来品尝柴火做的饭菜香味，让你又一次找回了乡村的感觉。

郧阳黄酒是郧阳的特产，其酿酒的工艺已被申报为市级非物质文化遗产，其独特的风味、纯正的浓香和饮之即醉的佳酿，还可体味到郧阳的民间传统工艺做法。喝上一碗，你已酒至微醺，但此时又怎能放弃这绝好的佳酿呢？一碗是远远不够的，即使不贪杯也要贪杯呀，那纯朴的农妇会从你身后冷不防地再给你倒上一碗，怎能不会超量。酒至酣处，还会学着这里村民们的猜拳行令，吆喝起来。那猜拳行令的兴奋劲和兴高采烈的吆喝声，响彻在一个个农家乐里，响彻在这寂静却又热闹的山谷间，热闹沸腾的樱桃沟村，天天游人如织，如同过年。

这里酒的特产不仅仅是郧阳黄酒，更有这里农民们家家酿造成的烤酒，更是一份独特的风味。这些烤制的烧酒，味道纯正，甘洌浓香，不亚于那些高档名酒，只不过是没经包装，看似朴素，喝起来却是那样香甜可口。因此，到了樱桃沟村，赏樱花、桃花，吃农家菜肴，喝郧阳黄酒、"本地造"（即农村烤酒）等别有一番风味。

五一前后往往是樱桃、草莓上市的季节，这里又将是樱桃和草莓的世界，那鲜红的樱桃挂在枝头，将树枝都压得弯了下来，辛劳的人们便将树枝支了起来，那鲜红的果实鲜艳欲滴，从树下经过，不妨流出了口水。而远看樱桃沟村，是红红的一片，绿叶衬托着红果，煞是一道风景。而地里的草莓也正好和樱桃同步上市，红红的草莓躺在地头，也变得那样可爱。每每这个时间，樱桃沟村就变得更加热闹，天天游人络绎不绝。有游览观光的，摘樱桃的，采草莓的，也有来贩卖樱桃、草莓的，整个村路上处处可见一群群的人群，而樱桃树上、地里则又是人们忙碌的身影，有摘樱桃的，有采草莓的，还有在地里现场交易的。人们也可以自己采摘，然后称重，让你体验劳动的快乐，感受农民们劳作的艰辛，从而又享受采摘果实的幸福与喜悦。

这里可年产樱桃、草莓20吨，为此郧县县委、县政府近年来将打造小水果产业作为该村及相邻的王家学村、马蹄沟村的特色，大力发展生态农业，先后成功举办了两届樱桃草莓节。举办的第二届樱桃草莓节持续4天，又恰逢五一节，正值樱桃、草莓大量上市季节，每天还有精彩的演艺活动，一举拉动了十堰市区及郧县城区的城郊游，仅该村每日接待游客就达5000余人次，几天接待游客在2万人次以上，加上邻近几个村子，共接待游客4万人次以上，致使大量的车子车水马龙般地涌向樱桃沟村，使209国道郧十路段堵塞，十几千米道路被堵得严严实实，长达四五个小时才恢复畅通。

目前，该村先后修筑了村级公路路肩，补修了2100米长的路形成了环形公路；新建了1800平方米的村文化广场；铺筑面积1000平方米的"金谷园"停车场；改造升级了16家"农家乐"餐饮娱乐接待服务点；全面整治了全村近500户庭园环境卫生，正以崭新的面貌和相对完善的设施满足市民郊游的需求，生态旅游成了全村农民的经济增长点，年接待游客达15万人次以上。如今，该村正积极投资修建旅游文化广场、垂钓中心、观景亭、小水果展销中心等景点，进一步丰富旅游文化内涵，一道更加亮丽的生态旅游风景正在向我们呈现，生态旅游也必将锦上添花。

同时为打造这里的旅游产业，郧县已加紧纳入十堰城区的整体规划，争取成为十堰的"后花园"。如今樱桃沟村已成为地方乡村旅游的一张名片，每到双休日，这里就会出现游人井喷现象。季季有花果，天天有美景，春天更是樱花的世界，草莓的海洋，可谓春有花，夏有果，秋有叶，冬有雪，四季景色分明，风景宜人，不愧为一个乡村游的绝佳去处！

樱花桃海的樱桃沟村，正如一颗明珠镶嵌在鄂西北，又如一道风景为打造鄂西生态文化旅游圈添秀。

写于2009年5月26日

注：文中所涉行政区划、地名、路名、数字及相关情况均为当年情况，未做改动。

（此文发表于《武汉商报·新生活》2009年6月19日，并收入2009年11月湖北省作家协会选编、长江文艺出版社出版的"荆楚作家走乡村"《能摸着月亮脸的地方》一书）

奇山秀水在大川

久住都市，厌倦了城市的高楼、街道、噪声和尘嚣，自想寻找一处宁静，脱去都市的外衣，换上郊野的新装，呼吸自然的空气。去郊县太远，走外地，时间又不允许，到郊外游玩，就要寻找好的去处。

偶一日，进入了距城十几千米的十堰市茅箭区大川镇，眼前豁然一亮，仿佛到了世外桃源。这里青山叠嶂，绿树掩映，不仅有奇山，还有秀水。湖水碧波荡漾，映着青山，仿佛将人带入了人间仙境，这不就是"天然氧吧"吗！何必踏遍铁脚寻去处，谁知人间美景在大川。

进入山中，你会惊奇地发现山中藏有一湖静水，满湖的碧水，满目的青山，不禁让人生出几分诗情来。在这里可以忘掉生活之烦恼，卸去都市之劳顿，脱去工作之疲乏。瀑布的声音，顿时让人想起静来。生活在远离水的城市，自是想见一见水，哪怕是一个小水潭，抑或一泓山泉，而这里却陡然为你准备了一湖的湖水，真正让人赏心悦目了。湖中有竹筏，你不妨上得筏去享受水上趣味，划着筏子，唱着山歌，又是山的回音，久久难散。大川民风淳朴，山民朴实厚道，大川的妹子则泼辣多情，她们会冷不丁给你来几句对唱，那种情调怕是你只有在电影《刘三姐》中看到的了。

接近了湖水，自是要听听涛声，荡舟累了，不妨上得岸来，湖边的"听涛阁"已为你备好了茶水，正宗地道的大川茶，让你体会到武侠场面中那豪饮大碗茶的豪迈。喝茶听涛，那种闹中求静的心情自然会轻拂心间。如果你喝茶还不过瘾，大川纯朴厚道的乡民还会为你端来"土家老烧"，你尽可以在这里豪饮长风、饕餮自然、或歌或舞，尽抒心中之愉悦，你还可像享受那种英雄好汉弯弓射箭之美妙。

不过那涛声和大川妹子的山歌，你可不能入迷，倒是大川农家乐里那种土生土长农家风味的菜肴，真正让你清洗一下吃惯了城里山珍海味的肠胃。

"留春庄园""百年福山庄""青瓦寨""返璞园""桥上农家乐"等等，这些农家响亮的名字，那黑瓦白墙的乡村风貌，那旧式桌椅床灶之古朴，一种古色古香之感顿时涌上心头。那种旌旗猎猎、笙歌嘹亮的气势不亚于电视中的镜头。农家菜肴，山野土特，健康绿色，津津上口，再喝上二两"土家老烧",在大川,不仅身醉、心醉,人更醉了。醉在这大自然中,醉在大川,你还会回去吗?你会只恨自己身边的仙境为何这么晚才让你发现。

走在溪流潺潺的山涧,你屏息静听,那来自大自然的鸟鸣兽唤,顿时让你产生恍若隔世之感。那溪流中鱼蟹嬉戏,让你仿佛又回到了童年。

到了大川,你什么都可以不做,但万不可不做深呼吸,这里青山含翠欲滴,空气清新如洗,夹杂着野花的清香,沁人心脾。那种"天然氧吧"之美誉的确不为过,足可让你脱俗归真,乐而忘返。放眼山涧,阡陌纵横,农人耕作其间,好一幅田园美景。

美景何止这些?那布朗李、猕猴桃、银杏基地,浪河高山千亩蔬菜示范园,再加上土鸡养殖,又一番田园景象啊!

到大川寻古是你的一个意外收获,到了卡子村,那千年银杏树和千年古杉,让你怎么也找寻不到它的历史来。卡子关口,还有桥上那清朝嘉庆年间的石桥、石牌坊,让你又产生了寻古问今的心境。登上鸡鸣山远眺,那一碧千里,群山起伏,尽收眼底,车城原来是那么小的"弹丸之地"啊!

走出家门,到身边的大川走走,回归自然,你会惊叹,这里不愧是车城南展的一片肺叶——"车城的后花园"啊!原来奇山秀水尽在大川!

不过要提醒的是,置身在这天然美景中,可千万别忘了回家的路。

(此文发表于《十堰广播电视报》2005年8月12日)

人间仙境桃花湖

　　青山叠嶂、绿树掩映，湖水碧波荡漾，映着青山，风景秀丽，这就是桃花湖。到了桃花湖，就仿佛进入了人间仙境。我不知道桃花湖的来历，但却对这里神往已久。

　　一个夏日，我参加市文联组织的桃花湖笔会时来到了这里。走出市区，车子在蜿蜒起伏的林道中穿行，路旁少有人家，那满山的植被使我们的视野变得开阔，心情也顿时愉悦起来。平时看惯了城市里的楼群和车辆，到这里却少了几分喧嚣，多了几分宁静，自是让人惬意。

　　车子在山间的柏油路上奔驰，心中便开始寻思起那桃花湖来。桃花湖应该有桃花，而现在不是桃花开放的季节，想必这一愿望不能实现了。那么叫桃花湖必定有湖，有湖就会令人惬意了。带着寻觅的心情想着，不觉又想起陶渊明的《桃花源记》来。

　　不觉已到了马家河水库，回想这里曾经是十堰人民修建的一个大型工程，从这里走过时，便有一种豪迈感涌上心头。过了马家河水库不远就到了桃花湖度假村，满眼的湖水，满目的青山，让人顿时豁然开朗。平日工作的繁忙和劳累、生活的艰辛和疲惫，在这里都被忘得一干二净，什么都可以想，什么都可以不想。坐在桃花湖边，轻拂湖水，仰望青山，不禁让人产生几许诗情来。

　　湖中心那仙山小岛屹立，一座迎鹤塔端立其上，倘若荡舟湖上，真有如在画中的感觉，怀着这种心境让你沉醉其间。湖面偶有湖汊出现，你若隐匿其间就难找到，倘若你在湖上丢失了自己，那不也若当年的陶渊明，说不定又找到了人间桃源，进入了人间仙境，那又是何等的天堂生活？

　　荡舟累了，弃舟登岸，越过亲水平台，感受垂钓滋味，再穿过会议中心，步入林间栈道。那荫翳蔽日的树木，顿让你有种清凉的感觉，外面炎炎烈日当空，你在这儿独享这大自然的凉爽，该是多么舒心啊！这里植被完好，千年枯藤形态各异，奇形怪状，若是你独自一人，不禁会害怕起来。尤其是当你回望那进山口的山形既如苍龙，又似卧虎，气势雄壮，形象逼真，顿为景区增色不少。穿过长长的林间栈道就到了小坝处，观看水坝叠水，体会那种人造瀑布的感觉，然后再独步吊桥，那吊桥左摇右晃，人走桥动，人停桥停，仿佛风浪中的小舟，让人胆战心惊。然而吊桥两头牢牢地被特粗的钢筋焊接，你大可不必担心会从桥上掉下沟底，这里只是给你有惊而无险的感觉。

过得吊桥，穿过林间栈道会给你一个惊奇的收获，这里有国家一级保护动物枯叶蝶，形似枯叶，状如蝴蝶，就连那莽莽苍苍的神农架也难发现的这种国家一级保护动物，却在这里看到了。这不能不说是一个大的收获，使你一饱眼福。

再往前走，就是度假村的娱乐中心，一种土墙竹篱、柴扉茅屋式的农家庄园景象呈现出来，那里土地平旷，屋舍俨然，阡陌交通，鸡犬相闻，一幅荷锄劳作的田园生活画面，这不正是陶渊明笔下的桃花源吗?! 给你一种别样的感受。前面是桃花湖瀑布泻下来的溪水，掬一捧洒在脸上，一种清新凉爽之感凉透心底。跨过那石头小桥进入古道去寻幽访古，这时尽管你会略感疲劳，但是，瞬间就会被前面那有着2000多年历史的铁匠树吸引着你继续前往。路还有十多里，上山的路虽然艰辛，但是立即会被你看古树的兴趣冲减。沿途你随处可见生长数百年的花栎树。在林间说话，还有一种"但闻人语响，云深不知处"的感觉。

那具有2000多年历史的铁匠树，树身直径达80多公分，可两人合抱，树冠达五六米之大，树的长势虽不快，但你从中可以知道它生长的艰辛。它默默生长在这一个荒野上，平时少人问津，不择美丑，不争殊荣，与一些爱慕虚荣、争强好胜的人相比，是多么难能可贵啊！品行又是多么美好！看看它，再想想人，难道人就不应该学学这种默默生长的铁匠树，淡泊名利，与世无争吗？

观赏了这山间景色，沐浴了山乡气息，午餐可到那湖边接待中心去品尝农家味，让你在醉酒中领略那"倚山望湖青春做伴，把酒临风岁月不老"的诗情画意，甚至还会发出"满眼湖山谁人画书，几家楼台这般风光"的感慨。

在湖岸，你可尽情狂欢，把酒临风、饕餮自然，忘却工作的烦恼和忧愁，丢弃生活的疲惫和沧桑。当你生出几分醉意时，再观湖望山，不禁会诗兴大发，吟诗不断，进而纵情笔墨。

湖光山色看不够，明朝何须醉人归。你是否会想到在这夏日的晚上，就在这里过上一个清静凉爽的夏夜呢，再荡舟湖上感受渔灯唱晚的情趣，或者沐浴湖中，洗浴人世的尘垢，洗去城市的喧嚣和劳累，洗去生活的烦恼和忧愁。在这里任何的通信工具都失去信号，使你少了平日的干扰。在这清静之中，你不禁又要想起那陶渊明来，想起那桃花湖上的桃花来。

这桃花湖根本就没有桃花，连桃树的影子也看不到。然而，却有一种桃花在你的心中永开不败。那就是你游览桃花湖时的好心情、好感受，带着这样的感受，在今后的人生旅途上，你一定会生活得更好，犹如看到桃花盛开的心情。

走出桃花湖，你的心中还在念念不忘那桃花湖的桃花，可那桃花湖的美好景色和感受已永远留在你的记忆中了。

桃花湖，一个风景秀丽的人间仙境。

桃花湖，一个与世隔绝的现代桃花源。

（此文发表于《十堰日报》2003年8月23日）

游虎啸滩

游虎啸滩是我早就梦寐以求的,县文联组织的这次笔会让我了一心愿。

头一天接到通知时,晚上天阴暗暗的,真担心第二天下雨会影响我们的游兴。一大早起来,起了大雾,我们赶到县文联集合,坐上豪华大巴沿着郧漫路向虎啸滩行驶。雾渐渐散去,天放晴了,我们个个兴致勃勃。一路上县文联主席王太国接连几个幽默风趣的故事讲得我们开怀大笑,轻松舒爽地驶进了虎啸滩。三个小时的颠簸之苦被笑声和游兴冲击得荡然无存。

走进虎啸滩景区大门,进入红河谷,火棘火红地生长在河滩的两岸,热情的红果硕果累累,像带着笑容列队迎接着我们的到来。让我们仿佛置身在一片热烈的掌声中进入游览的序幕。名谓"虎胆绝壁"的景点,顿时让人仿佛在绝壁上辟出一条小径让你斗着虎胆穿行。

沿着新辟的细细小径,我们观看了"虎穴"这一景点,"虎穴"仿佛一只老虎雄踞山崖张着血盆大口,让你望而生畏。书法家题写的"虎穴"二字更是苍劲有力、虎虎生风,让你顿时想入非非。

辗转山崖石径,穿越独木桥,巨大的"翡翠天梯"立在面前,就像一个个绿色屏障等待着你的攀缘。

偕石硕大无朋,宛如镶嵌在峡谷中的一颗明珠,璀璨夺目;腾滩尽展虎跃龙腾之雄姿,气势磅礴、恢宏博大、气贯长虹;卧虎滩犹如藏龙卧虎潜藏于此,醉虎画屏俨然一头醉酒的虎展现在画中;啸滩,洞峡深深,瀑布从石罅中流出,咕咕啸叫,与腾滩遥相呼应;龙腾虎啸,使人毛骨悚然;眼望蛟滩,让你在深滩中细细寻觅蛟龙的影子。

在悬崖上搭建的木板栈道,总不要忘了扶住扶手,生怕会跌下悬崖,掉进深渊。浑身或许早已冷汗淋淋。已是初冬,却仿佛置身在深秋,陶醉在这峡谷的美景中。

你是否已经觉得这些景点足够你饱览的了,然而真正最美的景点还没有到达。前面就是"落九天"。瀑布就像银练从九天上飘落下来,如同七仙女下凡,悬崖绝壁上镶嵌的斗大的"落九天"题词,真仿佛天外飞来。下面是万丈深渊,上面是悬崖绝壁,人们用什么办法把字雕刻上去的,不免让你产生联想。站在瀑布的脚下,让水花潮雾溅湿你的联想。下面是龙潭,站在岸上的你,如果是在夏天,你早就要下去漂游一番了。你也不用担心跌入潭中,铁链扶手已圈住了你跃水试游的想法。站在瀑布脚下,仰望"落九天"题词,你的疑问还没得到解开。但从山顶上生长的树木上看,才会想到那是人们用绳子将人吊到崖中用石凿一下一下凿出来的斗大题字。仰望瀑布,才知道人的渺小,瀑布的高大。

看到落九天瀑布能不能产生李白笔下庐山瀑布的联想呢?你不会吟诗也要动出感情来了。然而这道瀑布下面还连着一个三叠瀑,紧连着三个一落千丈。到潭底时一尊巨石如一老虎在啸叫,瀑布冲击溅起泡沫,又一景点"虎啸龟吟"呈现在眼前。这时你早已融入这一境界之中了,所有工作的疲劳、人世的纷争、个人的恩怨、生活的不易,都像瀑布一样沉入潭中,你会完全身入其境,忘记你的存在。

瀑布一路奔流,唱着欢歌,让你饱览"千叠滩"层层叠叠,护送你进入"快活林",然后让你穿山林、攀虬枝,使老者忽来童趣,青年乍来激情,赏心悦目,进入"悦目岛"。前面还有天井、白虎洞、经书岩,可是天早已过午,使你方觉遗憾,知道得太晚,流连忘返。沿途返回,重温感觉,红河谷火棘如欢送你下次再来光临。

昼行夜书,激成一文,给自己没有游览到的景点遗憾以安慰。

写于1999年12月1日

(此文发表于《十堰青年报》2000年1月14日)

大连风光

　　大连是一座文明城市，风景迷人，这些我早有耳闻，只是耳闻不如一见。一次出差的机会我到了一趟大连。

　　到大连去时正是炎热的夏天，经过四天四夜火车和轮船的舟车劳顿，到大连港时正是凌晨4点，我似乎产生了一种错觉。从家乡来时正是天大旱，两个多月未见过一滴雨，大连怎么像春天一样草青树茂？整个城市如同水洗过的一样一尘不染，根本没有天旱的迹象。

　　扑入眼帘的是热情的卖导游图的人，他们的言笑打断了我的遐想，如果不买一张，会遗憾的。顺便买一张，他们会争先恐后地给你讲这个城市的最佳去处。问问他们这个城市是不是才下过雨，他们说天旱已经两个多月了。我问那草那树为什么如此青翠。他们会似乎像在做广告似的说，你到了全市最好的广场中山广场之后就会明白，并且告诉你乘坐几路车即可到中山广场去。

　　天渐渐地亮了，我看见辛勤的清洁工忙碌的身影。他们清扫完毕都站在垃圾桶的附近，穿着橘黄色的工作服，头部和嘴巴都裹得严严实实的，只有一双明亮的目光在四处搜寻。手上戴着手套，一手拿着扫帚和钳子。人们不注意丢下的纸屑、果皮，他们从不埋怨，从不责备，他们会不声不响地走过去捡起来，然后小心翼翼地丢到垃圾桶里去。这时乱丢纸屑果皮的人会油然产生一种敬意，内心感到无比内疚。

　　出租车司机会热情周到地问您到哪里去，然后将你送到目的地。无论你是当地人还是外地人，他们都不会漫天要价，你只需照着计价器上的价钱去付即可，他们绝不会因为你是外地人而去宰客。

　　听人们讲解知道这个城市有中山广场、友好广场、劳动广场等许多广场。沿着手中这张大连旅游图的标示，我们乘车来到全市最好的广场——中山广场。

　　到了中山广场，我顿觉新鲜。鸽子遍地栖落在广场上啄食，人们不时喂上一些食物，我还以为是放鸽的人在这里放鸽呢？谁知却是这个广场的一个景点。园林绿化工人们在那里辛勤浇灌，我才知道这草青树茂的缘故。坐在广场的条椅上，立刻将旅途的疲劳消解得踪影全无，到了这里就有一种到家的温馨。"依依芳草，踏之何忍""活泼鸽群，伤之何忍"等等的公益广告，会让你感到在这里悬挂已属多余，根本不用说就没有人去践踏和伤害。

疲劳消解以后，你顿时会来了精神。去果蔬市场转转，你会发现这里的热情和文明。他们会随手找出一个很大很好的水果让你品尝，好吃就买不好拉倒。他们热心快肠的语言让你不买怎行，称上几斤。他们会把秤给你称得高高的，然后再给你添上一两个，在这里短斤少两的欺诈现象根本不用你提防。算账过后，差几角钱拉去，笑着对你说，下次再来。你走出老远还会想着那甜甜的笑意，使你高兴而来满意而去。

到了劳动公园去坐上索道，在空中领略一下大连的整个风光，会使你永远沉醉在这一片春天般的暖意里。如果你是老者，会让你顿时感到年轻了许多，甚或有些中年人感到似乎又回到了热恋时节。

离开劳动公园后，那里的乐趣让你回味无穷。到傅子坡浴场去一趟，租用一把伞，你会享受到天然的沐浴，陶醉在大自然里。喷泉般的海水会洗去你旅途的奔波和一生的劳累，睡在这柔软的沙滩上，你甚至会想起像鲁迅一样和少年的闰土，去捡拾一些五颜六色的贝壳来，仿佛又让你回到了童年。

到了大连不到老虎滩是最为遗憾的。进得虎滩乐园的门，这仿佛是一座古老的建筑，给人一种苍凉感，甚至产生疑问：在山上怎么能看到海水，怎么会有滩？这里草坪如此青翠。走过一座独木桥，如同走过了一段多姿多彩的人生。上得山来当你会看到石头上刻着以假乱真的老虎，站在山上你眺望蔚蓝蔚蓝的大海，心情无比开阔，眼望不到海边你能联想到李白的"长江之水天上来"的气势，只能看到"水天一线"。你在人生路上所遇到的一切不顺心之事，在这里都会忘得一干二净。这座山的雄姿不正是以一个老虎的姿势卧在这个海边吗？

沿着山路向海边走去，阴森森的树木遮天蔽日，有一种"曲径通幽深"的感觉。到了海边，看到大海惊涛拍岸的雄姿，看到波澜壮阔的海面，你会进入诗的意境之中，想起艾青的《礁石》来："它的脸上和身上像刀砍过的一样，但它依然站在那里，含着微笑，看着海洋……"

坐在礁石上小憩一会儿，租一艘小快艇在海面上劈波斩浪，你小心别让苦咸的海水溅湿了你的衣襟。

游完大连，到旅馆去轻松轻松，吃吃夜宵，品尝海产品。乌鱼、墨鱼、海蜇、海虹、偏口应有尽有，让你既看到了大海，又尝到了大海里海鲜的味道，果然不虚此行。

没有到过大连的人到了大连还会想家吗？还会想到再回家去吗？

离开大连是在夜晚，坐上返程的轮船，黑茫茫一片正向我逼来，我一直回望着大连，好在是夜晚，别人无法看到我潮润的目光。真的真有点恋恋不舍的感觉。

（此文发表于《十堰青年报》1999年3月5日）

北方风情

有幸得到了一个到北方出差的机会。同行的旅伴老家在北方的齐鲁大地，经过他老家时我们逗留了几日。

初到北方，总感到有些不习惯，但北方的真诚和热情一下子便将我从拘谨中解放出来。

北方天气寒冷，所以炕成了他们的必备床铺。去到北方时，正值夏末，炕很少生火。北方的果实特多。来了客人，尤其是知道我是南方来客之后，他们便加倍地采摘各种果实让我品尝，并向我介绍各种果实的品种、生长习性和味道。在南方，我是很少吃果实的人，可到了北方，在主人三番五次地邀请和不知疲倦地介绍下，不得不勉强食用几个新鲜品种。品尝之后，真正领略了北方人的真诚与大方。

经旅伴热情介绍后，主人们知道我居住的南方离大海很远，主人便非要带我到海产品市场去看看海产品，还硬要带我到大海边上去观望大海。当得知我们这次出差是到大连，就是在大海边时才罢休。

海产品丰富多彩，每一样都是那么新鲜。主人非要把市场上所有的海产品品种买遍，让我们南方人一一品尝，然后把海产品的味道以及北方人的热情都带回南方。他们执意买了十几种海产品，诸如海虹、巴鱼、偏口、青鱼、墨鱼、乌鱼、海蜇等各种海鲜，尽管我一再阻止他们不让买，可看着他们纯朴的犟劲，让我无可奈何，只好笑着让他们买。回到家之后，真诚地告诉和我同行的旅伴，旅伴介绍说，此次出差我是第一次到北方来，以前连大海看也没有看过，海产品就更没有吃过。他们带着遗憾的神情和看着南方人的可爱，以及我的谦让，生怕招待不周，心里总是过意不去。

吃饭都是在炕上进行。用一张高 5 寸，长 1 米，宽 0.5 米的小桌，放之炕上，端上海鲜，摆上酒盏（他们的真诚都是用能盛二两的酒杯斟酒，那种器皿在南方都叫作茶杯）。他们说我们南方人不会打坐，让我坐在最里面，递给我一个"马扎"（可折叠的板凳，凳面攀有皮条，他们那里的板凳几乎都是这样的）。他们都是席炕而坐。北方的房屋都是坐南朝北，每家均有一个院子。我不知在他们那里的那种坐法何处是上席，但看到他们都推让我坐在最里边，我认为炕的最里面似乎就是最尊敬的地方。我尽管一再谦让，但还是被他们的真诚按了下去。

知道了我没有见过大海更是很少吃到海味之后，他们硬是一箸接一箸地将海鲜抄之我的面前，尽管我一再推让，但他们均不许推让，北方的人就是这么豪爽和厚道。

酒盏总是一饮而尽。北方因为气候比南方低，所以也很少有喝啤酒的习惯。一瓶白酒快完之时，他们总是将这一瓶瓶底最珍贵的酒留给客人。我不知这是何意，谦让的不能接收，因不懂他们那里的酒文化有什么讲究和礼节。

随行的旅伴见我推让，便向我介绍，这是北方人对客人的一种敬意。瓶底酒在北方叫作"福根"，北方人的真诚就是非要把最后一滴祝福留给客人，才算满意，所以你不必谦让。

我愕然，对北方人的纯朴与厚道深受感动。

离开北方我恋恋不舍，难以舍弃北方人村口欢送时远远的目光。

几时再到北方，再享受一次最后一滴的祝福。

（此文发表于《公关信使》1999 年 9 月 9 日）

在西峰枕一川乡愁入梦

这里是历史的锦乡,这里有文化的厚土,这里是诗意的田园,这里是古麇国都十堰市郧阳区五峰乡西峰村,在这里可以勾起缕缕乡愁。仲春时节,来到这里枕一川乡愁入梦。

郧阳区五峰乡历史文化源远流长,史载管辖郧阳的古麇国曾建都于五峰长利谷东的锡穴山(今五峰的牛峰包),约在春秋中期的公元前11世纪,距今有3000多年的历史。五峰不仅因其是春秋时期西周的封国——麇子国国都所在地,有着"古麇故都"之称,五峰至今还保留着扑朔迷离的地下古城,成为一个千古之谜。

就在古麇国都五峰乡境内有一个五峰观,五峰观将东峰村和西峰村一分为二,站在五峰观上俯瞰五峰乡西峰村,犹如一个盆地,聚财纳富,西峰槽五峰川又如一道平川,流金淌银。一个秀美亮丽的古麇国花园就坐落在此,花园内牡丹、芍药、樱花、玫瑰、紫荆等各色花卉次第竞相开放,在不同的季节将这里装点得四季如春。每当双休日或节假日,这里都是游人如织,更有远近的驴友结伴而来,或赏花观景,或摄影写生。进入五峰乡集镇时,公路门楼上那千年古麇大鼓和花园内直径3.98米的古麇大锅更是吸引着游人的目光。

境内的孟良寨与隔河相望的焦赞寨形成了汉江上一道独特的风景。穿越历史的烟云,让人感受到这里曾是兵戈铁马、旌旗猎猎的古战场,深厚的文化底蕴造就了五峰乡西峰村这一个美丽乡村。悠悠三千里汉江环绕西峰村流过,使这里形成三面环水、一面环山的独特景观。

五峰乡距郧阳区城关58千米,位于汉江上游。关于五峰的来历顾名思义,五峰就是由"东、西、南、北、中"五座山峰构成。包括现在的东峰所在的东峰村和西峰所在的西峰村,南峰则包括东峰村和南北峰村的一部分,而中峰则指观山,北峰在汉江北岸。据清代同治《郧县志》载:"五峰山,(锡穴)县城西二十里,故锡穴县之南丰山也,高九仞,上有五峰观。"史载,西汉时期,五峰原叫"五丰",取"五谷丰登"之意,"五丰"一名持续沿用了约2000多年。

又道今日五峰之名是从五丰山而来。中华人民共和国成立前五峰乡称"泥峰乡",当时一度隶属郧西县治。中华人民共和国成立后还原原名"五峰",从长利县划归郧乡管辖。

五峰集镇处是一道川,谓之"五峰川",又叫"长谷川""长利川",呈南北走向,在远古时期曾是汉江古河道,就是如今的西峰村。山川两端与汉江相接,汉江沿着U型川,环绕观山,"进西峰出东峰",进出口两端狭小,俨然一条布袋,形同盆地,北向汉江。

五峰一年一度的农历三月二十八庙会从明初开始,至今已有500多年的悠久历史。而五峰庙会最初很长一段历史时期都是在西峰村的汉江河边举行。后因1945年庙会遭遇日本飞机轰炸,转至现在的南北峰村集镇举行,延续至今。

仲春时节,踏上西峰村这一被秀美汉江环绕的美丽乡村,聆听一曲曲田园牧歌,深切感受到了西峰村这里环境的优美、淳朴的民风、良好的生态、兴旺的产业,体验村民们生活的美满与富足。

傍晚时分,炊烟袅袅,登临山顶,但见汉江环绕村庄向东缓缓流去,五峰集镇和6千米长的汉江古河道尽收眼底,形成一道独特的景观。站在观山前的孟良寨观望,汉江北岸高低相间,错落有致的焦赞寨、庞家湾后峰奇峰突起,如排山倒海般连成一片。而眼前山下一川良田沃野千里,在夕阳的映照下如诗如画,农人三五成群田间劳作,好一派田园牧歌的诗意景象。

西峰村位于五峰乡西北部,依偎汉江,东与东峰村相依,南与南北峰村相邻,西北与郧西县观音镇隔河相望,距离五峰乡政府所在地1.5千米。全村版图面积2.1平方千米,辖7个村民小组,369户1529人,全村以木瓜为主导产业,劳务经济成了西峰村农户家庭的主要收入来源,2017年全村人均纯收入6800元。

走在西峰村,处处都是一派干净整洁、欢乐祥和的景象,在村庄道路两旁安装的都是太阳能路灯,每到晚上自动控制的路灯按时亮了。公路两旁是桂花树、香樟树、红豆杉、罗汉松、天竺桂、柳树等行道树,标注着"郧阳环保"字样的分类垃圾桶有序摆放,不时有垃圾清运车前来清运。"在环境治理方面,组组有垃圾池,两户一个垃圾桶,现在村民们对生活垃圾及时分类放进垃圾桶内。村里还聘请了两三个保洁员,每天及时清扫村里的主干公路,全乡的垃圾由一家公司定期清运,集中填埋。家家农户的生活污水都进行了污水处理。"同行的西峰村党支部书记兰瑞军介绍说。行走在西峰村几乎看不到一点垃圾,一片纸屑、烟头,只看到一片干净整洁。公路两旁一幅幅西峰村党支部"双十星"争创公开承诺、基层党建"三色工程"助推脱贫攻坚、村规民约等展板在宣传政策和知识的同时，也让村庄透出文化气息。

在西峰村家家户户住的都是清一色的二层楼房，白墙黑瓦的徽派建筑，房前屋后都栽植着桂花树、香樟树、樱桃树、柿子树等树木，庭园绿化犹如田园生活，世外桃源。

兰瑞军介绍说，全村通过开展"美丽乡村"建设，使全村宜居水平明显提升、农业生产过程更加清洁、公共基础设施配套完善、生活污染得到有效控制、村庄绿化程度不断提高，达到了"绿、净、齐、厚、和、美"的基本要求。西峰村的村级公路主干道有3.9千米，通往东峰、西峰、河口、河滩四通八达，家家户户门前都通了公路，在公路两旁都栽植着景观树。在村庄美化方面，全村已植景观树3000株，村庄植被覆盖率达90%以上，人均公共绿地面积达520平方米以上，庄院四旁四地绿化率达80%以上。农村生活垃圾清运率达到100%，无害化处理率达98.5%以上，生活污水集中处理率达95%以上，电话、电视全覆盖，互联网、网络覆盖率达90%。学生入学率、社会医疗保险参合率、社会养老保险参保率均达到100%。农民们过着衣食无忧、有病能医的自足生活。行走在西峰村，沿途遇到的村民那喜形于色的表情正是他们生活的这个美丽乡村所滋养的。

西峰村村民兰瑞合一家四口人，二十年前他前往深圳打拼，开始经营推土机，由一两台发展到十几台，在自己事业发展壮大的同时，带动家乡亲戚朋友或乡邻依靠打工致富。在深圳打拼二十年，事业已做得较大，资产实力不菲。2015年，他响应号召回乡创业，在村里成立了五峰乡西峰村古孟良种植合作社，在从事一些村级工程建设的同时，经营种植和旅游开发。

无论是支持村里建设还是家风，兰瑞合都起到了表率作用。他有一个哥哥肢体残疾，行动不便，单身，是村里的五保户。兰瑞合在十堰买了房，又在老家建了楼房，并且给哥哥也盖了房子。兰瑞合女儿在十堰上班，儿子在当兵，但每年春节他都会回到家乡陪哥哥一起过年，平时在老家时也都是让哥哥在一起吃饭生活。他的家风在村里有口皆碑，家庭因此被评为"十星级文明户"。

"西峰村大力提倡树立乡风文明、推动移风易俗，大力弘扬乡贤文化，自去年开始创建'十星级文明户'，以此提升群众精神文明建设和乡风文明。"兰瑞军说。现在全村评选出的20余户道德星、致富星、环保星、诚信星、科技星、法纪星、计生星、学习星、健康星、公益星的"十星级文明户"，在全村起到了模范带头作用，家家户户争当"十星级文明户"新风扑面。对于评选上"十星级文明户"的，村里可为其办理农商行3000元额度的信用卡，在孩子入学、旅游、就医等方面最高可预支3000元，一个月内归还。同时，该村还对党员开展"十星级党员承诺"评选。

乡风文明在西峰村随处可见，处处可闻。

西峰村文化广场是全乡最大的一个文化广场，仅占地面积就达4400平方米，广场上路灯、乒乓球台、篮球场、健身路径、跑道等一应俱全。

年轻人都外出打工了，老年人们居住在这样优美的环境中，早上晚上都可以到西峰村文化广场去健身，平时围在一起打牌娱乐，但从不赌博。全村多年来没有发生过刑事案件，就连一些小的争吵都很少有，邻里乡亲和睦相处，村民的素质普遍提高。每当遇到哪家有红白喜事时，村干部就会组织村红白喜事理事会前往帮忙料理，倡导移风易俗，新事新办，不铺张浪费，党员干部带头遵守"八项规定"，不借红白喜事收受礼金，一切从简，杜绝攀比之风。村干部往往也会利用这个机会给村民们讲政策、宣讲乡风文明。"利用红白喜事的机会给村民们讲政策比开会效果都还要好，因为这时最容易和老百姓拉近距离，产生信任感、亲切感。"兰瑞军说。

产业兴则农富，郧阳区种植木瓜历史悠久，素有"全国木瓜第一县"之美誉，而五峰乡则更有"中国木瓜之乡"的美称，"郧阳木瓜"还是国家地理标志产品。在五峰乡，仅西峰村就退耕还林发展木瓜基地624亩，年可产销木瓜70余吨。就在五峰川的两面山坡上统一栽植了成片的木瓜树，秋天木瓜成熟时，秋风过处，弥漫着木瓜的阵阵清香。而冬天树叶落尽，硕大金黄的木瓜挂在枝头，煞是一道风景。

赏花经济成为近年来各地打造的旅游经济，郧阳区五峰乡种植油菜有几千年的历史，素有鄂西北"油菜花海之乡"之美誉，常年种植油菜面积近万亩。每年花开时节，有大批游客前来观花游玩。该乡先后举办了三届油菜花艺术节，盛大开幕式就在西峰村文化广场举行。2018年4月，郧阳区第二届乡村文化旅游节暨五峰乡第三届油菜花节又在古麇国花园开幕。

油乡花海，诗意五峰。油菜花节上，鄂西北"油菜花海之乡"的五峰乡成了游客的天堂，沿途车辆排成长龙，游客们纷纷在油菜花海里拍照留念。"古麇遗韵　民俗荟萃"民间文艺展演，"佳人有约　花间霓裳"模特花海走秀，"名家齐聚　激情五峰"诗书画雅集，"春天畅想　寻梦五峰"油菜花摄影大赛，"情牵五峰　油菜花颂"散文、诗歌征文，五峰乡西峰村文化广场地方特产展销等丰富多彩的活动，吸引了众多游客纷至沓来，除了观看满园盛开的牡丹花、月季花和五峰的油菜花外，还可品尝到千人大火锅，蜂拥而至的游客将五峰乡装点成了欢乐的海洋。

赏花经济带来了市民休闲游，每逢双休，尤其是近万亩的油菜花海和古麇国花园，吸引了一批又一批的都市游客，让五峰成为广大游客休闲自驾游的好去处。在这花的海洋中，田园采风、摄影写生等活动将春天演绎得更加五彩缤纷。除开油菜花外，尤其是位于西峰村的古麇国花园内，三月樱花，四月牡丹，五月以后则是月季、玫瑰花，花开美景一直可持续到年底。这里虽然不是传统的景区，但大批的游客蜂拥而至却带动了各种产业的发展，农民们自养自产的土鸡、土鸡蛋，地里的野菜等土特产都成了游客们的抢手货。每逢双休日每天就有一两千人慕名涌向这里游览观光，高峰时可达上万人。看到旅游人气兴旺，村民们便纷纷办起了农家乐。腊肉炖土豆，山药焖土鸡，四季绿色蔬菜从园子里随时采摘，吸引了大批游玩的城里人前来品尝。仅西峰村村民所开办的挂牌农家乐就有西峰村农家乐、西峰村土家台农家乐、花海油香农家乐等，还有十余家虽然没有挂牌，但游客自愿到农户家中体验式就餐。

"醉是夕阳西下景，田间楚楚泛金光。"又是一年菜花黄，每当三月，游客涌向这里，在花海中赏美景、觅乡愁、忆童趣，和花仙子来一场诗意"香"约。美丽的田园风光，引来游人如织，让游客倾倒。采摘游、赏花游、餐饮游，以及农事体验，让游客玩得如痴如醉。

夏初时节，金黄的麦浪铺满山川，微风吹过，一川麦浪一川乡愁；秋天的稻田里，层层梯田层层稻香，一阵稻香一片喜悦；金秋硕大的木瓜挂满枝头，煞是可爱；冬天里皑皑白雪覆盖山川，西峰则又如一幅天然水墨画。

"近年来，由于土地流转以后，打工经济成为西峰村农民增收的主渠道。"兰瑞军说，"西峰村目前在外打工的人群至少有六七百人，打工经济年可创收近3000万元。"

与此同时，西峰村还开办有预制板厂、自来水厂、木材加工厂、免烧砖厂等村办企业。留在村里的村民们，仅退耕还林补贴等各种政策性补贴就够最起码的生活了，平时还可实现在家门口就业，有些村民在古麇国花园锄草修剪花卉树木，一天收入六七十元，平均每天村里有二三十人在古麇国花园内打工。如今，西峰村家家吃上了自来水，老百姓有自己的娱乐场地，户户公路通到家门口，过着自给自足的生活，幸福感油然而生。

闲时到农家书屋去获取知识和营养，也是西峰村村民们增长知识的最好去处。在党员群众服务中心设有农家书屋，数千册图书供农民们随时前来翻看和查阅。就在农家书屋内，还摆放着西峰村所获得的各种奖牌，那一块块生态家园示范村、郧县卫生村、生态文明创建示范村（社区）、十佳新农村建设示范村、先进基层党组织、社会主义新农村建设优秀村、全县平安村居等奖牌，仿佛将西峰村镀得更加光鲜靓丽。在党员群众服务中心还办起了新时代农民讲习所，为村民们讲解各项政策及有关会议精神。

"要让这里打造成不是传统的景区,而是田园综合体的部分,打造成乡村振兴的西峰样板,将整个乡打造成全域风景区、全域旅游区、全域乡村区,打造成产业振兴、特色小镇、基本花卉、旅游包装、三产融合、文旅互动和环库区的一个乡村旅游示范区。让西峰村与邻村的传统油菜花基地联合起来,整体成为最美环库旅游上的一个节点。下一步将使这里进行各种体验式提升,让这里成为乡村旅游的目的地,旅游带动扶贫的一个试点。再通过打造民宿项目,让这里成为一个文化创业园地,让人们在这里感受到人文自然相和谐的场面。同时,抢抓机遇,打造脱贫致富的五峰样板,借助山水、人文、历史、自然等方面的优势,调动一切可利用的资源,发动旅游、三产融合、文旅一体化发展,让这里真正成为汉江沿岸上的一颗璀璨的明珠。"五峰乡党委书记马遥这样描绘五峰乡未来整体规划的美好愿景。

五峰乡站在更高起点全域规划,在十堰汉江生态经济带建设中,将着力建设宜居宜业城镇带,郧阳区五峰乡"古麇五峰·田园小镇"建设以及五峰田园风情体验园建设列入其中。一系列的规划将使这里虽是乡村却已不是乡村,不是城镇却胜似城镇。

曾经寓居山间的西峰村,如今变得生机勃勃,诗意盎然。

上灯时分,村里水泥路的两旁太阳能路灯已经悄然亮了,西峰村文化广场上广场舞的旋律就像舞动着优美的舞姿一样,吃完晚饭的大妈大婶们来到了西峰村文化广场上,跟随着广场舞的旋律跳起了广场舞,那优美的舞姿分明就是一幅幅幸福生活的生动画卷,这里乡村的夜晚已和城市里的夜晚没有什么两样。广场上有的村民在跑步,有的则在健身路径上健身,还有的抽打起了陀螺,阵阵鞭声悠扬地响彻在深远的夜空。

夜色渐晚,健完身的村民们回到各自的家中,广场又变得一片静寂,只有朗照的月色将乡村和大地照彻得洁白无瑕。偶尔的一两声鸟鸣,似有"夜静春山空"的感觉。

夜宿农家,不是民宿胜似民宿。一两声狗吠将寂静的山乡映衬得是如此清幽。这又怎能不勾起缕缕乡愁呢?

有水才有灵性,西峰村被汉江环绕。在这里,时常可以夜夜枕着涛声入梦,听着船歌入眠。远山如黛,漫步江边,那一两只渔船,让人不由得想起张继的《枫桥夜泊》,"月落乌啼霜满天,江枫渔火对愁眠"的万般诗意又浮现眼前。

借着月色走走停停,这诗意的西峰尽收眼底。远离了城市的喧嚣和浮躁,在这里静一静,做一次深呼吸,连空气都是甜甜的,清新的空气养心养肺养神更养人。久居闹市的我,真想在这里安居一生,田园一生。

早晨不知不觉间从香甜的睡梦中醒来，天已大亮，晨露未干。走进西峰村党员群众服务中心，村干部们正在有条不紊地为村民们办理各项事宜、讲解各项政策，办完事后的农民走出党员群众服务中心大厅，满脸喜悦，洋溢着一脸的幸福。

站在西峰村委会党员群众服务中心的门前眺望西峰村的山川，一轮朝阳正从西峰村背后冉冉升起，向北望去，一直通向汉江江岸，古麇国花园内的牡丹、芍药、紫荆正在争奇斗艳地盛开着，不时有花卉工人在园内修剪施肥，大地正沐浴在朝霞与晨露中，万物正如春天般焕发着勃勃生机。天蓝，山绿，水清，一幅山川秀美、生态文明、乡风和谐、生活富足、家庭和睦、邻里团结、环境优美、乡村振兴的斑斓画卷正在西峰村徐徐展开。

（此文发表于《江河文学》2018年第4期，收入湖北省作家协会主编、武汉出版社2018年10月出版的《美丽乡村行》一书）

幸福之水天上来

在我的一生中,一直对水怀有一种崇敬之情,不知道是缘于我出生于汉江边,还是何种情愫,总之,我对水怀有的深厚情结是我一生也无法改变的。

春日时节,有幸参加了一次市文联组织的"为有源头活水来"文学采风活动,让我对水有了一种更新的认识。我出生于古老的郧阳大地,但随着后来生活和工作的变动,我来到了十堰生活和工作。我知道十堰这一地名的来历缘于十堰修筑的十道堰。很难说清我是与水结缘,还是与堰相识。

提起十堰就必要说到十堰的"堰",十堰是鄂西北一座山城,却因"堰"而得名。史传十堰因筑堰而取名,修筑十道堰渠以防水利。十堰又因建设第二汽车制造厂而成为一座车城,因车而建,因车而兴。十堰因堰而名,始建于 1969 年,国家三线建设始。

我是喝着汉江水长大,脚踩着鄂西北的黄土地一路走来,深受着汉文化浸润,骨子里自然流淌着汉江的血液。

众所周知,十堰因在百二河上拦河筑堰,修筑十道堰而得名,故名"十堰"。那么十堰缘何拦河筑堰,除了兴修水利,灌溉良田外,还有哪些传说?如今当年修筑的十道堰虽然堰的遗址已无,但堰名却仍让人产生无尽的遐想。

行走在百二河上,让我不由得对"十堰"这一地名油然而生敬意,并打探由来,追根溯源。据十堰市图书馆研究员,市图书馆学、地方史界知名的专家学者康安宇和周琼夫妇编著的《十堰地名溯源》一书记载,其实十堰名称的来历,除民间传说外,在明代编纂的古籍中已有记载。

现今所见,最早的相关记载出自明朝成化年间(1465—1487 年)编纂的《湖广图经志》卷九(郧阳府)。其曰:"十堰,在(郧)县南,因溪筑十堰,以灌田。"该志书"艺文"部分还载有一首名为《十堰春耕》的诗,作者为韩弼,诗曰:"布谷声中水满溪,南畴北陇把锄犁。劝农不费田官力,腰鼓一声人自齐。"明朝万历年间编纂的《郧阳府志》亦曰:"十堰,(郧)县南六十里,引溪水为之。"

明朝中期之后的郧县,即今十堰市郧阳区,郧县南 30 千米即为今十堰市城区的十堰老街一带。史料表明,十堰最初是指山区的农田水利设施,以后才逐渐演变成为地名。

十堰这个地名至少在明成化年间编纂的《湖广图经志》一书时期就已经存在了，并且该地名当时已经是一个成熟、稳定的地名。

十堰有着深厚的历史文化底蕴，关于十堰名称来历有一民间传说，见诸文字资料的是1981年10月由市文联编选的十堰市第一部民间传说故事集《千鸟袍》一书里，该书1983年曾获中国民间文研会评定的集体编辑荣誉奖，书中首篇收录了由陈河清先生根据当地村民的口述搜集整理的《十堰的由来》，在这篇文章中记载了十堰由来的民间传说。

该文所载：相传，明朝崇祯年间，郧县南乡张家庄东面有个斩马沟，住有一个叫熊阁老的人。他在朝廷做官卸职后，退居故里，横行霸道，欺压百姓，指山为界，强占"九岗十八凹，一百单八岔"的地盘。

有其父必有其子。熊阁老的大儿子熊歪嘴，也是个吃喝嫖赌、作恶多端的人。一天，他骑了一匹马，带着几个家丁，到张家庄游逛。走到街中铁匠铺时，看到陈铁匠的姑娘长得很漂亮，就想娶她做小老婆。他带着家丁闯进铁匠铺对陈铁匠说："我有件事想请你帮忙，只因家父从朝廷归来，年迈体衰，身边缺少个端茶递水的使唤丫头。听说你家闺女聪明伶俐，手脚也挺勤快，明天是腊月廿三，我派两个家丁，接你闺女到我熊家过个小年。"说罢，就叫家丁丢下几两银子，骑上马走了。

陈铁匠看这事逃避不过，就对姑娘说了。又连夜打开铁炉，添上木炭，用自己最高的手艺打了一把利刀交给姑娘做护身武器。

次日一早，熊歪嘴派来的家丁闯进铺子里来，把姑娘带走了。陈铁匠眼见骨肉分离，心酸得直掉泪。乡亲们看到姑娘被熊家逼走，一个个都十分气愤。

姑娘进了熊家，先当丫头。整天挑水、洗衣、磨面、打柴，忙个不停。夜里还得服侍熊阁老。这老家伙真难伺候，稍不称心，不是打就是骂，有时还把碎碗片撒在地上，逼着姑娘跪在床前。

过了大年三十，熊歪嘴选了正月十五元宵节这天为良辰吉日。一大早，熊歪嘴就叫管家准备衣物，布置洞房，告诉陈家姑娘，天黑了拜堂。姑娘一听，很生气，盼望爹爹能早点接她回家。她左思右想，最后她摸摸藏在破棉袄里的一把利刀，咬牙欲逃出去找爹爹。

转眼天黑了，姑娘未能逃走，熊歪嘴已嬉皮笑脸地闯进姑娘的住房，动手动脚。姑娘早有戒心，趁他不备，拔出刀照熊歪嘴胸上猛刺下去，熊歪嘴尖叫一声倒地身亡。姑娘急忙转身从窗口跳出，飞快地往后山的花栎树林跑去。飞跑中，她恨不得插上翅膀一下子飞回到爹爹身边。

拜堂时辰到了，熊阁老唤家丁接姑娘出来拜堂。家丁来到屋里一看大惊："不好了，少爷死了，姑娘跑了！"熊阁老惊呆得一时无语。管家赶忙带着家丁们提着灯笼带着大刀朝后山追去。

陈家姑娘越过花栎树林，朝百二河方向的山梁子飞跑着，一口气跑到张家庄背后的山顶上。一看，眼前是千丈悬崖，底下是哗哗流淌着的百二河水，前无去路，后面熊家家丁又追上来了。姑娘咬牙喊了一声"爹爹"，纵身一跃跳下了悬崖。

次日，乡亲们知道陈家姑娘坚贞不屈刺死熊歪嘴跳崖而亡的事，都气愤得泪流。乡亲们便自发地顺着百二河去寻陈家姑娘的尸体，可找了三天三夜都没有找到。乡亲们为了纪念陈家姑娘，留住陈家姑娘血染过的河水，于是便决定在百二河和犟河上拦河筑堰，让陈家姑娘血染的河水灌溉田地。后来在百二河上筑了六个堰，在犟河上筑了四个堰，一共十个堰，所以，这地方就叫十堰，凄美动人的故事流传至今。

这是一个凄美动人十堰女子坚贞不屈的传说故事，真假自不用去考证。但这一传说故事却让我们对"十堰"这一地名的由来更生了由衷敬畏，也更增添了神秘和联想。

《十堰地名溯源》一书也详细记载了关于十堰由来的这一民间传说。天长日久所筑堰塘的水灌溉了田地，庄稼长得特别好。乡亲们觉得这是陈家姑娘在保佑大家，有感于此，人们在百二河上又多筑了几道堰，并在附近的犟河上也筑了几道堰，刚好有十道堰。这十道堰均设有堰会，每道堰有一个堰长，下设若干"派"，每"派"一人，具体负责分水灌溉，插香计时，以免户与户之间为水发生纠纷。后来，百二河旁的张家庄陈家街（即今十堰老街）还专门设立了统一管理这十道堰的管理机构，人们顺嘴称它为十堰。久而久之这一带就叫成了十堰，一直流传至今。

这一个关于十堰缘何修建十道堰的民间传说在十堰当地广为流传。

除民间传说外，各种志书史料都广泛的记述着关于十堰的来历及历史变革。1999年1月出版的《十堰建设志》也记载道："十堰这个名称最早出现在公元1484年，薛刚编纂的《湖广图经志》书中已有记载：'十堰在（郧）县南，因溪筑十堰，以灌田。'，距今已有500多年的历史。"

据1992年出版的《十堰市志》记载："明朝嘉靖元年（1522年）纂修的《湖广图经志》有'十堰，在县南，因溪作十堰以溉田'的记载。1967年6月，为适应中国第二汽车制造厂（以下简称'二汽'）建设的需要，划出郧县的十堰区、黄龙区和茶店区的茅坪公社，建立'郧县十堰办事处'，隶属郧阳地区郧县领导，同年12月更名为'郧阳十堰办事处'，隶属郧阳地区领导。1969年建立十堰市（正县级），1973年3月改为湖北省省辖市。"

在清朝，康熙版《郧县志》卷18"水利"条则记录了"柳陂湖、盛水堰、武阳堰、十堰"等八个塘堰，同治《郧阳府志》在卷1"山川"条内记载："十堰，南六十里。"

康安宇说，明朝中期之后的郧县，即今十堰市郧阳区，郧县南六十里即为今十堰市城区的十堰老街一带。史料表明，十堰最初是指山区的农田水利设施，以后才逐渐演变成为地名。

关于"十堰"地名的来历，不管是民间传说还是史志记载，十堰因拦河筑堰而得名是不争的事实。

据潘新藻1982年所写收录在《十堰地名志》一书中的《十堰市历史（沿革）及地名释义（初稿）》一文描述："解放后，十堰巨变。党和政府领导人民成立公社，修建水库，绿化荒山，建十堰火车站，设立十堰市。今有百二河水库，包括六个堰地区，其一至六堰地名，现仍存在。并有二堰大队、三堰大队、五堰大队等名称，俱在十堰市、十堰公社辖区之内。还有花果（园）公社之头堰（建有头堰水库）、二堰、三堰、岳竹堰等四个堰，共为十堰。"

在头堰水库处，如今周围的植被郁郁葱葱，"头堰水库"几个大字便出现在水库的大门上，表明这里就是头堰。水库周围被护栏围着，宣传标语告知头堰水库是城区重要的饮用水源地，属饮用水源一级保护区，站台标示此处通有75路公交车。这里有头堰社区、东风三中等。

走访中，据老一代十堰人回忆，在六堰，以前有东风剧场、市人民汽车公司、新华书店以及各种商业服务网点，分别布置在人民路、公园路、汉江路交叉处和朝阳路、公园路、体育路交叉处的周围。一幢幢高大的民用住宅楼房鳞次栉比，使六堰显得繁华可观。体育路两侧还兴建大型体育馆、体育场、游泳池及其附属建筑，六堰当时已成为全市政治、经济、文化体育中心。

五堰李家岗曾是十堰市党、政、军机关所在地，十堰市建市地点最初是从五堰开始的。1972年，党、政机关迁驻六堰山。建市以来，高大雄伟的五堰商场、市邮电大楼、市群众艺术馆大楼拔地而起。十堰市部分行政机关、企事业单位相继在此建设起来。郧阳地区党、政、军机关驻在五堰柳林路两侧。

五堰已由昔日的农村变为繁华热闹的街市。五堰街是十堰市商业、服务行业、集市贸易的中心。百货、纺织、副食、日杂、果品、蔬菜、饮食服务等公司及其商店以及集贸市场均在此街内。五堰街南北各有一条横街。五堰南街设有市轻工业局、社办企业局门市部以及修理服务行业。五堰北街设有服装、鞋帽、五金交电、地方产品商店以及中心粮店、新华书店等。五堰被市民誉为十堰市的"六渡桥"。

走访老一代十堰市民获知，关于堰的命名排序，都是根据在百二河上，拦河筑堰，至此为第几个堰而得名叫几堰，从而逐步形成区域性名称。

至此，除开十堰的从一到九道堰的堰名均找到了位置，而十堰本来是个大名，是十道堰的总数，是个泛称，且整个十堰市都是"十堰"，那么究竟"十堰"的具体位置在哪？

清朝中叶，人们在陈家街东侧的百二河上拦河筑堰，沿河先后筑起头堰、二堰、三堰、四堰、五堰、六堰；在花果境内的犟河上拦河筑堰，筑起头堰、二堰、三堰、四堰（即岳竹堰），两处共十个堰，总称十堰。古时十个堰均设有堰会，每个堰有一个堰长，下设若干"派"，每"派"一人，具体负责分水泄溉，插香计时，以免户与户之间为水发生争执。每年开两次堰会，筹集资金，商量修理塘堰、水渠之事。雨季过后，堰会组织修堰，以锣为号，按土地面积摊派劳力，听到锣响，按参堰会预先指定的地点集中，各人自带工具参加修堰劳动。春节之前，聚会一次，叫作吃堰会，凡是修堰的人均摊一个口份，参加会餐。

"十堰"在十堰老街，这是众所周知的，那么关于对十堰老街一名称的由来，《十堰地名志》这样记载：十堰原为郧县南部重要农村集镇之一，因其历史悠久，建市时选用"十堰"二字，定名十堰市，故在1980年地名普查中命名为十堰老街。十堰老街，古称张家庄，明末叫陈家街，清朝中叶，人们为灌溉农田，在百二河、犟河两条河床上拦河筑有十个堰，辖这十个堰的管理机构设在陈家街，故人们惯称陈家街为十堰。这里历来是十堰店、塘、保、乡、区、公社、大队等行政区划驻地。

关于"十堰"地名的由来和十道堰的位置如今已没有遗址存在，百二河仍然从城区静静地流过，仿佛在述说着过往，虽然十道堰的具体位置很难说清，但是根据各种史料记载，十堰的十道堰却是真真切切地存在过，"十堰"之名也的的确确是因在百二河上修筑十道堰而得名是不容置疑的。

说起了十堰的堰，那么再说说十堰的水，这水也是生命之水。十堰是南水北调中线工程核心水源区。但十堰却又是一座缺水的城市。在这次"为有源头活水来"的文学采风活动中，十堰市城市水源有限公司董事长、作家邹龙权对水也一样怀有敬意。他说，十堰以"仙山、秀水、汽车城"著称于世。根据有关资料表明，十堰是一座绿色的城市，森林覆盖率超过73.5%，全省排名第二，全国康养百强城市排名第19位；空气优良指数2020年94.8%，多年平均优良率超过90%，仅次于神农架和恩施，排名全省第三；

丹江口水库水质常年稳定在地表水二类以上，十堰地表水优良水体比例、断面达标率均在全省前三名、全国排名前列。"可以说，十堰为北京守住了生态绿色，为首都守住了一库上善之水。"邹龙权说。十堰是一座水资源十分丰富的城市，有汉江、堵河绕城而过，坐拥亚洲天池丹江口水库，库面达1022平方千米，库容超290亿立方米，号称中国水都。然而十堰市又是一个全省极度缺水的城市，全国人均2187立方米，全省1658立方米，全市却不足400立方米。自古城市发展都是逐水而居，沿江河而建，需要的是水利及足够的水资源，而十堰"三线"建设时选择靠山而建，需要的是隐蔽与安全。现中心区有70多万人口的城市，只有神定河、泗河、犟河三条小河流水源。过去由灌田浇地的十道堰塘（十堰），现转变为一个城市工业、农业、城市居民提供用水，显然担起了无法完成的重担。结果挤占生态用水，污染了河水，使神定河、泗河、犟河成为世界最难治理的城市河。

这次采风在参观十堰市百二河生态修复工程的过程中，就是要感受百二河上十堰春耕、风华老街、上善若水、福寿康宁、东风浩荡、万涓归流等寓意十堰发展的六大篇章。最后来到十堰城区水资源配置工程4标项目施工单位中铁18局经理部全面了解调水施工情况，深入调水隧洞深处现场参观盾构机施工现场，感受被号称中国"基建狂魔"的科技魅力。

"守住了上善之水却缺干净的生态水，守着大江大河大库区却极度缺水，这是十堰人多年之痛，也是十堰当政者多年之殇。"邹龙权感叹！

邹龙权为我们介绍了中心城区水资源配置工程的由来。为此，2001年8月曾提出"引黄提水"工程，从黄龙水库引水，提水60米至百二河。每年费用达6000万元，因费用太高作罢。

后又提出"引马济百"工程（马家河至百二河）、"西水东调"工程（西沟河至百二河），因水量太少都不适宜。

2009年市"两会"提出"城市碧水"工程并列为1号议案，后论证在百二河修水库因流域面积太小，只好无果而终。

2016年12月，时任市委书记张维国调研十竹公路建设时，看着公路沿库区蜿蜒而下进入城区，就产生灵感大胆设想，顺堵河潘口水库引水进城。

2017年11月，市"两会"正式将城区水资源配置工程列入重点工程。2018年抽调人员启动调研，2019年成立水源公司，2019年3月完成可行性论证，2019年9月28日启动试验段，2020年6月省发改批复初设，2020年9月28日全线启动。全长73.1千米，工程期限54个月。计划2023年完成隧洞进尺，2024年底通水，比原计划提前3个月。"因工程地质结构复杂、地质条件差、作业面有限，工程推进异常艰难。"邹龙权感慨地说。

作为一名作家，又对水有着深厚情感的邹龙权走马上任，被提拔担任了市城市水源有限公司董事长，来为十堰这座缺水的城市兴修水利工程，开展十堰市中心城区水资源配置工程建设，为城区引水。带领建设被誉为十堰的"都江堰"工程，让缺水的十堰人喝上幸福水、甘泉水、天上之水、生命之水。

十堰市中心城区水资源配置工程是以潘口水库为水源，通过新建潘口水库至马家河水库引水干线，另通过新建马家河水库至百二河水库引水支线，向城区补充生态用水。该项目是以十堰市中心城区城镇生活、工业供水为主，通过退还被城市挤占的生态用水，改善受水区的用水条件和水生态环境，为改善百二河城区段生态环境创造条件。

工程规模为Ⅲ等中型工程，输水干线上的隧洞、倒虹吸、涵闸、暗涵等主要建筑物级别为3级建筑物，输水支线上的隧洞、涵闸等主要建筑物级别为4级建筑物，施工导流围堰等临时建筑物为4级。

在马家河水库引水干线处标段为十堰市中心城区水资源配置工程施工第4标段，主要工程有：主线输水工程、支线输水工程、对外交通工程等。

我们都知道，十堰缺水是因为历史原因和地理位置所在，那么要让十堰人喝上来自潘口水库的"天上之水"，则是需要一番巨大工程建设的。

邹龙权董事长说，总体工程可用一二三四五六七来加以归纳概括。"一"是指此工程是市委、市政府的一号工程。从方位上看是十堰的"南水北调"工程，潘口水库在南，马家河、百二河在北。从难度上看是十堰的"红旗渠"工程，引水穿越崇山峻岭，隧洞超过95%。从作用上看是十堰的"都江堰"工程，泽被后世，惠及千秋万代。"一"也指年调水量为1.7亿方。"二"是指两个作用：生态补水和饮用水源。为百二河生态景观补水，为中心城区补生态水，让十堰由山城华丽转身山水之城、生态之城、宜居之城。同时在马家河下游规划建设一座40万吨的大水厂，确保城市供水安全。"三"是指调水工程跨超三个县区：竹山县（深河乡、城关镇、文峰乡）、房县（姚坪乡、大木厂镇）、茅箭区（二堰街办、马家河村）。

这后面两个我们姑且不论，我们只关心的是这一号工程中的十堰的"红旗渠"工程和"都江堰"工程是如何打造和泽被众生的。十堰的"南水北调"工程，因潘口水库在南，马家河、百二河在北，而巧借了国家南水北调这一概念，其重要意义也不言而喻。

邹龙权董事长介绍说，引水穿越崇山峻岭，隧洞超过95%。因此，从难度上看是十堰的"红旗渠"工程。因为从作用上看这一工程将泽被后世，惠及千秋万代，因此是十堰的"都江堰"工程。

"我相信，随着调水工程投入使用，随着百二河景观完成改造，车城十堰真正会成为山清水秀、河畅岸美、鸟飞鱼跃的绿色示范市，真正会由山城十堰华丽转身为山水之城大美十堰。到那时，十堰真正会成为一个人人称道的地方！"邹龙权董事长感慨。

听完邹龙权董事长的介绍，我们就要踏进正在开掘的十堰市中心城区水资源配置工程隧洞开凿现场。调水隧洞施工工程引水线路总长73千米，其中干线长69千米，支线4.2千米，线路途经竹山、房县、茅箭区三个县区、7个乡镇、19个村。在邹龙权董事长的介绍下，我们已经登上了进入隧洞的小火车。随着进入隧洞最初始的较为宽阔，到越来越狭窄，仅供两边的通电排气和运送渣土等设施，以及施工工人避让小火车之外，就是小火车穿行的轨道了。小火车的通行主要就是因为随着隧洞开掘的越深，距离洞口越远，施工工人的吃饭及进出洞内洞外都靠这辆小火车来运送。

进洞的路越来越深，但是两侧浇铸的坚固洞壁却愈显牢不可破，洞壁上浇铸的水泥坚固可见一斑。那整齐划一的电线等通电设施仿佛告诉我们，这里面设施的严密性，还有排气设施，以及运送渣滓的传送设施，一切整齐划一，错落有致，有条不紊，沿途的工人施工也按部就班。

经过40余分钟乘坐小火车在隧洞中的穿行，终于抵达了距离洞口7500米处，正在开掘的引水工程隧洞现场。施工工人们正在挥汗如雨地利用机械开凿隧洞。由于洞内机械作业产生的温度和密不透风，因此温度较高，个个都光着膀子或是穿着夹衣。技术人员介绍，洞里现在是40℃左右，气温很高，外面虽然还是初春，但这里却如同夏天一样。问及夏天时温度是否会更高，回答是，这里一直是40℃左右的恒温，是穿不了厚衣服的。我们在这里没待多久，便已是大汗淋漓，在参观了解完毕后，不得不赶紧离去。

依然乘坐这辆小火车出洞，我心中顿悟，这不就如同是在煤矿下面的矿井一样吗？施工工人辛勤劳作和煤矿工人没什么两样。他们在这里一进入洞内就要工作12个小时以上才能出去，这里手机没有信号，与外界几乎失去联系。由于开掘现场正处在湖北赛武当国家级自然保护区地下，不能打透气孔。所以这里不能透气，在里面热且十分憋闷，甚至连上厕所都很困难，无法解决，水都要节约着喝。我们对施工工人的艰辛更增加了一份敬意。也正是他们艰辛的劳作，才会有我们明天更为清醇甘甜的甘泉水。这幸福之水不正是从天上来的吗？生命之水啊！当珍惜！

随后，在参观了位于竹山太和梅花谷的十堰市中心城区水资源配置工程倒虹吸工程建设后，我们又来到了竹山县上庸镇潘口水库水源区的圣水湖，乘船行驶在碧波荡漾的圣水湖上，来到了取水口工程建设处，我们在辽阔的江面上眺望正在施工建设的取水口工程，深切感受着即将流进十堰城区这一库清澈的潘口水库水源，内心同样生发由衷的感慨，向这清醇甘甜的水源祈祷和致敬，感恩于这仿佛天上而来的生命之水。

"为有源头活水来"，让我们更加深深懂得"吃水不忘挖井人"的道理。按照施工进程，十堰市中心城区水资源配置工程将于2024年完工，届时，清醇甘甜的堵河水将通过这条引水线路流进十堰中心城区的心脏，十堰的"南水北调"工程也将由此开启。十堰的堰中流淌的堰水在注入汉水的同时，就像南水北调中线工程调水源头核心水源区的汉水一样，流进祖国的心脏，滋润着中华儿女，润泽着京津冀大地，滋养着我们的民族和未来！和中华民族一起奋勇向前！十堰水源人不正是在用他们的心血和汗水，用他们坚韧不拔的毅力，用他们的精工细作建设着十堰的"红旗渠"，用他们的不屈精神打造着泽被十堰众生和后世的"都江堰"吗？

这一刻！让我敬畏！

这一刻！让我由衷产生敬意！

因为我知道了幸福之水天上来！因为我更加明白了，生命之水当珍惜！

这杯来之不易的生命之水会因为水源公司的付出而更加香甜！

写于2022年4月26日

（此文发表于《水文化·大江文艺》2022年第7期）

第二辑

故乡忆

怀念乡村春节

又是一年一度的春节了,尽管现在随着年龄的增长已对过春节渐渐兴趣不浓,但那种流于形式的过春节方式仍然要枯燥地进行着。这个春节我们是在市区过的,因为搬了新家,按照风俗第一个春节要在新宅里度过,以示喜庆。

虽然已在十堰生活和工作了四五年时间,但在十堰过春节还是第一次。大年三十团年时,各家各户亮出代表各家财富的鞭炮,尽情地燃放(当年十堰还没有禁鞭),鞭炮声浪一声高过一声,经久不息,而到了除夕零点辞旧迎新之时,鞭炮声浪更是此起彼伏,你家放万响鞭炮,我家可能要放十万响,甚至数十万响的鞭炮;你家一封两封,我家三封五封地放;东家放三五分钟,西家能放十数分钟甚至半个小时,如果还不过瘾则要拿出那些烟花燃放,俨然一种贫富比拼的架势。仿佛那就是财富、身份,甚或地位的象征,听着这些杀声四起的鞭炮声,我的心里顿然对新年感到乏味。这早已失去了传统意义新年的热闹气氛了,尽管他们燃放烟花爆竹并没有拼比贫富贵贱的想法,但那火药味十足的鞭炮声已经弥漫着比拼的气势。我不堪与他们比拼贫富贵贱,但我也丝毫没有与他们比拼的念头,我就是我,一个来自乡下的平民,在城市平凡地生活着,不与人争,不与物争,进行着我卑微的文字工作,生活得不好也不差。就在那硝烟弥漫的鞭炮声中,使我不由得又回想起了那让我至今念念不忘的乡村春节。

乡村春节是我永生都无法忘怀的记忆,虽然那时的乡村很穷,童年的我们总是日日盼望着春节的到来,这样好改变我们贫穷的胃口,可以狼吞虎咽地饱食大鱼大肉。尽管我们这一代人经历的那个年代并不富有,但是比起父辈们的春节已是好了几十上百倍,春节自然少不了大鱼大肉,尽管平时不多,但过春节必不可少。就在团年的鞭炮声还没有响起,大人们还在忙年的时候,我们那一群活泼可爱的小伙伴们自然会三五成群地带着一些鞭炮,去寻找我们的欢乐。那时的鞭炮当然没有现在这么多的花样,顶多只是买上一两封小鞭炮,然后拆开一个一个地放,既经济实惠,又为我们的童年带来了无限的欢乐,只有那些父亲或母亲在外工作稍微有钱人的子女们才会偶尔放一些冲天炮或是烟花,才算是当时的"高档产品",也会令众多的小伙伴艳羡。

而团年时分，每家的鞭炮不过一封，长的万响，短的百响、千响，家境稍差的甚至连放鞭这一形式也省略了。在今天这个鞭炮声震天的新年气氛中，似乎少了年少时那种放鞭的欢乐。除夕夜里，村人们家家必要放鞭炮，也就是那么一封鞭炮了事，尽管家里再穷，但这一环节必不可少，哪怕家境好点的放长鞭炮，差点的农家燃放小鞭炮，也必要燃放，毕竟难得一年啊！都期望通过这一欢乐的形式带来来年的好景象。

除夕夜虽然没有月亮和星星，在乡村更没有路灯，但家家户户门前必要悬挂一盏门灯，哪怕在没有用上电的日子里，挂一盏点燃煤油的马灯，也要照亮乡村的年夜。那时，我们一群孩子自然会怀揣一盒火柴、一封鞭炮，游走于年夜里，游走在各乡邻家中，寻找小伙伴，大人们在家家户户酒席上畅谈一年的收成，小伙伴们则相互串门拜年，这时主人就会端出令小伙伴们欢喜的苞谷花、红薯丁，无论小孩单独行走，有无大人在场，厚道纯朴的各个农家必是一视同仁。无论大人小孩，每到一家，无论再穷，也必要端上三五个凉菜，大人们喝酒、聊天，小孩们则吃苞谷花、红薯丁，燃放鞭炮，欢声笑语荡漾山间。

每想至此，我就想起了乏味的城市年夜，人们除了在鞭炮声中展示自己的富有之外，随后防盗门一关，在各自的家中海吃山喝，既不知道对面的人家姓甚名谁，更不知道楼上楼下的邻居来自何方，更别说串门了。敲下别人的家门，别人开门时甚至会警惕，你是来讨饭的还是趁年夜来行盗窃之事，鄙夷的眼神会让你心中极为不适。不如就待在家中看看春晚，玩玩电脑上上网，读读书。这种春节早已失去了乡村春节那种乡邻相敬如宾、民风淳朴、欢乐无穷的乡村年夜。

虽然城市这种过年的方式已沿袭已久，谁也无法改变，但对于我这个过惯了乡下那种朴实的乡村春节的乡下子民来说，已是极其厌烦了，没等过到正月初二，我就携妻带子，再回到属于我们的乡村，去寻找和体味乡村那种让我们永生难忘的春节。

写于 2008 年 2 月 7 日

（此文发表于《散文选刊》原创版 2011 年第 4 期，被选入江苏省 2011 届高三模拟联考语文试卷后，十多年来上百次入选各地高考语文试卷，并入选武汉大学发布的《2011 年度湖北文学影响力排行榜》榜单，《课外语文》2020 年第 2 期再次作为阅读试题选用）

故 乡 行

在故乡匆匆安葬完大爹后，我要回到邻村的老家去看看。随着安葬完爷爷、奶奶、父亲、母亲之后，老家的亲人已日渐减少。正好遇到清明前夕，回去给逝去的亲人上坟祭祖，再看看老家的模样。

回到老家是在下午。这是一个在我生命中具有多重意义的故乡。随着二十多年前我在外地求学、生存、生活和工作，已渐渐地远离了故乡，也很少回到故乡。尤其是随着亲人的一个个离去，回故乡的日子就变得更加稀少，回乡的路也变得更加的艰难。

老家的门前是一条大河，年少时我们总是守望着这条大河，在河边嬉戏玩耍，日日看到千帆竞渡、百舸争流、商贾云集的繁盛景象，那时由于乡村没有公路，唯一的出行只有靠水路，航运一片红火，客轮是村人们出行的首选。而我老家由于人烟集中，家乡门前就是一个较大的码头。每当客轮到来时，年少的我们便跑到河边，看南来北往、上上下下的旅客，煞是一种稀奇，那时的码岸上留下了我们童年的欢乐和记忆，在我后来成长的道路上时时映现在我的梦中。后来随着公路的开通，家乡已开通了通村客车。加之水枯河流已干涸，航运市场也一度萧条下来，多年来已不再有客轮，河面几乎断航。

我乘坐的车子穿行在回村的路上，原本来来往往的行人却怎么也见不到踪影，公路上死一般的沉寂。只是偶尔看到田地里出现一个两个人在田间劳作。但多半都是老人或村妇。本是上课的时候，可是车子经过曾经启蒙我成长的母校时，校园内却是一片荒凉。下车上去，一把生锈的铁锁将栅栏锁着，苔藓爬满了围墙。透过铁栅栏看到，昔日热闹的操场上荒凉一片，没膝深的野草长满了曾经撒满我们童年欢乐的操场，一间间教室门破破旧旧，都被牢牢地锁着，看不到一个人影。原来村小学由于生源稀少被撤销了，适龄儿童们只有到离村十几千米外的乡上去读小学。

好不容易找到一家商店去买火纸、鞭炮上坟祭祖，只见商店店主在商店内低头打盹，看到有客人来光顾，煞是稀奇。打听得知，平时很少有人来买东西，只是偶尔的行人买点东西，再就是村里的人们买些日用品，年轻人都在外打工，留守在家的都是老弱病残孕的，所以商店一月半月才进一次货，货物也样样断货。

第二辑 故乡忆

127

到了老家，离上坟的时间尚早，先放下火纸和鞭炮，来到昔日充满欢乐的河边，只见水仅没漆，可涉水而过。大河已不是大河，水枯得就像一条小江，河道也改变了流向。原来在老家门前的岸边都已流向了对岸。可谓三十年河东，三十年河西。而老家门前的一些船只则条条裸摊在岸边的沙滩上，偶尔听到岸上传来一声鸡鸣或是狗吠，证明着村庄里还有人家。而回头望岸，村子里家家户户的门都在关着。

　　上得岸上，试着去敲敲看村邻们有谁在家，可走了一大圈，所见的家门都是铁锁把门，门前的稻场也是荒草遍地，显然已经很久没有人来过。好不容易见到几个村邻，不是老爷爷、老太太在家，一些小孩在家陪着爷爷奶奶，就是一些身体残疾的残疾人在家，要么就是一些留守妇女在家忙乎。村子里几乎难以见到年轻人，一片荒凉、萧条充斥着曾经繁华热闹的村庄。

　　好不容易见到一个童年的伙伴，因为家里要建房，这年没有外出打工而留守在家，晚饭就确定在他家吃。

　　已到黄昏时分，该是上坟的时候了。带上火纸鞭炮祭祖完毕，来到童年伙伴家中，家乡柴火烧出饭菜的浓香味，又勾起了我童年的美好记忆。掌灯时分，出门看看村庄漆黑一片，只有一星半点的灯火，偶尔从一家两家窗户里透出来，其他的农户房屋难见炊烟，万家灯火的词语在这里也变得如此吝啬。

　　丰盛的家乡菜很快端了上来，与伙伴推杯换盏，一人半斤土家老烧下肚，话语渐多。从年轻人外出打工，伙伴及乡邻们的去向，谈到村庄的现状和担忧，村庄的未来和落后，成了我们酒席间的话题。

　　酒过三巡，菜过五味。村子漆黑一片也无去处，只有躺下休息，酒劲伴着疲劳催人进入梦乡。村庄里静得连狗吠都听不到，在城市里那种车轮喧嚣的夜晚和这里形成了鲜明的对比。蒙头而睡，不知不觉天已大亮。披衣起床，洗漱完毕，和乡邻们道别，踏上返程，只是感到春天的乡村空气是那么清新，如同水洗一样。

　　走出村子，沿途看到山花烂漫，丛丛簇簇，而粉红的桃花正竞相绽放，一股春天的气息扑面而来。村庄萧条，可乡村景色依旧，只有春天仍在年复一年地潜滋暗长，季节更替地花开花落。

写于2011年4月1日

（此文发表于《散文选刊》原创版2012年第5期、《岁月》2013年第11期，入选由长江文艺出版社出版的《2013年中国精短美文精选》，被选入高二语文期末模拟考试试卷）

故乡的井

在城市吃着自来水，这自来水的铁锈味、漂白粉味和夏日里被毒日晒得发烫的水管流出的日腥味，构成了城市生活艰辛的味道。这种味道远没有了在农村吃井水时的清凉甘甜味道，使我时时又怀念起故乡的那口井。

故乡的井，不知道是什么时候掘的，村子里年老的长辈都没有记忆，只说那是一处好风水，从没有干涸过，村子里仰仗着那口井，年年都出人才。

村子里曾有一个后生，从小学到初中从未留过级，成绩一直名列全乡第一名。后来以优异的成绩考入郧阳中学，在班上又是名列前茅，高中毕业考入了在省城的一所名牌大学。进省城入学读书这天，村子里上到近百岁的老太太，下到可以抱出怀的小孩，都站在客轮码头上送他，那场面着实感人，就像当年的焦裕禄一样。这个孩子在大学时又争气，毕业后因品学兼优留在了省城工作，在不到一年的时间内将全家迁到了省城定居。动身之前，家中的父母在井边哭了几天几夜，难以舍弃村子里的那口井和那清汪汪的井水。临行时，这家人将家中的农具向村子里每家每户赠送，以作留念。根据需要每户至少一件，有瓷盆、锄头、锅、杨杈、锹等各种农具和生活用具，送给最困难的一个孤寡老人的是两升小麦。

舍不得这口井也要舍，他们用塑料壶装上了满满两壶井水到省城时念及。在码头上，村里的人就像当年送他儿子上大学时一样送他们全家。享用了大半辈子井水的汉子面对着那口井，面对着一口井水养育的乡亲泪流满面。

到了武汉，住上三月之后，他给每家每户写了一封信，每每看到那井水时，他就哭，他怀念那井水哺育的乡亲和浸润的乡情，他希望村里的人能保护好那口井。

送走了这家人，那口井就在遭受着厄运。村子里的一个女青年因自由恋爱破坏了家风中包办婚姻的先例，遭到了父母的反对，在一个漆黑的夜里投井自杀了。她要用她的死来告诉这口井养育的村子里的人们的愚昧和落后。

村子里的长者们都认为这是报应，遂吩咐填了那口井。填井的那天，村子里男女老少齐上，挖的挖、挑的挑、填的填，半天工夫井就被填平了。

填了井，村子里要再开一口井。开井是神圣的，由年长的长者择定良辰吉日，指定地点，请来锣鼓，买来鞭炮，开基仪式分外隆重。新井吃水第一天，家家跟看稀奇一样，都争着去，格外热闹，可打起来的却都是一桶桶浑水。从此这井水再没有了那老井水香甜、甘醇和清凉。老井填平之后，村子里也再没出过人才。

有一年天大旱，六个月未见一滴雨，井水干枯了，一滴水也没有。老年人说，这是天灭人意。那一年颗粒未收，整个村子里年轻力壮的青年都出了门打工，挣钱养家糊口，村子里只剩下老弱病残的人在家守家。背井离乡，就是逃荒，携妻带子，本是很凄凉的事。守井，再累再饿，也都心甘情愿，自有一种踏实感、安全感。

腊月里，外出打工的青年都卷着大把大把钞票回到了家乡。他们的第一件事就是家家集资安装自来水。这事，老者们都不赞成，他们还希望过着他们起大早争神水的热闹场景。但老年人拗不过年轻人，只好任由他们去干。

祖祖辈辈延续的井水失去了它的甘醇和清凉，拥有了它的平静和忧伤。农村里原先拥有的古朴风尚，如今都成了绝响，人们对于井的虔诚以及受井水浸润的文化都被遗弃。

我当初离开了故乡的井，为的是在城市里寻找一份安逸的生活。离开了故乡的井，是为了能够在城市里吃上不用肩挑的哗哗流淌的自来水。然而城市里本就没有井，受井水浸润的我，没有了井水的滋润，日子自然过得日渐紧巴。单位里效益不好，一家人的生活又都维系在我的身上。终究有一天，我又会在城市里背井离乡去寻找类似我故乡那一口清纯、优美、恬淡、宁静而甘甜的井。有了井而遗弃井的乡亲们，当你到了背井离乡的地步时，你才知道寻一口井是多么地艰难啊！

（此文发表于《湖北农民报》1999年11月10日）

故乡的冬天

进入冬天,故乡的农人就开始忙冬了。故乡人的初冬都是在为深冬而忙碌。肩挑木柴,沉重的钎担上闪颤出故乡农人的刚毅与坚强。

故乡的冬天总是在农人们忙冬的步履中日渐寒冷,蓄足一冬柴火的农人们也开始坐家"数九"了,他们真正开始享受冬闲的清静与悠闲。"数九"的日子,故乡农人们总是在盼望着雪节后的大雪降临,大雪可以慰藉他们劳碌一年的心情。

落雪的日子,是故乡人兴奋的时刻,天地一片银装,再冷,农人们也会站在门前,笑笑地感慨:"好一场大雪啊!"于是,谈雪就成了农人们相互对来年收成的第一声问候。此时,忙碌的倒是那些天真无邪的孩童们。落雪的夜,乡村里很静,没有人声,只有雪压枝头、雪渗土壤的声音。此时的农人们往往睡得很早,梦中露出的笑靥,是他们深藏在积雪下土壤里的心情。只有积雪才掩盖故乡人的惬意。

关在圈中的牛羊咀嚼草料,反刍着农人们一年的收成。晴朗亮丽的冬日,偶尔的鸡鸣狗吠,是故乡最纯的乡音,使故乡的冬日显得更加宁静和安详。外出了一年的游子,此时的归乡使村子里的气氛一下子热闹起来。无论回村的是谁,此时都成了全村人共同的客人,无论两家以前有多少纷争,在这里都被外出游子的回村冲击得荡然无存。村子里的大人小孩都会上去迎前送后,于是还没回来的外出者,父母们又多了一丝牵挂,故乡的村头,天天就又多了一张张惆怅期盼张望的目光。

回村的青年们一日日多起来,村里的气氛也一天比一天热闹。于是,喝酒又成了故乡冬天一个特有的章节。分别了近一年的小青年们今儿聚这家,明儿聚那家,互叙外出的见闻和收获,以及商讨明年的去向。旁边的老人们此时比吃了蜜还甜,尽情让他们去喝、去侃,老人们自然也有他们的聚处。烤酒是老家家家户户酿制的特产,分别了一年的游子又喝到老家的烤酒,便又多了一份亲切感。蒸酒的那天更是一个喜庆的日子,免不了接接左邻右舍、亲戚朋友,说是来帮忙,实则是来品酒庆祝。

进入腊月,又是乡村的婚嫁旺季,吹吹打打的喜庆是故乡冬天里一道独特的风景。无论哪家置办喜事，乡人们都是不用吆喝，一应而至，就像忙碌着自己的事情。

　　临近春节，猪羊的号叫声天天都回荡在村子的上空，杀猪宰羊，腌熏腊肉，一派派热闹忙碌的场面，故乡的人们杀猪宰羊也选良辰吉日。忙碌时分，常有邻里相贺，忙完杀猪，全体人必要欢聚一席，品酒吃肉，共庆五谷丰登、六畜兴旺。

　　冬天的夜，黑得特早，早早地便有家人生起一团旺火，全家人围坐火炉前盘点着一年的收成，尽情地享受冬天的安详与温馨。

　　过年，是故乡人对冬天的总结。满满的杯盘，道出了年年有余的喜庆。

　　冬天的尽日，故乡农人常常在祈盼着有一声春雷能早早惊醒田头的庄稼。

（此文发表于《十堰青年报》2001年4月20日、《郧县日报》2001年1月13日）

春回故乡

转眼间，父亲故去已有半年时间。半年时间内虽然回过几趟故乡，但都是急急而来，匆匆而去。清明时节，趁着给父亲坟地祭扫的机会，我决定再回趟故乡去看看。

登上回乡的客船，我的心中有一种莫名的兴奋。汉江河中沙鸥翔集，碧波荡漾的江面，岸上春的气息不时映入眼帘。岸边的青苗旺盛地生长着，那汉江两岸的山脉上，绽放着一丛丛、一簇簇白里带粉的桐树花……这一切都让我在缅怀父亲的忧伤里，又多了一丝心情的愉悦，让久居城市的我感受到了乡下春天的气息。

回到故乡，在沉痛中给父亲的墓地上完坟。在接下来的时间里，我便有了要重新走走乡间小路的想法，看看儿时走过的路和儿时的乐园，去寻找童年的欢乐。我首先来到村子里的商店前，这里已没有了往日繁华的景象，只有店里的大叔还独自坐在店内，顾客寥寥无几。大叔告诉我，村里的年轻人都外出打工了，村子里就显得异常冷清。少有人来买东西，偶尔的只是一些人家，前来买些油盐酱醋之类的生活用品，每天销货量堪稀，生意也一日不如一日，除非在腊月时节，外出打工的青年们都回来后生意才会略好。

村子里有一个稻场，儿时那里就是我们孩子们的乐园。每当麦收时节，大人们都忙着在那里脱麦晒麦，我们孩童们就在那麦秸堆里嬉戏玩乐，捉迷藏、过家家，都是我们那时的欢乐。晚上，月明星稀，大人们都来到这里乘凉，而我们一群孩子则不约而同地来到这里疯狂打闹。那时的稻场是我们撒满了儿时欢乐的乐园。后来的稻场被村里用水泥浇铸了水泥地坪。多少童年，多少欢乐，多少往事都能在这里找到踪迹。而如今，我已近二十年没有在这里玩乐过了。当我再次来到这里，这里已经面目全非。由于洪水季节，河水暴涨，这里已是淤积了厚厚的泥沙，也没有人去清理，偶尔的也只是有些人家为了晒粮才扫出一块空地来，其余的地方仍然被厚厚的泥沙堆积着。周围是生长得并不旺盛的麦苗，这里已经废弃，早已失去了童年的欢乐。就连那童年最爱去的烧瓦的窑场也已经垮掉。既没人维修，也没人使用，就像一个沧桑的老者立在那里，已经荒废多年。如今在这里再也找不到童年的欢乐了。沿着童年常走的小径漫步，扑面而来的都是没膝的杂草，路也已经荒芜，常

第二辑 故乡忆

年没有人走的样子。我们曾经捉小虾、堵泥潭的小溪也已经干涸，失去了往日的欢乐。

　　走到几家农户的门前，大多都已锁着门，铁锁都生着厚厚的铁锈，门前都长满深深的杂草，仿佛已经很久没有人住过了。偶尔的一两声狗吠突然从村子一个角落的地方传来，一种荒凉萧条感顿时涌上心头，使我的心中升起一种莫名的酸楚。循着狗吠声望去，村子里不多的几户人家门前还偶尔有人在忙碌着，我的故乡早已破败得变了模样。村子里一位大叔慢条斯理地说，这几年村子里的人走的走了，去的去了，还有的都外出打工了，村子里所剩下的都是老弱病残的人，还有的就是一些妇女留守在家照看孩子，再就是老人们在家看门。

　　见到故乡的村支书，这是我此次回到故乡的最大收获。村子里一直不通公路，山货靠肩挑背扛，村民们要翻山越岭，致使山货无法运出深山，村里的女孩子们都想嫁到山外去。村子里的青年们都希望能走出村子到城里去，致使村子里的人烟越来越稀少，村子也越来越荒凉、萧条。制约村子发展的就是一条路，村支书希望能打通这条交通"瓶颈"，为村子带来致富的希望。为此，村"两委"一班人便上跑下联积极争取，终于使通往村外的那条路的建设有了眉目。建设开工在即，却又由于资金相当紧缺，无奈只好求助从村里走出村外的乡邻们帮帮村里，有送水泥支援的，有捐款帮助的，也有出资出物的，为的都是共同改变这个村庄的命运。

　　听着村支书的介绍，我的眼眶湿润了。父亲生前曾一再在我面前说，村子里谁家的孩子在城里当了大官，就为村子里送来了水泥什么的物资，争取扶贫款，帮助村里修路架桥等等什么的。他不知道他的儿子能为村里做些什么。那时的我听着父亲的感慨，心中一片茫然，更感到汗颜。可是他并不知道他的儿子在城里既无一官更无半职，仅仅只是一个为民请命、替百姓呐喊普通的人民记者，没有任何权力和金钱。如今父亲已经故去，他的儿子一刻也没有改变，而改变村庄的号角已经吹响，村子在不久的将来将打通一条通向致富的康庄大道。父亲在九泉之下尚且不知，他的儿子并没有能力帮助村里做些什么，仅仅只能拿起一名新闻工作者手中的笔为故乡呐喊，为村里的百姓鼓与呼，希望社会贤达及各界名流，还有政府部门能看到这个村子破败萧条的现状，能够从政策上予以倾斜，或是有志之士们伸出援助之手，让这个曾经鼎盛繁华的村子重振雄风。

　　走在村子里的路上，村支书带领村"两委"一班人规划村里的宏伟蓝图还响彻在我的耳际。我不知道我能做些什么，我还是希望我的村里能够早日迎来一个繁花似锦的春天。

写于 2006 年 4 月 10 日

梦回故乡

　　离开故乡已有二十个年头了，我也已经移居了一座又一座城市，可我总会无数次地在梦中回到那个生养我的村庄，村子里我们孩童时玩耍的大稻场，稻场边的窑洞、石碾滚、秋千……在我的梦中清晰地再现着。

　　我的故乡濒临着汉江河畔，那里曾经商贾云集，在那个仅仅依靠水路运输的年代里，那个港口码头确实独擎着水路通道的一方蓝天。所有的过往船只都必须在那里上货卸货，或者停靠歇店。夜晚时分，时常千帆林立，渔灯唱晚，映红江面，那里是水路运输中的一个重要码头。于是，在这个码头上便开办了一家又一家旅社、饭铺、商店，可谓繁盛一时，客流也川流不息。童年的我们总是盼望着货船靠岸，这样码头就会热闹起来。我和同龄伙伴们只要一看到有船靠岸，就会像迎接亲人一样下到河边去迎接这些客人，有时也会大胆地上船去玩。我的故乡也就因此成为一片富庶之地。

　　记忆中最深的就是航运公司一个运送龙须草的水泥趸船，因为要等装有动力机的拖头来拖，方可行驶。可拖头因为还有其他事情久等未到，这个趸船就停靠在我家门前的河岸，长达半月之久。童年的我便与看船的师傅一来二去成了忘年交。他也因为所带的柴粮有限，到我家去找菜或者借用东西，我因此也经常上他的船上去玩。

　　在他的船上我发现了一个奥秘，他竟然在船上放了那么多小人书和连环画册，且每本小人书画册都用牛皮纸做了封皮，保存完好，且数量可观。因我自小对小人书情有独钟，加之熟悉后，所以也就轻而易举地借来阅读。我也渐渐了解了他的经历，原来他曾开过一段时间的租书店，这些连环画、小人书便是当时用来出租的，每本每天2分钱。后来他招工进了航运公司，他也就成了一名船员，租书店也便不再开了，而留下的这些连环画册及图书，他便带到了船上，每当看船或等货时，便拿出这些小人书以解孤独和苦闷无聊。

　　在他驾驶的船停留在我家门前码头半个月之久，我竟然读完了他船上的所有画册和小人书。印象最深的就是《聊斋志异》，许多神龙鬼怪的故事，至今记忆犹新。以至于拖头船来拖运趸船要走时，我仍对那位至今无法记住姓名的师傅恋恋不舍。临行时，他还送了我两本画册作为纪念。只是这二十多年来，随着人生的颠簸与动荡，早已不知道那两本画册流落到了何处。而令我不安的是没能记下那位师傅的姓名，多少年了，我至今不能忘却的就是那段记忆。

我在家乡的日子里，水路是唯一的交通通道，上上下下、南来北往，只有水路一条，公路在我少年时代才开始修建，几年后修起来也不能通车，只能算一条便道。

后来随着公路的修建，水路交通已渐渐失去了它的优势，千帆林立的景象已经不再，岸边的饭铺、旅社均已关门，就连小商店也是惨淡经营，大码头的概念已然消失，成了我童年的记忆。

后来我也到了县城求学，而后又在县城参加了工作，并且从一个事业单位干部到文学爱好者，从一个技术员到文字工作者。工作变动，人生动荡，我也一步步从县城搬到了市里安家落户。尽管生活清苦，但不能忘却的仍是那段童年的乡村记忆。

如今，多少年过去了，那些儿时的记忆犹如胎记烙印在我记忆的深处，挥之不去，就在离别故乡的多少年间，那些记忆仍时时在我的脑海中映现。

夜里我又做了一个奇异的梦，梦中我又回到了故乡，那童年玩耍的场所，那河畔千帆林立的景象，那生意红火的旅社、饭铺、商店，那水路码头繁盛的场景，依稀又出现在我的梦中，只是故乡已离我渐行渐远。

写于 2007 年 11 月 9 日

（此文发表于《中国社会报》2013 年 9 月 13 日）

故乡村支书

在我今生的人生旅程中，不管是走在哪条道路的哪个地方，我都不会忘记故乡和故乡的那一位致力乡村、勇于开拓，带领全村村民战天斗地、奋力进取，共同开创家园美好生活的村党支部书记。他促使我在人生之路上不断地开拓进取，敦促我不断地去攀登新的高峰。

我的故乡坐落在汉江岸边的郧阳区五峰乡境内，一个交通极为不便、信息闭塞、贫困落后的小村庄小石沟村。近年来村子就是因为有了这位精明能干的村党支部书记，才使全村发生了翻天覆地的变化。如今全村人均纯收入已突破1500元，90%的农户看上了有线电视，三分之一的农户看的是大屏幕彩电，全村拥有移动电话超过200部（以上数据均为写稿当年时的数据，下同）。"柳五"公路已横穿境内，在"柳五"公路正在改造升级和手机电话电视日益普及的今天，村里已由原先的信息闭塞发展到今天的信息畅通，发生着日新月异的变化。

村支书一心想着村里的事业发展，脑子里总是装着从村子里走出去的人们，时常与他们保持着紧密的联系，希望他们能从全国各地或省城市府给村里带来福音，有什么好的信息，有什么好的项目带回村里。前些年，村民们想看电视很难很难，并不是家家户户买不起电视，而是村子所处位置山大偏僻，即使有了电视也收不到信号。村民们将渴望了解山外的心情写在脸上，世代与黄土为伍的村民们只好认命。然而，这一切都急在了这位村支书的心头，这位血气方刚的汉子会同村"两委"人员绞尽脑汁，利用村里在外工作人员的关系找到有关部门联系，终于通过了建设电视差转站的请求。然而建站需要钱，这又攥住了这位汉子的心。身为村干部，就要躬身为民办实事。这位汉子会同村"两委"人员几经思虑，终于想出了办法。他们走村串户，走访了所有的家庭，摸清了全村所有在外工作人员的家庭住址、工作单位、职务与联系方式，而后向他们发出了数百封信，号召这些走出村子的家乡人为家乡的建设出点力。同时，他们又召集全村有经济实力的家庭和个体私营业主为村里建设捐赠资金。这位热血汉子的精神，感动了四方游子和村人，得到他们的支持，电视差转站如期建成。全村一下子由电视空白村变为电视普及村，日渐将山外的文化、经济和各类信息传向了山村。如今，家家户户都装上了"天锅"，看上了大屏幕彩电，故乡已永远告别了那向往电视的年代。

路是制约全村经济发展的瓶颈。虽有"柳五"路穿境而过，但一些没通路的边远小组还是殷切地盼望那象征脱贫致富的康庄大道。于是，他又会同村"两委"人员商量，并同在县里一部门工作的一位家乡人取得联系，他干事业的赤诚之心，得到了同乡的支持，很快数十吨水泥送到了村里，无偿支持家乡建设。全村人利用夏季挂锄战，修通了通往偏远组的公路。同时，村小学在他的组织建设下也日益发展壮大，盖起了楼房，改善了办学条件，使村子教育事业迈上了新台阶。

根据村里实际，配合产业结构调整，发展支柱产业，是村里的思路。围绕这些思路，壮大经济，如今大面积发展木瓜和黄姜已是村民们自愿的选择了。结构调整后，要让这闲下来的青年农民输送出去，外出务工挣钱，早日脱贫致富奔小康。这位满腔热血的村党支部书记又四处联系，将这些人员介绍出去，如今，打工收入已成为村里经济增长的新亮点。百分之五六十的农户依靠外出打工走上了致富路，人人都拥有了手机。昔日城里人使用的大哥大如今村里农民们也享用了起来，农民们的餐桌上也发生了较大的变化，个个喜悦洋溢在了心头。

见到故乡的村支书是在我的老家，听说我回来，他专程来找我。他说，村里山场面积大，适合发展养羊，且该项目投资小见效快。他听说有一种叫波尔山羊和努比山羊的好品种，长势好，出栏快。他让我帮村里打听打听，另外联系一下牧草种子，好在全村发展牧草，推广山羊养殖。他还说村里有从各乡镇和单位退休回来定居的干部职工几十人，另外还有大批老年农民，年老后闲下来无所事事，老年人乐不起来。因此，村里想建一个老年文化娱乐室，丰富老年人晚年文化生活。看看哪些单位有多余不用的，或淘汰的图书、桌凳和一些娱乐品，弄回村里。他又说，农民们最需要的是科技知识和信息，你在外面遇到好的科技资料和技术信息以及好的项目，要牵线搭桥引回来……

村支书还在滔滔不绝地说着，可我的脸却在一阵阵发烫。我知道，他所说的几件事，对于一些人事情很小，然而对于我这一介平民，虽生活在城市，却处在底层的小人物来说则是一件件不小的事情了，任何一件我都是无能为力的。我所能做到的仅仅是心怀故乡，为故乡奔走呼号，让人们知道，那里仍很贫穷，仍需要大家无微不至的关心和支持。

临走时，村支书一再地叮嘱我不要忘了故乡，不要忘了几件事，有好的项目要引回去。岸上村支书那目光饱含深情，充满期望。村支书所说的几件事我没能回答。我后来几经奔走，仅仅是弄来了几本科技图书寄了回去。收到科技书的村支书高兴万分，四处相告，说我没有忘记故乡，使远在县城的我深感汗颜。

　　我是一个游子，走在故乡的视线里，是村支书这位家乡的百姓官一直瞩望着我，这种目光让我丝毫不敢懈怠，敦促我勤奋努力，永远向前。

　　走出故乡的我深知小石沟村因为有这样的好支书而繁荣与富强，乡亲们也因为有了这样的好支书而骄傲与自豪。

2003年2月9日

（此文发表于《十堰晚报》2003年3月6日、《十堰广播电视报》2003年12月11日）

我与郧阳

十七年前,当我从学校毕业后,接到通知到郧县(今郧阳区)县城西郊一个农场去报到时,就注定了我将与郧阳结下不解的情缘。那是1990年10月,我所去报到的农场是一个培育良种猪的种畜场。我挑着一担行李穿过城市中心的马路,来到了一个偏僻荒凉的城市一角,除了主干道上有人行走外,四周柏树丛生,人迹罕至。就在这样一个地方,我开始了我在县城新的生活。

我的老家并非在县城,可在我的生命中,我真正意义的老家早已由一个乡镇更改成了县城。我出生于郧县安城的一个村子里,只是童年在那里生活,后来就是读书。而我自从学校毕业后来到县城,到我最后离开县城再到市里工作和生活,我在郧县县城已整整生活了十三年,仅仅只是童年和小学读书在生养我的那个村子度过,一共也只不过十一二年。后来读初中是在乡上,读中专又到了县城,因此故乡之于我真正意义上和感情最深的应该是县城。

在县城生活、工作和学习的十三年中,我经历了从一个农民到城市居民,从一个临时工到录用为国家干部这种身份的转变。在县城,我有幸遇上了可用钱购买城镇户口的机遇,于是我东借西凑买了个在当时成为身份等级的一纸商品粮户口,我居住的意义也就随着我户口的落户而从乡镇变为了县城。有了这纸商品粮户口,我的工作问题也就随之解决了,我作为大中专毕业生被推荐安置了工作,并且录用为国家干部。这一切的改变不能不说与郧县这座城市有关。

那时的郧县县城远远不像现在的县城这样繁华,我所生活和工作的地方又位于城市西郊,交通不便,还偏僻荒凉。刚刚参加工作,连部破旧自行车也没有,县城当时更没有麻木车,所以要到市中心必须步行。我们一帮单身青年,一到晚上下班后,有的三五成群结伙逛街,而我在那个寂寞无望的岁月里,一边开始了自修大专,另一方面则读书,写诗歌,写散文,写小说,渐渐地,县报、市报、省级报刊,以及国家级报刊都能见到我的名字和文章。也正因为此,终于就当我在那个农场里工作和生活了九年之后,我被招聘进了郧县日报社从事新闻工作，从此我的人生之路发生了改变。可又当我在郧县日报社工作了四五年之后，突然全国撤销县（市）报，我所在的郧县日报社也随之撤销，刚刚有眉目的生活又面临着再一次的选择。就在这个人生转折点上，由于我几年来辛勤写作，大量发表作品，加强对上宣传，使我在郧县日报社撤销之后又有幸被市报聘用。那一刻我不知道是兴奋，还是激动？就要告别我生活了十三年的县城，踏上新的征程，但在我的骨子里，我仍然对郧县这座城市怀着深厚的感情，我有一种恋恋不舍的感觉，幸福的泪花盈满我的眼眶。

2004年1月2日，我重拾行李踏上了赴十堰工作和生活的征程。至此，我在县城生活和工作了整整十三年多时间。在郧县县城生活和工作的十三年时间里，我不仅对这里产生了浓厚的感情，而且亲眼看见了县城所发生的翻天覆地的变化。我所居住的城市西郊的偏僻荒凉早已荡然无存，取而代之的是一栋栋拔地而起的楼房和连接各大城市的长途客运站。繁华取代了昔日的偏僻荒凉，我在县城也拥有了三室两厅的住室，县城的各条道路也变得更加亮丽，昔日藏污纳垢的污水塘变成了一座迎接城市客人的亮丽广场，成为县城的一个脸面，藏有大量国家文物，号称一部"中国通史"的博物馆也在市民的期待中面世，过汉江要等汽渡的现象被建成的亚洲第一座斜拉桥——郧阳汉江公路大桥所取代。

虽然到了市里工作和生活，但在我的骨子里仍然对郧县念念不忘，对郧县葆有着深厚的感情。前不久，当我获知郧县汉江公路二桥（后更名郧阳汉江大桥）通过评审后，我立即赶赴郧县进行采访，并发出了整版报道。当郧县"一江二桥三镇"的规划出台时，我也率先发出了《郧县将成滨水城市》的整版报道。虽然生活和工作在十堰，但郧县的每一项发展变化，郧县的每一个重要事件的宣传，都无时无刻不在牵动着我的神经，我总是利用工作之便，及时报道家乡郧县的新变化，我愿意用我手中的笔抒写哺育了我成长的郧阳。

虽然长期生活在十堰，但总是让我有一种"漂"的感觉，我的根永远是在郧阳，我与郧阳有着割舍不尽的情谊。我生活在十堰，总是感到一种不稳定感，因此我曾经有一段时间想重回到我深爱的、在这里生活了十三年的郧县工作，继续用我手中的笔抒写我的故乡，但由于种种原因，使我最终放弃了这个念头。

2014年9月9日，国务院正式批复郧县改设郧阳区。郧阳区也正式融入了十堰城区，我魂牵梦萦的郧阳也正式走进了我新的生活，让我继续关注着我故乡的这方热土。郧阳区如今日新月异，发生了翻天覆地的变化，一座座高楼拔地而起，新建的郧阳汉江大桥和郧阳沧浪洲汉江大桥，连同原来的郧阳汉江公路大桥，三座大桥如三道彩虹横跨汉江，连接着郧阳区和十堰城区，使得天堑变通途，以前过汽渡渡汉江坐中巴车需要半天时间才能到市区的，现在只需二十多分钟车程，交通变得十分便利。作为一个漂泊四海的游子，只有家才是他心中永远的港湾，而在我的人生旅程中，我的家就是郧县、郧阳，也唯有郧县、郧阳才会让我产生如此浓厚的感情，才会让我永生难忘。

写于 2007 年 11 月 25 日
2016 年 8 月 8 日改

（此文发表于《汉江潮》2007 年第 4 期）

古麇情缘

三千里汉江浩浩荡荡，美丽逶迤地流经郧阳大地，就在刚刚进入郧阳五峰时，环抱了一个小洲。这里山清水秀，曾经沧海桑田，刀枪箭镞随处可寻，战争的痕迹历历在目，让人怀想起这里曾经战火纷飞壮怀激烈的场面。我的家乡就坐落在离这里不远的地方。

公元前16世纪，一个相当古老的国家古麇国，历经了三次大迁徙后，翻越秦岭到达汉水流域的五峰，定都于这里的锡穴，并以图腾形象为国名，国号称麇。早期的古麇国发展势力强劲，在邻近的部落中很有威望，其影响也远远大于楚国。但是后来楚国南迁，占据了良田沃野千里的江陵地区，楚人的生产生活条件有了很大改善。到春秋晚期，其国力已经超过了远在鄂西北山区的麇国、庸国。楚国为了谋求扩张，多次进犯汉江上游的庸国、麇国，麇国迫于楚的强大，屈从于楚，成为楚的附庸国。

后麇子离心背叛了楚穆王，楚国决心灭麇，古麇国终被楚所灭。虽然古麇国被楚所灭，但却为后人留下了十分丰富的文化遗产和先进的生产技术。如今五峰乡境内还保留着古麇国遗址、安城铜矿遗址，以及下游的韩家洲古战场遗址和地方传承下来的酿酒工艺、纺织工艺，这些又无不凸现了当时古麇国的兴旺发达与繁荣昌盛。

出生在这样一个文化厚重的地方，我备感自豪，小时候时常听到老人们讲述古麇国的历史，那时的我就潜意识地想去探寻个究竟。上学之后，接触了历史，我更是对古麇探寻有加，同时也有了粗略的了解，原来我的家乡还具有这么厚重的文化！古麇的国都就是我的家乡啊！那时，我时常以出生古麇国都为荣，当有人问我家住哪里时，我时常会脱口而出"古麇国都"，于是，古麇国都便成了我家乡的代名词。古麇国、古麇文化便深深地烙印在了我的脑海里。

后来，随着年龄的增长，我求学完毕后留在了县城，成了生活在城市的城市居民。虽生活在城市底层，但对文化仍是求之若渴，熟读诗书、纸上涂鸦成了我的向往和业余爱好，同时我也开始了对汉水文化和古麇文化的学习和研究。我生在古麇、长在古麇,古麇的厚重历史,以及古麇文化对我的熏陶和滋养,使我对古麇产生了不解的情缘。

研究古麇文化,就要研究古麇的酒文化,这里的酒文化又源远流长。尤其是当地出产的梨花村酒,更是香飘万里,久负盛名。在郧县县城生活了十多年,也亲眼看见了十堰白泉酒业公司,从推出梨花村酒到推出白泉酒,产品代代皆精品,一代更比一代强。那时虽生活在城市,但生活过得依然清苦,时常捉襟见肘,想酒而没酒的日子时常存在。所以对梨花村酒和白泉美酒虽然很渴望,但不一定顿顿都能享用,向往白泉和梨花村酒便是我生活的一部分。后来随着环境的改变,生活渐渐有了转机,每逢客人到来或独饮,都以白泉酒和梨花村酒相待。无论在何处,逢酒必是梨花村酒或白泉酒,是梨花村酒和白泉美酒伴我走过了那段清苦的日子,也与我结下了更为深厚的情谊,这些酒文化也更为激励我要发愤图强,改变自己的生活状况。

偶尔的一天,我离开了那座城市,身背行囊来到另一座城市寻求生存。在与我生活了十多年的那座城市相隔不远的一座城市里,我念念不忘的仍是与我相伴十多年、情有独钟、难以割舍的梨花村酒和白泉美酒。而这个品牌的酒在这个城市里同样占据着一定的市场份额,因此又成为我的首选。

漂泊在异乡,有家乡的美酒相伴,自是备感亲切,不论是遇到人生的不顺心,还是生活遭受了挫折,有了家乡的美酒,顿时让我沉重的心减轻了许多,总是为我抚去了人生漂泊异乡的愁云淡雨,为我的人生迎来了灿烂的阳光。初来乍到这座城市,一切都是那么陌生,打拼也总会遇到处处碰壁,这时我总会用家乡的好酒来为自己消愁和壮行。有了家乡的好酒,我的心情也顿时愉悦了许多,干事也来了兴致,让我在这个举目无亲的城市生活得依然很好。如今妻子和孩子仍生活在那座城市,那座城市仍有我割舍不断的亲情和挂念,我的思绪还时常回到那座城市和那座城市的美酒。

如今欣闻家乡的白泉酒业公司又出好酒,古麇系列酒又将上市,这不仅与我所钟爱的家乡美酒相合,更与我生长的古麇国有着千丝万缕的联系。古麇与我结下了不解的情缘,如今的古麇酒更将与我有着难舍的情谊。

生活在异乡,总是念及故乡亲人,念及故乡那片生活了十多年的城市和土地,念及伴我走过了人生甘苦的梨花村系列美酒。如今又到了中秋,每逢佳节倍思亲,月还是故乡的明啊!酒还是家乡的好!在这远离家乡,离古麇家乡渐远的日子,又让我想起了颠沛流离、飘忽不定的动荡岁月。想起家乡的古麇好酒,就让我备感亲切,我在这没有终点的长路上,异乡的一切都驱不去我心中的孤独和寒冷,唯独这家乡的好酒在我无数次疲惫和孤单时,才能愈合我心灵的创伤。有了这家乡的古麋好酒相伴，无论我多么地烦恼和忧愁，家乡的美酒都能为我减轻人生路上的劳累和困顿。无论我漂泊在何处，有了这家乡的好酒，总会让我感到无尽的幸福和恒远的暖意。不管今生是漂泊天涯还是流浪海角，也不管是永远客居异乡，故乡的美酒将永远醇香在我生命的旅程中。

写于 2005 年 9 月 8 日

（此文发表于《汉江潮》2006 年第 1 期）

第二辑 故乡忆

泪别故乡

真正意义上的离别故乡是在父亲去世之后，过完父亲的"五七"，我将继母接到城市里和我们居住。

乡村之于我，永远是我生命中不可或缺的部分。十多年前，我到城市里求学，为的是有一天能够离开乡村。在城市求学几年之后，我如愿以偿地留在了县城参加工作，而后我又在城市里结婚成家，娶妻生子，直至后来我在城市拥有了住房，回乡下的机会也就少了，家的概念从此被老家取代。老家之于我，成了我记忆中最温暖、祥和、宁静的依靠和港湾。

那时虽说我离开了老家，奔波在城市打拼，成为城市普通市民的一员，但是由于父母还在乡下，我真正意义的家也就没有改变，家乡也就永远成为我情感中牵念的部分，不管我在何时何地，也不管我混得是多么地辉煌，还是怎样的沦落，老家永远让我感到温暖。每每在外生活得不如意时，我就想起了老家，想起了老家的父母，心中总是感到一种踏实。虽然远在城市生活，但我在城市只是寄居，永远是在漂泊，我真正意义上的家依然在乡村，我的根仍然在那里，那里依然是我的依靠。每到春节，我们都会像候鸟一样又"飞"回到老家，去静静体会家的温暖。于是，老家永远有我的牵挂，乡村有我割舍不尽的温暖，每每想起老家时，我就时常泪流满面，心中总是感到无尽的幸福和恒远的暖意。当初离别乡村，为的是有一天能够更好地拥有故乡，以至于我在城市十多年的奔波与劳碌中，在城市拥有了家，老家从此成了我的故乡。虽然家的概念和方位发生了改变，但乡村仍然有我的老家，那里才是我真正出生和生长生活的地方，那里才有我真正的温暖和幸福。

然而，父亲的突然病故，却让我对老家感到了凄凉与寒碜，不可能让继母一个人留在乡下老家，我必须将她接到我们身边居住，也好有个照料。家是以父母的存在为前提的，失去父母也就失去了回家的路。而在短短的十几年间，我先后有四位亲人离我而去，先是十五六年前，亲生母亲离我们而去，而后又是爷爷奶奶相继去世，而现在面临的又是在我生命中永远给予我大山一般父爱的父亲，我最最亲近的一位亲人，也是生命中最后一位父辈又离我远去。突然间，我家中的四位长辈们全部离我远去了，我的老家一片空荡。这一位位亲人的离去，让我感到这个世界的无情和凄凉，现实的残酷和无奈。失去了最最亲近的亲人，我不知道老家之于我还有什么意义。虽说哥嫂一家还留在乡下，但我们毕竟只是兄弟。家的含义是以父母的存在而存在的，随着父亲母亲和多位亲人离我而去，继母来到我们身边，老家之于我已经成了我心中永远的伤痛和温暖的回忆。

我当初离开故乡，为的是要去开创我的人生之路，寻找我的最终归宿，我只是希望有一天我能够荣归故里，光宗耀祖，尽管一直未能如愿，但我却一直努力着，我时常为我的努力而感到由衷的自豪。没有令我想到的是父亲的突然病故，让我不得不过早地面对这一现实，老家将成为我的故乡。如今，属于父辈以上的亲人全部离去，老家于我已没多少牵挂，今后我再回老家的机会将会越来越少。再回老家我将成为一个客人，老家曾经的温暖只能成为我永远的回忆。

过完父亲的"五七"，我们将老家的物什都装上船，都装上我人生的行囊，继母跟随我们一起进城，当我亲手搬完老家所要搬走的最后一件物品时，我一个五尺男儿，竟然禁不住热泪盈眶了。当我再亲眼看一看屋内那熟悉的地方，再次亲手抚摸一下那熟悉的门环，再看一看那尽管很破旧，但却很温暖的老屋，我已情不能抑，泪如泉涌了。我一生走在老屋的视线里，一生沿着门前的土路远行，那时的出走为的是有一天能再回归，再回到老家温暖的怀抱。而这一次的离去，却是一种悲壮的离别，这一次离别我不知道何时还能再回来，再回来看一看养育我成长，为我遮风挡雨的老屋。走下老屋稻场的土坎，我再回头望时，泪水已模糊了我的双眼。十多年前的离别是一种悲壮，而十多年后今天的离别，却成了一种凄凉和悲伤。十多年前离开老家是为了创造我的故乡，而十多年后的今天，离开老家却是让我凄凉地拥有故乡，而后又会渐渐地失去故乡。

装载我们的船只提锚了，离岸了，这船是父亲生前酷爱的船，也是他驾了一生的船只，他最终倒在了船板上。船开头了，我再回头望望那熟悉的山村，那熟悉的小路，那熟悉的老屋，儿时那熟悉的记忆又浮现在我的眼前。载着我们的船行驶在那熟悉的江河里，我的泪水和心情已如滚滚奔流的江水，我不知道将流向何方，我不知道载着我们的船将到哪里停泊。我不知道失去了故乡，我将再到哪里去寻找和拥有故乡。

船起航了，当我再回头眺望时，故乡已经在我模糊的视线里了，我的泪水已湿过了故乡的每一寸土地。

有感于 2005 年 11 月 28 日离开故乡，12 月 4 日急就于郧县
2006 年 6 月 23 日凌晨改于十堰

（此文发表于《散文选刊》原创版 2014 年第 2 期，收入云南大学出版社出版的《楚天文学全国年度精品文萃》一书）

愧对上宴

在老家受到那么大的尊重，我不知道缘于什么。

整整一个组，住着 28 户人家。从这个组上走出来的仅仅 3 人，两位在乡村中学教书的教师和我。我想大约基于这些，仅仅是这又怎么能将我和两位为人师表的知识分子列于一起。这两位教师，一位曾经亲自教过我，一位是和我同道读书的同学。

回到乡下，在乡下过年，家家都把我们视为上宾，认为我们已经走出了这个村子，是组上的骄傲。他们东家接来，西家接去，轮流着接我们去吃饭。入席时又让我和那两位教师同坐上席，这成何体统，又怎么可能？论辈分，我小；论年龄，我最年轻，怎么能让我坐在上席，并且陪着教师坐在上席。我知道这其中包含着他们对我的敬意，这是不应有的。尽管我一再真诚地推让，但怎么也无法推掉乡亲们对我的厚爱和热望。

我从乡村到城市，在城市勤苦地生活，但是却被乡亲们宠着。在城市里读完书，城市接纳了我，接纳了我这一个苦难的孩子，我就把生活赋予我的苦难，形成一点点文字，去做着我的文学梦。然后将这些作品一一投出去，见到或多或少被铅植在报刊上的文字和我的名字，乡亲们或许就是看到了或听到了这些，认为我很有出息，把我等同于这两位教师一样看待。我已在城市里生活了多年，不太可能再回到乡下去生活，所以只有让灵魂去永远膜拜乡村。既然如此，我就只有在城市拼命地工作、生活和写作，将文学作为我生存的精神支柱，努力写出一点像样的东西。

将我和教师同样看待，并排地坐在上席的位置，我是无论怎样也难以接受的。即便是勉强地被强迫坐在那里，内心也是不能容忍的。我必须理智地与和我同座的教师划开一个界限，在上宴上接受乡亲们的恩宠，然后让内心去惭愧。

接受上宴的礼仪，便是接受乡亲们对我的考验，接受乡亲们对我的期望。坐在上席上，我必须率先向大家敬酒，以一个晚生，以一个漂泊在外未能给家乡带来机缘与福音的游子，并对他们致以歉意，听凭乡亲们的发落。

家乡人对我的恩宠我将永远铭记，它将永远激励我在以后的岁月里，无论自己的时运与位子怎样变迁与动荡，都要时时记住生我养我的家乡，家乡的那条沟和那群苦难而真诚、遥远却亲近的父老乡亲。我将竭尽全力以自己的实际行动干出一点像样的事，不能为家乡丢脸，要为乡亲们的脸上增光，也让年年如此的我在家乡坐在上宴上时心情好受。

我如今坐在家乡的上宴上是惭愧的。让我愧对上宴，愧对父老乡亲们，坐在上宴上，只有让灵魂接受一次次的洗礼。

写于1999年2月22日

（此文发表于《郧县日报》2000年2月19日）

郧阳酸菜

提起郧阳酸菜，可谓远近闻名，然而闻名的何止是它的做法和味道，更重要的是远行在外的郧阳人，无论是在他乡身居高官要位，还是被迫漂泊异乡，只要提起酸菜，就会使那些客居他乡的郧阳人脑海里生出一股萦萦的故乡深情。酸菜已不只是人们饮食文化的一种符号，它早已成为郧阳人交流情感、联络乡人的一种特殊食品。

酸菜的制法很简单，就是将腊菜、雪里蕻或萝卜缨、白菜帮子等青菜洗净后，在开水锅里翻转焯一下，然后捞出并将焯菜的水热腾腾地倒入缸中，用青光石头压瓷实，由其发酵十天半月，待汁水扯出黏丝，并散发出醇正的酸香味后即可食用。有些农家在酸菜吃不完的情况下，还会把成品的酸菜一筐筐捞出，切碎后均匀地撒在晒席上晾干，待菜的表层相继披上一层薄薄的似霜非霜的白色之后，便收起储藏，这就是郧阳人所称晒制的"干酸菜"。

有些则将上述青菜经淘洗晾干水分直至晾蔫，再用菜刀切碎，用力揉进一定比例的食盐，装进大缸一层层按紧按实，然后密封起来。数日后打开，便是农家餐桌上的特色美味佳肴"闭封菜"。

在郧阳，无论是城市还是农村，几乎家家户户都会制作酸菜，且每年都要炸上几缸酸菜，以供食用。

遍及郧阳家家户户的酸菜，便成了郧阳的一种特产，也成了郧阳的一个代名词。提起酸菜就使人们想起了郧阳，就使出门在外的游子想起了家乡。据说，在南方和北方均没有酸菜，那里的人且不吃酸菜，他们认为酸菜是放坏了的菜。殊不知我们的酸菜是特意做酸，但是酸味却不是放腐的那种酸臭味（俗称沤麻味），而是具有醇正香味的那种酸香味。若是具有沤麻味的那种酸菜，则是制坏了的酸菜不能食用。由于别的地方不吃酸菜，也不制酸菜，所以酸菜就成了我们郧阳的独特产品，唯郧独有。后来由于酸菜具有其可口性，吸引了外乡人的食欲，现在周边县市及外省也开始效法制作酸菜。

作家、评论家鲍风先生曾在一篇文章中写道：看来酸菜已进入郧阳人的脉管，说不定郧阳人的血液里还真有酸菜味哩！这话一点不假，在郧阳几乎家家户户都喜吃酸菜，宁可一日无肉，不可一日无酸。酸菜已成为郧阳人家家户户的必备品和必食品。

郧阳人炒食或煮食，做酸菜鱼或酸菜豆腐汤，包酸菜包子，做面条时还要调酸菜，郧阳人总会做出简单却很醇正的酸菜米饭、酸菜面籽、酸菜面条，就连炒肉也不忘炒酸菜肉末；酸菜粉条、酸菜牛肉、酸菜肚片、酸菜鱼、酸菜魔芋、酸菜炒猪血、酸菜烩豆腐……酸菜成了炒菜中的主菜，相反其他肉类则成了佐菜。一桌人围坐，狼吞虎咽，唇齿留香。既开胃，又香而不腻，鲜而不华，豪情泼辣。可见郧阳人对酸菜的喜爱程度。

也难怪 20 世纪 80 年代，著名哲人杨献珍从北京回故乡郧阳，返回时还特意带了一些酸菜回京城，看来酸菜已是地地道道地浸入了郧阳人的血脉。

于是，吃惯了酸菜的郧阳人，无论走到哪里都在怀念有酸菜陪伴的日子。不管是在疲惫的旅途，还是已迁往他乡，在那失去酸菜的日子里，这些郧阳人总少了一种亲切，多了一份失落，心中自然流露出那种充满酸香的郧阳家乡味道。只有故乡的酸菜才永远存留在他们的记忆中。

（此文发表于《湖北日报》2015 年 6 月 28 日、《十堰日报》2002 年 6 月 30 日）

难忘故乡的红薯

我出生在鄂西北山区,在这里盛产着被誉为"郧阳三大宝"之一的红薯。因此,红薯就是故乡人民的主食。

家乡有句顺口溜:"早晨梆梆响,中午靠山桩,晚上改个顿,还是红薯汤"。少年时代的我吃厌了红薯,见到红薯饭总是紧皱眉头。父亲见我厌薯的样子,就给我讲他们小时候饿饭逃荒的日子,然后父亲又给我描绘山外的美好生活,和城里人不吃红薯的喜悦。其实这都是父亲的猜想,父亲一生也未走出过山村。但父亲给我讲,是要让我明白一个道理,那就是只有好好读书,才能离开家乡那种靠红薯度日的苦日子。不管父亲怎么说,我还是半信半疑。城市里真的没有红薯?

每年冬天,母亲总是将从地里挖回来的红薯洗净,切成丝条放在锅中煮熟,然后捞出晒干,就成了我们非常喜食的红薯丁。读中学时,离家远了,每半月才能回家一趟,每一次离家时,母亲总要将晒制的红薯丁和着苞谷用沙炒熟的苞谷花,临行时给我装上一袋。母亲晒制的红薯丁自然不能满足我每次上学所带,没有的时候,我总看见母亲的脸上闪着那一丝阴郁。炒熟的红薯丁自然也是家乡人逢年过节时对互相串门孩子们的招待。

毕业后,我参加了工作。谁知我参加工作的单位竟是闻名全省乃至全国,用红薯生产粉丝的大型厂家——十堰郧特粉丝有限公司。在单位里我所从事的工作恰恰又是收购红薯,每天从我手上过磅称量的红薯就达上十万斤。走出社会的我,通过和薯农打交道,我从薯农粗糙的手掌和每挑一担红薯沉重的步履,以及沧桑的额头上沁出的晶莹的汗珠和每一个红薯的体重,都看出了薯农种薯的艰辛。于是,我开始珍视红薯,并从此热爱红薯,父亲寄予我离开红薯生活的愿望又被我抛之脑后。同时,我对薯农也是万般谦恭和敬重,我从中看到了他们的伟大和我的渺小。在我长达十年收购红薯的生涯中,从我手中称过的红薯就达八九千万斤,我却未敢有丝毫懈怠薯农之举,未敢有半点对他们短斤少两和轻视,他们那晶莹的汗水总是在我的眼前闪现。

十年之后，由于我对文学的挚爱，我离开了和红薯打交道的岗位，也离开了这个有着大量红薯加工的十堰郧特粉丝有限公司。我走上了新的工作岗位——报社工作。在这离开红薯的岗位上工作，使我顿生一种失落感。无论现在的工作是怎样轻松和悠闲，也隔离不掉我对红薯的感情。没有红薯的日子，我总怀念家乡那种植红薯、满脸沧桑的老农。

（此文发表于《长江日报》2001年8月7日）

月数故乡明

几天时间内,父亲已来了几封信,一遍又一遍地催我回老家去。看着父亲的来信,我蓦然想起,又是一年一度的中秋节了,使我不禁又回想起故乡的那轮明月和故乡的中秋。

那个我叫作故乡的山村,不仅是我出生的地方,还养育了我。虽然我现在仍生活在和故乡一样的山乡,但是那曾经给予我生命,给予我欢乐的故乡,和故乡中秋节里那一轮照耀我今生的圆圆的明月,都使我这位漂泊异乡的游子永生难忘。在我的人生之路上,无论旅途是多么地劳累,经历是多么地坎坷,困难是怎样地繁多,只要我想起故乡那轮明月,我就顿觉轻松,并信心百倍,困难也就迎刃而解。

故乡的中秋是忙碌的日子。这段时间里,玉米熟了,稻子也黄了,正是故乡农人们收获的时候。乡亲们总是盼望这金秋时节能多忙几天,多些收成。那时我们尚小,盼望中秋,并不是和父辈们的期望一样,年少的我们还不知道父辈们劳作的艰辛,更不知道人生的迷茫与沉重。我们盼望的是这一天到来后,全家人晚上可以围坐在门前的稻场上,吃着母亲烙制的油饼馍,然后观赏着头顶的那轮明月,享受全家团圆的温馨和喜悦。

吃完晚饭后,我们一群孩子总要相约着到村头那个大稻场里去玩耍,再去享受白天还没有玩够的乐趣。有个伙伴其父亲从城里带回了月饼,于是,我们大伙便开始憧憬远方,大伙都下定决心长大后要到很远的地方去,离开这贫穷的山村。谁也不知道去实现那种天真的幻想所要经历颠沛动荡的苦痛是多么地艰深!但是,每年的中秋之夜,我们那群孩子聚集时,总要时不时地提及那句不羁的狂想。后来随着年龄的增长,人们渐渐地懂得离家的旅途是辛酸的,于是,很少再有人提起离家出走。

多年以后,我进了城,后迁进了城里居住,伙伴们那个童稚的幻想早已在心灵里消失。每当中秋来临之际,我总是想抽身回老家去陪父母们过中秋。父亲信中说,如今乡下都尝到了产业结构调整的好处,中秋已不再是往常那么忙碌。但是无奈我每次总是琐事缠身,无法启程。在我一次次想回到故乡过中秋,而又无法实现回到故乡去欣赏那轮明月的愿望时,我就想起童年那个幼稚的幻想是多么地可笑。那时，根本无法知道离家的游子想家是多么地心切！只有梦中的那轮故乡的明月，才能抚去我人生旅途中漂泊在外的愁云淡雨。

而今，中秋佳节又一次来临了，我却在人生的旅途上仍在奔波和劳累，仍行走在一条艰难而没有终点的路上。在离家越走越远的地方，我想，家乡那轮中秋的明月，现在一定高高地挂在家乡的上空。可我远在离家的路上，却无法欣赏到家乡的那轮明月。旅途的月光尽管明亮，但驱不去我心中的孤独和寒冷，在我无数次地感受到旅途的疲惫与劳苦时，我仍然思念着家乡的那轮明月。那轮给予我生命，给予我欢乐，给予我无限温暖的明月，只有那轮明月才能愈合我心灵的创伤。

异乡的明月再明、再亮，依然比不上故乡的明月那么明亮。月还是故乡的明啊！在我一日一日地疲惫与奔走中，在我迷失在一个又一个异乡的时候，是故乡的那轮明月为我照亮游子回家的旅程，减轻我人生旅途上的劳累和困顿。虽然这个城市我将注定永远是一个匆匆的过客，但是一想起故乡的明月，我的心就充满了无尽的幸福和恒远的暖意。在我作客他乡的日子，想起故乡的明月，我的心就会找到最幸福的依靠。不管这一生我是漂泊在天涯还是海角，也不管我是否将永远客居他乡，但是故乡的明月将永远照耀在我的生命里。

（此文发表于《姑苏晚报》2001年7月10日、《城市晚报》2001年10月1日、《西江都市报》2001年10月2日、《都匀晚报》2002年9月11日）

圆圆月饼寄乡愁

又到了一年一度的中秋佳节了,那家家户户圆桌上摆着的月饼,成了家人们团圆的象征,代表着中国传统的团圆文化。然而,对于我这位漂泊在外的游子,这月饼不禁又勾起了我浓浓的乡愁。

每当中秋佳节,我的眼前总浮现着乡下父亲躬耕乡野,母亲劳作农舍的情景。我是一个乡村的孩子,自生下那天起,父母就盼望着我日后能跳出农门,改变我们的"农"姓身份,也好让宗族们扬眉吐气。于是父亲便辛苦劳作,勤扒苦做地挣钱供我读书。我出身贫门寒舍,祖上辈辈为农,没谁混过一官半职。因此,父亲便寄希望于我,加上后来母亲病故,父亲又吃苦耐劳,辛苦地把我和哥哥养大。父亲吃苦一生,后来是继母进门帮忙分担了父亲的重担,把我们养大成人。谁知我们弟兄二人都没能过早地领会父亲的良苦用心,而是错过了升大学的机会,失去了最宝贵的青春年华。哥哥仅初中毕业就回乡务农了,而我也仅读了一个中专后留在了县城参加了工作,过着一种城市小市民的生活。

日渐长大的我看到了父亲的失望与无奈,我便又自修大学,发奋读书,极力想挽回父亲的失望和我那段失去的青春年华,以至我爱好文学,发表作品,旨在慰藉父亲的心灵。年迈的父亲看到我的努力,感到了些许的安慰。在我的努力和各级领导的关心下,我后来离开了那家似农非农的单位,而进了一家新闻单位,去从事我挚爱的文学和新闻事业。父亲看到了我的进步,内心感到了莫名的兴奋,我常常听到乡下传来乡人们谈我时父亲的骄傲和一脸的荣光。父亲的期望与我的现实总是相距甚远,父亲后来进了趟城,找到我表达了他想让我把全家户口迁到城里的打算,然而父亲看到我一脸的无奈,又失望地走了。父亲哪知,我一个小小的新闻工作者,既非官也无职,连自己的根基都没扎稳,哪有那呼风唤雨的本领。父亲无法理解我的苦衷,我看到父亲远去的背影,内心总感到惭愧无比。

父亲走了,后来是哥哥来了。这几年,哥哥的日子过得总不如意,先是在家务农,后来随着打工浪潮的席卷,也外出打了几年工。几年间下煤窑、赶砖场、搞建筑,干着繁重的体力活。然而一些黑心的老板不是干活不给钱,就是干完活后开溜,甚至暴打,致使哥哥几年的奔波漂泊,不仅钱没挣着,还落下遍体伤痕。哥哥寄希望于我,希望我能在城里帮他找个事干,好结束他那漂泊流亡、不堪回首的日子和生活。然而这又使我无能为力,连我尚属下岗职工,我这个一清二白的文化人,又能做得动哪方面的工作呢?我的无能为力,又使哥哥失望,不得已他便只好带上嫂子,又过起了颠沛动荡的流离生活,前往广东打工去了。去了将近年把时间,也未见有一点音信。不知找到了一些什么工作,生活过得如何?我在焦虑之中,也只有伤心的份了。

今又逢中秋了,在我这失去乡下,离乡村渐远的日子里生活着。古诗曰"每逢佳节倍思亲",此时的我望着圆圆的月饼和满月的夜晚却发起愁来,我想村口的路上一定又多了两双父母盼儿回家团聚的目光,然而我却因工作太忙而无法抽身回家团聚,不得不又令父母们失望了。此时的父母们一定又会想到他们的儿子在外肯定混得很辉煌,然而他们根本不知道我虽居闹市,却同样过着颠沛流离、飘忽不定的动荡生活。中秋佳节,哥嫂们也身在异乡,不觉使我又平添了浓浓的乡愁。处在城市底层生活的我,在这把酒话故乡的时候,在这浓浓乡愁的笼罩下,不禁想到,不妨把这圆圆的月饼寄些回老家去,解解父母对儿子的思念,让这圆圆的月饼寄走我那浓浓的乡愁。

(此文发表于《十堰日报》2002年9月3日、《安顺晚报》2002年9月18日、《南鄂晚报》2002年9月20日、《兴义晚报》2002年9月21日)

遥远的故乡

从乡下迁居到城市，便注定着我拥有了我的故乡。在一个个腊月，栖居在外的游子鸟一般飞回自己的故乡，无数次地眷恋，把思念故乡的泪水一次次的洒湿了枕巾，而后又湿了多少个梦，于是故乡就成了我心灵中日思夜想的家园。

家园被阻隔在遥远的地方，然后来到城市里漂泊。在城市里寻求着生存养护家人的命运。月圆之夜，月光如霜一般洒满大地的时候，故乡总是在自己的眼前浮现。走出穷乡僻壤的故土，走出那一个被人们看作是穷得不能再穷的穷山沟，我知道家乡里远远近近的乡亲对我都多了一种敬畏和自豪。其实故乡在每一个游子的心灵中都占据着自己富裕的位置，只有自己在外贫穷时，才去分享故乡富裕的情感。

故乡在我的心中已沉积了十年的想念，在外时我没有忘记家乡人对我的期盼，他们总是渴望村子里的人能走出那条山沟，而后再给这个山沟带来福音。哪怕只是带来的安慰或者一句言及家乡地名的话语，甚或一句方言，他们都会感到由衷的自豪。

其实故乡在我的生活中已渐渐远去，大概便是在城市生活久了的缘故，在城市里生活，车声、尘嚣总是灌满我的双耳，所以故乡的村庄和道路，便尘封在我记忆的深处。并不是一个从家乡走出来的乡村孩子，站在了城市的边缘和高度而忘记了生养自己的故土，故土总是无时无刻地在我的生命里养育着我，而走出乡村的农家孩子，虽说成了乡村盼望的走出村庄的骄傲，并没有成为他们想象中的达官贵人，并没有给故乡带去任何福音，甚或一句可以令家乡人骄傲的消息。从那条沟走出的我只是时空的变迁，而我依然是我，依然带着乡村的传统和风俗。混迹于城市，并未居官亦未富禄，只是依靠着自己手中的笔书写文章，作为自己赖以生存城市的寄托，没有枉费家乡的红薯苞谷糁饭喂大的能识几个字的乡人，让家乡人能在报刊上读到我恋乡的文章。

人永远都不会淡忘自己的故乡，只是奔波和忙碌城市里生存的时候，无颜面对自己的故乡，所以故乡才在自己的心灵里渐行渐远，只有在孤独时，催出两行热泪。

漂泊在外的游子，面对如霜的月光，面对着河流一样静静流淌的岁月，但愿这条超越时空的河流，能够照亮和流淌我遥远的心灵和故乡。

当故乡在一度度的贫穷中变迁，当故乡在岁月中一日日地雄壮，当故乡在一次次想家中成为梦境，我想起了什么。

写于1999年3月7日

老 屋

　　小时候，父亲常常给我讲到他的老屋。父亲的老屋在离我们当时住的地方不远。父亲很小时父母便相继谢世，后来被同姓的父辈收养了。父亲常说的老屋便是父亲出生的地方。随着父亲一天天地成长，老屋日渐朽去，朽去的老屋只能成为父亲心灵中伤痛的根源。

　　父亲给我们讲起他痛苦的童年，早年失去父母的忧伤，多亏养父母对他的收养，才使他的童年多了一些温情。父亲回忆他的老屋时眼里就闪动着晶莹的泪花。

　　父亲被收养后，住在了汉水的江岸，和养父养母住着两间一厦土房。这土屋很有一点历史，我的童年就是在这个土屋中度过的。如今我依然能记起这个老屋的风貌，门前栽着一棵橘树，是父亲从很远的地方挖回来的，旁边是一块菜园地，周围用竹子栅着篱笆，老屋的门前卧着一条悠闲的黄狗。不远处是生产队的大晒场，晒场边上有一座乡亲们烧瓦的窑场。老屋、窑场、晒场锁着我童年的记忆。老屋的墙壁已被烟熏成了漆黑色，泛着亮光，这便是我的老屋，我记忆中的老屋。

　　就在1983年的一个夜晚，熟睡的人们尚无知觉，无情的汉水洪魔却冲毁了一大片家园，我的老屋和众多乡亲们的房子都冲毁在了洪水之中。人们只是从洪水中抢出了一些锅碗瓢盆和铺盖，其他的家具物什便随着奔腾咆哮的汉江洪峰冲向远方或沉入江中。就在这一夜之间，我失去了老屋，也失去了童年的欢乐，唯有对老屋的感情日渐久深。

　　天亮之后，伤心地望着这无情的洪水，看着这瞬间被洪水冲毁倒塌的房屋，想着这永远失去的故园，内心无比悲伤。

　　老屋被淹之后，父母亲和爷爷奶奶辛苦劳作和省吃俭用加上政府的关心，我们在后面的山坡上开始了挖屋基，重建新家园。那时我刚满10岁，只能搬动小石头，但我已经知道，这是在重建家园。我不怕吃苦，干得汗流浃背。经过我们的艰苦努力，崭新的房屋没多久便落成了，三间清亮的瓦房焕然一新。我们搬进新房，全家欢庆，结束了那段流离失所的日子。

　　随着我日渐长大，日渐成长为一个成熟的男人。我离开了老屋外出求学，

第二辑　故乡忆

161

求学完毕后，在县城参加工作。在离老屋一百多里的县城，我居住在一间简陋的石棉瓦房中，时常怀念我失去的老屋和重新建起的家园，很多的日子总是想回去看一看老屋。

如今，国家又一次出台了房改政策，最终公房将由职工买断产权，归职工个人所有，同时单位也开始了职工集资建房。而一套住房得花去不小的投资，又得付出很大的努力，才能把它买过来，又一次面临着再建自己家园的苦衷和兴奋。而这一次的辛劳将是我一生中第一次竭尽全力，为着家园而劳累和奔波（后来我又从县里到了市里工作，并在市里购房安家），我感到由衷的高兴。

面对着这即将耸起的崭新的楼房，它即将成为我的新家，注定着日后将不再为无家可归无房安居而奔波了。等儿子长大懂事的那一天，我将给他讲述这几度变迁的老屋和我颠沛流离的人生经历，洪水淹没老屋的无情，和我四处奔波换取的他们称之为"老屋"的名词。

写于 2002 年 11 月 8 日

难忘乡邻

离开乡村有十多年了，在乡村有很多值得我怀念的东西，尤其是那些纯朴、厚道、善良的乡间邻居，让疲惫生活在城市的我，每当心情烦闷时，都会想起那些令我终身牵念的乡邻。

乡村的住房总是相对集中，每一块避风向阳的地方，都会住上三五户人家，或是十七八家，在一些更为宽阔的地方可能居住的就更多了。这些相邻居住的乡人们，每遇大事小事，都会不喊而至，相约着前去帮忙，一股民风纯正、互帮互助的田园生活景象在这个村庄里延续着。

我所居住的村子和我们住得比较近的有十余家，平时邻里之间都是友好相处，不论哪家有事，其余的人家都会抽出一人或几人甚至全家去帮忙。缺盘子少碗，也是尽管去拿，不用商量。

乡村里最不缺的就是家家户户都有的酸菜，几乎顿顿都要吃。但是也有的人家突遇酸菜吃完了，而新酸菜又未做好。这时，总会有邻居给你捞一些过来，或是喊你过去捞。不仅仅是酸菜，有时遇上来客，家中菜又不多，恐待客对人不尊，这时自会有邻居又给你送上几样菜来。

乡间也常有这家生孩，那家儿子结婚或女子出嫁，老人过生日，孩子考上大学，或是老人去世……每遇这些喜悲的红白喜事，左邻右舍们也都会相邀前去祝贺和表示哀悼，有钱的人家拿多点，困难的人家少送一些，无论拿些什么礼品都不重要，但是不会有人不去，哪怕是平时生活中有些摩擦，此时也都前去，有些积怨也可能就在这样的场合里被化解了。

农村吃饭有个习惯，就是端个饭碗，边吃边串门。但是每走哪家，不管是有无什么菜都要喊你坐坐，这种淳朴的乡风民风多么难得啊！

后来，我离开了农村，也离开了那些乡邻，来到了城市居住。在城市里，我没有住上高楼大厦，仍然住着民房，小院的民房里也住着很多人。这些邻居们平时各忙各的事，白天有上班的上班，做生意的做生意，下班回家后，各自将门一关，在家各干各的事，平时没有闲心重温乡间的那种民风和传统。这些生活在城市的邻居们，有的是自古就生活在城市里，他们的血脉就没有沾染上乡间的传统，而一大部分则是从不同的乡村走到城市里来的，但是平时生活的劳累和紧张快节奏的城市生活，已经淘洗掉了他们乡间的那些传统。有些初来乍到，总是不习惯城市的这种生活，仍念念不忘乡村的那种生活方式，但是时间一长，也就将自己融入了这个洪流之中。

　　一些入住在高楼大厦中的城市人，他们的生活圈子更是狭窄，有些根本就不知道对面的邻居或上下楼层的邻居姓甚名谁，或是在哪个单位从事何种职业，更别说是平时交往了，平时出门锁门，进门关门。失去乡邻传统的城市邻居们，总感觉到生活中缺少了些什么，有事无事在家看看电视，打打扑克，与邻人们接触少了，与外界接触少了，邻里间缺乏了交流，缺少了沟通，生活也变得乏味。

　　从乡村来到城市生活的我，沐浴过乡村的民风和传统，血脉里已浸染了乡土的气息和颜色。于是生活在城市的我，无事静坐在家中的时候，除了读书、写作，就是怀念我那纯朴、善良、厚道的乡间邻居。

写于2000年9月8日

走过老街

从城市聒噪的喧嚣中走出来，漫步在郧阳古城老街，寻找曾经繁华的古城遗留下来的印痕，在这里我找到了现代城市少有的宁静。

郧阳老街坐落在汉江岸边，老城头枕一江涛声入梦。现在的老街已是残缺不全。三十年前的老街是繁华的，这里曾是郧阳府城所在地，数百年来，这里曾经商贾云集，客商往来。然而由于丹江口大坝建设，使这里沦为一片泽国，大半个老城沉沦江底，仅仅遗落的便是这小小的小西关街，这就是郧阳老街。

老街是古城的见证，街不长，深深浅浅的巷子，犹如老城长长短短的岁月。老街街面是古朴的青石板铺就，踏上去，发出铿锵悦耳的声音，仿佛一段优美的音乐，在叙说着古城的远古历史和前世今生。古城很古，古得就像那不远处教堂的钟声；老街很老，老得就像木门木墙的沧桑。

走在老街上，就像走进了古城的历史，感受着这里昔日的繁华与喧嚣。一排排木窗木墙围起的木房，或是土坯修补，或是东倒西斜，透出老街的黯淡和沧桑。那土屋上数百年的飞龙雕刻依稀可见；那房顶的瓦甄，依然挺立，随风飘动；那斑驳的老墙，刻下岁月的印痕……这无数的景象透出了老街沧桑的历史。老街上偶尔走过一个弓腰驼背的老头，那是老城少有的见证，唯有那时而开启的古朴门扉，才透出这座老街的存在。再往前走，那有些门前积满的青苔和已经锈蚀的门锁告诉你，这里已经很久没有住人，仿佛述说主人已经随老城而去，或是已经远迁他乡，唯有那废弃的老屋告诉你古城老街的存在。

老街上偶尔两株桃树，才是城市少有的植物。而间或地一两声狗吠，警告你陌生人，请不要走近，不要打扰了老街的宁静与祥和。不相称的是在冬天的暖阳下，几位老者相围一桌，抹牌下棋，这才是现代生活的内容。穿过老街，那虚掩的门扉里透出一些天伦之乐的欢笑声，让人感到陌生。只有那些门栏上已经褪色的春联，告诉他们时间在走，久住老街的人是不知道时间的存在。住在老街的人大都是一些沧桑老者，他们甚至与老街同龄，老街已成为他们生活的一部分，大多数老者不知道新城的模样。住惯了老街的老者

第二辑 故乡忆

不愿舍弃这座老街。

踏过老街，仿佛走过一段历史，目光总是在废弃的老屋前搁浅，只有那老街上的桃树年年花开，才能见证岁月的轮回，其他的事物在老街人的眼里都是静止的，静止得就像听不到不远处河流的声音。

上灯时的老街是更加宁静的，静得几乎只听得到自己的呼吸，而那门楼前稀落可数的灯笼，仿佛烛照着一个世纪。再次走过老街，那厨房传出的刀菜相撞声和飘出的诱人的香味，和破旧老掉牙的电视声，才是现代生活的气息。

月光朗照的老街是静谧的，那是老街的淡淡韵味和忧伤，仿佛诉说沉沦的古城和远去的家园，老街仅仅是古城的一部分。

穿过老街，便是昔日繁华的西河码头。这里昔日吴越软语、楚韵秦腔、川音晋味、人欢马嘶、千帆林立的喧闹场面，又浮现眼前。回想沉沦的古城，我的心开始伤感。经过繁华与喧腾的老城古渡变得宁静与安详。

眼望不远处的芦苇林，如今已雨雾笼罩、浩渺一片，伤感和回忆，岁月和历史都沉入江底，我的眼不禁湿润起来。

月明星稀，老街渐远。走过老街，我的心一片黯然。

（此文发表于《十堰广播电视报》2004年1月9日）

腊月的街市

腊月，琳琅满目的街市里匆匆忙忙的人群，间或地吹吹打打，街市过往的车辆，催买催卖的吆喝声、争吵声，构成了一幅腊月的催年景象。

腊月的街，长长的，车水马龙；

腊月的街，笑笑的，溶满着喜悦；

腊月的街，富禄禄的，硬硬的票子塞满腰包；

腊月的街，忙碌着，没有过多的应酬；

腊月的街，满满的，难以再插进去一个人和一辆车。

街市上摆了衣服、鞋帽、副食，大到家用电器，小到五香作料，品种齐全。做生意的商人们用布扯起一个长长的帐篷，把货物摆在里面，有的索性把自己的货物摆出了店外。酒、烟、糕点，各种小副食，还有的已来不及去营造自己生意的更大空间，就露天作业，把自己的商品摆在道旁。

过往的人络绎不绝，他们有来自乡村到城里置办年货的，有乡下开商店到城里进货的，有城市居民出来闲转顺便捡点便宜的。

大儿子长高了，小女儿要买过年的衣服，小小的孩子都被他们携着、拉着在那里试衣、试鞋。

过年的五香作料是否买好，他们都在悉心闲谈着，三人一群，五人一伙，手里拿一个大大的包子，随时用来盛装沉甸甸的年货。

正月里需要到亲戚家走走，他们顺便到副食批发店批发一些拜年的礼品。年画市场被围成了一条长长的街市，这张门神，那副对联。眼看春节已近，大放血甩出手，以防年过了吃个大亏。

大削价的声音此起彼伏，不时招来许许多多的顾客。

"有钱不买腊月货"，腊月的货价水涨船高。

腊月的街市上，没人去盘算今天的收入如何，只是大把大把的钱往腰包里塞。人们也不去过问自己的钱尚有多少，只是感觉自己的胳膊越提越沉，掏钱的掏得舒心，收钱的收得欢欣。

腊月，欢欢快快的街市上，一天过去，一天过来，才真正懂得"年前无日"的含义。

腊月的街市很累，人们鼓鼓囊囊的口袋在这里只能换回大包小包的欢喜。

腊月底的街市，更累，已将新年逼得无处躲藏。

写于1998年1月21日

（此文发表于《郧县日报》2000年1月29日）

第三辑

亲情书

好酒为我壮行色

每个人大约都会有一段苦涩的日子，不管这段日子的长短和苦涩的程度有多深，也不管你度过这段日子后的生活是怎样的富有，但是这种日子在你的人生旅程中都永远是一段难忘的记忆。我的那段苦涩日子足以令我刻骨铭心了，但是在这段日子里却有一样东西更令我难以忘怀，那就是陪伴我走过那段苦涩日子而又令我永远钟爱的酒。酒是父亲亲手烤制的小窖酒，父亲亲自远行百余里专程为我送来。

我毕业后刚参加工作，父亲知我好酒，更知道我那段日子的艰难。于是父亲便在每年秋季红薯成熟时节，开始着手酿酒，到了冬天，经过发酵的原料散发出酒香时，父亲就开始烤制，每一锅总要烤制七八十斤酒来。父亲将这些烤制的红薯酒封存在酒坛里，每隔一段时间，就要用塑料壶装上一壶为我送来。这酒陪伴我们那些文朋诗友度过了那段疯狂的岁月，谁也没有嫌弃酒质的优劣。

然而，在那家农场上班，单位的效益每况愈下，一年仅能上三两个月时间的班。我婚后妻子无职，加上孩子出生，一家三口人生活的担子沉重地压在我的肩上，无奈，我只有另谋生活出路。

我虽另谋了一份临时差事，生活依然艰困。以前没有积蓄，还欠下了一些外债，而新的工作又刚刚开始，且工资不能按月兑现。于是，这段日子我总是盼望父亲能勤些来，将约定俗成的送酒时间拉得短些。越是这样的苦日子，越是靠酒做伴，所以父亲每次送来的酒总不够喝，我便开始惜酒如金。正好在这样的日子里，一位朋友从十堰赶来找我，恰逢我没钱也没酒的时候。我暗暗盘算着，已是月底，该是父亲为我送酒的日子了。可是那天中午直到下午3点多了还不见父亲的身影，我们只好进行没酒的午餐。正当我们开始吃饭时，门外响起了那亲切而又熟悉的脚步声和喘息声。我立即停止了吃饭，告诉朋友："父亲为我送酒来了。"

父亲坐的客轮因为水浅搁了船而耽误了时间，父亲下船后又到我的住处，可我妻子回了娘家，后父亲几经打听才找到我临时工作的地方。我看见父亲进门时眼里那一汪晶莹，心中便泛起了无限的愧疚。父亲为我送酒，为的是有一天他不再为我送酒。可谁知令父亲失望的却是看到的我们正在等待着他的送酒。那一刻我看到父亲目光的严峻与忧伤。那一中午，我们彼此都喝得酩酊大醉。醉酒中我听见父亲说："孩子，再苦都不能忘了追求；再穷，都不能穷志啊！"我知道父亲寄予我的厚望，我也知道父亲暗示我要坚定文学的信心。

后来，我在苦苦地挣扎与奋斗中，离开了那家单位。在离开那家单位的日子里，我艰难地跋涉与拼搏，境况才开始一天天好转，和朋友们相聚以及应付酒席的日子也不再艰涩，那段苦涩盼酒的日子渐渐地远我而去。

偶逢朋友从远方回来，我们几位小聚，推杯换盏，喝的都是名酒——白泉大曲。几杯酒下肚，我顿有一种清新明目、飘飘欲仙的感觉。经历过那段苦涩日子的我，凭感觉知道这是好酒。

我知道白泉大曲产自大柳，是用白泉的泉水精酿而成，大柳的人因喝了白泉大曲而使男人更健壮，女人更秀美。白泉大曲可是有一段不凡的经历，真可谓好酒啊！

我喝着这白泉酒，不觉又回想起了那段苦涩的日子，品尝这好酒如同品尝我那百味人生，酸甜苦辣尽在其中。

在我拥有好酒的日子里，当时和我一同等酒的那位朋友给我打了一个电话。他后来去了广州，并且已经发迹。他在给我的电话中问道："你父亲又给你送酒了吗？"我说："父亲早已不再为我送酒，因为我的生活已渐渐好转，现在喝的是白泉大曲。"朋友愕然。

如今父亲已经离我而去多年，我也告别父亲为我送酒的日子十多年了。在这十多年时间里，我没有忘记父亲的叮嘱，更没有辜负父亲寄予我的厚望，我从一个无所追求的人到读书写作发表文章，从自修一个大专两个大专，直至本科，我从一个临时工到录用为国家干部，于是我开始走出了那家饲养生猪的农场，先是在县级媒体从事新闻工作，后来又到了市里继续从事文字工作。我的住处也从那个油毛毡棚到县里一套宽敞明亮的三居室，如今又到市里更为宽敞明亮的三居室，住房条件和生活一日日好了起来，那段苦涩艰难的日子早已不再，盼酒待客的日子也早已离我远去。

在好酒陪伴和生活优裕的日子里我蓦然想起，已到人生的多事之秋，不敢说人生已经步入顺境，也不敢说人生已经没有坎坷，前面还有很多坎坷在等待着我。但是无论前面的路途再坎坷、再艰险，我都不会退却，因为我由喝家乡的红薯酒到喝白泉酒，我已拥有了自信。在以后的人生路上，不管遇到再大的坎坷，再大的艰险，我都将正确面对并将勇往直前地走下去，用这白泉酒，用这好酒，为我以后的人生路壮行色。

写于2001年9月8日

（此文发表于《农民日报》2003年2月25日、《都市晨报》2001年10月2日）

布鞋的记忆

　　走在城市的水泥马路上，尽管穿皮鞋已经习以为常，但我却仍然怀念在乡村那穿布鞋的年代。已经很久了，很久没有过穿布鞋的生活，但那种温暖的记忆却一直萦绕在我的脑海里，时时浮现。

　　那是一个艰苦而又俭朴的年代，我出生在乡间一个贫困农家，小时候穿鞋也许是我们那个年代最奢侈的生活支出，穿鞋也是我们最昂贵的成本。孩童时代爱动，四下里疯跑是年少的我们唯一的欢乐。那时乡间没有多少娱乐活动，没到上学年龄，也没有什么幼儿园、学前班。我们村上一群同龄伙伴吃完饭后，生产队上的稻场便是我们最好的去处。稻场平时是生产队用来打粮晒粮的地方，而孩童的我们，尚不能为大人们分担什么劳动。每天吃完饭后，就来到稻场集合，大人们或在田地里劳动，或在稻场里打粮晒粮，而我们一群欢乐的孩子，便在稻场周围玩起了捉迷藏之类的游戏，时不时地在稻场周围总是荡漾着我们欢乐的欢声笑语。

　　四处疯跑最费的当然是我们的鞋子。那时黄解放鞋是我们最向往的穿着，只有一些像样的家庭，在春节时才能买一双用作过年的新鞋。而对于我们一些家庭贫困的孩子则是一种向往，唯一能护住我们双脚的便是那双布鞋。那时母亲和奶奶都有一手针线绝活，那布鞋便是母亲和奶奶一针一线为我们纳就的"千层底"。

　　至今让我记忆犹新的便是母亲和奶奶总是四处收集装水泥的牛皮纸，那时报纸在乡下还是稀罕之物，只有一些在乡上工作的干部或村上干部才会偶尔有一些废旧报纸。所以母亲和奶奶总是只能到处找来一些用完水泥的牛皮纸包装袋，掸净上面的水泥，然后量好我们兄弟脚的尺寸，剪成我们脚的样子，夹在一个同样用书报纸糊就的鞋样夹里，每次为我们做鞋时好拿出来取样。

　　有了鞋样，母亲和奶奶总是四处找来废旧的棉布，清洗干净之后，用糨糊褙成浆壳，将一些残角布料粘贴在一起，放在太阳下晒干，然后取出我们的鞋样，剪出一双双鞋的鞋底来，再用洗净的废布为我们纳制那种鞋底。鞋底上密密麻麻地布满针线，一针一线都是奶奶和母亲的心血。一双鞋底往往要纳上十天半月，然后再用省吃俭用节约的钱，扯来一些灯芯绒布做鞋帮，再扯上两寸紧松布，就这样便做成了我们那时穿的舒适温暖的灯芯绒布鞋。

由于鞋底是细细密密的一针一线纳就的，所以十分结实，往往一双鞋要穿上半年甚至一年。小时候的我们，一般过年才会穿上这种新鞋。穿上新鞋的我们，总是会和小伙伴们一起各自比试自己鞋的精美漂亮。每到一家，也会因自己新鞋的漂亮而赞美母亲针线的手艺。在少年时光里，几乎就是这种布鞋陪伴我们走过了欢乐的童年和求知的小学时光。无论炎炎夏日，还是数九寒冬；不管晴日风暴，还是雨雪泥泞，我都要穿上这种布鞋去上山打柴，到学校求学。即使夏日里也要穿上它，因为那时根本就没有凉鞋可穿，唯一能在夏天替换的就只有草鞋。尽管雨雪天气里，穿着这种布鞋十分浪费和心疼，但也无奈，没有其他鞋来护脚。

后来到了上初中的年龄，我穿着这种布鞋来到离家十几千米的乡上求学。看到一些同学们穿着解放鞋，或者更好家庭的孩子穿着球鞋，但我仍然感到脚穿布鞋的温暖。中学的三年时光里，我就穿着母亲和奶奶为我纳就的布鞋跑操，进山为学生食堂扛柴；穿着这种布鞋翻山越岭行走十几千米山路到校与回家。无论天晴下雨，我总是备感心里的踏实与温暖。

后来我到了县城求学，随着奶奶的年迈和母亲家事的繁忙，以及家庭境况的日渐好转，缝制布鞋的时间成本已不如买一双解放鞋或者球鞋更划算，那时布鞋才渐渐地远离了我，远离了我的那段生活。只是偶尔带一双布鞋到校，冬天的晚上上自习时穿着暖和，平时就以解放鞋和球鞋为伴。

也就是我在县城读书的时日里，奶奶和母亲因病相继离我而去。陪伴我走过了欢乐的童年、少年和中学时代的布鞋，也就失去了缝制的双手和亲人的慈爱。就在母亲和奶奶去世之后，她们为我缝制的最后一双布鞋，我便十分珍惜地留存了下来，作为留念，节约地穿着。直至后来，再也穿不到奶奶和母亲为我缝制的布鞋了。

后来我在县城参加了工作。待我有了工资之后，穿鞋也就全靠买了。先是球鞋、运动鞋，再到旅游鞋、皮鞋，鞋的花样和品种在不断地翻新。直至后来，穿皮鞋已成为生活中的常事，皮鞋也由几十元到几百元，甚至上千元，品牌和档次在不断地升级。参加工作二十多年来，布鞋已经永远地远离了我。可穿布鞋那种温暖而踏实，那种俭朴与厚爱，却永远温暖着我和我的人生。

无论我在人生的道路上走得怎样崎岖与坎坷，也不管我在未来的人生路上，能否走得成功与辉煌，我始终怀念那种穿布鞋的年代，那种布鞋带给我的记忆，那种俭朴与鼓励，将永远伴随着我去开辟更加美好的未来，去开创我更加广阔的天地和新的生活。

写于 2010 年 11 月 20 日

（此文发表于《地火》2014 年第 2 期、《牡丹》2013 年第 11 期、《辽河》2014 年第 6 期、《意文》2014 年第 4 期）

父亲和船

父亲一生驾了五只船，近二十年的船工生活。

父亲几岁时，父母便谢世了。父亲姊妹三人被远房的一个同姓的父辈收养。他们膝下无子，收养父亲姊妹三人，如同亲生一样，百般宠爱。

后来父亲结婚成家，之后生下了我们弟兄二人。土地下户之后，我的母亲不幸去世，国家政策也已开始放开，做小买卖已是人们奔向富路的一种生存方式。父亲为了让我们弟兄二人读书，便把我们放在家里，由爷爷奶奶照看，他出门去做生意。那时土地下户，我们家进了一些钱，父亲便拿着这100多元钱，上陕西、下河南做小生意。初次做生意，没有经验，进的货卖不出去，生意赔了本。

父亲回到家来，寻思着新的出路。

父亲左思右想，最终看到了一只新的门道。他东借西挪，凑了一些钱，买了一只小木船，船可装一吨货。那时，汉江河上机动船很少，父亲的船是人力船，有风时，用床被单扯起一个帆跑风，晚上再取下来睡觉。父亲划着这船，上溯白河，下达丹江口，南进堵河，哪儿黑哪儿歇店。那时政策才放开，人们尚无经商的意识，父亲挨家挨户收废酒瓶，人们尚不知道废酒瓶还能再利用，所以废酒瓶很好收，不几天就能收上一船，父亲把废酒瓶洗干净，然后用船一桨一桨地划进城里去卖。这生意本小利大，父亲也很能吃苦，常常把船一靠岸，便挑着筐子上岸去收，有时要跑很远，父亲就肩挑背扛挑上船去。

不几年，父亲手头有了一些积蓄，而这只船也朽了，父亲就用挣来的钱又买了一只稍大一点的船，开始做些大点的生意。父亲上窑上挑坛坛罐罐，然后运下粮食主产区的龙门去换粮卖钱，有时也收些废铁之类的废品，经过县城时卖掉，挣些脚力钱。辛勤的父亲就这样靠船辛苦地挣钱，在船上吃穿住行，与船结下了深厚的感情。

时间久了，父亲觉得这船小了，便把它卖了，又买了一只可载4吨货的旧木船。船大些，可用来载更多的货。船大以后，靠人划和跑风帆已显得太吃力了。随着经济的发达，江上已渐渐地有人在船上安装柴油机和挂桨了。

父亲也开始倒腾安装柴油机，父亲买了别人一台旧柴油机，3匹马力，经常坏，父亲却爱惜得跟命根子一样，那时都是舵把式的挂桨。父亲驾起这样的船来，神气多了，尽管常修，但比起人划船却快多了，不用扯帆跑风，还省时省力。父亲肯钻研，常把这柴油机拆了装，装了拆，学技术，经常搞得脸上左一块黑的，右一块黑的，手上全是油。但他内心里却很高兴，因为他学了不少机修技术，不懂的就请教行家。3匹马力，时间一长，父亲便觉得跑得慢了，父亲便卖掉了这台柴油机，又买了一台6匹马力的旧柴油机。旧机器大都是"老爷机"，常出毛病，父亲时常修，整天看着父亲都在摆弄柴油机，虽然跑起来轻快，但坏起来很麻烦。父亲开始厌倦这些木船和旧机器了，最终把它们一股脑儿都卖了。

　　父亲已经驾够了旧船和开够了旧机器。卖掉之后，父亲决定再做一只新船，安上新机器，一生去驾这一只船。造船就像盖新房一样麻烦，请木匠，买木头，择好黄道吉日，劳碌了很长一段时间，才将新船造起。这只船比以前驾驶的三只船都要大些，美观些。新船下水那天，父亲放了一封长长的鞭炮，很是喜气洋洋了一阵子。船上安的是新机器，掌握方向的舵盘是圆盘式的，就像汽车上的方向盘，父亲驾船的姿势俨然一个司机的把式，跑起来更神气、更威风，这只船便是父亲驾驶的第一只新船，经常给周围的商店里进城打货，运山货进城，生意很是忙碌。驾了几年之后，父亲经过计算，木船年年要用桐油刷油，两三年还要大修，花销太大，不如驾铁船，父亲遂又起了买铁船的念头。卖木船时父亲总是恋恋不舍，但最终还是卖了。

　　卖过木船之后，父亲便筹备着买只铁船，请人打听，到处询问，最终买了一只，全身都是铁的，敲上去"哐哐"响。铁船要比木船省事多了，三五年刷一次油漆就行了，这比前四只船都大，都气派。父亲把船美美地打扮了一番，安了一个木板棚子，用来晚上睡觉，船艄上也安了一个棚子，用来遮风挡雨。就这样，父亲驾船就安稳多了，不怕日晒，也不怕雨淋。前几只船，父亲饱受其苦，这次他做了很完美的装备，把船打扮得花里胡哨的，父亲打算陪伴这只铁船度过他以后的驾船岁月。这只船可以运送各类货物，可载6吨货，请他运货的顾客也多起来。

　　由于船大，父亲的水运生意日渐红火，父亲时常神气地出现在船尾上，操纵着父亲一生酷爱的船的命运和方向。

　　我回了趟老家，和父亲商量：你也不可能一辈子住在乡下，一辈子驾船，能不能把船卖了，我们在城里买套房子，和我们住在一起，年老时关照也方便些。父亲一听，一脸凄然，睁大双眼望着我，久久才吐出一句话："你让我卖船，这怎么可能，这是我一生一世最心爱的职业，咋可能卖掉，卖掉就等于砸碎了我一生的饭碗。"无论我怎么说，父亲也不肯卖船，不肯丢掉他驾船的职业，这是我知道的。我见父亲对船如此钟爱，一时也不忍心让他去干他不愿做的事。

父亲的船就是父亲的马，也是他的命根子，他又怎么可能卖掉他一生一世最最钟爱的东西呢？我体会到了父亲拒绝的道理和不愿卖船的理由。

不几天，父亲捎来口信，让我回去一趟。我想回不回去已没有什么必要，回去反倒会给他增添更大的痛苦，但想到既然让回，还是回去一趟吧。

回去后，父亲郑重地对我说，他已想好，决定卖船。我看见父亲说这话时，眼里已噙满了泪水。父亲要卖船，要卖掉自己一生一世酷爱的职业和一生劳碌挣钱的工具，我背地里为父亲流泪了。但这是我造成的，又没有什么可改变的，是我给父亲酿造了很深很深的痛苦，父亲一手把我们养大，为了我们又要卖掉自己心爱的"马匹"。父亲和我默默无语。走时，我看见父亲用草挽了一个草标，插在了自己亲手做成的船棚上。父亲送我时，眼中已成了两个水汪汪的湖泊。

后来，父亲打电话来，要我第二天回去，因为那天买船的人已约好要来买船。我匆匆赶了回去，买船的人已等在了那里。我看见父亲的船焕然一新，新刷的油漆鲜鲜亮亮，锚收拾齐备，锅灶以及餐具一应俱全。父亲神采奕奕地立在岸上，眼里已不再有泪水。父亲和买船的人谈好价钱，数字中带上一个"8"，然后一个箭步跨上船去，把插着的草标摘去，最后审视一遍船，摸摸他握了多年的方向盘。从帆船到机动船，从木船到铁船，这五只船呀！这近二十年的船上生活。父亲最后放眼一遍江水，自己眨眼间就要离开自己心爱的船只，失去自己驾驭多年甚至一生的方向盘，这船将交给新的主人，父亲也将失去一生的方向。时间在父亲的生命里一秒一秒地过去，父亲此时的心情就像这波涛翻滚的江水，父亲站立船头，怅然若失……

买船的人已将钱数好，交给父亲，父亲跳下船来。船起锚了，张头了，渐渐地离岸了。父亲僵立着，猛然举起右手向新的船主高高扬起，然后在空中停止。船缓缓地转过向去，新的船主回过头来，向父亲挥手示意，父亲的手在空中用力挥着，而后一动不动了。船载着父亲的失望疾驶而去，变得叶片般大小，麦粒般、蚂蚁般，而后转过河道消失在视野外了……

父亲仍立在岸上。许久，扬起的手才缓缓垂了下来，背后的我早已看到父亲被泪水打湿的两腮上又多了一丝失落感。父亲低头用手擦去了泪痕，然后转过身来，把钱交给我，"用到点上吧！"接钱时，我的心如刀割一般，眼前又浮现着父亲驾驶着他心爱的船只，在江面上风里来雨里去的身影。

如今，父亲已住在高高的楼上，但时常站在阳台上，望着长长的江面出神。他的目光在寻找自己失去的船只，寻找自己失去的方向，寻找自己当年驾船的感觉，目光里充满了无限怀念，目光也顿时黯淡下来，失去方向的父亲满脸布满了忧伤。

写于 1998 年 3 月 16 日

（此文发表于《散文选刊》原创版 2015 年第 7 期、《地火》2015 年第 2 期）

父亲走了

　　接到父亲病逝的噩耗，我坐着出租车正疾驶在回家的路上，这时离父亲发病不到3个小时，这天与我和父亲最后一次见面竟然将近一年时间。近一年时间，三百多个日子里，我与父亲不知有多少次见面的机会。从我工作的城市到我居住的老家，就是百余里路，不到一天的行程，并非远隔千山万水、千里万里。离家这么近，我竟然长达近一年时间没有回老家去，没有去看看我那勤劳、慈祥、辛苦，永远惦念着他的儿子的父亲。

　　父亲起病很突然，这天上午，他正在开船为别人运沙，刚运到地点，他下船来看沙，突然头发晕，倒在地上，被别人就近背到了卫生院。当地卫生院看到父亲的病情严重，简单处理后，让迅速转院，父亲就在转往县城医院的途中因患脑血栓不幸永远离开了我们，离开了他永远酷爱的船只和舵盘。父亲去世，我们竟然没有一个亲人在他的身边，当我连夜急速赶回时，父亲已被运回了老家。我看到父亲双手还沾满油污，腿上还戴着他为避河风侵袭膝关节的护膝，船工的样子永远没变。

　　在这将近一年的时间里，我不知有多少次可以与父亲见面，我曾经坐着车子从房后的公路上经过了许多趟，我为何就没能回家看看父亲呢？我曾经有许多次到离家不远的乡政府去，我为什么没有回家看看父亲呢？我在县城住，在另一座城市工作，父亲每次开船进城都要到我家里来一趟，父亲也想看看他的儿子，我也有许多次回家时与父亲到来不期而遇。但是往往我回来后又去应付朋友相约而在外面应酬，晚上回家又是很晚，只是留下父亲在家吃饭，我回到家中时父亲已经睡下，可早起父亲又老早起床开船回老家了，这样又使我多少次未能与父亲见上一面。

　　近一年时间里，这么多的见面机会，我为什么不能抓住呢？外面的应酬可以减少，我为什么就不能陪父亲吃顿饭，见上父亲一面呢？这么多的机会，都被父亲以我工作忙为托词原谅了我。其实工作忙并不是主要原因，是因为我没能抓住与父亲见面的机会，致使我与父亲见面的机会擦肩而过。家中安有电话，手机随身携带，通话已经很方便，可是打印出我的手机话单，翻看通话记录，与家中通话次数竟然不到十次，而这不到十次的电话中，又有大多数是家中打给我的,我为什么就不能打个电话回家去呢?以至于没能见上父亲最后一面,没能与父亲说过几句话。

父亲走了,让我感到愧疚和自责。

父亲时常以儿子为荣,他认为儿子在当地一座比较大的城市工作,且是记者,所以父亲在与乡邻的交谈中提到他的儿子,他的兴奋之情总是溢于言表,提起他的儿子,他就感到骄傲与自豪。父亲的骄傲与自豪,是因为队上这么多年没有出过像样的人,顶多只是出了两位人民教师,其次就是年年南下北上、进煤窑、赶砖场、上建筑队,干那些苦活、累活、脏活打工的乡邻。他们虽然挣钱可观,但活路很辛苦,安全没有保障,他认为自己的儿子干的却是一份比那些乡邻们要轻闲的工作,收入也不低。所以每当乡邻们提他的儿子时,父亲的脸上就崭露着笑容。其实父亲不知道,他的儿子虽在城市工作,但既无半职,更无一官,仅仅只是芸芸众生中一名为民呐喊,替百姓伸张正义的普通记者,只不过是一个"码字工人"。但是在父亲眼里,却把他的儿子看得很高很大,很有能力,这让他的儿子感到汗颜和惭愧。殊不知,他的儿子曾经也是干过养猪工、孵鸡工、制粉工、建筑工,什么脏活、累活、苦活也都干过。只不过是在父亲目光的期望和领导的关心下,才走到了今天,走到了这个并不像父亲想象那么重要的位置上。

父亲总是关心着他的儿子,他的儿子曾经在干那些收入低、活路辛苦的脏活、累活时,因为收入太低,来客后根本无钱买酒待客,父亲总是时常在老家烤酒,为儿子送来,解他儿子的一时之困。父亲曾经在为他的儿子送酒时说过:"我为你送酒,为的是有一天不再为你送酒。"他的儿子在干那些脏活、累活、苦活时,父亲也曾经有些许的骄傲,因为他的儿子已经成为城市市民的一员,虽然工作不太好,但拥有的是一份正式工作。他的儿子没有让父亲失望,最终一步步从那个苦海中走进了一家县级报社,这时父亲的愁容才渐渐散去,开始扬眉吐气。可后来随着国家关停所有县(市)报的决定后,父亲又来了忧愁,父亲专程从老家赶到县城向他的儿子核实这一情况,他担心他的儿子刚刚有了眉目的生活又会化为乌有。他担心乡邻们会看到儿子落魄后嘲笑,但是他儿子的自信与劝慰,才使父亲感到安慰,放心地离去。

最终,县(市)报撤销后,他的儿子在各级领导的关心下,进入了市级报社工作,进了更高一级的报社,父亲又开始扬眉吐气了。这已不能再和以前相比,父亲变得更加高兴,还到他儿子所工作的城市住了几天。父亲后来便有意识地收集报纸,从报纸上寻找他儿子的名字。每每找到,父亲就感到高兴。父亲放心了,每每听到乡邻们谈及他儿子就又感到骄傲与自豪,以至于父亲在被送到卫生院时的最后一句话就是:"你们帮我治,我儿子在报社。"这是父亲生前留下的最后一句话,说完就再也没能说话了。直到他临终时还将儿子当作他的骄傲。其实他的儿子仅仅只是一个地位十分卑微的普通市民。

父亲一生勤俭节约,父亲把每分钱都看得来之不易,父亲每买一件东西,小到日用品,大到贵重物品,都要在自己开船顺便经过的批发部里批发,有时不惜几十里甚至上百里的县城,也不管东西是多么地笨重,不惜花多么大的力气搬上船,扛回家,而省去的却仅仅是商店里赚到的毛毛分分微小的利润。

父亲一生匆匆忙忙,每次进城都是来去匆匆,从来没有安安心心在他儿子漂亮的新居里住过一夜,进城来办完事了就走,以至于他最终离去也是非常匆忙,连给他儿子一句话都没有交代。

父亲一生驾船,有二十多年的驾船史,从驾一条小帆船到驾柴油机船,再到大木船,又到铁船,直到现在的大铁船。父亲的船就是父亲的马,父亲一生酷爱驾船,一生酷爱着他的职业和马匹,总是把船打扮得鲜鲜亮亮,靠给别人运送货物,挣点运费,有时靠收点农产品赚些角角分分的差价。父亲一生节约,衣食很简陋,有时为了生意竟然顾不上吃饭,饿了就以快餐面充饥,渴了就喝汉江水,父亲临终时,船上还放着几十包快餐面。父亲穿的衣服都是那些破破烂烂的衣服,有许多都是沾满油污,洗了又洗,还有许多都是他儿子不穿了的旧衣服。

父亲一生守望汉江,河流中的航道他都熟记于心,哪里有激流险滩,哪里有石块暗礁,他都十分熟悉。父亲驾船技术特好,从没出过一次事故,他总是小心谨慎,虽然穿越过无数险滩,但都被他机智勇敢地闯过。

父亲走了,在一个秋雨绵绵的午后。

父亲走了,倒在他永远酷爱的船板上。

父亲走了,走在宽阔而平坦的航道上。

父亲走了,永远紧握着他的舵盘和方向……

写于 2005 年 10 月 31 日

(此文发表于《散文选刊》原创版 2010 年增刊、《杂文报》2006 年 2 月 24 日、《贵阳晚报》2006 年 4 月 6 日)

有关母亲的一次记忆

母亲执意要回老家去，母亲下来住了不到一个星期的时间，这是妻子落了月子，母亲第一次下来，并且是第一次出门进城。

母亲一生没有走出过家门和灶台，我的老家离这个县城有 60 千米的路程，母亲下来是我电话催她下来的。接电话的是老家商店里的店主，我让他给母亲带信，下来照看她坐月子的儿媳和孙子。母亲一生没有坐过任何可以用脚步代替的交通工具。从老家到我住的城市，因为公路不通也不方便，所以只有坐船。母亲不懂坐船买票的程序，是周围的人告诉她的，并且告诉她客船到终点站下船时，她的儿子就在码头接她。母亲一生根本没进过城市，下船更怕她迷路，谁知客船在途中因为正值枯水期水浅，船搁了将近 3 个小时，下船时已经黄昏，我在码头足足等了 3 个多小时。我看见母亲下船时左顾右盼的身影，她的穿着明显超过了在农村生活时的穿着，蓝得发白的卡其布褂上写满了母亲寻觅儿子的目光，粗糙的布鞋上沾满了乡间的尘泥。

一位作家曾经写过，当母亲在乡村千次万次地想念自己儿子的时候，她一定在想着自己的儿子在外面混得很辉煌，哪知道她的儿子那时正在吃喝玩乐，根本就没有想起自己在乡间以及正在想念自己的母亲。

等待母亲的是我期待的目光和一辆三轮麻木车。住惯了乡村的母亲，到城市里最知道的便是坐车一定要花钱，她说什么也不去坐那麻木车，她要从码头走到我的住处。这怎么可能？走上去得足足一个多小时，而这两元钱的麻木车又无法解除母亲一身的疲累，反倒加重了她心灵的负担。坐在麻木车上她时不时看看周围的景象，我知道母亲在时时计算着走远的路程和将要付给的随着路程增加的车费。我不忍心让母亲更多一份心灵的负担和痛苦，就在离家近一百米可以行驶车辆的地方下了车，而后一步步地走回了自己的家。

母亲到家忙碌的身影，我知道这绝对是一个纯朴而厚道的农村妇女的形象。母亲害怕使用液化气，尽管我一而再再而三地告诉她使用方法，我知道母亲小心谨慎的原因，和她对城市一生的渴望和敬畏。

母亲要走了，不出我接她时的想象。她只是勉强住了一个星期，我知道母亲走的原因是她住不惯似城非城的生活。送母亲回家的那天，我的心情异常复杂，送母亲上船，我知道母亲不知道回家的路，在船上母亲无法辨清家乡的方向，我一遍遍地交代回家的站口，并且寻找同船的同乡人，让他们在回乡的站口提醒母亲下船的时间，我总担心母亲在回乡的路上迷失。

　　远远的客船汽笛已经响起了……

　　这已是多年前的事了，如今母亲已经远远地离开了我们，可我怀念母亲的情景，怀念送母亲回乡的情景却永远走进了我记忆的深处。

（此文发表于《新创作》1999年增刊、《广州青年报》1999年3月17日）

父爱的目光

　　盼望我回老家是父亲期盼已久的。

　　我离开老家已经有十个年头了。学校毕业后，我在县城参加了工作。母亲去世多年，是父亲一声声地教导我们要好好读书、要立志成才，父亲把一切希望都寄托在了我们身上。年幼的我们并不理解父亲的深深用意和寄予的厚望，于是总是在随意中时学时玩，以至于后来并没有达到父亲希望我们考上大学的心愿，只是读了一所不包分配的中专。等到我走上工作岗位的那一天，我看见父亲眼中蓄满的泪水，父亲并没有责备我，但是从他的目光中已深深地感到我有违于父亲的心愿而给他造成的痛苦。

　　小学时，我在全班成绩名列前茅，年年被评为"三好学生"，老师的赞誉时常成为父亲引以为荣的骄傲。中学时，我又是中上等成绩，尤以语文成绩更为突出，这大概是父亲寄予厚望的主要原因吧！可是后来我却有违了父亲的期望，考进了一所中专学校。

　　父亲深知我缺少了母爱，于是他便用纯真的父爱去补救我一生缺失的母爱，父亲轻易也不吵叫我们，总是默默地用他的目光去感化我们，从而实现他心灵的美好祝愿。我们并没有真正理解父亲的良苦用心，而是错过了一生中最最宝贵的青春年华。

　　奔赴工作岗位那一天，是父亲将我送上客轮码头，而后在岸上默默注视着我。我之所以发誓以后要走出一条路来，就是缘于父亲那一双慈爱的目光。

　　我一生中真正读懂父亲的目光就是在客轮离岸的那一刻。父亲独立在岸上，孤独而沧桑、专注而深情噙满泪花的目光。父亲给予我的目光很多很多，然而真正让我读懂的却是那瞬间的永恒的目光。

　　在此后的几年间，父亲时不时地到单位来看我。我深知父亲来看我的目的和期望，于是在单位里，我总是勤勤恳恳地工作，出色地完成任务，几乎年年被评为"先进工作者"。为了挽回我丢失的年华和补救我给父亲造下的心灵创伤，我报考自修了大学专科，并打算还要自修本科。为了不使自己一生年华虚度和给父亲一点安慰，我重拾起了自己少年时就立下的文学之志。我开始文学创作，白天上班，深夜伏案读书、写作，寻找我丢失的年华，去拼搏自己的文学梦想。在不长不短的岁月中，勤学苦练，我有不少作品在全国几十家报刊发表。随着作品的不断见报，我似乎看见了父亲脸上洋溢的喜悦，我不知道父亲是如何得知我开始写作并且有了文学追求，才将此兴奋写在脸上的。父亲大概知道了我终于理解了他寄予我的厚望，虽然我今后在文学道路上也不可能有什么大的成就，但是父亲只要看到我拥有了这个奋斗的志向就已够心满意足的了。

我终于在自己的意愿和追求中离开了我原先的单位，走进了我梦寐以求的报社上班，这其中凝聚了领导无限的关爱以及我执着的奋斗。父亲并不知道我是怎么走上新的工作岗位的。我起初并不想把这件事告诉父亲以及其他的人，我不想让父亲知道是因为我不想让村子的人知道。所有的父亲总是盼望儿女成为自己的骄傲，而将儿女的成就告诉左邻右舍。

我回了趟老家，是想看看父亲及我放在乡下的孩子。父亲深深知道我生活的窘境，他知道我以前在一个不景气的农场收入微薄，一个人收入还要供养一家三口人的生活，日子艰困异常。临走时，父亲塞给我200元钱，让我暂时缓解生活上的困难，我一时语塞，无法回答和接受父亲的馈赠。

其实，我想告诉父亲，我生活得并不像他想象的那样艰难，我只想告诉他，保护好您的身体，不用管我们。然而不等我说，父亲那充满爱意的目光里已表现出了不允许推辞的坚决。他说，好好干，村子上的人都寄希望于你。我不忍心因为拒绝父亲的心意而给父亲的心灵造成更大的伤害，我接受了父亲馈赠我的永生永世也不变的父爱。登上客轮的一刹那间，我回望父亲，我似乎感觉到他变得渐渐高大，目光似乎比以前更加坚定，只有父爱将使我今生今世永远受用。

写于1999年12月18日

第三辑 亲情书

岳母勤劳俭朴的品质滋养我一生

农历腊月二十七,离大年三十还有三天。凌晨1点左右,熟睡中的我被一阵紧急的手机铃声惊醒。"莫不是岳母出了意外?"我立刻意识到大事不妙。因为几小时前,已经接到岳母也许过不了这夜的电话,妻子已先期打的前往娘家。我因第二天要上班,只好等妻子去看一看情况后再定。

"妈走了!"电话中,妻子泣不成声。手中举着手机颤抖着,我久久无语,瞬间泪如雨下。翻身起床,我在微信朋友圈里配了一幅空山照片,发了两条微信:"终于翻过了那道黄土梁,年却搁在了那一边。""山高水长,一路走好!"岳母住的村庄离小地名黄土梁不远,也寓意着终于过了农历小年,相信一定会过得了大年的,但岳母终还是走了,走在那个凄冷又凄凉的冬夜。2020年,我经历的事太多,三位至亲的相继离世给我留下了太多的悲伤。

岳母走了,真实地走了。我的眼前忽然浮现出见岳母最后一面的情景。农历腊月初六,离岳母去世的这一天才隔21天。岳母因为病重,行走艰难,如厕不便,我就想办法给她弄了一个可以解决大小便的轮椅送去。那时她思维尚很清晰,当晚只喝了一点汤,还能坐在凳子上与我说话。岳母说,轮椅她不用。她担心自己走后,用过的轮椅别人再用,心里有忌讳。

我愕然!

岳母是文盲,不识一字,但是很明事理。岳母一生俭朴的品质,让我终身受用。再前一次见到岳母是在城关卫生院,她像交代遗嘱一样说:"你们好好照顾好孩子,夫妻和气。你们也尽孝了,我也就放心地走了。"听到那话,我一时不知道怎么安慰她。只是让她安心治病,其他的事不用多想,也不用多管。

岳母生前最后一次来到我家是个中午,妻子不在家,是我去买菜做饭,可是她坚持不让我买菜,即便一把青菜也不让买。她说:"我来了,又不是客,不要买菜。"而今,我内心感到十分内疚。现在也不是缺吃少穿的年代,随便买点菜又不是铺张浪费,有什么不可以的呢?怎么可能吃白饭?

岳母让我敬重的远远不止这些。我小时候母亲去世,结婚成家后,接着父亲去世饱尝失去亲人的那种孤独感,岳母将我当作亲生儿子看待,好吃好喝留给我们。她一生育有一儿三女，岳父在我们结婚前去世，是她含辛茹苦地养育着儿女们成长，还视我这个女婿如同亲生。

  为了不给儿女们添麻烦，早在二十多年前，岳母就在为自己的后事做准备。她用自己养猪喂鸡卖后攒下的钱置办了寿衣，在每年的农历六月六拿出来翻晒。妻子多次说到不用要了，现在很多样式更好更新，再买一套，可她坚持不干。当她去世时，从柜子中翻出的她早已拍好的准备去世时用的遗像，我都不知道她什么时候自己准备的。那容光焕发的面容，还戴着一副金项链。那么大的金佛爷，一看就知道是假的，肯定是摄影师准备的道具。我只知道在她六十大寿时，妻子给她买了一对金耳环，可是从来没有看到她戴过。

  岳母非常勤劳，每年至少要养两头大肥猪。一到寒冬进九杀猪，她都要打电话让我们去帮忙，实则是让我们去团聚连吃带拿，就连她走前的这年冬月杀猪，她虽然行走艰难，还不忘打电话叫我们上去。结婚二十多年来，年年如此。如今岳母不在，这或许都将成为往事。

  岳母老年时，妻子每次给她买的衣服，她总是舍不得穿，穿的都是女儿们不穿了的旧衣服。每次喂养的土鸡生下的鸡蛋也总是舍不得吃，让我们带回家给她的外孙们吃。就连岳母重病时，每天只能靠喝鸡蛋花和蒸鸡蛋糕维持，她也舍不得吃亲手喂养的鸡生下的土鸡蛋，而是想方设法去买洋鸡蛋吃。

  本着丧事简办的原则，岳母就在走后当天的午时1点半出殡。盖棺时，我看到岳母的面容是那么地慈祥安静，她就这么走了。岳母的一生是勤劳俭朴的一生，她虽然走了，但她勤劳俭朴的优良品质却永远留给了我们，让我们一生滋养和受惠。

写于2021年3月21日

（此文发表于《十堰晚报》2021年3月24日）

父爱如山

　　父亲三番五次地请人带信让我回趟老家。最近又亲自下城来找我,让我回趟老家。我理解父亲三番五次带信让我回去的愿望,更理解父亲亲自来找我,并抛出气愤话语的心情。

　　父亲日渐年迈,被他养大的孩子如今都没在他的身边。虽然,所有的父亲都有一个愿望,那就是让自己的孩子长大以后都远离自己,远离世世代代耕种的土地。所以走出山外的孩子都是父亲永远的骄傲。父亲在家辛辛苦苦守护着家中的几亩薄地,面朝黄土背朝天地耕种,并不渴望自己的儿子守护在自己身边。儿子远远地归来,父亲也不会让他下地一锄。父亲始终都把儿子看作一个在外面事业干得很辉煌的人,活得很潇洒的人,他始终都不知道儿子在外面活着的累和儿子漂泊的状态。他认为走出农村就是走出了愚昧、贫穷和落后。父亲拳大的字识不了一升,他只是听周围一些识字的年轻人夸张地说,经常在大小报刊上见到他儿子写的诗文,他便信以为真,暗暗高兴,以为自己的儿子很有出息,他便日日盼望从山外归来的儿子。

　　我知道父亲一生勤俭节约,他总是把上好的东西都留在家中,以备儿子回来时共享。父亲并不知道儿子什么时候回来,所以总是将那些不宜存放的东西也盲目地存放,以至东西坏了儿子还未回去,父亲盼儿归望红了双眼。儿子漂泊在外,并不是忘了故乡和父亲。父亲在幼年时候父母就早早去世,而我也和父亲一样早年母亲就去世了,父亲深深懂得缺少母爱的孩子是多么地可怜,所以父亲总是用纯朴而厚道的父爱来补偿儿子失却的母爱。儿子更深深懂得父亲盼儿的心情,并不是不愿回去看望自己辛苦的父亲。漂泊在外,苦苦度日,并不是父亲想象的过得那样辉煌,乡亲的热爱与厚望使走出乡村屋檐的我,面对家乡的人感到惭愧。

　　我知道父亲并不希望儿子能给他带回任何东西,只要回去看看就是他最大的幸福。父亲唯一的精神支柱便是走出家乡的儿子,儿子在城市安了家,蜗居在城市里。父亲总认为儿子辉煌得高于一切,便是这个世界上最伟大的人。父亲默默地享受,享受儿子留给他的思念,儿子的无法回乡便把父亲的爱拉得更深更长。

我还是打算回趟老家，以后不如现在，时间越长，父亲的爱便积得越深，父亲的痛苦也便越深。回去时，父亲会把对儿子几十年的爱一下子宣泄出来，使我一时难以承受。

回乡，当然要使自己的衣着和举动都不带有往日的乡土气，以免再给父亲带来痛苦，应使父亲认为儿子在外的确生活和工作得很不错，我看着父亲欣慰的头不住地点着，内心踏实了许多。

父爱如山。父亲就是这样让父爱如山般巍峨地耸立在儿子的心中，为他的儿子树起了一座伟岸如山峰一般的高度。

父爱如山，父爱如山……

（此文发表于《瓦屋山》1999年1月30日）

哥哥的期盼

临近春节，哥哥从北京打来电话，让我帮忙询问一下县城农机商场销售的农用脱粒机的价钱。我听到电话那端哥哥说话颤抖的声音，和他身后车子呼啸而过及京城街道的嘈杂声，我的鼻子一阵酸楚。哥哥在京城既非从工从商，亦非上班做文，更非为政为官，哥哥不是像人们所想象的那些打工巨富。哥哥没有技术，仅仅有的是他那出身乡村的农家人使不完的力气。因此，他在京城也只能是在建筑工地靠出卖力气，挣些别人看不起的小钱。

这几年哥哥一直动荡在各大城市的建筑工地，他曾下过山西煤窑，到过河北矿山，进过河南砖场，现在到了北京搞建筑，所到之处无不洒下了他辛勤的汗水。哥哥憨厚、纯朴，有着乡下人特有的那种土气劲，因此，哥哥辛勤的劳动并没有换回等值的回报。他曾几次因不慎进了黑工厂，被黑心老板强迫干活而没有分文工钱，多少次因试图逃离魔窟而身遭毒打。后来哥哥终于逃出黑厂，然而却身无分文，就连行李也没法带出。哥哥和同去的受难者们遇上了好心的货车师傅，在没要车费的情况，趁着黑色的夜幕将他们带到了不知名的远方。哥哥只好再寻出路，好歹找个厂家，工钱虽低，但能管吃住，可以生存下来，但是干了几个月之后，厂里发不下工资，每人只能发下200元零用。哥哥没时间去等，且家中还有一家人等着吃饭，他只好另寻出路。

哥哥后来到了京城搞建筑，工资倒还可以，但也不能按时兑现。更为令人意想不到的是，将近过年时，哥哥盼来了一点儿工资，可还有一点儿工资，老板说等几天再发，让哥哥他们在那里等着。可谁知上午领到工资，中午就来了几个打手，一举将哥哥们一伙六人打成重伤住进医院，还抢走了哥哥们刚领的工资，哥哥面对的又是两手空空，没有回家的路费。哥哥就这样在十几个城市几经动荡，在几年的苦苦漂泊打工中，并没有挣下钱来。

我和哥哥只弟兄两人，母亲早年去世。哥哥小学毕业后，没能考上重点初中，于是只好到了本乡的一所普通的初中就读，初中毕业后没能考上学，他只有回到乡下务农。后来哥哥结婚，和嫂子生下一儿一女两个孩子，生活的重担便沉重地压在了哥哥的肩上。在乡村，哥哥又贷款造船，买下柴油机，幻想能来个翻身，然而航运生意又难做，且买下的崭新的柴油机竟是水货，三天两头在坏。因为机器常坏，就连很难盼来的生意，有时也没人敢请他。哥哥造船又落下沉重的债务，而船又不好脱手。好在风风火火的打工潮席卷而来，哥哥在万般无奈之下，只有抛家离子，加入到这滚滚的打工浪潮之中，企图再次翻身。然而哥哥命苦，依然没能摆脱贫穷的困扰。

我和哥哥不同的是，我当时因学习成绩还可以，考上了重点中学，而后又读中专，毕业后在县城的一家单位上班。虽说工作也不理想，但相比哥哥却还是强了一点。后来赶上县城卖自转商户口，我四处借钱买了户口。那时哥哥在极其艰难的情况下，还四处帮我借钱，让我备受感动。我买了户口之后，又有幸被推荐安置，在县城我算是有了一个立足之处。哥哥寄予我的厚望就是期望我能早日出头，帮帮他或是两个孩子。我理解哥哥的深切厚望，我便孜孜以求，奋力拼搏，后自修大专、本科，苦苦读书，爱好文学，企图用我手中的笔去改变我的命运。哥哥在异地他乡期盼的目光我是心领神会的。

后来我离开了那家单位到了另一家单位就职，环境条件有所改变，然而我仍处在飘忽不定之中，自己没法掌握自己的命运。哥哥在外地打工时知道我动迁的消息后，甚是高兴了一阵，然而他并不知我的其他情况，哥哥认为这已是足够了。一次很晚了，哥哥干完繁重的体力活之后，给我打来了长途电话，他说在外漂荡打工不是个常事，终有一日还是要回老家去的，现在年轻不觉得，以后老了怎么办。哥哥寄希望于我，希望我能在县城帮他找个事儿干，一则可免去奔波之苦，再则离家近方便些。我理解哥哥的想法，然而我仅是城市的一介平民，况且现在各个单位富余人员太多，下岗工人剧增，能到哪里去谋个差事呢，况且我这一介平民能认识谁呢？我无法回答哥哥的请求，然而我又不能伤害了哥哥的心，我只是随便应承下来，答复他到时打听打听看。我知道哥哥是在指望着我，可我能到哪里去找呢？我倒是想等哥哥回来以后，如果可能的话，到县城来租个门面经商，这倒是可以的，但是就连经商用的好门面也难找到了。

我感到愧对哥哥，他这次打电话来让我帮忙询问脱粒机的价格，是他已经决定了要再回到农村去扎根农业，耕种他那几亩薄地了。

我不得不再次为我的无能为力感到愧疚，哥哥想进城的梦想也只能永远是一个梦想，这将注定他永远是城市的一个过客，我因此感到惭愧。

写于2002年1月13日晚

妻子的担忧

妻子在家待了已有一年半时间，没有去上班，全家的生活靠我一人的工资粗粗淡淡地过着，而我的工资又无法保障，所以日子就饥饱不均。但是又没有办法，妻子必须在家照看孩子。妻子的单位工资更低，不用说请保姆，就是她自己也是难以为继，所以我才做出了让她在家照看好孩子的决定。

我辛苦上班，间或在外面搞些营生，日子倒还好过。若是有个东家结婚、西家生孩，那就一时措手不及了。好在孩子已经一岁有余，可以四野地跑了，妻子不忍心看到这苦日子长久过下去，她也是个好强之人。眼前南下打工成了活跃家庭经济的一个途径。妻子便决定也南下去闯一闯，想必能改变一下现实的状况。

妻子已约好了同行的女伴，准备随行于她们。但是在临行前，妻子却说了一句话："我走了，最不放心的就是孩子。"诚然，孩子是我们在这种艰苦的生活条件下赖以生存的精神支柱，我们把他作为一种寄托，为来为去都为的是孩子。

我知道妻子说这句话的根由。孩子刚刚会跑，但却一时也闲不住，这儿跑那儿跑，需要一个专人照看。我们的住处又是坑坑沟沟的，稍不注意，他就会摔跤。妻子有时有事，让我临时照看一下孩子，我应了。但我看书已成一种癖好，所以照看孩子时我总是也拿着一本书看。我看书很专注，一旦进入状态，什么天大的事也无法把我的思想拉回来，就像参禅入境一样。有时我忘了我此时的职责，受到一个灵感的冲动，开始伏案写作，而一写就根本不知道我还有照看孩子的任务。每每总是妻子的一声"娃子呢"似乎把我从悬崖上喊过来，我大脑一激动，便四下寻找孩子，有时孩子正玩得欢心。这使我们悬着的心落了下来。我们的孩子较敦实，即使摔伤了，他一般也不会哭，除非是摔得太疼了，他才会哭出声来。自己的孩子自己知道，所以我们每次总是提心吊胆地找他，有时找回来头上左一块青的右一块红的。为此，妻子时常埋怨我。

有一次，妻子把我从书桌上喊过来去找孩子时却是怎么也找不着，我们身上都冒出一身冷汗。最后才知道是单位里的一位同事，看着他一个人好玩，把他抱去玩去了，这才使我们一颗紧张的心放松下来。好在我们的住处离公路尚远，一时半会儿他不会也不可能跑到公路上去，但是这几次却给了我一个深刻的教训。每每看书时，我总是还时时在留意着，即使有时进入了书中的角色，但一会儿神经又紧张起来，迅速去找孩子，这已经给我自然或不自然地形成了一种条件反射：看书时总是在留意孩子。即使有时妻子在照看，自己当时根本就没有在照看孩子，但还是时常迅速地从屋中跑出来看看孩子哪儿去了，直到看到妻子领着孩子，才似乎从幻觉中回过神来。

写诗作文只是一种附带，照看好孩子是一件大事。文章可以不写，作品可以不发，书可以不看，但不能让孩子有个三长两短。

我给妻子打气：你走吧，孩子留在家里，我一定会好好照看的，绝对不领着孩子时看书。因为你在家时我是把你当作照看孩子的一种依靠，你走了，这个依靠就不存在了，我自己会照顾好自己，看管好孩子，找到事干后，给我写封信，告诉我你的地址，每半个月我给你去封信，告诉你孩子的情况就行了。出门在外，可不像在家里，事事都要警惕、提防，切不可随意轻信任何一个人，出了门就必须多长根神经。

妻子走了，其实妻子对我和孩子的担忧倒是多余的。妻子读书不多，勤劳能干，倒是一个纯朴干活的好人。她从来对谁都没有坏心眼，所以她对这个世界总是看得很单纯。其实世界是一个纷繁复杂、层出不穷的纷繁世界，什么样的人都有，你对他没有坏心眼，但他却不可能没有在算计你，我总担心妻子长不起那个心眼。

我不可能让妻子担忧，但走不出门的妻子却是我的担忧。

（此文发表于《武当风》1999年5、6期合刊）

敬佩妻子

母猪下猪崽了，17头！为此事，我和妻子已忙乎了几天几夜。在那时，母猪是我们家庭经济收入的一个重要来源，靠着喂养母猪卖猪崽，我们的生活稀稀淡淡地过着。因此，对于喂养母猪我们是倍加珍视的。

面对母猪一窝下了17头猪崽，我和妻子都兴奋不已，接近母猪预产期的日子，我和妻子都一直守护在猪圈里，等待着母猪下崽时，好接生猪崽。一连几天，猪都没有动静，我们也已几夜没有合眼，我和妻子都感到异常疲倦。待到第三天的晚上，妻子说她先回去躺一下，让我先照看，待会儿喊她。可是，没等她躺下多久，猪即开始下崽了，面对一头头初生的猪崽，脐带尚连着，我束手无策，那时又没有手机和电话，我便风风火火地跑回去喊妻子。妻子翻身下床，披衣跑去，即投入了给母猪接生猪崽的工作。冬夜里，外面的天气很冷，为了给猪崽取暖，我便连忙在旁边生起火来。妻子则在那里一丝不苟、专心致志地接生猪崽，擦洗、剪脐带、摆放，直至放奶。每个环节，妻子都是那么认真，丝毫没有马虎，我将火生着后，就在妻子的旁边守候、观看，和她做伴。

直至忙乎到凌晨1点时，母猪在下了17头猪崽后产下了胎盘，这表明猪崽已彻底地下完了。下了17头猪崽，而母猪只有十四个奶头，我感到为难了，还多出三头猪崽怎么吃奶。可是妻子却面无难色，只是麻利地将母猪的奶头擦洗干净，按下崽时间的先后顺序，依次将猪崽放下吃奶，那多出的三头猪崽则先放在接生筐内，待第一批吃完后，将强壮一些的猪崽捉三头起来，再将那三头放进去吃奶。这些猪崽都要逐一固定奶头，以免出现抢奶、猪崽互相咬架的现象发生。见妻子在给猪放奶，我又插不上手，我便说回去先睡，一会儿来接替她，妻子同意让我先回去，我躺下便睡着了，什么也不知道。其实在前几天守候母猪的时间里，我几乎都是在睡眠中度过的，而妻子则是一眼也未眨过。

妻子给猪放罢头遍奶时已是凌晨三四点钟了，她见我还没有去，便跑回来喊我，我一惊从睡梦中懵懵懂懂醒来，不知所以，待定神看到妻子时，我才明白了一切。我连忙赶到猪圈中，妻子给我交代，她已将猪崽捉在筐中，待一会儿 6 点钟左右，猪放第二遍奶时，她就来了。她已实在困得受不了了，她要回去躺一会儿。她交代完毕，仍不放心地回去了。

四周的夜幕漆黑一片，邻近的猪栏里偶尔一两声猪的叫声使人备感恐惧，毛骨悚然。刚刚醒来的我异常寒冷，依偎在火旁取暖，静静地观看着这一头头新生的猪崽。6 点钟的时候，猪崽已开始嘶叫，是该放第二遍奶的时候了，我按照妻子指定的顺序和位置将第一批猪崽先放下喂奶，而筐内多出的三头则嘶叫不已。在喂了一会儿之后，我按照妻子的教法，先将三头强壮一些的捉起来，将那三头放进去喂奶。而这捉起来的三头猪崽也是嘶叫不已，不停地翻趴，一次次地从筐内翻了出来。而我此时也不知刚才放进去的是哪三头了，无奈之下，我只好将这三头也放了进去，顺其自然，谁强谁就先争夺到奶吃。我看到 17 头猪崽抢吃 14 个奶头的喜人场面和活泼劲，颇觉好玩。正在这时妻子来了，她看到这样的场面，一脸不高兴，她一眼挑出了她原先放下的三头猪崽，其他的猪崽则又复归原位吃奶，妻子质问我为什么要都放进去。我说它们嘶叫不已且又抓不出哪三头是以前的了，我只好都放了进去。妻子说以前留的三头是最后下的，明显的小。妻子的说法让我顿时愕然。

就这样，在妻子的细心饲喂下，17 头猪崽吃 14 个奶头，个个都成活强壮直至满月全部卖去，卖了个好价钱，接济了我们的家用，我不得不对妻子的能干油然而生敬意。

妻子和我一样出生在乡下，但却是乡下农人勤劳的养分滋养了她，使她对生活总是认真仔细，勤劳朴实，以至于在 17 头猪崽吃 14 个奶头的情况下，她并不是人们想象的就束手无策了。我们的家庭正是有了妻子这样能干的人，将生活打理得井然有序，尽管生活清贫，但是在妻子的调理下却仍然过得很充实。柴米油盐都被妻子安排得一样不少。而我则被城市生活惰化了，对生活中的一切都是那么地不会料理。

这正是生活中的人的美不算美，人在生活中的美才算真正的美。我的妻子不仅在生活中是美的，生活中的妻子也是美的，我由此而备感敬佩妻子。

写于 2002 年 1 月 19 日

儿子的伤害

儿子刚刚两岁，才会说话。近来时常有事无事地重复着那句话："爸爸，不走！妈妈，不走！"半夜里他也时常呓语般地重复着那句话，既无人提起，也无人教他。

我和妻子都在县城上班，妻子自从生小孩后，便没有去上班，而是一门心思地留在家里照看儿子，和儿子特别亲近。将近两年的时间，儿子也渐渐长大，四处乱跑。由于家里全靠我一人工资支撑，妻子更不堪再忍受这种苦日子长久过下去。于是我们便决定将儿子送往乡下我的老家，由他爷爷奶奶照看，然后为妻子谋一份差事，以求接济生活。

我给老家打了电话，让母亲下来先和她孙子混熟后再带回老家。母亲下来住了一个星期后，便准备将孩子带回老家。回老家，须坐客轮，早上7点钟要从县城开船。冬天的早上很冷，但又不能误了乘船时间。于是，5点半就起了床，开始做饭，然后将儿子从睡梦中叫醒，给他穿衣，吃罢饭后送他上船。开始由母亲、我及妻子和孩子走，上公路，然后乘坐三轮麻木车。上三轮麻木车之后，由我陪着母亲将孩子送上船，妻子要回去上班。就在妻子将孩子交到我的怀抱中的一刹那间，孩子撕心裂肺地哭喊着要妈妈，在他的哭喊声中，我们乘坐的三轮麻木车将他的哭声渐渐带远，离开他的妈妈。送上客轮，我又将儿子交到他的奶奶的怀中，儿子更加撕心裂肺地哭喊，他仿佛在哭声中倾诉，他一步步远离母亲，又一步步远离父亲的凄凉。他将到一个全新的环境中去，和一些陌生的人玩耍。

他在老家待了两个月时间，后来听父亲和母亲下来时说，他时常在"爸爸、妈妈"地喊着。中途我回了一趟老家，他老远就看见了我迎了上来，张开双臂投入我的怀抱叫喊着"爸爸"。在老家的两天时间内，他一刻也不曾离开过我，转身不见我，便又要大哭起来。临行时，本打算要躲一下他走开的，可是一点机会也没有，我只有强行上了船。开船了，我远远地还听见儿子撕心裂肺地哭喊着。

回来后，我将这些情景告诉妻子，于是我们决定，无论如何春节要回去将儿子接回我们的身边。临近春节，我们回了趟老家。离开两个多月的儿子见到他的妈妈,怎么也无法相信站在他面前的就是他日思夜想的妈妈,他长时间躲在他奶奶的怀中不敢去亲近他的妈妈。时间的隔阂,使他的记忆淡忘了,他只知道妈妈的存在,但不敢再轻信因哄骗而编造的妈妈去上班了的善意谎言。这么长时间的班怎么还没下班,已在孩子的心中产生了失望,他唯恐面前到来的还不是他的妈妈,以防再上当受骗,儿子童稚的心已被现实伤害得太深太深了。在经过近两天时间的熟悉之后,他才断定眼前的就是他的妈妈。于是他大胆地撒娇,在妈妈面前哭泣。并时常有事无事地叫喊"爸爸,不走!妈妈,不走!"的内心真实渴望。现实的伤害已深深地烙印在儿子的大脑中,于是,他便在睡梦中有意或无意地时常流露出来。

　　面对给儿子造成的伤害,作为父亲、作为母亲,我们深感对不起这可爱的小宝贝,我们将要让他回到我们的身边,然后用加倍的爱去弥补那永远也无法弥补的伤害。

写于 1999 年 12 月 28 日

秉承友善传承书香

　　出身并非名门望族，祖上也更无达官显贵。家谱记载，祖先是于明朝正德年间，从山西洪洞大槐树迁徙而来，先祖遵奉"仁、义、礼、智、信"的人生信条，引导着代代后人做人做事的人生方向。族立族风、族训和族规，以"为人讲谦恭，处世持忠勇，匹夫思国是，志士仰星空"为族风。翻阅家谱，发现宗族中有诸多宗亲大学毕业后，遍及中华大地。而我辈不才，这辈子没能跨进大学校门，这一生中留下了一大遗憾。

　　祖祖辈辈们从农民沿袭下来，父辈命运更为悲苦，自幼失去了父母，跟随同姓的父辈长大，年少时仅上过小学，识字不多，少幼时吃过不少苦，因此深明大义，很明事理。父辈们虽是农民，但是父辈们却沿袭了"治家耕读作基，立身信义为本；尊师敬老爱幼儿，家和亲亲睦邻；勤谨节俭持家，言行律己友人"等诸多族规，以及"自立自强，勤奋上进，学则求博，耕者求精。志存高远，立业创新，知行合一，学伴终身。小恶不为，小善不吝，不沽不钓，宁静淡定"等族训。在这些族规、族训、族风的教导下，小时候，父亲就给我们讲述做人的道理，要团结友爱，与人为善，苦学上进。我总是默默记住父亲的教诲在人生路上苦苦前行。

　　虽然父亲的教导记在心上，但是在那个教育体制制约的年代却因为种种原因与大学失之交臂。中专毕业后，到了县城一家农场参加工作，开启了我人生的新征程。在场里，我了解到了可以通过自学考试取得大学文凭，于是我便报考自修大学，最终通过自修的方式，取得了一个专科、两个专科，直至本科毕业，这些在上班过程中边工作边学习搭上末班车取得的大学文凭就缘于父亲的教导。

　　少时因为家贫，小时候便跟随母亲上山挖野菜，田野里拾麦穗，苦苦度日，沟沟秧、刺芥芽、土苋菜、山白菜，以及生产队挖完红薯的红薯蒂等等可以果腹的野菜等，都成为我们那个时代度日的食物。母亲的这些行为都教导我们要勤俭节约，传承着老一辈人的家风，我们都一一记在心里。

　　母亲英年早逝，继而父亲又不幸去世，在失去亲人的世界里，我牢记着父母的教诲，辛勤工作，努力学习，与人为善，最终开始了我小时候的爱好，进行文学创作。爱好读书也是我从小时候就开始的，那时图书少，小人书是那个年代较为稀罕之物，凭着星期天上山挖树疙瘩柴卖到供销社，才换回一本两本小人书，拿回家中细细地品读起来。

  我在酷爱读书的同时热爱文学创作，随着文学创作时间的加长，创作的文学作品也发表于全国各大报刊，出版了多部文学专著，并且加入了中国作家协会，获得了湖北文学奖优秀文学编辑奖及湖北文学奖作品提名奖、湖北文艺评论奖等奖项。与此同时，因为热爱读书，家中藏书甚丰，家庭获得第二届全国"书香之家""湖北省书香家庭"，首届长江读书节"十佳读书之星"等荣誉称号。

  成家后的日子里，妻子在场里养猪，勤俭度日，我则依靠上班微薄的收入补贴家用，但一直都牢记着父母关于勤俭持家、与人友善、苦学上进的教导，传承家风。

  妻子下岗后一直没有工作，几乎都在家里照料儿子，给儿子做饭，送儿子上学，有时也教导儿子，时常要将团结同学、与人友善作为人生信条。

  送儿子上大学的那一天我深有感触，学校沿途的学长们在迎新的路上指引着新同学路线，帮助提行李，引着去报到，直至送到寝室，这更加体现出了同学们团结友爱、助人为乐的良好风尚。在报完名到寝室时，我放下行李，要给儿子铺被子，这时他们一个来自河南的室友是父母一同送来的，那个同学的母亲看到后连忙过来帮我们将被子铺好，让我们十分感动。

  儿子考的大学虽然不够理想，但是我认为只要努力了就行了，毕竟每个人的天赋不同，在学校里能做到和同学团结友爱、互帮互助即可。儿子在大学里，我们也时常告诉他要遵循祖辈们传承下来的要团结友爱、与人友善的家风。逢中秋节我们给他快递去的月饼都是装了一箱子，足够他们一个寝室的室友吃好多天的，快递去了后他和室友及同学们共同分享，有时从家里带去本地的特色小吃，也同室友们分享。室友们从各地的家里快递来的当地特色小吃，也都会共同食用，在一起也很开心。在学习上，他们共同探讨，互相促进。其中有一个同学因为到校后常爱打游戏、玩手机，不少课程挂科，他们另外几个同学就劝这位同学不要沉溺于游戏，如果挂科多了，将来毕业都成问题。后来经过他们几个的共同劝说和帮助，这位同学努力学习所有挂的科都补上了，顺利毕业。同学们在一起团结友爱，互相激励，共同成长。

我时常还告诉儿子，如果同学遇到了困难要乐于帮助，因为每个人都会遇到困难，比如钱不凑手等问题时，如果自己手头宽裕就可以帮助一下同学。他们经常互相帮忙买票及相约出去，遇到钱不够时就相互先借一下，后来再还上。

团结友爱，与人为善，勤俭节约，苦学上进，在这人生路上，我们时刻都牢记和传承着父辈们给我们留下来的家风砥砺前行。

写于2019年3月28日

第四辑

— **岁月想** —

梦回那年《山道弯弯》

回首从事文学创作已经二十多年了，在我记忆的脑海里却时时闪现出，三十年前我所阅读的一部谭谈的中篇小说《山道弯弯》。小说的故事情节至今还在我的脑海里萦绕，伴随着我的成长，也伴随着我的文学创作，让我时时梦回那年阅读《山道弯弯》的情景，梦回故乡的那个暴雨洪水之夜，梦回那道山梁。

我的故乡在汉江上游岸边湖北郧县（今郧阳区）的一个小山村，每逢汛期，总是能看到河水暴涨，既是一种诗意和幸福，又是一种心痛和伤心。年少的我们整天看着河水涨落，心中自是一种惬意，大河也因此承载着我童年的无限欢乐。

那是1983年10月的一天，一年一度的秋汛来临，时年我刚好10岁，在上小学四年级。一天夜里，连续几天瓢泼桶倒般的大雨下个不停，村子里突然传来村干部们急促的喊叫声，叫喊着汉江上游突发洪水，陕西安康大坝泄洪，河水暴涨，威胁着村子里江边地势较低的农户。村干部喊叫着全村老少迅速起来逃生或帮忙抗洪，帮村邻们搬运家什。

因我们家住的地势较高，随着村干部的紧急喊叫，爷爷奶奶和父母都起了床，紧张投入到帮助村邻们转移家具、抢救财产的劳作中。因为河水涨势太猛，家人担心年少的我和哥哥在家睡觉不安全，于是就喊醒了我们，让我们坐起来，随时看河水的涨势准备往更高处转移。因为那个年代村子还没有通电，父母便为我们准备了两盏煤油灯，上足了煤油，准备一盏油灯油料燃尽后再换用另一盏。

我自幼酷爱文学，小学四年级时就开始写诗。在这大人没有在家，暴涨的汉江河水咆哮狂吼，一路席卷奔流而来，我和哥哥如何度过这个无限恐怖荒凉、孤寂可怕的夜晚？于是我和哥哥便翻箱倒柜找来几本旧书，就着那盏微弱的煤油灯阅读起来，以打发时间和度过这种恐惧心情。当时哥哥看的什么书我已没有记忆，而我看的那本书则让我至今记忆犹新，一直在我后来的人生中回响。

我记得我当时看的是一本很厚的旧杂志，大开本，已没有封面，前面几页已经缺失。我就随意翻开了中间一篇完整的小说阅读起来。我当时翻看的是一部中篇小说《山道弯弯》。在那个没有书读的年代里能找来一本书阅读是多么地不易。于是，我开始就着那盏油灯，在那个荒凉恐怖的夜晚，如饥似渴地阅读起来。

随着情节的逐渐深入，也渐渐将我深深地牵入了小说之中，我早已忘却了门前那条正在吞噬人类生命和财产曾经美丽的大江，正在蚕食乡邻们家园的洪魔猛兽。

小说《山道弯弯》讲述的是南方某山区一个风景秀丽的小村庄。矿工王大猛的妻子金竹带着女儿欢欢，正在为丈夫的生日准备着饭菜，突然传来大猛不幸遭遇矿难身亡的噩耗，她痛不欲生。贤惠的金竹甘愿自己承受精神上和生活上的重担，把矿领导安抚和照顾她的工作推让给丈夫的弟弟二猛。在二猛去矿山之前，她亲自安排好二猛和本村姑娘、代销店售货员凤月的未来婚事。一个月后，二猛为报答嫂嫂的恩情，用刚领到的工资，给金竹和侄女买了毛线和花布。而金竹却把毛线送给了凤月，把剩下的钱为二猛存起来，等以后他结婚用。

夜晚，二猛和凤月在竹林里散步，这对恋人，想的却迥然不同：二猛想要像哥哥一样，下井为国家多采煤；凤月想不让二猛下井，怕出事故，自己不愿当寡妇。结果，两人谈崩了。大猛去世后，金竹的生活十分艰难。二猛看到嫂嫂生活的艰辛，便产生与嫂嫂"成一家"的念头。但出于对嫂嫂的尊敬，他不敢贸然行事。经过激烈的思想斗争，二猛在回矿之前，终于向嫂嫂倾吐了自己对她的爱慕之情。没想到，却遭到嫂嫂的拒绝。二猛羞愧难当，冒雨返回矿山。过了一段时间，因惦念嫂嫂和欢欢，二猛以"赔罪"的心情，每逢公休日，便偷偷回村帮嫂嫂干活。一天，金竹发现二猛在自留地里挖土种菜，她为此而受到触动。但她仍将自己的感情埋在心底，希望二猛与凤月继续和好，早日成婚。谁知发生了一件意想不到的事情。由于凤月工作上粗心大意，造成代销店失火，二猛赶来扑救，从屋顶上跌下，把腿摔伤住进了医院。凤月在护理二猛时，听说他可能要残废，便离开了他。在母亲等人的撮合下，凤月不顾年龄悬殊，嫁给一位刚刚丧偶的城里干部，善良的金竹在二猛最痛苦的时刻，毅然来到他的身边，应允了二猛的爱情。

小说通过对一位普通农村妇女金竹的生活遭遇的描述，歌颂了农村妇女的纯洁心灵与崇高品德，鞭挞了社会丑恶势力。

我被小说感人的故事情节深深地吸引着，早已将村子里正在紧张抢险同洪魔战斗的大人们的辛劳忘在九霄云外。尽管屋外仍然下着瓢泼桶倒的大雨，也没能分散我聚精会神地阅读。直到一盏煤油灯的油料耗尽后，我和哥哥又点燃了另一盏油灯，我们仍继续在那盏微弱的油灯下，全身心地投入在小说的故事情节中，也不知道时间已过到几点。只感觉到天在微微泛明，直到最后看到结尾，看完小说的最后一个字，抬头望时，天已大亮，我和哥哥跑出屋外，发现雨稍稍地停了。

这时，我和哥哥看到门前的大河时，顿时傻了眼，平时那条秀美的大江早已成了一片汪洋大海，填满了我们眼前的河谷，平时江岸上乡邻们那一排排整齐漂亮的房子，早已荡然无存。乡亲们抢救上来的一些家具堆放在岸边，乡亲们脸上的泪水、雨水，冲击着我和哥哥的目光。滔滔洪水中不时传来搭在一棵树或是一个房架上衣冠不整呼喊救命的人。后来我才知道这是汉江上400年不遇的特大洪魔，致使上游安康溃城。因紧急泄洪发生在夜里，很多人都是在睡梦中被洪水冲走，很多家园被冲毁，许多人变得流离失所，死伤无数。

我在充满悲痛的同时，《山道弯弯》小说中精彩的故事情节却深深地震撼着我，让我仿佛经历了一场酣畅淋漓的人生之旅。后来洪水退去，乡亲们重建家园，又开始了新的生活。

那场洪水虽然对我来说是人生幼年中的一场深刻记忆，但它却远远没有小说《山道弯弯》带给我的记忆更加深刻。小说中大猛、二猛、金竹、凤月，这些鲜活的人物形象时时在我的脑海中萦绕，多年来挥之不去。那农村妇女的光辉形象也时时在我的脑海中再现，留下的印记难以磨灭。

直到1993年，我真正开始了自小就酷爱的文学创作，那时一直萦绕在我脑海中的小说《山道弯弯》中的故事情节又浮现眼前，只可惜当时并不记得作者是谁，也记不清是什么杂志，更不知道是哪一期，但小说带给我心灵的震撼却始终留存在我的记忆深处。后来，我才知道这部小说在当时产生了强烈的反响，小说以其强烈的现实感和鲜明的美学风格获得全国1981年—1982年优秀中篇小说奖，当时并在全国产生了"山道弯弯现象"。京剧、豫剧、花鼓戏等均对这部小说进行了移植演出，有的演出上百场，后来还拍成了电影和电视剧，小说展示了中国的传统美德。

后来在我的文学创作道路上，这部小说中感人的故事情节一直一幕幕在我的脑海中反复映现，使我不止一次地都想重新找到这部小说再次阅读，让我重回那个年代，重回小说的故事情节之中。

诚然，阅读伴随成长，每个人大抵都有怀旧感。小时候阅读的一本书，总会给人留下深刻的印象，往往会影响一生，会时常闪现在生命里，在生命中回响。当他成年之后，会时常记起小时候所读的那些影响他的书，因此总是想再找到那种版本来读。可惜这时那种版本，那些图书已很难觅了。于是这些人本着怀旧的心理，便开始在旧书网上淘，甚至不惜重金相求。就像这部小说《山道弯弯》也总是在我的脑海中挥之不去，让我一次次地都想找到它，可又一次次地失望和难以成行，这也成了我人生中的一个遗憾，成为一个难圆之梦，让我寝食难安。

尽管我后来又阅读了大量的文学名著，有很多甚至早已超出了《山道弯弯》影响的小说，但是《山道弯弯》却始终在我的脑海中打下了深深的烙印，怎么也无法忘却。如今我身居早已堆放万卷图书书房的书山书海中，无论翻看什么名著，都找不回《山道弯弯》给我留下深刻印象的那种感觉。我时常在梦中回到小说《山道弯弯》的故事情节中，回到那场难忘的大水和故乡那道难忘的山梁，以及在故乡那个恐怖孤寂的暴雨洪魔之夜。

后来，随着网络的出现，我慢慢接触了网络，在网上购书已成常事，当当网、孔夫子旧书网是我经常光顾的购书网站。随着购书数量的增多，我那间二十多平方米的书房早已存放不下我那万卷图书。但是无论怎样，那部《山道弯弯》的小说仍在我的脑海中回响，那一部小说总是替代着那万卷图书在我心中的位置。

有一天，我突发奇想，这部小说能否在当当网或孔夫子旧书网上找到呢？后来先上当当网检索，但因记不清作者是谁，只记得小说的题目和故事情节，又恐出现相同书名的书，同时由于是一部中篇小说，不一定以此篇小说命名书名。后来在当当网检索无果，于是我又想到了孔夫子旧书网。我便先在互联网上检索这部小说的相关资料，我先是检索小说的简介和故事情节是否和记忆中的《山道弯弯》相吻合，然后再来检索小说的作者，最后检索当初发表这部小说的那本厚厚的杂志。最终通过检索，我发现《山道弯弯》的作者是谭谈。故事情节和我当年所读的小说是一部，人物情节完全一样，于是我断定了我所要寻找的这部小说。

后来，我又通过检索，获知这部小说发表在1981年第1期的《芙蓉》杂志上，并且还出版了单行本，人民文学出版社出版的《中篇小说选》也将其选录。于是，我便再次进入孔夫子旧书网搜寻1981年第1期的《芙蓉》杂志和《山道弯弯》的单行本等有关这部小说的旧书。

机会总是不期而至，不会放过任何一个执着追求者的艰辛与努力，也总是不会放弃执着寻找这部小说的人。最终我在孔夫子旧书网上找到了1981年第1期刊载有《山道弯弯》这部小说的《芙蓉》杂志，并寻找到了单行本和《中篇小说选》。于是，我毫不犹豫地下了这几本旧书的订单，并付了书款。

很快，先是1981年第1期《芙蓉》杂志寄来，紧接着就是单行本和收录有《山道弯弯》的《中篇小说选》寄来。我顿时如获至宝，捧读那粉色封面和内文纸张早已发黄的 1981 年第 1 期《芙蓉》杂志，先是从目录上寻找《山道弯弯》，接到翻到中间找到这部小说。我发现这期杂志就是我当年在那个洪水雨夜，所捧读的那期没有封面和目录的那本杂志，那厚度、那发黄的纸张，那种沧桑感，那故纸记忆，一跃入我的眼帘，就将我的思绪牵回到了 20 世纪 80 年代，那个汉江洪魔吞噬人类家园的雨夜，将我牵回到了我的故乡，我故乡的那道山梁。于是，我又如饥似渴地重读起来，那人物、那情节仿佛历历在目，再次呈现在我的眼前，让我找回了我童年的记忆。

如今多少年过去，那本旧杂志那部小说仍如烙印，烙在我的身上，烙在我的大脑中，犹如胎记挥之不去，它伴随着我的成长，伴随着我的青春阅读和记忆，也伴随着我的文学创作，并将永远响彻在我的生命，我的记忆中，直到永远。

写于 2012 年 11 月 20 日

（此文发表于《文学界》2013 年第 8 期下旬刊，入选由中国书籍出版社出版的《中国散文佳作精选集》头条，获中国散文佳作三等奖）

图书馆，我梦想启航和心灵开花的地方

回想我的人生路和我的文学创作之路，可以说是与图书馆密不可分。我能够走到今天，是图书馆伴随着我梦想启航，一步步走到了现在。让我从一个国家不包分配的中专毕业生，到办理毕业分配手续，录用为国家干部；开始自修大学，从大学专科到大学本科，从一个专科到两个专科，直至本科毕业；从一个毫无追求的上班族，到变得有所追求，爱好文学，发表作品，出版著作，成长为一名中国作家协会会员。是图书馆伴随着我成长，是阅读改变和成就了我的人生，让我从一个普通的文学爱好者，到成长为一名作家。当我在出版著作时，我没有忘记是图书馆对我的帮助，于是我将我出版的多部著作捐赠给全国各大图书馆。我至今保存的来自国家图书馆、首都图书馆、北京大学图书馆、清华大学图书馆、复旦大学图书馆、浙江大学图书馆、南京大学图书馆、上海图书馆、湖北省图书馆、南京图书馆等300多家图书馆的收藏证书，都见证着我对图书馆在我成长之路上对我帮助的感恩与回馈。图书馆真正是我梦想启航和心灵开花的地方。

20世纪70年代初，我出生于郧阳农村，自幼爱好读书是我今生都无法改变的宿命。小时候家贫，不用说买书，能吃饱饭就已是很不错的了。买书，那只能是极其奢望的事。于是虽然对书渴望，也只能是望书兴叹。乡下没有书店，有的就是供销社里偶尔摆放几本小人书、连环画，那已是足以令我艳羡的了。每每放学总是要绕道从供销社经过，哪怕是去望一望，看看那些连环画、小人书的封面，也让我深感心满意足了。偶尔斗胆让售货员拿出来假装想买的样子，翻翻看，就会感到爱不释手，但却是无法买起，尽管每本只有一两角钱。

终于有一个星期天，我和同样爱书的哥哥上山挖了一个树疙瘩，抬到供销社里卖掉，才算买了一本连环画，如今已记不清叫什么名字了。捧着这本连环画，我们几夜无法入眠，将那本连环画看得可以顺流倒背。童年对那些连环画总是渴望的，尽管不能得到，但还是梦想能有书来读。

我的家乡门前濒临汉江，是一个常有船只靠岸的水上码头。那些年里，南下北上从事水路运输的船工，总要在我家门前的码头上停靠逗留，繁盛景

象，可谓商贾云集。有时遇到水消水涨，一停就是十天半月。那时航运市场还十分景气，时常有船只来往。一次，一艘装满龙须草的铁驳船，行到我家门前的河段时刚好遇上退水，铁驳船被迫在我家门前的汉江码头上停靠了足有半月之久。船工的生活异常枯燥，于是每天晚上总要上岸来到我家玩，白天我们有时也到船上去玩。在船上，我突然发现这个船工船上放有许多连环画，且都用牛皮纸褙着封面封底。一问才知道这位船工原来开了一家租书店，后来转行从事了航运，于是这些连环画和书便带到了船上，聊以解除船工生活的枯燥。

货船在我家门前的码头上停靠时间久了，我家和这位船工师傅一来二去就熟识了，我也就和他熟了起来，船工师傅也乐意将他那些小人书借与我看。借来的书，我倍加珍惜和爱护，往往一晚上就能看上一两本，次日早上原样奉还，然后再借。直至在将近半个月的时间内，几乎将他那数十本小人书全部借阅完了。这些小人书至今仍让我记忆犹新，那时有《聊斋志异》《水浒传》《红楼梦》《三国演义》《薛刚反唐》等数十种，着实丰富了我那个时期短暂的少年生活。

后来我上了初中，在乡上读书。乡上有一家书店，常有书租，每本每天2分钱。于是初中时期，我便时常去光顾那家租书店。初中时期居然通过省吃俭用，在那家书店里也租了不少书读。

初中毕业后我考上了一所中专，中专毕业后我来到县城一家单位参加工作。参加工作后，虽然有了收入，但刚刚参加工作时期，工资还远远不够开支，更没有买书的钱。那时县里的图书馆便是我常去的地方，我办理了阅览证，每到休息时间，我就会在图书馆里一泡半天，时常等到人们都散去时，我才从书本里精彩的情节中回过味来，恋恋不舍地最后一个离开图书馆的大门。

书店的书是常有的，但书价太高，且那时收入又低，不吃不喝几天的工资也难买回一本书来，所以图书馆便成了我常去的地方。由于工作辛苦，几乎没有星期天可以休息，唯一的就是下雨不能上班时，这时就是我常去图书馆的日子。而下雨天又不是经常有的，在那个时期，到图书馆读书总成为我最大的奢望，下雨不能上班便成为我天天期盼的事。有时便从图书馆将书借回家中，利用晚上下班时间来读。在那个时期又是多么渴望能拥有自己的书，而不必非要等到下雨天才能进图书馆里去看啊！要是有钱将喜爱的书买回来，每晚下班在家就可以阅读多好。

随着时间的推移，图书馆里的书我已借阅了相当一部分，而县图书馆的书又不一定随时增补和更新，想看的一些书图书馆里不一定有。于是，我不得不时常利用休息时间赶到远在 35 千米外的十堰市图书馆，在那里一待又是半天，甚至一天两天，让我尽情地在书海里徜徉。

苦日子慢慢过去，随着生活的改变，我有了新房，购书和藏书也不断增多，我便在家里设置了一间书房，四周全装上了书柜。尽管这样，我的书房还是无法满足我的藏书需求，我的卧室里也成了书房，客厅里更是放满了书，床下也都堆放着书，家中藏书已是书满为患，整套房子里都弥漫着浓浓的书香气息。读书也使我们一家人知识大有长进，也减少了与外界应酬及打牌等一些不良嗜好。

由于酷爱读书，买书藏书自是常事，只要是每届评选出的茅盾文学奖、鲁迅文学奖等各大奖项的书一上市，我就会立即买回来阅读。有些买不到的书，我便经常上孔夫子旧书网上购买。我每月的购书开支在数百元，同时还订阅有近 20 种文学报刊。我热爱读书，更爱惜图书，每一本书在阅读时几乎都是用报纸包好阅读的。

在图书馆的阅读激励了我成长，也激发了我的创作灵感，因为热爱读书，我爱上了文学创作。如今三十多年的阅读史，我先后出版了诗集《河西村》《乌鸦》《总有一条路通向故乡》《故乡的原野上》，文学评论集《文学场景与艺术表达》，以及报告文学集《真实的人生》《执著是首歌》等多部著作。已先后在《十月》《人民日报》《诗刊》《长江文艺》《散文选刊》《星星》《天津文学》《诗选刊》《时代文学》《长江丛刊》《诗歌月刊》《安徽文学》《草原》《文学界》《延河》《经济日报》《作家文摘》等百余种报刊发表文学作品。

在图书馆阅读促进了我不仅热爱读书，还做读书笔记，写读后感，撰写书评及评论文章。先后撰写的《当前报告文学现状及报告文学作家的社会价值坚守》《试论如何在文艺作品中体现"中国梦"》等评论文章发表于《文艺新观察》《新文学评论》《长江文艺评论》《粤港澳大湾区文学评论》《星星·诗歌理论》《中国作家研究》《今日文坛》《写作》《湖北科技学院学报》《郧阳师范高等专科学校学报》《文学教育》《参花》《湖北日报》等专业学术报刊，以及收入长江文艺出版社、中国文联出版社、中国书籍出版社、光明日报出版社、重庆出版社等出版的《湖北中青年文艺评论文选》《乡土中国》等图书中，并由上海文艺出版社出版了 35 万字的文学评论集《文学场景与艺术表达》。我热爱读书的事迹还先后被《湖北日报》《文学鄂军》、湖北作家网等媒体平台在"湖北作家写作家"栏目，以及湖北省全民阅读活动领导小组办公室、省新闻出版广电局编的《"书香荆楚·文化湖北"全民阅读活动简报》和全省各大媒体在"全民阅读·荆楚行"栏目中以《真正的草根奋斗》《阅读伴随成长的"书香之家"》《冰客：读书成就人生》等为题进行报道；《当代人》《成才之路》《新一代》《湖北文艺界》《湖北作家》等多家报刊，也相继以《穷人的奋斗》《走过坎坷，从下岗职工到青年作家》《冰客：离不开书就像离不开空气》等为题，报道我热爱读书和通过读书改变命运的励志事迹。

因为与图书馆结缘，阅读改变人生，阅读成就人生。热爱读书也成就了我及我的一家，由于酷爱读书，爱上了写作，我从一家饲养牲猪的种畜场，逐渐到了县报社工作，后又到了市级报社工作，直至加入了湖北省作家协会、中国作家协会，并担任了十堰市作家协会副主席的职务。同时，也由于热爱读书，我开始自修大学，从一个专科到两个专科，直至大学本科，从一个国家不包分配的中专毕业生到录用为国家干部，从一个专业的职称到两个专业、三个专业的职称，直至取得主任记者新闻专业副高级职称，真正实现了一个农村孩子命运的改变。

长期在图书馆的阅读也让我的文学创作不断有了收获，我先后创作的短篇小说《塬上》获中国小说学会全国短篇小说奖；出版的诗集《河西村》获第六届湖北文学奖提名奖、首届雁翼诗歌奖；个人还获得第七届湖北文学奖优秀文学编辑奖；有作品获首届《长江丛刊》年度文学奖诗歌奖、首届和第三届武当文艺奖、《娘子关》年度优秀作品奖等，诗集《总有一条路通向故乡》还入选湖北省作家协会重点扶持项目《湖北青年作家丛书》（第三辑），由长江文艺出版社出版发行，并被湖北省作家协会推荐参评第七届鲁迅文学奖诗歌奖；文学评论集《文学场景与艺术表达》荣获第十一届湖北文艺评论奖（著作类）优秀奖，入选省文联2020年湖北省签约制文学艺术创作扶持项目，获资金扶持。采写的新闻类作品获湖北新闻奖、中国地市报新闻奖、湖北广播电视新闻奖、中国县市报新闻奖、全国城市广播电视报新闻奖、湖北省市州报新闻奖等新闻类奖项，并在首个中国记者节上被中共郧县县委宣传部授予"优秀新闻工作者"。我还积极参加武汉市图书馆与《长江日报》社举办的"读书征文"活动，撰写的《回味书香》一文在《长江日报》发表，并获三等奖，并多次参加湖北省图书馆举办的"长江讲坛"等活动。因为热爱读书，我的家庭还被国家新闻出版广电总局授予第二届全国"书香之家"荣誉称号，被湖北省全民阅读活动领导小组办公室、湖北省妇女联合会联合授予2015年度"湖北省书香家庭"，在由湖北省委宣传部、省文化厅指导，省图书馆承办的首届长江读书节上，被授予"十佳读书之星"荣誉称号。如今，我的家中藏书甚丰，家人热爱读书、嗜书如命，家庭读书蔚然成风。

与图书馆结缘，热爱读书，走上文学创作之路，由此在文学创作上获得成就，并荣幸出席了湖北省作家协会第五次、六次、七次代表大会，湖北省第三届青年作家创作会议，在湖北省作家协会第七次代表大会上当选湖北省作家协会第七届委员会委员；还参加了湖北省作家协会和华中科技大学中国当代写作研究中心联合举办的大师写作班、鲁迅文学院湖北中青年作家高级研修班、湖北省首届青年作家高级研修班、湖北省第三届青年文艺评论家高级研修班、省委党校全省文艺骨干研修班；并入选湖北省宣传文化人才培养工程"七个一百"（文学类）之首届湖北文学人才、湖北省文联中青年优秀文艺人才库；长篇小说《河魂北上》（后创作完成时长篇小说名改为《留在河的两岸》）中标选题入选湖北省作家协会第三届长篇小说重点扶持项目，申报的创作选题入选 2017 年度湖北省青年作家定点深入生活项目。从一名建筑工、饲养员、材料收购员，到一位记者、作家、诗人，市作家协会副主席、湖北省作家协会全委会委员、中国作家协会会员。从最初的整天和建筑工地、牲猪、原材料打交道，到出席省作代会，参加青年作家高研班、鲁迅文学院湖北班、华中科技大学大师写作班、省委党校学习，人生之路发生了蝶变。

在那个年代，是图书馆陪伴我度过了那个青春年少、枯燥无聊、寂寞清贫的时光。如今，虽然到图书馆的时间少了，但是关于图书馆的记忆却成为一杯香茗，永远地留存在我人生的记忆中，它伴随着我走过了那段孤苦无望的人生旅程和激情满怀的青春岁月。

当我在成长路上取得些许成绩的时候，我没有忘记是图书馆对我的帮助，就在我早些年先后出版著作《真实的人生》《执著是首歌》《乌鸦》时，我就想到了图书馆在我成长路上的帮助，于是我便将我的著作捐赠给了湖北省图书馆、武汉市图书馆和十堰市图书馆。2013 年，我在出版诗集《河西村》时，我更是加大了对全国各大图书馆的捐赠力度，我在将我的著作捐赠给各大综合性图书馆的同时，因为我对大学的向往和崇拜之情以及对图书馆的情结，还心怀大学的梦想，于是我就将我的诗集《河西村》向各大学图书馆进行捐赠。后来我又由长江文艺出版社出版了诗集《总有一条路通向故乡》，由上海文艺出版社出版了文艺评论集《文学场景与艺术表达》和诗集《故乡的原野上》，我怀着感恩的心情，将这些个人著作向全国综合性图书馆以及全国所有的 985、211 大学和国内一流大学进行捐赠，先后快递寄赠捐赠达 500 余次，先后收到了包括国家图书馆、首都图书馆、北京大学图书馆、清华大学图书馆、上海交通大学图书馆、复旦大学图书馆、浙江大学图书馆、武汉大学图书馆、华中科技大学图书馆、湖北省图书馆、武汉图书馆、南京图书馆等 300 余家图书馆的收藏证书。这些收藏证书既是对我的勉励和鞭策，也是对我成长路上图书馆对我帮助的见证，我将珍爱珍视它们，珍藏一生。

图书馆是我梦想启航和心灵开花的地方，是图书馆伴随我成长，阅读改变了我的人生。人生路上，文学创作之路上，我离不开图书馆，离不开图书。读书如今已成为我的生活中不可或缺的一部分，每当晚上夜深人静时更是读书的大好时光。走进我们家中，除了满屋书香，就是那浓浓的读书氛围，希望这一路书香伴随我们一家人健康快乐地成长。也希望图书馆永远响彻在我的人生之路和文学创作之路上，直到永远。

（2020年9月，此文入选中国图书馆学会主办的"我与图书馆的故事""优秀故事"名单，并收入2020年12月由长江文艺出版社出版的《我与图书馆的故事》一书）

梁子湖畔赴文学盛宴

十月的梁子湖畔,湖蟹肥熟,杨柳依依,秋风醉人。美丽的秋天,美丽的梁子湖畔,也迎来了我们一场别开生面的文学相逢。

接到湖北省作家协会参加湖北省首届青年作家高级研修班的通知,我们十堰两位学员同全省各地的学员们从荆楚大地的各个角落直奔省城武汉。抵达武昌火车站时正值清晨时分,稍事休息后,我们即打的前往东湖路翠柳街1号这一个耳熟能详的地址,这里就是我和众多文学青年们所神往的地方——湖北省作家协会所在地,取代了曾经的紫阳路215号。来到省作协大院,省作协一楼大厅接待指示牌已经醒目地摆放在了那里。我们按照指示牌提示,直奔二楼会议室报到。本是下午报到的,由于十堰下午抵达武汉的列车均在报到时间之后,会错过通知要求的统一前往研修地点梁子湖的乘车时间,于是便只有乘坐夜车赶在上午报到。

本以为不会有人比我们还早的,谁知神农架林区学员却先于我们抵达。接待我们报到的是省作协文学院副院长韩永明老师,他热情招呼我们签到,领取材料书籍,然后安排我们在会议室休息等候,并安排了中午丰盛的午餐和下午集中乘车。不一会儿,省作协副主席、文学院院长陈应松老师听说有学员报到后,赶到会议室来和我们打招呼、寒暄。这位曾经在神农架林区挂职,写下了关于神农架系列作品而轰动文坛的著名作家,以中篇小说《松鸦为什么鸣叫》获得鲁迅文学奖的获奖专业户,其和善慈祥地来到我们面前,令我们备感亲切而又钦敬。他不时来到会议室看望,过问报到的学员情况,安排学员和确定出发时间。随后,以《喊故乡》而获得鲁迅文学奖诗歌奖的省作协文学院副院长、著名诗人田禾,风尘仆仆地带着行李赶到会议室。他满脸的疲惫告诉我们,他刚刚从外地赶回来。从他进门后一口浓郁的大冶方言获知,他刚刚参加完在厦门举办的第三届中国诗歌节后,早晨从厦门飞抵武汉,没有回家即乘车来到省作协。他和省作协文学院的各位领导老师一样操心着湖北省首届青年作家高级研修班的事。因为同是写诗,且对田禾老师神往已久,一进门我们就互相认出了对方。这三位省作协文学院领导老师及省作协其他工作人员,一直在为这被誉为"黄埔一期"的湖北省首届青年作家高级研修班而细心操劳忙碌。

等候中，学员们陆续从荆楚大地的各个市州县区赶到省城武汉，赶赴东湖路翠柳街1号省作协大院。下午4点，两辆豪华旅游大巴载着我们50多名从全省各地赶来参加这场被誉为"黄埔一期"的湖北省首届青年作家高级研修班学员向研修目的地梁子湖进发。汽车穿过武汉市区，我们来自各地的学员，熟悉的，陌生的，就在这同一辆车次上都熟悉了起来，我们都开始了互相的熟悉和交谈，不一会儿已是相当熟悉了，一路上有说有笑，谈笑风生，心情十分高兴。经过一个小时的奔波后，我们来到了武汉市江夏区梁子湖龙湾度假村。

这是一个美丽的地方，梁子湖畔的杨柳摇曳着柔美的枝条欢快地迎接着我们的到来，那第四届湖蟹美食节的横幅还余味犹存，纯天然野生大闸蟹的鲜香正扑鼻而来，梁子湖龙湾度假村景区大门，下榻的宾馆都营造出了浓郁的高级研修班的气氛，梁子湖已敞开怀抱迎接着我们的到来。

下榻之后，我们为省作协煞费苦心地为我们选择这样一个风景秀丽，远离市区却又有着湖光山色之美的景区来举办研修班而感动和高兴。我们这参加湖北省首届青年作家高级研修班的50多名学员既有来自省城的，也有来自乡村的；既有签约作家，也有在文学上取得一定成绩的青年作家；既有公务员及公职人员，也有农民、工人、商人、自由职业者等各行各业，可谓学员队伍门类齐全。

接下来，便是为期六整天的授课。开班典礼上，省作协主席方方那种对湖北这一个文学强省，如今涌现70后、80后、90后青年作家不多，那种青黄不接、文学断档现象所表现出的焦虑而不安。因此，在开班典礼上，她慷慨陈词，以"孤军求败"的姿态，希望"文学青军"们能不断涌现，来打败他们这一批50后作家，让青年作家们占据湖北文坛，希望文学后继有人。她那种对文学的传承和担当精神，对文学新人的鼓励和栽培，乐于帮助文学新人的做法和想法激励着我们这些学员们，从心里树起了学习他们老一辈作家的文学精神，去振兴湖北文学大业的信心。

在一周的研修期间，为我们授课的都是来自文坛的领军人物，著名的作家、评论家，以及茅盾文学奖、鲁迅文学奖的评委和获奖得主。其授课教师规格之高，阵容之大，真可谓在大学读文学专业的博士研究生所无法聆听到的集中专业的一场文学讲座。这些顶级的文学大师们来自全国各地。来自京城的中国作协党组成员、书记处书记、《人民文学》杂志主编、著名评论家李敬泽，是"国刊"《人民文学》杂志的主帅。文坛很久以来盛传的一个段子叫"登长城，吃烤鸭，见敬泽"，可见见到李敬泽之难和聆听他讲座之荣幸。他所讲授的"小说之大与小"课题，真是让人聆听了一场酣畅淋漓、别开生面的文学讲座。

接下来几天的讲座也是场场精彩。先后由中国作协鲁迅文学院副院长、著名评论家施战军的《小说：我们的世情，各自的成长》，广西民族大学文学院博士生导师、著名评论家李运抟的《小说如何叙事——当前小说的叙事状况》，中山大学中文系博士生导师、著名评论家谢有顺的《乡土资源的写作意义》，《文艺理论与批评》杂志副主编、著名青年评论家李云雷的《底层文学、中国经验与青年作家的未来》，以及省内的省作协主席、著名作家方方的《和新时期文学一同成长》，省作协副主席、《芳草》文学杂志主编、著名作家刘醒龙的《写作者的天赋》，省作协副主席、武汉大学文学院博士生导师、著名评论家於可训的《当代长篇小说创作问题》，省作协副主席、文学院院长、著名作家陈应松的《我的写作，我的世界》，省作协副主席、著名作家刘继明的《面向文学，背对文坛》，武汉市文联副主席、武汉大学文学院博士生导师、著名评论家樊星的《当代小说的走向》，省作协文学院副院长、著名诗人田禾的《关于诗歌的两个问题》等专题授课。个个的演讲都深入浅出，浓淡相宜，细细倾诉，向我们娓娓道来地讲述了文学的独到之处和见解，可谓让我们饱享了一场文学盛宴。

　　研修期间，由于时间安排较紧，我们一般都是白天听课，晚上分组讨论，过上了一个充实而丰富的研修学习生活。梁子湖远离市区，没有任何车次可以抵达市区。研修之余，我们也三三两两地结伴在梁子湖畔探讨、争论、交流、碰撞关于文学方面的话题。这俨然大学校园，那梁子湖畔的每一个沙滩、每一片树林，每一座小桥，每一条小路，每一座亭台等等一切，几乎都有我们留下的不同的身影，让我们仿佛重回了大学生活。

　　遗憾的是我没有读过大学，大学一直是我向往的地方，大学校园也一直是我梦想的风景。此次研修班虽然不是一所大学，却胜似读一所大学所给我带来的知识。不知何时，我一直在文学之路上迷茫、彷徨，左冲右突而不得要领，找不到前进的方向，使我长期陷入文学死胡同而不能自拔。而通过这一场高规格的研修，授课教师们则为我指明了文学前进的方向。授课老师们那种博大精深、深入浅出、生动精彩的演讲，针对文学讲得深入透彻，让我茅塞顿开，大彻大悟，仿佛打开了一扇窗户，透过那片亮光让我看到了一片开阔的天地，我正沿着那文学的亮光蹒跚前行。此前，我没有参加过任何形式的文学讲习班，而这次研修班规格之高，规模之大，授课教师之强，阵容之大，文学之纯粹，是湖北文学史上史无前例的，仿佛一场文学盛宴，让我获益匪浅。短暂的六天听课，给我留下了深刻的印象。

　　为期六天的研修很快结束了，而我却仍如一个饥渴者，仿佛还没有听够老师们精彩的演讲，老师们的文学教诲仍然在我耳畔萦绕，这场文学研修班也如同一场文学盛宴，让我用一生去慢慢啜饮和细细品味。

　　结业典礼上，省作协主席方方满怀深情地讲到她在此次研修班上的"三讲"。她在开班仪式上讲,授课时讲,结业典礼上再讲,归根结底就是一句话:"浪漫地写作,务实地生活"。方方主席那种期盼湖北文坛后继有人,对湖北文学的焦虑与担当奉献精神值得我们敬仰和学习。还有她总结文学创作中的 27 字方针:"找语感、写无奈、写背后、做功课、低下头、有气势、亲弱者、守底线、走好路",更是我们终身学习的法宝,将永远激励着我在文学之路上砥砺前行。而省作协党组书记、常务副主席黄运全在结业典礼上饱含深情地朗诵他的诗歌《文学是什么?》,则充满诗意地为我们诠释了"优势在于创造、成功在于勤奋、目标在于坚守、责任在于奉献"的文学真谛。当我从省作协党组书记、常务副主席黄运全手中接过结业证书时,便接过了一份责任,接过了一份沉重,接过了一份重托,从此将开始我文学的新起点,由此迈上我文学艰难的征程。省作协副主席、文学院院长陈应松深刻地总结:"这是一场紧张的研修、一场高端的对话、一场同道的雅聚、一场情感的梳理、一场力量的积蓄、一场难忘的回忆"。他希望学员们,多年以后不要忘记在那个美丽的秋天里,在那个美丽的梁子湖畔,留下的那份令人难忘的记忆。当他讲到天下没有不散的筵席时,那份依依不舍,使得他控制不住感情的潮水,哽咽得无语泪流,泣不成声,也让众多学员为之抽泣。那哽咽的泪水分明是对我们这些学员们的寄语和重托,希望我们能够早日走出来,来共同担当振兴湖北文学的重任,确保湖北文学强省的地位,让我们继承和发扬老一辈文学家们的文学传统,传承和发扬湖北文学精神。

　　的确,天下没有不散的筵席。启程了,离别的车次已然装好我们的行李,默坐在车上的我们各怀文学梦想凝望着窗外,将天各一方去奔赴荆楚大地的各个地方。窗外的细雨正飘洒在这深秋时节美丽的梁子湖畔,车窗外的老师们挥别的泪雨中伴随着客车缓缓启动了。我们无法回望身后老师们那温热的泪雨,但我们坚信,无论多少年后,无论我们在文学之路上走到哪里,也不管我们今后在文学之路上能够走出多远,我们都会记住那个美丽的秋天,那个美丽的梁子湖畔,那一场芳香我一生文学旅程的文学盛宴。

写于 2011 年 10 月 28 日武汉梁子湖龙湾度假村

(此文发表于《新作家》2012 年第 1 期、《十堰日报》2012 年 2 月 9 日)

犹记少时玉米香

穿行奔走在各个城市，吃遍了各地的风味美食，然而最令我怀念和难忘的还是儿时在乡下时光里母亲熬制的那苞谷糁儿。时近初冬，新玉米早已上市，使我不由得又怀念起在乡下生活的那段艰涩日子，怀念起母亲为我熬制的香甜可口的苞谷糁儿，总是让我记住那段岁月的金黄。那种香甜可口、回味无穷、绵味悠长的苞谷糁儿，那色那香那味那情总是如风似雾般袅袅向我飘来，在无数个清晨吻醒了我的晨梦，吻痛了我的悠远记忆。

玉米在我们当地又叫苞谷，因此玉米糁又俗称苞谷糁，是由玉米粒粉碎成碎粒状，然后用文火熬煮成糊状粥食用。这种粥我们当地农村就亲切地称苞谷糁儿，也将这种家常便饭叫苞谷糁儿糊涂，或直接将熬熟的粥也和没有熬煮的一样叫苞谷糁。因煮制这种苞谷糁儿时要等锅中的水烧开后，边用筷子搅拌，边均匀地向锅中撒放苞谷糁，因此这种煮制方法有时也叫搅苞谷糁儿或插苞谷糁儿。苞谷糁儿在我的记忆中留下了深刻难忘的印记，在我的脑海里打下了深深的烙印，成了那个时代的符号，那种回味无穷的清香和生命记忆时刻芳香在我生命的旅程，在我的人生之路上时时记起少时的玉米之香。

在那些饥荒年月里，苞谷糁儿曾是我们度命的精华。是苞谷糁儿陪伴我度过了我的童年、少年和中学时代那段黄金年华，因此与我有着特殊的感情，让我在我的生命中一直念念不忘并时时记起。

我出生在农村，是农民家庭，玉米自然是农村的主粮，小时候我们就是靠着吃这苞谷糁儿长大。我出生在20世纪70年代初，当时还是大集体时代，吃生产队大锅饭的时候。父母在生产队参加劳动，收获的粮食交到生产队，年底了生产队按工分给每户分口粮。玉米算是粗粮，到年底了哪家能分点苞谷已是不错的了，只要苞谷糁儿能吃饱就已经很满足了。在那个年代，恐怕家中米缸面柜里连储存的苞谷也不会太多。每到秋季，玉米收获时，生产队会按每户的人口分粮。那时我家有六口人，可以分上百十斤苞谷，父母便挑回家，先将苞谷穗剥出苞谷粒后晒干，然后储存下来，以备来年度春荒。

新玉米上市，自然要先尝鲜，这时母亲往往会先取出一两升玉米，然后扛到粮食加工厂里粉碎成苞谷糁，熬煮一两顿苞谷糁儿糊涂，供一家人充饥。

每当母亲早上熬煮苞谷糁儿时，屋内总会飘出一阵阵的清香，尚在睡梦中的我往往总是被这种清香催醒，于是一跃而起，洗完脸后去吃母亲熬煮的清香可口的苞谷糁儿，然后去上学。那时因为蔬菜瓜果较少，炒菜的可能几乎没有，但那种香甜可口的苞谷糁儿，一口下肚感觉芳香一直沁入肠胃，沁入心脾，既填饱了肚子，又品尝了母亲熬煮的美味苞谷糁儿。只可惜在那个年代，缺吃少穿，要想顿顿都有这种香甜可口的苞谷糁儿食用是不可能的。往往只能等玉米收获后，生产队里分得少量的玉米穗子，剥出玉米粒来加工苞谷糁，才有机会吃上这香甜可口的苞谷糁儿糊涂。

生产队分得少许的玉米，也不能管到下一年，往往吃上一段时间就没有了。所以父母总是要节约食用，偶尔熬煮一顿苞谷糁儿，有时母亲还不得不常常搭配以红薯或是红薯干煮成红薯、红薯干苞谷糁儿，或者锅中放些酸菜、芝麻叶、红薯叶等杂菜，搅煮酸菜或芝麻叶、红薯叶苞谷糁儿。即便这种红薯苞谷糁儿或配以杂菜煮制的苞谷糁儿，做出来的粥也香甜粘糯，非常好吃。由于有节制地熬煮苞谷糁儿，因此，每隔一段时间总是让我对吃苞谷糁儿产生无限的向往。在那个年代，能吃上一顿纯苞谷糁儿是一种奢望，而想吃到烧玉米穗或是煮玉米穗那则更是奢望中的奢望。往往有了上顿没了下顿，家中没有粮时，还要到邻居家里借粮。那时家家户户都缺粮，能借来一碗苞谷糁已很不易。苞谷糁儿糊涂总是陪伴着我的童年和年少时光，玉米之香也总是芳香着我的童年，成为我童年对苞谷糁儿奢望的美好记忆。

后来，随着土地实施联产承包责任制，土地下户，这时家家户户的粮食尽管不是很充足，但已不像童年时代那样紧张，每家土地收获的粮食除开交公粮以外，供一家人吃饭还是没问题的。这时，每到秋季，新玉米上市，母亲就会迫不及待地剥下一些湿玉米粒摊在席子上，放在阳光下，不停地翻动晒干，好磨成新鲜苞谷糁。新苞谷磨成苞谷糁，细细的，金黄灿烂得像鱼籽一样，经母亲一熬，黏糊糊的，散发着一种纯天然的清香，十分好喝。那香甜那可口，至今还留存在我的记忆深处，至今还能让我流露出当年那种渴望食用苞谷糁的口水的欲望。

母亲熬煮苞谷糁儿更有一种绝活，先用葫芦瓢舀上一锅清水，再在灶中生上柴火，等大火将水烧开，母亲便一手用筷子搅动锅中的水，一手将瓢中的苞谷糁往沸水锅中均匀撒放，再不停地搅动。等搅完瓢中的苞谷糁后，母亲就来到灶前，慢慢地往灶里续添柴火，用文火熬煮。一会儿工夫，苞谷糁儿就在锅里翻滚沸腾起来，小小的厨房里，苞谷糁儿的清香和着蒸汽烟雾般弥漫开来，仿佛云雾仙境一般。母亲在这如梦如幻、如诗如画的烟雾袅绕与环抱中续添着柴火，也续添着我一生的温暖和母亲一生的幸福，母亲还不时用铲子搅动锅中,以防烟锅粘锅。随着灶火的蒸腾,锅中的苞谷糁也发出悦耳动听的"咕咚"声,总是如音乐和童话般快乐着我的童年。

那时随着土地承包到户,家家户户的口粮地及菜园都种有了各种蔬菜,于是煮苞谷糁儿,再炒菜,较之以前吃白苞谷糁果腹的生活水平已提高了不少。母亲熬煮的苞谷糁儿不稠不稀,等炒好菜后,苞谷糁儿就又稠了一分,也正如同成了我在那个年代里稠稠淡淡的岁月。这时节的菜一般是炒萝卜丝、梅豆角、酱豆、炒白菜、红薯叶、芝麻叶或酸菜等,这些都是吃苞谷糁儿最好搭配的下饭菜。吃着母亲熬煮的苞谷糁儿陪伴我走过了童年那个美好难忘的时光。

虽然在家的生活已经很不错了,但在农村读书住读生的生活还是相当差的,这也就要求学生们要发愤图强,好好学习,走出这种穷苦的日子,用知识改变我们的乡村,改变自己的命运。我生在农村,初中自然也是在乡下度过。中学离我们家12.5千米,学校实施的是双星期制,读书时是住校,要等上两个星期14天课后连放星期天,所以每个星期上学从家里来时就要备足一大周炒好的菜用来下饭。时间太长,炒好的新鲜蔬菜不易存放,最耐放的就是那些酱豆、酸菜、炒面以及一些腌菜。尽管这样,菜也总是不够吃,前半周有菜吃,后半周就只能是白饭下肚。好在食堂师傅们总会在饭里放盐,算是缓解没菜的难以下咽。那时到校读书,粮食是每个学生从家中自带,上学时交粮。家里也只有苞谷糁可以供我们带到学校交粮。食堂里又不好储存,鼠虫遍地,粮食里遍是老鼠屎尿,而食堂师傅又少,无法一一择出,所以做出来的饭,老鼠屎随处可见。最让我们记忆犹新的就是那时几乎顿顿都是苞谷糁果腹,苞谷糁稀得可以照见人影,苞谷糁里的老鼠屎清晰可见。同时,由于夏季时粮食较难存放,时间一长就长了虫子,做出来的苞谷糁里又是虫子遍碗,只能是闭着眼睛下咽。这时,儿时那种苞谷糁儿香甜可口的美好记忆早已荡然无存,虽然这时的苞谷糁也是为了果腹,但早已失去了母亲为我熬煮的那种苞谷糁的香甜和意蕴。

尽管这样,仍然缺粮,为了节约粮食,同学们还时常利用伙饭的方式,每天报饭时,两个同学合报一份,早晨是三两餐票,中午和晚上均是四两粮,从食堂饭桶里打出饭来后,拿到教室里两人分一份苞谷糁食用。这种中学生活也记录了那个年代缺粮以及中学时代艰苦读书的生活方式,同时也让我对苞谷糁这种食粮的弥足珍惜和倍加珍视及感激。这时,童年那种苞谷糁的香甜可口和清香已然不再,苞谷糁在我童年中的美好记忆已经逐渐淡去,那种对苞谷糁的奢望也已然不再。但中学时代,苞谷糁那种催人奋进,逼人好学,敦促我们那些穷苦学子,要想摆脱这种老鼠屎尿、虫子遍碗苞谷糁的生活和日子，就要立志发奋，好好读书，争取早日走出山村，走出这种生活，去用知识和智慧来改变家乡面貌，改变农村人的生活的激励精神却使我永远向前，永远去追求自己的奋斗目标。因此，在中学时代，却又因苞谷糁让我学会了奋进，学会了立志，学会了坚强，学会了认真求学，苞谷糁在这个时代虽苦犹甘。

那时的中学时代几乎就是在这样艰苦的环境中度过的。但随着童年时代对苞谷糁的奢望和喜好，到中学时代对苞谷糁的厌倦和激励，却让我永远记住了这伴我走过童年，度过中学时代，记住了我青春年华的苞谷糁。是苞谷糁让我学会了奋进，学会了只有奋斗才会有走出吃苞谷糁的岁月。苞谷糁给我的中学时代烙下了深深的记忆，也让我感受到如同苞谷糁的那段岁月的金黄。

后来，母亲早逝，也再难喝到母亲熬煮的苞谷糁儿的那种香甜，那苞谷糁的味道，就成了我梦中的香甜，让我时时记起母亲，记起那段岁月，记住那段人生美好的足迹……

随着毕业后我在城市里参加了工作，后来又一步步从县里到了市里工作，住房也由当初的油毡棚到在县里以至在市里拥有了一套三室两厅两卫的住房，喝苞谷糁的那段艰涩岁月也早已淡忘。近年来，加上粮食连年丰收，以及农村青年们都外出打工挣钱，农村生活水平也逐年提高，家家户户吃苞谷糁儿已是极少了。就连农村的玉米也用作饲料来喂养畜禽，吃苞谷糁儿也早已成为时代的记忆。而街头那些烤玉米穗和蒸甜玉米穗、糯玉米穗则成了城市人解决口食和馋味的消闲。每当我走过街头这些摊位，我都会驻足一会儿，这时就会让我想起童年，想起我的中学时代，想起玉米的香甜，想起玉米时代生活的艰涩。

又到初冬时节，朋友相邀到郧县大柳去看看，并说那里开了一家湖北秦巴金玉米有限责任公司，生产玉乡牌大柳石磨苞谷糁。这倒让我一时来了兴致。已经有多年没吃苞谷糁儿了，那个年代的香甜，那个年代生活的艰涩，那个年代的记忆，顿时在我心中五味杂陈，又无限升腾在我的记忆中。我决定去看看，再试图去找回我儿时的记忆，找回我中学时代曾经因为屎虫遍碗苞谷糁而催我奋进的生活经历。于是决定赴郧县大柳，去湖北秦巴金玉米有限责任公司看看。

来到郧县大柳之前，我已从县志及史料中了解到，郧县大柳乡地处秦巴余脉高山与丘陵的交界处，位于郧县西北边陲，鄂陕交界，沟壑纵横，满目青山相连，平均海拔在800米以上，是我国高山玉米特产区。大柳地理环境独特，地形呈环状，丘陵环布，气候温润，降雨充沛，土壤肥厚，日照时间短。该乡地处鄂陕交界的大山区,最高点的铁佛寺海拔1034米,最低点吴家院海拔418米,平均气温13℃,年降雨量约760毫米,平均海拔850米,土质中氮、磷、钾等玉米生长必需的微量元素丰富,独特的小气候使这里生产的高山玉米比普通地区玉米生长周期多生长两个月。千百年来逐渐形成独具特色的高山玉米,具有较高的营养价值,被营养学家称之为"黄金作物""长寿食品"。大柳被称为陕之咽喉,鄂之屏障,地理位置极其重要。东与南化塘、杨溪铺相连,南与青曲、城关镇交界,西与郧西三官洞毗邻,北与陕西省商南县赵川镇接壤,是华中地区通往大西北的最捷径要道。

　　大柳之名来源,据当今古稀老人传说,距今五百年前在鄂、陕交界的大柳树村山上植被覆盖完好,山野葱葱,青山绿水,草木茂盛,其中有棵柳树需四人合抱,树中有洞可容纳一小方桌,供过路休憩,几乎过路人必在树中小坐,化凶为吉。因树大,而被后人叫大柳。五百年来,这里男耕女织,风调雨顺,炊烟袅袅,牧歌悠扬。因为大柳有了如此深厚的文化底蕴,大柳苞谷糁也因此成为大柳的一种响亮的品牌。郧县大柳独特的气候、土壤和环境质量特点为大柳玉米的生长提供了独特优质的环境,海拔高、温差大,造就了优于其他地方的高品质玉米。

　　近年来,郧县大柳乡大力发展玉米产业,引进湖北秦巴金玉米有限责任公司,建成玉米产业园,主要加工玉米糁、玉米面、玉米淀粉产品。郧县生产的玉米粉、玉米糁、玉米仁已通过农业部中国绿色食品发展中心认证。

　　我更是了解到,该公司生产的玉乡牌石磨大柳苞谷糁精选大柳高山玉米,经自然干燥,传统加工而成,原生态石磨工艺磨制,完全保留了玉米的营养成分,籽粒饱满,色泽金黄,营养物质积累充裕,糁粒细碎均匀,呈不规则立体,表面有自然裂纹,经烹制后营养成分更利于人体吸收,入口绵滑,清淡香甜,味美可口。丰富的微量元素及膳食纤维,能很好地平衡膳食结构,是现代人健康饮食首选生态食品,更是赠送亲朋好友的健康食品,被称为"郧阳之宝",久负盛名。

　　已是多年没有再喝上苞谷糁儿了,中午自是郧县大柳留餐,这里自然准备了玉米宴。席间,苞谷糁儿的香味早已弥漫了整个餐厅,连走廊里都闻到了玉米香味。中午不仅有香甜可口的苞谷糁儿,还有少时奢望不及的煮玉米穗、蒸玉米糁,喝的自然是利用苞谷为原料酿制的精品苞谷酒。这席、这宴、这苞谷酒、这淡忘已久的苞谷糁,这掺杂我人生奋斗历程,贯穿我几十年生活经历,让我爱过、恨过、醒悟过,陪伴我成长,伴我走上人生之路的黄金般的苞谷糁……

　　这时,让我不由得又记起了儿时的玉米之香来,不由得又使我想起了童年、少年和中学时代苞谷糁儿的岁月。也正是这金黄的苞谷糁儿养育了我们大山儿女质朴的情怀，坚强的意志，纯朴的品性，顽强的精神，让我们去努力奋斗，让我们在人生奋斗之路上无论遇到多少艰难困苦都不会退却，无论遇到再大的困难也都会迎难而上，去赢得最大的胜利，去创造人生更大的辉煌。

酒至微醺，玉米之馨香再次扑鼻，我已不能自恃，泪水滴落在这浓香扑鼻的苞谷酒杯中。喝下一杯苞谷酒，就是喝下了我的人生经历，喝下一碗苞谷糁，更是让我回到了当年，回到了那段难忘的人生岁月，它让我无论走在何时，走在何地，走在人生的低谷或高峰，都不要忘了那段痛苦的经历，那段教我成长的苞谷糁岁月，不要忘了那段岁月的金黄。

如今，我在城市生活多年，想再喝到苞谷糁儿的时光已很少再有，每每想起苞谷糁儿，就会想起我在那个艰涩岁月里的艰难生活，也会更加激励我不断进取，永远向前。

写于 2014 年 11 月 8 日

（此文发表于《含笑花》2016 年第 2 期、《帕米尔》2015 年第 3 期，收入中共湖北省委宣传部编、长江文艺出版社 2018 年 2 月出版的《湖北大众文艺丛书 2016》之《散文卷》）

红薯记忆

红薯是我鄂西北老家乡下最普通最常见的一种粗粮作物，也是生长期最长的农作物，穿越一年中春夏秋三个季节，感知季节最长的冷暖，且耐旱、朴实、谦卑、不骄不躁，生命力极其强悍，不择土壤的贫瘠与肥瘦，也不管土地的高山与平缓，都能落地生根。但我对红薯却怀有另一种复杂而特殊的感情，是红薯陪伴我度过了艰涩的童年和青少年的生活，以及工作之初艰辛工作的难忘岁月，每一个阶段对红薯都有一种不同的感情，让我今生挥之不去。

红薯在我的童年时光里有欢乐有忧伤，有痛苦有甜蜜，可谓是五味俱全的生活和记忆。

我童年的农村还是大集体时代，在那缺衣少食的年代，红薯虽然是粗粮，但能有红薯充饥的童年已是很幸福的童年了。因此，红薯就是主粮。生产队里分下来的红薯往往舍不得吃，家家户户节约得直至将红薯放腐烂了还没有吃，更舍不得丢，家家户户便用一把龙须草挽个结后散开做成网兜状，再将已烂成稀泥般的红薯装在里面摊开，然后绑住口挂在屋檐下风干，或是直接将如稀泥的烂红薯糊在墙上，待风干后，再取下来烙成红薯馍充饥。烂了的红薯虽然吃起来味苦，但那种艰苦的生活和痛苦的记忆却带给我虽苦犹甘的怀念，所以总让我对红薯怀有一种别样的情感。

那时，红薯最简单的吃法就是洗净剁成块状，放在锅中添水煮沸，待煮到一定程度时，搅上苞谷糁，煮熟后就成了味美可口的红薯苞谷糁儿。这就是我童年清晨一道最香甜的美食，那香甜可口的甜美味道，时常在每一个清晨唤醒我童年清香的晨梦。在没有苞谷糁的日子里，就只好煮清水红薯。因此吃红薯苞谷糁儿的岁月便成了我一道美好的记忆，留存在我童年记忆的深处。

秋天里，接上红薯就饿不了饭，一季红薯半年粮，能吃足足半年甚至更长时间。不仅长在地下的红薯是美食，就连长在地面红薯藤上的红薯叶、红薯杆、红薯蒂等整株都可充饥。因此，红薯总是我们童年饥荒岁月里的一种期盼。

红薯不仅可以煮着吃、蒸着吃，还可以烧着吃。在冬天，我们时常将红薯放在火炉里烧烤，一群童年的玩伴围着一团烧旺的炉火，看着红薯在炭火中烧烤时发出嗞嗞的声音和状态，那期盼红薯烧熟的目光，和着嘴里咽下那口舌生津的唾液，掩饰着那垂涎而又眼里充满的期望，等待烧熟后一饱口福狼吞虎咽暴食烧红薯的那种饕餮之相。尤其是大年三十夜，在那时乡村没有什么娱乐可玩和美食可品的年代，只有围着一炉年夜的旺火，烧着红薯，唯有闻着薯香度过除夕大年夜的欢乐，烧熟后红薯的那种香甜味至今还甜蜜着我童年的美好记忆。

随着农村土地下户之后，家家户户种植的红薯便渐渐多了起来。红薯怕冻，都是用来窖藏，因此在老家农村家家户户都挖有一个红薯窖，在冬天时用来窖藏红薯。但窖藏红薯也并非能够保鲜，如果红薯挖得早了，在节气还没有到霜降时挖，是不宜长久存放的。且农户们家家户户的红薯窖也存放不了那么多红薯，裸露着堆放在家中又容易冻烂。于是薯农们便会选择天气晴好时，将挖出的鲜红薯用红薯擦子擦成片状，撒放在挖出红薯的黄土地上晾晒。白乎乎一片，像是深秋或初冬的黄土地上已经过早地落上一层薄薄的霜雪，黄白相间，层次分明，煞是一道美丽的风景。经过几天太阳的照晒，白白的红薯干晒干后，农人们再捡起装进背篓背回家中储藏起来，便是来年阳春三月青黄不接时度春荒的主粮。到时可用红薯干煮成红薯干苞谷糁儿、红薯干面糊儿、红薯干杂粮粥、红薯干稀饭等各种可口的饭食，又成为另一道绝美的佳肴，度过我们童年里的春天。

如果红薯丰产，产量多了还可切成条状或片状的，然后在开水锅中焯熟后再在太阳下晾晒，这就成了深褐色的红薯丁、红薯条或叫红薯果，晒干后放在阴暗处，捂一段时间，表面就会渗出一层白色霜状的晶莹，用舌头一舔，如糖的甜味便会浸入味蕾，那凝结出的似霜的白色粉末通常叫薯霜。因红薯中富含糖分，当用开水焯红薯丁时，随着红薯水分的逐渐蒸发，果肉里所含的葡萄糖和果糖随之渗透到红薯丁的表皮上，就成了这层叫作薯霜的白色粉末。

每到除夕的前夜，农村家家户户都要炒红薯丁和苞谷花，一般都是在锅中将河沙烧烫后，再将这些红薯丁倒入滚烫的沙中炒熟。这些炒熟的红薯丁色泽便由深褐色逐渐变成金黄色，随着火候加重，些许金黄色又会变成深黄色，上面还会有小小的如带着笑脸隆起的气泡，有条件的还会再用油炸一下。这些炒熟或油炸的红薯丁吃上去甜甜的，味道香脆可口，咬上一口在嘴里发出一声清脆的响声，这响声便响彻在我们童年春节的欢乐里。就是我们过年时在家家户户吃到的炒红薯丁和苞谷花，陪伴我们度过了一个个快乐的童年和一个个春节里串门时吃到的最好食物。后来，在我上初中时，离家渐远，家中时常会为我炒一些红薯丁，让我带到学校里去接济那段艰苦生活的读书时光。

还有的薯农在红薯收获的季节，多了不宜存放时就用来烤酒，家乡农村家家户户都有烤酒的习俗，那烤制出来的红薯酒味虽略苦，但苦中自有甘醇的香甜，每每用来待客，便是上等的佳酿。不仅红薯可以烤酒，晒干的红薯干亦是用来烤酒的原料。在那些艰苦岁月里购买瓶装酒自然不是常有，每逢过年过节抑或走亲戚，用洗净的酒瓶装上一瓶自酿的红薯酒或红薯干酒，再配以几样礼物，便不失为一份上好的礼品。

在农村，用红薯加工成淀粉再生产成粉条，是对红薯深加工的一种更好的吃法。做成红薯粉条后，再烹饪成红薯粉条炒肉、酸菜红薯粉条、粉条包子、瘦肉粉条汤、粉条豆腐汤、粉条火锅等各种各样的美味，可惜这些上好的吃法只是我们长大后才能品尝到的美食。

待我参加了工作，来到了一家培育良种猪的国营种畜场，单位为了加大产业链生产，便想到了在冬季里用红薯生产粉条，再将加工淀粉之后产生的废料红薯渣用作养猪的饲料，达到循环利用的目的。我有幸被安排在收购红薯这一岗位上，那时当我每天在过磅收购红薯的过程中，我看到薯农们艰辛地挑着一担新挖出的鲜鲜红红或紫红或浅黄的红薯时，那种累得汗流浃背的样子，和因种植红薯被太阳晒成古铜色、青筋暴突、沟壑纵横、布满风雨的脸时，我就心生一种敬意，这不就是小时候喂养和快乐了我们童年的红薯和父亲一般种植它们的薯农吗？它们就是在薯农这样艰辛的劳作下才长得如此之圆大和可爱，当我们吃着这些红薯做成的美味时，那种香甜的幸福感便油然而生。由此，我对薯农产生了由衷的敬意，在为他们过磅称红薯时，我会对他们亲手种植的红薯重量一斤一两都不敢马虎。我敬畏他们的精神，就是敬畏他们劳动的果实。于是在我近十年收购红薯的生涯中，从我手中称过的上亿斤红薯中，我都未敢有懈怠薯农之举。

后来红薯逐渐形成产业化生产，进行了深加工，做成了各种更加秀色可餐、美味可口的薯条、薯片等精美食品，上面还凝结上了薄薄的一层薯霜。同乡村来的柿桃、柿饼等，成了人们最爱的小吃，摆在了人们茶余饭后或谈话聊天的桌上，使红薯的身份又加重了许多，但是红薯在我童年中的美好记忆却一如从前，永远不会改变。

如今生活在城市，常在街头走过，时常会看到那些售卖烤红薯的炉烤锅，每每走过，一股股浓浓的薯香便袭入我的鼻息，让我仿佛突然又回到了童年，勾起了我对童年对红薯的香甜记忆，是红薯养育了我们的童年和那个时代。

如今要是再能吃到一口那个时代红薯的香甜，那该是一种多么美好和奢侈的回味啊。

　　红薯历来就是我们穷家孩子励志的载体，就是培育我们的精神和养育我们的食粮，铺就我们前行匍匐的卑微与敦厚和默默无闻的人生路，亦能勾起我们浓重的乡愁。一茬红薯成就一茬人生。于是在我人生的旅程中，无论再苦再累，生活再艰辛与艰难，我都会想到那一道虽苦犹甘的红薯的香甜，它就会更加给我前进的力量，促我奋进，勇往直前。

写于2022年11月26日

（此文发表于《延河》下半月刊2023年第2期）

怀念手写时代

如今随着电脑的普及，凡有文章或是材料都是在键盘上敲出，人们已经很少再去拿起纸笔书写了，电脑打印出来的字工整清楚且美观大方，而手写体则根据每个人的书体不同，多少看上去不如打印文稿美观清晰和整洁。因此，手写时代渐渐地远离了人们。这使我不由得又开始怀念那种手写时代的温暖感觉。

小时候，自我们读书起，书和笔以及白纸就是我们学习所必需的。那时受各种条件所限，有时买一支几分钱的铅笔，也是一件十分奢侈的事，所以我们往往总是将铅笔用得已握不住笔头方才丢弃。而供销社卖的白纸则是我们最大的奢望，偶尔的才有可能买一张，订上一本小本子，万般珍惜地使用。一般情况下我们都是找到大人使用过的烟盒纸，或包水泥的牛皮袋子纸，掸掉上面的水泥，弄干净后，叠成本子一样大小的作业本，再由母亲用针线缝起来，尽管这样，我们也十分珍视地使用。

那时拥有一支钢笔也更是多么令人羡慕的事，直至读到小学三年级，大人们才会给我们买一支橡胶壳的叫水笔的笔。而如果有一些同学家境不错，或是父母及亲戚有人在外工作，带回一支钢壳的叫钢笔的笔，则会让我们大家羡慕至极。拥有了这样的笔，在纸上写字是一件十分愉快的事，每一次听到笔在纸上沙沙的声音，心情就顿感舒适和愉快。

就是这种书写陪伴着我走过了小学、初中，以及后来的各级各类学校，每一个阶段，我都十分珍视这种手写体。

那时互相通信则是增加友谊亲情的最好表达方式，写信时为了表达对对方的尊敬，还时常先写草稿，然后再工整誊抄，装进信封，在信封上认认真真地写上收信人的地址、姓名，封好信封后，再贴上一枚8分钱的邮票，投进邮筒，一颗扑通跳动的心才算落地，静静地等待和畅想对方收到信件打开阅读的那种愉悦。

那种工整手写的信一笔一画，认认真真，可谓力透纸背，在我们写给朋友及家人的信是如此，同时我们收到对方的回信也是如此。捧读这样的信，总会让我们备感温暖与幸福，那美好的问候与祝福流淌在这字里行间，看到那熟悉的笔迹也会让我们感到朋友仿佛就在眼前，睹信如睹人的亲切感自然涌现，友谊由此而升华。

以至于后来我爱上了文学，读书学习之余，开始了文学创作，写信投稿自然是常事。那时写信投稿全是手写手抄，有时为了留有底稿，或是想等待不用回复后再另投他处。于是采用复写纸复写的办法，有时要套上几张复写纸，用力地书写，才会使最后一层看得清楚。写好后，装进信封，写上报刊地址。那时投给编辑部的稿件不用贴邮票，只要在信封的右上方剪去一小角，写上"稿件"二字，邮资便会由邮局向编辑部结算。于是就直接投进邮箱，期盼回音。

在多少年的文学创作中，一支笔，一些文稿纸伴随着我的文学之路，每当夜深人静，灵感到来之时，我就会伏案而写。在四周寂静无声，妻儿都已酣睡之时，伴随着灵感的不断涌现，我伏案奋笔疾书。这时，手中的笔会伴随着大脑中的灵感而动，一一将灵感倾泻出来。又无人打搅，且用笔书写加上思路顺畅开阔，不一会儿，几千字的文章就跃然纸上。待沉静一段时间后，修改誊抄投寄，然后刊出，往往这样使我的作品一篇篇得以发表。

多少时日，我总是会沉浸在那种深夜用笔在稿纸上沙沙疾写的时代；多少岁月，我又有多少情感文字足迹留在了那些手写的稿纸上。如今，再翻看那些笔迹，那些文章，都会让我情不自禁地回想起那个年代来，思绪也自然会回到那个手写时代。

不知何时，电脑出现在了我们的生活中，手写稿件已经渐渐地远离了我们，所有的稿件都开始在键盘上敲出。笔和纸已经渐渐闲置了，钢笔也成了一种收藏品。偶尔记下一些东西来，也只是用那种中性笔，只作为记事使用，已很少有人再使用钢笔书写文件或稿件了。

有了电脑以后，人们便开始直接在电脑上书写，写文章、投稿等均是这样。写好后，一封电子邮件即发往了数千里之外的全国各地，甚至海外，根本就不需要再去认真誊抄和投寄，既节省了时间和邮资，又方便快捷，还可重复使用。

如今，虽然拥有了电脑，就连我也不仅拥有一台电脑，还拥有两台或多台电脑，不仅有台式的，还有笔记本电脑，走到哪里带到哪里，走到哪里就可以写到哪里。尽管这样，我们对电脑书写仍然心有排斥，有时常会遇到大脑闪现的一点很好的灵感，突然被一个生僻难打的字而搅扰得荡然无存。待打好那个生僻字后，再转回来时，灵感早已散尽。每当此时，我就又会怀念我的手写时代，怀念那个捧读书信与手写的幸福和温暖。

如今，多少年过去，电脑书写早已陪伴了我多少年，但我仍然时常会拿起笔来，在稿纸上书写我的文章，记录下我的思绪，仍然不忘我用纸笔涂鸦的那个年代，那种生活。

写于 2011 年 10 月 22 日武汉梁子湖龙湾度假村

（此文发表于《长江丛刊》2014 年第 12 期）

回味书香

买书、读书、藏书，大抵是每个读书人的一种乐趣。然而对于读书人来说，有很多书是买了后，却未来得及读便永远地放在了书柜上，直至落满了厚厚的灰尘。

我是在一次查阅资料时，才又去翻动那满满的书柜，当我抚去书柜里那图书上面厚厚的灰尘时，我仿佛又闻到了初购新书时的那股书香，面对这些图书，我顿生一种歉疚感。在这种歉疚感之中，我不禁又回想起多年来借书、买书、读书，直到藏书的一幕幕。

那是二十多年前，日子异常窘困，但是读书却是我怎么也割舍不下的。尽管没钱，我还时不时地挤出那少得可怜的工资，每月去购得一两本书，读完后作为藏书。然而购买的那些书远远不够我读，我得知一位老前辈家藏书颇丰，于是我便前往借阅。首次借阅的是《平凡的世界》，厚厚的三本书，前辈为扶持我们这些文学青年，很爽快地答应借书，但他有一个要求，就是不能把书弄坏，更别说弄丢了。更重要的一点是，借书必须先打借条。我愕然，自古只有借钱打借条，借书打借条，似乎还是头一次听说。但为了读到那本书，我不得不打下了借条，借条上必须要有准确时间，精确到几时几分。

借得那套书后，我精心细读，仅用了四个中午和晚上，就将那厚厚的上、中、下卷《平凡的世界》读完，且未污染一点书页。读完后，我便急急地还去。前辈收到书后给我讲，书非金钱，然而书是知识，正因为一些不是读书人的人来借书，借后不读，或是读完弃之，致使很多好书因读而不还而流失。鉴于此，他便让所有来他这里借书的人必须先打借条，写上准确时间，从而促使他们想到时间的紧迫而认真尽快地读完书。这就是古人说的"书非借而不能读也"。我遵照了这位前辈的借书规定，每次总是借来读完后准时而无损地将书奉还给他，书也读得更加认真且快。前辈看到我借书的品行，以后借书，他也就不再让我打借条了。就这样，在三四年时间中，我几乎将他的藏书读遍。在那段贫穷的岁月里，着实为我无钱买书而又读到好书，解决了一大难题。而借书打借条这种方法，也敦促我练就了那种认真读书的好习惯。这一幕幕一直都留在我的脑海里，直到现在回想起来时，仍让我感激那位老前辈。

在以后的日子里，在生活日渐好转的时候，我便想有些好书自己必须拥有一本。基于这种想法和我嗜书如命的爱好，我也不断地添置新书，我的书柜也日渐丰盈，一些经典名著也都已渐渐地摆上了我的书柜。不知不觉间，我的书柜也已是书满为患。但是随着工作的忙碌，环境的改变，和自己成为图书主人的现实，一些书便是买回后即进了书柜。心想：反正是自己的书，早读晚读不都是一读吗？那就先把书放一放，日后再读。就这样，书一放再放，而书也在不断地添加中一多再多，于是，整个书柜里没读的书便成了多数。昔日在老前辈那里借书挑灯夜读的勤奋劲也早已不再，人也变得渐渐地慵懒，整日里没有了读书的欲望。

如今，又在查阅资料中翻动了那些落满尘埃甚至还未开封的图书，在看到这些图书未读而心生的歉疚之时，使我又想起了在前辈那里打借条借书的勤奋，他教我养就的酷爱读书的习惯如今又历历在目。如果那位前辈能知道我现在已堕落到有书而不读的地步，那该会怎么想呢？他定会为他昔日借书给我而感到惋惜和后悔不已。

我触动着那些书，抚去厚厚的灰尘打开塑料包装，静闻那些初购图书时的清香，仿佛又回到了从前。我又重新回到书桌前，那灯光、书香、书柜、书桌，一如往常，当我再次沐浴在这种浓浓的书香气氛之中时，我又找到了从前的感觉。让我时时回味从前借书的苦乐，而再次徜徉书中，只有回味书香，才能帮我找回丢失的自我。于是，回味书香，勤奋读书，便将永远激励着我，并伴随着我今后的读书之路。

写于 2001 年 11 月 4 日

（此文发表于《长江日报》2002 年 1 月 16 日，并获长江日报社和武汉图书馆联合主办的征文三等奖）

两篇文章和一位位好编辑

二十多年前，我曾数度深入郧县（今郧阳区）青山镇采访残疾文学女青年张玉真，并撰写了《一位高位截瘫者的人生"脊柱"》和《生命在母爱中再生》两篇特写文章。我将这两篇文章打印后分寄了一些报刊，从而结识了一位位令我尊敬一生的好编辑。

文章写好后，首先即交给了当时《郧县日报》社周末副刊部主任赵久成老师，他接过稿件读了一遍后，告诉我文章很感人，因为长，他将分三次在《郧县日报·周末》头版头条刊发。作为社会新闻的通讯特稿分三次刊发，在《郧县日报》社是首例。此稿刊完后，他又听作家兰善清老师说我又写了一篇该文的姊妹篇《生命在母亲中再生》，他即让我将稿件带去刊发。因为他的热心，使我这两篇作品得以在《郧县日报》首刊面世。这也为后来他推荐我到《郧县日报》社工作奠定了坚实的基础，他是值得我一生都尊敬和敬重的老师和编辑，更是我生命中的贵人。

后来，作品寄出后，不几天即收到了《跨世纪》杂志社编辑王站营的回信并退稿，告诉我该文很感人，但他们的刊物所发文章主要反映男人的奋斗和生活，主人公应是男性，而该文章主人公属女性，故不能采用。《少男少女》杂志社的刘桂梅编辑收阅后，给我寄来了退稿并附了一封2000多字的信。告诉我，他们的刊物只刊登13—20岁少男少女的故事，而该文主人公年龄偏大，她还告诉了他们刊物的风格和常见的几种选题和角度，以及写作中应注意的细节，让我深受感动。

《深圳青年》杂志社的郝天丽编辑收阅稿件后，因《深圳青年》杂志是一本反映大都市现代人生活为主的刊物，该文不适合她们的风格，但她又不愿舍弃这一稿件刊发的机会。她随即又将稿件复印了一份寄给了《河北工人报》，后又将原稿给我寄回来，回信告知我详情，并寄赠了我一期《深圳青年》杂志。该文在她的推荐下，得以在1999年9月5日的《河北工人报》上刊发，这一未曾谋面的好编辑，让我感激不尽。

《涉世之初》杂志社的沉香编辑，审阅稿件后，即给我来信让我将两篇文章糅和到一起，写成一篇文章并配上照片迅速给她寄去。《幸福》杂志社的尹丽芳老师收阅稿件后随即来信通知我让再立即寄去照片,让我稿件不要再向外投寄了,他们已经留用了。后来,在稿件发排之后,又将清样寄与我过目(那时还没有快递,连发电子邮件都还没有,网络也还没有普及),虽然后因稿件偏多而撤下未能刊发,但我深深被她这种认真负责的态度感动。

《时代青年》杂志社的赵瑜编辑收阅后,即将稿件认真修改,在终审未通过时,又将稿件退我。

《年轻人》杂志社的邹当荣编辑审阅稿件发现不适合该刊后,立即退还于我,并写来了热情洋溢的信,使我感激万分。

《飞霞》杂志社的向军编辑将稿件留用后,即寄来了通知。《中华儿女》杂志社的王兆军编辑将稿件留用后,又随即打来电话通知我寄照片,并向同县另一位作者问起我,还给我寄来了杂志。《成才之路》杂志社的傅弘君编辑退回稿件和寄来杂志之后,还高兴地告诉我他和我是老乡,情谊由此加深。

更值得感谢的是《当代老年》杂志社的王莎编辑,将我的文章刊发在1999年第12期的《当代老年》杂志上,出刊后,即迅速给我寄来了样刊。《十堰晚报》编辑部的俞苏青老师,使我的作品从寄发之日到见报仅用了四天时间,在第二篇见报时,他又特意加上了醒目的导语。《武当风》编辑部的潘能军老师将文章刊发后即寄来了样刊和稿费。《十堰广播电视报》社的左尚鸿老师,将文章刊发后即寄来了样报并附了约稿函告知了稿费的金额。

《跨世纪人才》杂志社的金瑞直编辑收阅稿件后,即来信让我迅速用"特快专递"将照片寄过去,以便尽早刊发。《农村新报》毕卫编辑收阅稿件后,即给我刊发在2000年1月8日的四版头条上,随后并寄来了稿费。

《十堰青年报》编辑部的杨府老师在休息的时候听说我已将稿件寄去,便迅速到办公室找来稿件并安排了一版多的位置。

不能忘记的是《知音》杂志社的杨俊枫编辑、《家庭》杂志社的王冠清编辑、《家家乐》杂志社的吴桐编辑、《文艺生活》杂志社的杨齐安编辑、《春风》杂志社的何平编辑以及湖北人民广播电台、《世界妇女博览》杂志社、《现代家庭》杂志社、《福建青年》杂志社……在不能采用稿件的情况下,他们都给予了及时退稿和告知了杂志所开设的栏目。

最不能忘记的是,在这两篇文章的背后是我一向最敬重的兰善清老师,在我文学之路刚刚起步时,采写下的这两篇特稿,是他不顾天气炎热,夏天蚊虫的叮咬和胃病反复发作时的疼痛,耐心地给我讲解写这两篇文章的思路和角度,写好后又不厌其烦地给我斧正。从而成为这两篇文章面世后没露面的前辈和老师，使我感到由衷的敬意，我永远也不能忘记。

这是我在写作之初尝试采写的最初的两篇特稿，后得以在《女子文学》《河北工人报》《当代老年》《农村新报》《淮海晚报》《黄州晚报》、湖北人民广播电台等报刊台上刊播，虽然刊发的报刊级别不高，但却是我写作之初的足迹和所遇到的感动。回想现在许多报刊在稿件不能刊发，都不再退稿也不告知稿件采用的情况下，许多稿件投出去如石沉大海，在那个年代能够收到稿件回复及退稿是多么地荣幸和感动，所以让我感念一生。

文章是其次，关键是通过这两篇文章让我结识了那一位位心地善良、热心负责的好编辑，他们将使我在未来的写作生涯中只有不断地创作出更好的作品来，才无愧于他们的厚爱。

写于 1999 年 12 月 25 日

重回母校

　　初春时节，芳草萋萋，山花烂漫，故乡沉浸在一片绿意盎然之中。一次偶然的机会，我回到了毕业二十多年的母校安城中学。二十多年来，我第一次重回母校，内心的激动溢于言表。二十多年物是人非，母校的变化之大，让我在惊讶的同时，又对母校充满着一颗感恩之心。二十多年来，我虽然没有看望母校，但内心却一直牵念着这片曾经培育了包括我在内的数以万计的莘莘学子，一直不曾忘记这片培桃育李、播撒知识芬芳的热土。

　　车子自安城集镇向母校缓缓驶去，安城中学校长陪同着我们，一路的风景是那样熟悉而又陌生，车子每前进一步，就仿佛又将我的记忆拉回到了二十多年前。进学校的路原本是一条土路，读书时，无论天晴下雨，每个星期上学和放假都要从这条土路上上学和回家。时常雨天一身泥，晴天一身灰。而如今土路已经变成了宽阔的水泥路，不变的只是路边的风景。走在进入母校的路上，我的心跳一直在加快，细细地观赏车窗外的风景，大脑中极力搜寻二十多年前的沧桑记忆，心里猜想着母校的变化。

　　近了，远远地看到母校已是变了大样。那大片大片的校舍比原来要多出许多，而学校外的 10 余亩师生蔬菜基地也映入了眼帘。一路上听着校长的介绍，我内心就一直在勾画着母校的模样。如今母校学生吃菜再也不用从家里带了，而是由学校在当地承包了 10 余亩土地，由老师利用课余时间种菜，改善学生生活。看到这生长旺盛的苞菜、萝卜等蔬菜，不禁又勾起了我绵长的回忆。母校位置比较偏僻，买菜极不方便。学校实施的是双星期制，我们读书时是住校，要等上两个星期第 14 天课后连放星期天，所以每个星期上学从家里来时就要备足一大周炒好的菜用来下饭。时间太长，炒好的新鲜蔬菜不易存放，最耐放的就是那些酱豆、酸菜、炒面以及一些腌菜。尽管这样，菜也总是不够吃，前半周有菜吃，后半周就只能是白饭下肚。好在师傅们总会在饭里放盐，算是缓解没菜的难以下咽。那时的伙食极差，粮食是每个学生从家中自带，上学时交粮。食堂里又不好储存，鼠虫遍地，粮食里遍是老鼠屎尿，而食堂师傅少，又无法一一择出，所以做出来的饭，老鼠屎随处可见。同时，由于夏季时粮食不易存放，时常长了虫子，做出来的饭又是虫子遍碗，只能是闭着眼睛下咽。此外，学生们每周还要到约 15 千米外的大山里去扛柴。那时的中学时代几乎就是在这样的环境中度过的。

随行的校长介绍，如今学校考虑到这些情况后，承包了 10 余亩土地种菜，以此来改善学生生活，学生再也不用带菜上学了，进山扛柴的事也不再有了。学校建起了宽敞明亮的大食堂，用起了液化气，有了菜地，学生生活得到大大改善。

走进校园，豁然开朗。学校几栋楼房拔地而起，办公室和学生教室都是全新的楼房，早已告别了过去那些矮小的瓦屋，校园里随处见到的都是沉重沧桑的记忆。过去那些瓦房已只剩下几排了，早已旧貌换新颜，母校已经大大变样了。走在校园内，我极力搜寻中学时代的记忆，那时的教室，那时的寝室，那时的操场，还有校园内那一草一木，如今许多都已变了模样。

母校的变化牵引着我走向了记忆深处。1985 年，12 岁的我考入了母校这一当时乡里的重点中学，到 1988 年毕业离校，整整三年的母校生活，在我的人生旅途中打下了深深的烙印。母校让我奠定了最初的人生志向，同时让我从一个天真烂漫的少年成长为一个全面发展有理想的青年。

我深深记得，那时在母校生活的点点滴滴，由于母校创建仅仅十年时间，一切的环境条件都还处在建设之初。每当课外活动，我们就要参与抬石头、挖土搬土的劳动等学校建设。整整三年时间，我们几乎没有停止过学校的劳动建设。由于学校没有学生用的床，我们到校时必须要自带竹竿编织的花簿，自带被褥和各种生活用品。然后就用两根木头支起一个大通铺，所有的男生们都横七竖八地排在那里。尽管如此，地方仍不够睡，我只好找来两条板凳，在寝室外面的屋檐下支起铺来睡了一个星期。后来班主任为我们分床铺，由于寝室太少，无法平均分配，老师只好找来尺子量，结果每人仅分到 7 寸半的铺位，根本睡不下人，只好侧躺。每当下晚自习后，熄灯铃声响起的时候，寝室里为休息争铺位的吵闹声就会不绝于耳。班主任只好来维持秩序，并反复给我们讲"人定铺就宽"的道理，最终使我们躺下来。后来，学校组织我们这些学生进山扛木料，回来后由木匠做起了架子床。自那以后才真正结束了我们中学时代 7 寸半的床铺生涯。而此次回母校，我发现我们当年睡的木架床早已不见了踪影，取而代之的是钢架床，寝室虽然还在，但里外已经全部刷新，整洁亮丽，地上已经是水泥地。

在中学时代，我记忆最深刻的就是每个星期上学时。我的家离学校有 12.5 千米的山路，到校的唯一交通工具就是坐客轮。当时的船票是每人 4 角钱。客船对于学生实行半票，每人 2 角钱。尽管这样，很多学生仍然步行上学，每周要挑着粮食和一大周吃的菜跑十几千米山路，有的甚至更远。而如今由于河流几近断航，客船早已失去市场，为防学生乘坐一些无证"黑船"或摩的，每当放假，学校便安排老师们组成护生队，护送学生回家。开学时再迎接学生，确保学生安全。

那时吃水要到很远的小溪里去端，记得当时每节课下课就要端着脸盆，到1千米外的小溪去给食堂端水做饭。如今，经过历届校领导的努力，学校已经铺通了9千米的用水管道，吃起了自来水。那时教室也是在几间民房里上课，而如今早已变成了宽敞明亮高高的楼房。母校变了，一切变得那么地壮美。我的中学时代虽然是在这样的艰苦环境下度过的，但它却磨炼了我的意志，激励我奋发有为。

师生情，同学谊，在经过岁月的洗涤后依然纯洁如往昔。游子依恋故土，学子难忘师恩，母校如今发展已日益强大，升学率逐年提高，在全县有了一定的地位。校长告诉我，虽然由于乡镇合并，原来的安城乡并入了五峰乡，全乡的中心已由安城变为了五峰，乡重点中学也由安城中学改为了五峰中心学校，但安城中学几十年积累下来的厚重文化和人脉文脉依然根深蒂固，很深重很浓重。校长表示将秉承安城中学几十年积累下来的厚重校风和人脉文脉，不遗余力地将安城中学发展得更为繁荣富强。

如今，母校安城中学从迁建到目前已经走过了三十多年的风雨历程，我离开母校也已二十多年了，我虽然学业无成，不能成为母校的骄傲，但母校却奠定了我最初的人生志向，激励着我向着人生的高峰攀登。二十多年来，无论是我身在异乡为生存而奔忙，还是我一脸率性，满目阳光，母校都永远在我的牵念之中。

在母校走过了三十多年和我毕业离校二十多年后写下此文，以此献给培育我成长，给我人生启蒙，扶我走上人生之路的我深爱的母校——安城中学。

写于 2008 年 5 月 5 日

（此文发表于《汉江潮》2012 年第 4 期）

久违的校园钟声

穿行于人世风尘，奔忙于交际应酬，远离了校园的我，整日里感受着生活的劳累，渐渐变得有些懒散和消沉。

偶尔有了一次下乡的机会，沐浴着乡下清新的空气，享受着春天的气息，使我顿觉精神抖擞。奔赴乡下是一种放松，一种轻松愉快。

乡下的夜总是很短，城市的梦在乡下总是无法做完。人勤春早的农民以早行的勤劳唤醒我乡村的睡梦。我在乡下住宿的房间紧邻一所校园，我正酣睡在乡村的清晨里，却从校园传来了久已淡忘的"嘀铃铃"的钟声，随即是嘹亮的起床广播号。离开校园已十多年的我，听到这种声音顿觉耳熟且亲切，如闻母亲早晨的催促声。钟声响起，我随即一跃而起。

哦，那久违了的校园日子。

学校里，每逢这种钟声响起，我们那些学生总是从酣睡的被窝里一惊而起，去重复那日复一日的课程。自初中开始，我就开始听凭这种钟声的召唤，几年时间，我在钟声的催进中完成了学业。久而久之，钟声就在我的大脑中形成了一种条件反射，每每在早晨钟声响起的时间里就会过早醒来，然后起床，准备进入一天的学业。钟声养成了我早起的习惯，即便有时早晨过早醒来，明知钟声马上就要响起，但还是想在暖暖的被窝珍惜那钟声响起之前分秒必争的睡眠时光，而再迟又不能迟过钟声之后。这使我对钟声有了一种敬仰感和依赖感，逢事需要钟声来激励。

离开校园之后，我也就失去了钟声的督促，开始还因为钟声在大脑中形成的定式，养成了习惯，适时起卧，把守时勤事视为珍惜生命。而随着时间的推移，留在我生命中的勤奋也渐渐消失，校园中那种受钟声的激励也早已不再。于是在早起的时间就没有了指控，起床便越来越晚，有时甚至如若不是要去上班，我将会在被窝中失去整个上午，星期天自然就会被慵懒的睡眠打发过去。失去钟声的日子，我过得愈发懒散，人自然开始消沉。失去钟声也就失去了精神，失去了奋进，人生自然一事无成。

我企图构筑语言的方城，寻找文学的净土，追寻钟声响起的岁月，用以激励自己奋进。可我无从著述，我诅咒着生活，是生活浪费了我的生命，我以极小的身躯融入在时间的瀚海，用一篇篇的文字谩骂失去钟声的岁月，希望生命中时时有钟声响起，也不让自己的年华虚度。因为没有钟声的催促，我一生也许将碌碌无为，一无所获，而我坚信，我对文学的坚守，始终将会在荒原上成长为一片绿荫。

失去十多年钟声催促的我，如今再度听到钟声响起，似乎感到时间恍若隔世，沉寂在我脑海中的生物钟再度被敲醒。而时间的风尘已远，逝去的岁月已无法挽回，久违的校园钟声，又一次催我奋进。于是，我又有了重返校园的振作，趁着岁月青葱，赶紧用手中的笔捞住流逝的岁月，补偿我浪费的青春年华。唯愿这来自校园的钟声时时响彻在我人生的旅程。

（此文发表于《青年科技报》2000年8月30日）

阅读钟书社

在十堰这座城市，多年来都有一个经常的去处，那个地方很小，小得只是城市的一隅，很不起眼，在鳞次栉比的高楼大厦中，几乎可以忽略不计。但是那个地方却很有名，有名得那里竟然成了六堰城市的一个标志。如果你打的去那附近，你也许说周围的建筑物或单位，别人并不知道，但是如果你对司机说："到钟书社！"司机却会准确无误地将你拉到六堰钟书社前。

她很小却又很大，她已成为这座城市甚至周边县市读者阅读的中心，她将这座城市几乎所有爱书、读书的阅读者联系了起来，大到作家、艺术家、科教工作者、机关干部、企业家，小到少儿、学生等，更有许多热爱读书的领导，各个学科门类的人士几乎都愿在这里聚集，这里因此而成为这座城市的一个文化品牌。多年来，她为维护正版书市场，团结广大读书者，营造读书氛围等方面作出了一定的贡献。她犹如一部大书，在这座城市散发着她诱人的芳香。

书店老板龚月桃是一个具有读书人气质的女士，十多年前，这个城市书店甚少，尤其是专营正版书的个体书店几乎没有。那时龚月桃还是一个才20岁刚出头的女孩，她在对十堰的图书市场进行过一番考察之后，一个仅有20多平方米的钟书社就在这座城市诞生了。钟书社，顾名思义，钟情于书，追求一代文人钱锺书的读书之风。

小小的钟书社诞生在这座城市的六堰，开业之初，书店就以正版书为市场，坚决抵制盗版书，钟书社严把进货渠道，货源从京城进货，选择品牌出版社，但是由于货源较远，运费较高，且正版书进价高，折扣低，致使一些享受惯了低价盗版书的读者无法享受购书折扣。但为了聚集真正的读者，购书虽然没有折扣，钟书社却在十堰所有的书店中首开先河地实行了会员制，对于钟书社的会员，可优惠购书，因此得到了读者的广泛认同，稳定了众多的回头客，直到目前，钟书社已拥有长期会员2000余人。

钟书社承诺：凡是在这里购到盗版书，书店愿假一赔十，图书如果发现倒页、缺页等影响阅读等问题的，书店无条件退货。九年来，钟书社坚持不懈地维护正版书市场，已在读者心目中有口皆碑。书店也从当初的20多平方米，发展到70多平方米，直到今天的400多平方米，有了加盟店，拥有七八个店员，从而使钟书社成为民营书店的一朵奇葩。

在钟书社几乎有三分之一的书进的都是单本书，单本书对于一个书店来说几乎没有利润，进量少，折扣低。但钟书社却不一样，他们认为一本书可以迎来一个读者，他们会精确到知道这一本书的读者是谁，为的就是不遗漏对任何一位读者的服务，从而服务广大读者。不因某本书的市场小而不做，哪怕进的单本书有读者去买也使书店拥有一种满足感。为读者订书说起来容易做起来很难，读者需要某一本书，但是书店却要去打许多长途电话，联系、发传真，结果换来的只是一本书的销售，而许多支出却远远大于利润。但钟书社却乐于这样做，因为这样他们又多了一位读者，有许多读者因为找到了自己需要的书而和书店老板成为忠实的朋友，书店老板也因为被人尊重而找到了一种幸福充实的感觉。钟书社并不将销书当作一种商业行为，更多的还是当作一种文化事业来做，卖书使书店老板龚月桃结识了许多文化朋友，她也因此感到无比自豪。

作为卖书人，不仅卖书，自己也热爱读书，这样才能更好地给读者介绍图书。几年时间来，龚月桃和丈夫总是不断地读书充实自己，从而使他们的知识层面不断提高。不仅如此，他们还要求店员利用下班时间也要读书，不断丰富知识，提高业务水平，进而营造读书氛围。由于开书店使他们丰富了知识，通过自己不断地学习，从而使书店的经营超出了读者的期望值，赢得了众多读者的青睐。

多年来，逛钟书社已成为生命中一种不可或缺的生活方式，双休日到钟书社去走走，沐浴在书香中度过半天时光；晚上散步到钟书社去看看，有时即便不全是为买书，仅仅是去感受一下那里的读书氛围，了解一下新进图书，也是一种享受。每天书店里的读者很多，有买书的，也有来看书的，浓郁的读书氛围会让人感到心旷神怡，淡去生活的劳累。而挑中几本自己满意的新书，则更让人找到了一种收获和满足的感觉。

其实钟书社就是一种文化，一本书，是这座城市一部不可多得的好书，不管你是生活顺心还是不顺心，也不管你是生活快乐还是不快乐，在那里你都可以沐浴书中，物我两忘。淡淡的书香会拥你人生路上所有的劳累与困顿，所有的不快与失落。钟书社是一本好书，一杯香茗，值得人们一生去读，去品。阅读钟书社就是阅读一本书，阅读一种文化，在这里会找到人生的一种境界。

时光如书，岁月远去。如今已迁至新址六堰工人文化宫的钟书社，拥有1200平方米的钟书社仍然成为人们的一个必然去处，让人们去细细阅读。

写于2007年7月8日

永远在路上

当我们一日日地在疲惫奔走中小憩时，我们才发现我们原本就在路上。在学生时代要一日一日地奔走在那条求学的路上，将时光和理想都抛却在那条路上。随着时光的推移，参加工作的我又一日一日地往返在上班与下班的路途中。不见路短，亦不见路长；不见路增，也不见路减；不见路衰老，更不见路年轻。只见路上匆匆行走的路人，在多少次的相遇中，面孔由陌生变得熟悉；只见我们的生命在这条路上一趟趟来去中老去。

记得小学时代，学校离家有2.5千米路，每次到校和放学总需要一段时间，那时我就时常埋怨路为何不近些。而大人们总是安慰我们，现在路还不算远，等上了中学路就远了，以后读大学参加工作路就会更长了。我们不知这些话有什么含义，也不知是否真实，但却相信了大人的话。

在后来读书的过程中，路果然是一次比一次远了。走在这条路上，我常想，人不走路或少走路该多好。但转念又想，人如果不走路或少走路，那么人不就在原地或走不出多远？在成长过程中，我也渐渐地悟出，人来到这个世界就是要干一番事业，而要想干一番事业，就必须要走路。

于是，在路上我常常想，在现实的路上行走，为的就是要去寻找人生的路，而要达到的目的就是自己所追求的目标。

后来，我在追求人生目标的过程中，离开了家乡，开始了我人生的漂泊，在这漂泊的旅途上我备尝了漂泊生活的艰辛，体味到在路上的深刻内涵。就在我一次次地漂泊与动荡，又一次次地成为城市过客的时候，我才更深地懂得跋涉的艰难。

再后来，我在游移了一个又一个地方之后，终于有了一个稍事落脚的归宿。这时我才知道漂泊行走和跋涉，就是为的拥有这一个落脚之处，如果没有那些路途的行走，也就不可能有这栖身之地。

然而，这个栖身之地并非长久，由于我思想的逐渐成熟和对世界的认识再次改变了我，我已不再满足于这一个小小的容身之地，我又开始了再次漂泊，去寻找更新更高的归宿。我再次背起行囊，迈开矫健的步伐，开始了异乡漂泊的岁月。然而在路上我却走得更悲壮，走得更激越，走得也更昂扬。

因为我知道，只有在路上才会更有希望；只有在路上，才会更有力量。因为有一条看得见的路在脚下，一条看不见的路永远在我心中。每一个有思想的人都要用双脚去走两条路，把人生的路藏在心中，把现实的路抛在脚下。

我在路上奔走着，我感到释然。因为我知道，家仅仅是一个起点，我们必须从这个起点出发不断地奔走，永远在路上。家仅仅是祖辈们在路上行走后落脚的最后一个驿站，故乡也曾经是异乡，人生不能将故乡看作是永恒不变、永远温暖的巢穴。要永远在路上，因为每走一段就是一截生命的行程，人生就是一个旅途，我们就是一个永远在路上行走的行者。永远在路上，我要让天下处处都成为我的故乡；永远在路上，我要让人人都成为我的乡亲。

（此文发表于《珠江》2004年第3期）

一本书的叹息

不知何时爱上了读书舞文弄墨之癖，爱上之后一生便无法卸却了。然而随着日渐上涨的书价却束缚着我日渐浓厚的购书欲。每当囊中羞涩之时，便无心光顾书店，时不时地跑到旧书摊去，以期能淘出于己有用的好书，即便是徒劳的也心甘情愿。当然也淘出了很多有价值的好书，然而付出的书价却是微乎其微。

光顾旧书摊，久而久之也和老板结下了深交。一次偶然发现一本白皮书，我想可能是一本掉了书皮的旧书。顺手拾来，随便翻翻，见是《诗经》里的诗句，便不问别的给老板掏上1元钱，拿回家细读。细翻此书，深有感触，翻开书的版权页，见书名为《诗经选》，为广东人民出版社1984年4月出版，定价1.65元。翻读书的内容，见是一本《诗经》选注本。

《诗经》为我国最早的一部诗歌总集，收周代诗歌305篇，分《风》《雅》《颂》三大类。而这本选注本共选入了诗歌111篇，是《诗经》中思想性、艺术性较高的作品。从而可以看出选注者顾及了内容和艺术手法的多样性，力图全面地反映《诗经》的面貌。每篇作品，前面有题解，后面附有简要说明，对每一首诗都作了翻译，便于读者领略原作的艺术风格，真可谓一本不可多得的好书。

我书柜现存一本早时期《诗经》，纸为草纸，纸张特薄，为繁体字，从后向前阅读。而繁体字有时须查阅字典才能认出，且纸质较差，不便翻阅。而这本书却给我带来了很多好处，有幸想了解一下书的原主人卖书时的一些举动和心态。

细看封面，令我大吃一惊，原来书的封面不是掉了而是用一张白纸包着，白纸已被弄得略显陈旧，书的内芯大概是被原书主人细读之后变成了旧书应有的颜色。拆开包书的白纸，书封面露出真正的面目。崭新的书封面上现出书名《诗经选》，上面三分之一是白色的，书封下面三分之二是天蓝色的花纹，没有任何污迹，大概是书买来之后就被包上了，从而可见原书主人买书后读书时爱书的程度。翻开书的扉页，我想找到与这个爱书人有关的蛛丝马迹。看后，让我一下子进入了原书主人卖书时的痛苦之中。卖书的主人，卖书之前就用橡皮擦将扉页上写着的自己的名字痛苦地擦去，他不想让自己的名字伴随着这本书一起进入地狱，抑或被下一个得来的善良的读书人骂着。那么，他卖书时为何不简单地将扉页撕去而细心地用橡皮擦去自己的名字呢？他还在想着不愿让这本书一旦找到新的主人，而失去一个完整阅读的面貌。他是不是穷困到靠卖旧书生存的地步呢？我想是不会的，那么就是他放弃了自己所执着追求的文学而去经商抑或从政，但是无论怎样都是我的设想。翻开书的封底定价上盖着"郧县新华书店"的纪念章。我想这本书的原主人大概就在与我居住和生活的这座城市不远，抑或就和我同住在这座城市之中。他的艰难和困苦，要么超过了所有文人的困苦，要么就是幸福时怀念自己所钟爱的文学的一种痛苦。

　　既然我已无缘拜见这位给我造成廉价购买该书机会的人，那么，我就将书展现出原书的面貌。将它置于书柜上，闲时翻来看看，不让它在历史的风尘中沉落。如今书已立于我的案头，该书的原主人是不是已经沉睡了呢？他若有缘看到这篇文章之后是否会痛心疾首呢？

　　（此文发表于《十堰晚报》1999 年 8 月 4 日）

怀念那座城市和那片樱花林

一年前，我在那座城市生活的时候，每逢樱花盛开的季节，我总要赶到那座城市郊区的一片樱花林中，去欣赏樱花后追思往事。几乎年年如此。因为关于樱花，我有着一段深刻的记忆。

那是十年前的一个春天，刚刚从学校毕业在县城参加工作的我，在寂寞、孤苦中度着时光。到了春天，百花齐放，万木吐翠。一个星期天，百无聊赖的我便想到了城郊那片樱花林，不知道樱花是否盛开，我带着好奇，带着散心，前往那片樱花林。远远地就闻到了一股暗香，徐徐春风中，飘进我的鼻腔。远远地我又看到那大片大片雪白的樱花笼罩着那个山乡，也纷乱了我的双眼。我当时一阵狂喜，如此迷人的景色，我怎么一点也不知道，而是蛰居在城市，不知道春天已悄然而至。

春暖花开，气象万千。走出城市，我投入了大自然的怀抱。我循着樱花的暗香，沿着我目力所及的美丽景色，走进了那片樱花林。樱花着实迷人，藏匿其间，根本就看不到人影。走进樱花丛中，那一团团一簇簇的樱花争奇斗妍，许多人穿梭在樱花丛中，仿佛一只只蝴蝶和蜜蜂。走出城市的我感到了无以言说的新鲜，我独自沉醉在那片樱花林中，找到了少有的感觉。我置身其间，物我两忘，仿佛自己就是一树樱花，既忘了来路，也忘了去路。

蓦然间，一声亲切的声音，打断了我的思绪和遐想。我抬头一看，只见一位身着红色毛衣的女孩站在我的面前，她见我独自沉醉在樱花林中，孤身一人，且年龄相当，便走上前来和我攀谈了起来。就这样，在那片樱花林中，我有了一个同伴。我们沿着樱花林漫步，时不时地一股暗香扑进鼻来，沁人心脾。姑娘告诉我，她来自本县一个乡村，初中毕业后，因家中贫困未能继续上学，于是便来到了那座城市打工。那天由于是星期天，所以便一人来到了那片樱花林中欣赏樱花，不巧的是正好遇到了同样独自一人的我。她见我满面书生气息便来到了我的身旁，希望我们能共同欣赏这春天里美丽的樱花。

我被女孩美好的心灵和特有的气质打动了，尤其是她那来自乡村的纯朴，更是让我顿生爱慕之心。不一会儿，我们便谈得很熟了，且也很投机，在樱花丛中走着，我向她讲述了我的生活经历。就这样，我们相识在了那片樱花林中。

在茫茫无边的樱花林中，我们漫无目地走着，时间在我们的漫步中悄然流逝，我们似乎谁也没有察觉。就这样中午过去，直到夕阳西斜，我们仍无离去之意。夜幕降临，天色渐晚时，我们才走出那片深长的樱花林，重又回到了那座城市。临别时我们彼此留下了地址和电话。

　　自从我们邂逅在那片樱花林中之后，我们几乎一直保持着联系，不是她来找我，便是我去找她。很快，我们发觉谁也离不开谁了。然而正当我们在这样的交往中进行时，我因几天有事，没有去找她，却突然在一天收到了她寄自本县城的一封信。信中她说，为了生计，为了家中，她必须要到大城市去挣更多更多的钱养活父母，供养弟弟上学。我追到车站，可南下的车次已经走远。车站内没有她的人影，我发自心底地呼唤她的名字，却不见她的回音。自此，我犹如失魂落魄。

　　我在痛苦中度过数月之后，我收到了她的一封来信，她在信中说她到了深圳，在一家电子厂打工。她说过两年再回县城。我在盼望中等待。第二年的春天，我又走进那片樱花林，期盼能觅到她的影子，可那只是春梦一场。

　　两年后，我收到了她的一封来信，她说，她要回来，问我家乡的樱花是否又开了，她要选择在樱花盛开的季节回到家乡。我告诉了她樱花盛开的时间，并说我去车站接她。可她却说，车站犹如人世，人海茫茫，到哪里去找到她的影子，她说就到那片樱花林中等她吧。于是我便在樱花盛开的前后一个星期内，天天都要走进那片樱花林，可不知怎么也没有见到她，也许是人生如过客，匆匆而过。

　　直到后来，我再也没有见到过她。可我年年在樱花盛开时节总要前往那片樱花林去赏花忆旧，总是期盼着能有奇迹出现，可一年年的都再也遇不上那年樱花盛开的景象，不是去早，便是迟了花期。一年前，当我又相约几位朋友再次走进那片樱花林时却由于过了花期，樱花正在凋零，且又遭遇了春雨霏霏，一朵朵凋零的花瓣打在了我的脸上，犹如打在了我的心中。

　　后来，我离开了那座城市，但我每次路过那片樱花林时，总要看看樱花是否盛开。可由于已到人生的多事之秋，很少再有时间和精力去专门光顾那片樱花林，因此，常常又是错过了花期。每次路过总是感到一片片凋零的花瓣犹如伤心的冷雨打落在我的心上。

　　于是我总是在一日日的梦中怀想那年春天的樱花，怀想樱花林中走过的一个人。

（此文发表于《贵州乡村文学》2010 年 10 月）

走过樱花林

离开那座城市不久，可我心中总是念念不忘那座城市郊外的那片樱花林，那几乎成了我对于那座城市记忆中最重要的一部分。

在那座城市生活了十多年，十多年中留下了诸多欢乐忧伤、痛苦甘甜，然而记忆中最深刻的还是要数那片樱花林了。

初到那座城市，一切都是新奇和新鲜，于是每逢春天，樱花盛开的季节，我总是要相约着几位朋友前往那片樱花林中去观赏樱花。既是踏青，亦是春游，过着无忧无虑的时光。几十年来，我都没曾改变过，十多年间，那片樱花林伴随着我在那座城市的喜怒哀乐，记载着我深深的足迹和在那座城市走过的岁月。我在那座城市懵懵懂懂地成长，一步一步地艰难跋涉。可是蓦然有一天，我发现我已经逼近人生的而立之年，却竟然还是一事无成，我感到惭愧和惶恐。

最后一次走进那片樱花林是我离开那座城市的那年春天，我又相约几位朋友再去欣赏樱花，在樱花林中怀想自己走过的沧桑人生，坎坷岁月。在樱花林中，我仿佛又回到了我们的童年，可回想起往事已不堪回首。在美丽的樱花林中，我和几位朋友又天真般地欢呼起来，仿佛忘了我们的年龄。三十而立，可仍然没有走出一条属于自己的路来，在那片樱花林中，我们仿佛还过着懵懂岁月。终于有一天，没有走出一条路来的我们，那时才意识到生存的艰难。现实一下子将我们推到了生活的边缘。我们又将重新步入社会，一切都又将重新开始。拥有单位时并不觉得单位的重要，失去了才知道可贵。十多年前，走过那片樱花林时，完全是刚从学校出来时的那种感觉，而时光将人逼近而立之年，进入多事之秋时，又走进那片樱花林时，都全然没有意识到生存的危机和压力，仿佛人生就沉浸在一片樱花林中。

终于有一天生存危机来临时，我们面临着选择，就要远离那片樱花林去寻找一条属于自己的道路。这时回首望望，人生是多么地艰难和困倦。于是就在又到一个樱花盛开季节来临的时候，我离开了那座城市，离开了那片樱花林，来到了另一座城市谋生。回想十多年的人生路，又得重新开始时，我的心情不禁一片黯然，感时伤怀。

第四辑 岁月想

远离了那座城市，在另一座城市里重新起步。又到了樱花盛开时节，可我已是无心再去观赏那樱花，只任那樱花自开自落，生生息息。在另一座城市里重新谋生，初来乍到，一切都很艰难，不禁又回想起那片樱花林。

如今，樱花又开了，樱花凋零了。走过那片樱花林的我，仍念念不忘那座城市，怀念那片樱花林。因为那座城市还有我的妻儿。我将在这座城市里，静静地体味、静静地怀想失去樱花的岁月和失去樱花的生活。

走过樱花林，我更加知道人生的珍贵；

走过樱花林，我更加懂得奋斗的艰难；

走过樱花林，我更加呼唤春天的来临。

写于 2004 年 4 月 28 日

怀念那辆永久牌自行车

在交通车辆日益增长的今天，骑自行车者可谓不多，尤其是骑着像我那辆那么旧的自行车者更是稀有。也曾有不少人劝我该换换那辆自行车了，可我却执意不肯换，是因为我对那辆旧自行车怀有着一种特殊的感情，喜爱着它那风雨沧桑的历程。可不巧的是那辆自行车就在几天前丢失了。这不由得又勾起了我绵长的回忆，怀念起了那辆自行车陪我走过的风雨坎坷的岁月。

那辆自行车是永久牌28轻便型的，它陪伴我度过了十多年难忘的时光，陪我走过了一段不长但却很深刻的风雨人生路。开始拥有那辆自行车是我刚刚走出校园，那是一段艰辛的生活。刚参加工作那阵收入低，工资又不能按时发放，开支还大，于是那辆自行车便派上了用场。每当我回老家或出门，都要骑上那辆自行车到达目的地。它一来可以为我省去路费，二则来去方便，不受时间限制，随时可以去留。虽然人累，但是很有乐趣。

就这样，那辆自行车无数次地陪伴我穿山越岭地驶过那乡间公路，回六七十千米外的老家，过70千米之外的十堰或外出办事。在回老家的山路上，多少次都是我骑着或上坡路时为绕过弯道省去推车之力而扛着那辆自行车爬坡走捷径，奔波在山路上，同汉江上我们历来回家必须乘坐的客轮赛跑，是它陪伴我度过了那段艰辛难忘的岁月。

十几年来，它除了三角架是原装的以外，其他部件都是换过的，有些部件还换过多次。每次骑回来或是出去，我都将它擦得锃亮如新。但是随着时光的老去，它已变得斑斑驳驳，浑身伤痕累累。但越是如此，越是让我感到对它爱不释手，一天没看到它，我就一直牵挂着它。每次出门时骑上它，就让我顿生一种踏实感。

十几年来，它已陪伴我走过了数不清的行程。其间，有风雨，也有坎坷。岁月的磨砺写满了它的周身，它日渐变得破旧不堪，然而我对它的感情却日深一日。它日渐变旧，就是我时光的老去，也就是我过去岁月的见证。

后来，生活在慢慢地好转，但我仍不忘骑着那辆自行车，尽管它已变得很旧，以至于后来我走上了新闻之路，仍然是那辆很旧的自行车陪伴着我的新闻采访之路。四五年来，不管风雨，无论坎坷，都是它陪伴着我。无论我的生活怎样变迁，我都不会忘记那辆自行车陪伴我走过的那段难忘的时光，它教我养成了勤俭节约的习惯。每当我在生活中要奢侈浪费，我骑上它或是看见它，就会想起骑着它奔波山乡时艰辛的岁月和日子的艰涩，我就会重拾起俭朴的作风。尽管随着生活的改变，我现在再去骑着它奔走山乡那几十千米山路已不再可能，但我仍会在新闻采访之路或是上下班之路骑上它，就会怀念起那段时光，是它激励着我牢记艰辛、克服困难、向前进取。

可如今那辆自行车丢失了，我倒不是心疼它自身价值的丢失，我是痛心那和我结下十多年的情谊，记载着我在艰难岁月里靠着那辆破旧自行车开创未来、奋发进取精神的丢失。失去了它，我便失去了精神支柱。偷车的小偷，我倒想给你买辆新车送你，你把旧车再还我，因为那毕竟是我艰难岁月和人生的见证啊！

那辆自行车丢失了，可能永远也找不回来了，但是我希望那辆自行车教会我克服困难、奋发进取的精神将会永远激励着我前行。

（此文发表于《郧县日报》2003年7月12日）

五一长假的快乐与劳累

"单位放假了，7天！"我回到家里将这一消息告诉了妻子。"难得有这么长时间的假期。我们带上孩子也出去旅游一次吧！"妻子不无兴奋地说。我同意了妻子的想法，并确定好了去向和行程。当晚收拾好了出行的准备。

可当晚9点多突然接到一个电话，是父亲从老家打来的："单位放假了，都是7天，你们也不回老家？"我猛然想起已是几个月没回老家了。于是，我在电话中对父亲说："好吧！但说不准哪一天。"父亲在电话那边很高兴，我心里得到了一丝慰藉。好不容易做通了妻子和儿子的思想工作，才又确定改变了去向。

不一会儿，电话又响了，是十堰的一位朋友打来的。他说："明天过你们郧县（今郧阳区）去玩。"好久没见面的朋友要过来玩，我无法推辞。电话中一再答应，连声相邀。

放假第一天正是五一，朋友要过来，一大早，妻子便上街到菜市场去买菜，我则留在家中等待客人到来。中午，朋友一家人如期而至。妻子忙厨，我们围桌打牌，待到午饭时已是下午1点了。

久未见面的朋友在一起自是喝个酩酊大醉，并计划好了在郧县两天的游览线路，龙吟峡、虎啸滩……我们两家六个人一起去游玩。可谁知晚上却又接到一个电话，是村里一个在武汉工作的老乡打来的。他说，五一长假他一家人回老家，现正在十堰的一宾馆里住宿，明天要到我这里来玩一天。看来又不能推辞，只好决定第二天暂让朋友一家先去游玩，我们则在家待客。

老乡玩了一天后坐上了回老家的客船，朋友在郧县两天游玩结束后，晚上又返回了我这里。此次旅游没能陪朋友一起，再则朋友次日要走，看来只有以酒致歉了。

酒醉后，我和朋友都酣然进入了梦乡，半夜醒来，外面竟下起了大雨。"人不留客天留客"，朋友自是不能走了。谁知中午却又有几个同学因为下雨无法返程赶到了我这里，一桌坐不下，只好摆起两桌。

第二天，朋友说什么也要走，我只好送他们上车。回到家里，浑身便有了一种累的感觉，想和妻子出去游玩，不想已是假期第五天了。思来想去，索性晚上又邀来了同城的几个朋友相聚。

假期第六天，同城或旅游或外出返回来的朋友们又将我邀去把酒言欢。

假期只剩下最后一天了，本打算好好休息休息，好准备第二天上班，可又有同学打来电话："假期就剩下这最后一天了，再等就要到十一了，此次不聚时间就长了。"我拒绝了。可不到10分钟，同学竟坐了一辆麻木车赶来接我。无奈，我只有舍命陪君子。

晚上酒罢回到家里，已不知是什么时间。待早上醒来，发现已快到上班时间了，匆匆洗个脸，满身疲惫地走出家门去上班，却突然想起，家乡的村口上父亲期盼我们回家的目光一定还没有消失。

（此文发表于《郧县日报》2001年5月12日）

酒 事

　　一生没有什么大的嗜好，除开读书，便是酒了，烟是一支也不沾的，但饮酒如同读书和写诗却是永远也无法割舍的了。

　　离开乡下的日子很早，中专毕业后，便在县城参加了工作，所以乡下的生活和感受便很少了，喝酒的日子也不多。

　　嗜好饮酒是近几年的事，偶尔回趟老家，乡亲们总是端上碗漂着米粒的大碗老黄酒，配上一碟花生米或泡菜，和乡亲对坐围着一炉旺火，慢慢畅饮，尽情体味乡亲们的纯朴和真诚。

　　久住在城市，并没有忘却乡亲那种用酒来表达真挚的情谊。

　　白酒每顿都喝，但每次都喝不多，总要喝上三杯两杯的，以解除人生的劳累和艰辛。

　　爱好读书，有时也写诗写点文章，爬爬格子，间或地有一些豆腐块、火柴盒的文章见诸报刊。得来的稿酬首先便是用来买上一瓶酒，炒上两个菜，然后独自享受这种辛勤笔耕所收获的果实以及带来的幸福。

　　半夜时分，看书疲倦之余，以酒驱除睡意和倦意，然后舞文弄墨地写上几句不成文的诗句，虽然没有李白斗酒诗百篇的豪迈气派，但也是自娱其乐。

　　结婚之后，妻子知我好酒，每次上街总要为我买回酒来，供我享用。但生活中时常会出现捉襟见肘的时候，好在妻子出身农村，见过一些做酒的技艺。妻子便也学着乡下做黄酒的工艺，为我做酒。因为妻子初次制作，所以前两次总是将酒做坏了，味酸。妻子总是不好意思，可我却很高兴地舀上一碗，喝着，笑着对妻子说："这才叫生活，生活中本来就应该酸甜苦辣都有。"

　　妻子见我并没因为将酒做坏而介意，事后便背着我回了娘家。

　　不几天回来，她说还要开始做酒，我知道她定是回娘家去学了一些做酒的工艺回来。

　　结果这次做出来的酒味道纯正，色浓、味醇，稍喝即醉。我知道妻子为了满足我好酒的兴趣，四处学艺，我内心充满感激。

　　如今，乡下也经常烤酒，用玉米、红薯等农作物酿造。父亲每次进城来，总要为我捎上一壶，供我长时享用。我深深懂得这酒中包含的父子情谊。

　　已是人生的多事之秋，举步维艰，喝酒之事并不是每天都能有。人生旅途是漫长的，也是艰辛的，每次总是独自斟上一杯酒来细细品味，以解除生活的疲累，越品越觉得，酒犹如生活般苦涩且甘甜，蓦然觉得生活不正是一杯酒吗！酸甜苦辣由你自己去酿造。

（此文发表于《中国沱牌报》1999年4月20日、《孔府宴报》1999年6月30日）

平安短信伴我行

自从结婚那天起,每次出车总多了一个人的祝愿,一个人的企盼。妻子总是千叮咛万嘱咐地要我安全小心,一路慢行,并劝诫我万万不可饮酒,要谨慎驾驶。可我每次总是把妻子的话当作耳旁风,妻为此总是放心不下,专门为我配置了呼机,还特地选购的是中文机,随时给我留言。

我驾驶的是货车,所以常常总是出远门。每次出车前,妻子边为我打点行装,边千遍万遍地叮嘱,尽管我不住点头和回应,但走出家门驾车踏上征程的快感瞬间便将妻子的嘱咐忘之九霄云外。妻子知道我的习气,更了解我的性情,所以每次出发前也不再太多的唠叨。时间久了就是一种老话。她将唯一祝愿的千言万语都化作一种短短的话语,寄托在我身边的呼机上。于是,每当我走出家门行驶10余分钟时,呼机便响了,上面是熟悉得不能再熟悉的电话号码,留言上留着"祝你一路顺风,妻在等着你平安回家",这便为我的征程增添了一份自信和鼓励,时时处处都不敢亵渎生命,亵渎妻子的深情。

望着妻子一天天隆起的腹部,我心中油然升起一种将要做父亲的自豪感,所以时时都在推算着妻子临产的日子。

我又接到一趟出远差拉货的生意,和妻子盘算,离妻子预产期还有整整15天,而我这次拉货来回需要7天,我想推掉这个生意来照料妻子。但妻子权衡了一下,有母亲在家照料就可以,再则离临产还有这么多时间。

我又带着妻子的祝愿驾车上路了,刚出门照例收到妻子打来的传呼。于是我一路倍加小心,紧赶快赶,装上货物便起程返回。其间我不断地收到妻子的两次呼机,但是电话号码却发生了改变,留言照常是一句句祝愿,但都因我当时无法回机而未能给妻子报得平安。我归心似箭,日夜兼程,照这样的速度可以提前一天半赶回家中。路边的树风一般向后退去,山也一座座倒向身后,只有一个信念在我的心头,早一分钟回家。可双眼却在不住地打架,路灯已经亮了起来。此时,距我的家还需一个半小时的行程。我身边的呼机又一次响起,仍是那个更新的电话号码,上面仍是祝愿。此时的我已预感到妻已经临产住进了医院,她在焦急地等待着我平安的消息,又不忍让她临产的消息加快我的车速。

我已整整一个夜晚一个白天没有睡觉休息了，此时天又黑了，找个地方睡上一觉是最美不过的事了。我还在四处寻找路边有无挂着"公用电话"的招牌，可身边的呼机又响了。换手、低头、看呼机，这是我迷迷糊糊中唯一清醒的动作。这一个动作完全可以在我拐过弯儿来再看的，但我大脑已失去了控制。猛然，我发现弯道这边一辆大车和我相向驶来，可为时已晚，只听"嚓"的一声将我惊醒又将我迷糊，我什么也不知道了，只感觉身边的呼机此时的呼声一遍接一遍，可我已无力去看。

待我清醒过来是在第二天上午，在白色的病床上，在身穿白衣大褂的医护人员之间，还有那位司机。医生见我醒来告诉我："你没有事，休息休息就好了。"

我说什么也不可能再待下去，我挣扎着爬了起来回了电话，得知妻子已生下孩子。此时的我心中愧悔交加，我迅速赶到妻子所住的医院。孩子早产10天，昨晚妻子见我不回电话，竟一连打了八个传呼，心中的焦急不言而喻，可我哪能将昨晚发生的一切告诉她呢？

如今儿子已经3岁，我每次出车便又多了一份牵挂，有了那次的教训，我驾车更加小心。每每身边的呼机响起的时候，我总要静静地聆听，那是妻儿对我的祝愿和祈盼；每当呼机响起都是生命的警钟在敲响；每当呼机响起，都使我更深地懂得生命的珍贵……每当此时，我都会想尽一切办法找到座机电话回机。

每当驾车行驶在这道路上时，我都会想起呼机，想起呼机留给我的祝愿和警惕。驾车远行，但愿呼机时时响彻在我驾驶的旅程。

注：征文故事纯属虚构。

（此文发表于《广州安全生产》2003年12月28日）

闯荡广州的日子

学校毕业后，人人都想分配个舒适的工作，那阵子，对吃"铁饭碗"简直向往得要命。

我是学校毕业后，求爷爷告奶奶，烧足了香、磕够了头，才终于留在了县城里。我学的专业是畜牧兽医专业，学这个专业，不管你有多高的学历，都得先下乡搞基层工作，先到乡镇兽医站去锻炼。好说歹说，我总算留在了城里，虽说不是在局里，但在一个国有事业单位的农场已是心满意足了，所以对自己干的工种便无可挑剔。诸如喂猪、挑粪，混同于普通的农民。

我就是在干了九年这样的工作、工龄上赫然记着一个"9"字的时候，否定了自己原初安于现状的打算。同时又是在翻读自己已经发表了的数十万字的作品和一个省作协会员证之后决定的。我选择了辞职南下打工，这是被一浪紧逼一浪的打工潮和"南下淘金"梦席卷进去的，被档案束缚的思想解放出来的。

"你以为南方遍地都是黄金。"这是我递交辞职报告书的一刹那间，老板抛出的一句似曾惋惜的话语。我笑着："试试看。"其实就这么简单，我解除了身上的一根根枷锁，顿觉浑身热血沸腾，轻松自由。人身上的牢笼，其实就是自己圈定的，自己将自己越束缚越小，越圈越紧，必须自己先解除它。

辞职南下，混得好与不好，这都无所谓。最终还是一个解除枷锁的方式，一个不安于现状的表现。在那一个场子混一辈子能混个什么样子。南下要么就混得好，要么就混得差，但不管好与差都是一种解脱，人不能仅仅安于现状。

南下的路程其实很简单，背上行李，带上厚厚的一叠足可以证明自己能力的各种证书，最关键的还是要带上那发表的数十万字的作品复印件以及写好的几本厚厚的书稿。因为南下就是要混出自己的一片天地，自己就是在文学的园地里耕耘和撑持了多年，但过去那个场却始终没能混出个什么名堂，希望南下来改变自己处境的。

这次南下是到广州，看广州有没有适合自己的位置。

在南下的列车上，我已经预感到此行的莽撞。这拥挤的列车已挤得我喘不过气来，但我却很镇定。我自信我自己非凡的才能和智慧，到了广州我会找到一个适合自己的工作。拥挤的列车载着我强作镇静的心情驶进了广州站。

到了广州我很冷静，并不急于寻找工作。我先是申办了《暂住证》，然后细心地去挑选适合自己的工作，可是那些工作已全员饱和，就连出力气的建筑工地也没有可要的人了。广州火车站上挤满了一群群无处可奔的打工仔，他们都将在找不到工作的情况下屡屡返乡。而我却是绝对不可能再返回去的，因为我已经辞去了工作，我必须耐心等待和忍受，拼命奔波和寻找，但绝对不能再乘坐那返归的列车，再去回到那给自己戴上枷锁的工作岗位上去。

不知道何时才能找到工作，所以花钱要时时节约，切不可乱花。旅社是万万不能住的，晚上我就必须并且只有到候车室过夜，或是在哪个角落里不被民警发现的地方过夜。

在这样饥寒交迫、冷寒夜宿的状态过上了一天天一夜夜，在近十个日子过去工作仍然没有着落的时候，我突发奇想何不去做做自由撰稿人的职业，但我从没有做过，不知道干这一行该如何操作。好在我记起了曾和我同在一个城市生活了多年的文友，他早已在广州做起了自由撰稿人的职业，并且收入颇丰。在我离开那座城市的时候，我就带上了一大沓名片。我深知，出门在外多个朋友多条路的道理。我找到了朋友的名片，细心而抱着求助似的给朋友打了一个传呼。朋友回了电话，知道是我，即热情地要来接我，我告诉他我在车站站立的方位。不一会儿，他过来将我接去，因为同在一座城市时，就时常切磋写作，久未见面，相见后更是热情，寒暄之后，我谈了准备闯荡广州的激情和流落的困境。他便说："没事，和我一起干自由撰稿人的职业，兼职写畅销书卖书稿，肯定比在老家上班要强得多。"

就这样在朋友处一顿畅饮之后，我开始了在广州闯荡的日子。

写于 2000 年 8 月 10 日

注：本故事纯属虚构。

(此文发表于《劳动月刊》2000 年第 11 期)

我们的广州

一位朋友早年前下了广州，在此之前，我们都是极其要好的以文学为缘的朋友。不管谁写了文章或有了收获，总要互相"请教"式地探讨分享。我们工作的地方，隔着一座城市，但是无论这两座城市之间的距离多远，它总是阻止不了我们见面的次数，几乎每周我们都要见上一次面。

他下广州之后，开始我们书信还多，但是半年过去，书信渐稀，偶尔的来信也只是寥寥数语，他对文学不再是那么地虔诚和痴迷。

最近，因有事和他联系，我打了他的传呼，他匆匆回了电话，结句是："有空请到我们广州来玩。"听到这句话，我有点惊奇，时间和地方对人的改变为何如此之大，我不是怪他忘掉了多年的交情，而是伤心时空对人的改变。广州是一个不需要抒情的城市。他在信中对我说，没怎么给你写信，也没有忘记你，在外面不比在内地，一切都是很紧张、忙碌的，没有逍遥的日子，有时写信需要心情，需要气氛，更多的时候是我不具备。从信中可以看出，他的的确确没有忘记我，只是在那座城市更多的是为了生存，更多的事不允许他们那样做，不允许他们有更多的时间来应付诸如友情之类的交际，要把更多的身心都投入到工作中去，然后赚取更多的钱去生活。

他在广州从事自由撰稿人和卖稿为生及出版畅销书之事，时间紧、任务重，深深体会着时间就是生命、时间就是金钱的道理。在广州他们生存得也很不容易，并不像我们想象的在大城市就一定生活得很潇洒。

他在信中更多的还是以一个广州人的口吻在和我说话，这让我的心里不免有些感慨。虽然我离广州很远，但也仅是一念之差，我很欣赏广州的生活方式和习惯，但这么多年的友情怎么会被这城市的隔阂消失殆尽，到了广州这座城市语气都变成了广州的语气。其实广州除了沿海城市的繁华和处在改革发展的前沿外，也没有什么，但身在广州的人为什么这么认为身在广州和内地区别是那么地大。以我们的广州称谓他们所在的城市，其实广州离身在广州的打工者也还很远。我感慨于时间和城市对人类的伤害，只唯愿广州能离我们更近，生活在广州的朋友们再次享受广州生活的劳累与幸福。

写于 2000 年 8 月 5 日

（此文发表于《十堰晚报》2000 年 9 月 1 日）

大难不死与生命感悟

在我生命的旅程中,我永生都不会忘记那一场让我惊魂一生的车祸,它让我改变了对生命的看法。

父母早年逝去,清明节来临时分,要回老家祭祖。老家在汉江河的上游,历来回家都走水路坐船,但回老家坐船十分不便,于是便乘坐朋友的便车。由于工作太忙,行程较紧,下午3点多才从县城出发,要赶往60千米外的老家,加上朋友还要办事,我们一路行程匆匆。

回老家坐车必须从汉江河边上经过,路全部都是沿河道崎岖蜿蜒修筑的一条公路,早在多年前就已修通,但直到近年才铺上了水泥路面,算是回老家有了一条公路。由于公路顺着河道修建,九曲回肠的弯道既弯又急。加上路面又窄,下面是湍急的汉江和壁立的陡崖,处处险象环生,每次坐车走在这条路上都是一次心悸之旅,胆战心惊,每走一次我的心就多了一次跳动,精神也高度紧张。这次回老家祭祖,同样免除不了这种担心和害怕。不过好在开车的这位朋友技术娴熟,曾在这条路上开了十多年车,长期来去在这条路上行车,对这里的路况十分熟悉,开的车又是性能较好的新越野车,他开车较稳,所以这次坐车就少了担心。

回老家祭完祖,待朋友办完事,和朋友一起吃完饭往县城赶时,已近晚上10点钟。朋友开车,我们车上又坐了两位,都是熟悉的人,路上自然有说有笑。不经意间,车子已经开到了西流地段,我们欢快的说笑在车内荡漾,根本就没管车开到了哪里,和前面的路形如何。正说笑间,突然感到车速猛然加快,面前横过一条堵河,而路是一个急急的右转弯,车子已过路面,驶向悬崖下,直向堵河冲去。此时我的眼睛一闭,心想这下完了。

因为常走这条路,对这里路形也十分熟悉,我知道下面是陡峭的悬崖,崖下就是深深的堵河。可就在车子刚刚驶入崖下时,我突然感到车速减缓,停了下来。车子可能挂住了哪里,悬而未下。此时惊魂未定的我们仿佛受到极度恐吓,还瘫坐在车上,而开车的朋友已镇定下来,他回头望了一下车子停立的位置,求生的本能让他用双脚死死踩住刹车,让我们跳下车去。我们跳下车后,发现车已到半崖,几个轮子都驶出了路面,幸好在半崖遇到石头

265

第四辑 岁月想

托住了底盘，但车仍在半崖上打抖。我们从车上跳下时，还惊魂未定，但首先想到的是要让开车的那位朋友想办法下车来。此时，他既不能拉刹车，也不能跳车。我们想弃车保人，但弃车不仅不能保人，还会促使人车双毁。跳车还会出现更大的意外，车子有可能会侧翻过来，反倒会砸在跳车人的身上。

车上的朋友十分冷静，他也熟悉这里的地形，更熟悉这里的村民，他在车上就操起车载电话和村民联系求助。我们则在车下想办法找钢丝绳和寻人帮助，同时将电话打到了在县城的另一位朋友，也请他帮忙联系请人帮助。

一张求救大网就在瞬间展开。

县城的那位朋友听说险情后，二话没说，喊了几位朋友带车风驰电掣地往这里赶来。处在危险地段，随时都可能有意外发生的车上那位朋友，依然镇定自若。很快，百余名村民从四面八方赶了过来，一辆大车也开了过来，钢丝绳也找到了。我们开始拖车固定，迅速展开紧张的救援工作。一切准备就绪，在统一指挥之下，随着大车的启动，受困的朋友挂上倒挡，受困车辆缓缓后移，继而到了路面之上，朋友得救了，车子也保住了。

走下车来，我们惊魂甫定。我们就在这场车祸中经历了生死劫难，从悬崖边上捡回了一条命，我们不相信命大，而是相信神助。我们几个人的生命可能会在那一瞬间生死难定，全部获救后，我们看着出事的地方仍感到万分后怕，两腿颤抖，不敢回望那个悬崖和崖下水流湍急的堵河。

平时我们时常开玩笑地说，死没有什么可怕的，甚至时常产生厌世情绪，还有那些因为一件小事而赌气去死的人。他们死后，如果灵魂有知的话，肯定会感到后悔莫及，但已无力回天。后来朋友们听说了我们遭遇的这场生死劫难后，都在为我们压惊中安慰我们说："大难不死，必有后福。"我不相信大难不死，会有什么福，但我却是深深懂得生命的脆弱和来之不易。而在经历了这场从死亡线上被拽回死神的我们，则会更加珍惜这条来之不易的生命。有了这场生死之劫，我会更加懂得生命，珍爱生命，辛勤工作，要让有限的生命，创造出无限的人生价值。

写于 2007 年 4 月 5 日

（此文发表于《散文选刊》原创版 2011 年第 9 期）

第五辑

人生悟

人生是一道大考

这辈子因为种种原因没能参加过高考，甚至连中考都失去了的我，就永远没能跨进过大学校门，注定将是我一生的遗憾，也注定着这一生我都将面临一次次的考试。

在每一次人事档案以及其他填表类登记时，在基础学历中，我都会忍着心灵的伤痛，在学历一栏中填上"中专"的字样，甚至在有些场合，我都自卑地避而不谈学历，在一些类似登记表及简介中我也都不填学历。尽管我在后来的人生旅程中已经取得了两个大专和本科学历，但我仍然不愿提及这段伤痛的过往。

1988年，当我初中毕业时，在那个考上地区一中是多么多么荣耀的年代里，考上地区一中犹如考上大学一般的荣耀乡里，就连当时考上县一中、县二中，甚至县里的师范学校，也都是备感荣幸的。而就在这样的年代里，我却因为种种原因与高中失之交臂了，随之而来的便是与大学无缘。

在小学时，我的语文成绩因为较好而受到班主任和语文老师的肯定，小学四年级时我就开始写诗，得到语文老师的赏识，让我参加了全乡的作文竞赛并获奖。小学五年级那年（当时小学五年制，次年小学六年制），我们班50多人仅有8人考上重点初中，而其他的同学则或考到普通中学，或因没有考上初中而辍学（那时没有九年义务教育的说法，小学没考上初中辍学很正常和普遍）。

在读初三时，我们有两个班，每个班60多名同学。当时为了追求升学率，要先进行一次预考，两个班120多名同学中，先预选出三分之一即40名左右的同学参加中考，我是被预选掉的学生，因此也就没能参加中考。那些没能参加中考的同学们，有关系和门道的参加了技校、卫校等学校的考试（这些学校当时必须是商品粮户口或有关系才可报名参加考试，因为毕业后要分配工作），我后来阴差阳错地参加了一所国家不包分配的中等专业学校考试被录取，初中毕业直接上了中专，这直到现在都是我心中挥之不去的阴影。

在那个年代,能考上大学是多么地荣耀。我尽管羡慕大学里的生活,可是都与我无缘,那时就连师范及其他一些中专也是国家分配工作,而我只能望尘莫及。

两年的中专毕业后,因为我们是农业户口,且不包分配,回到家中后,不知道未来的路怎么走。不料,这时学校来了推荐安置的通知,让我到一家差额拨款事业单位国有农场国营种畜场报到。那里招收临时工,当时我们班共推荐了7位同学去干临时工。

因属国家不包分配的大中专毕业生,所以进场后也不能办理大中专毕业生所享受的毕业分配手续,只能在场内干临时工。

就在那个场里,我先是和大家一起生产粉条,后来场里需要一个饲养生猪的饲养员,于是让我去养猪。7个月后,生猪出栏,又安排我去生产粉条。在此期间,深得场长赏识,安排我从事原材料收购,过磅收购红薯。因粉条生产是在秋冬季,属季节性生产,夏季没事时,就让我们去搞建筑,生产预制板、水泥砖、挖土方、修路,干基层重体力活。我从在建筑队上做小工提灰桶开始,后学大工,拿瓦刀砌墙。

在干这种苦力活中,让我萌生了一个念头,我想到我小时候就爱好文学、写诗,我何不再重拾小时候的爱好,用文学走出一条路呢?何必再去干这些又苦又累的体力活?于是我开始读书、写诗。在这时,偶然的一个机会,就在我们住的车间毗邻的家属区,我看到一个饲养员的家属,年龄四五十岁了,他在县里一个局机关上班,是个国家干部,这人常在门前拉二胡、看书。他手捧的《大学语文》教材却深深地吸引了我。他这么大年纪了,为什么要看这些书,是自学吗?后来问他才知,他在自修大学。

自修大学?我们中专毕业后能否通过这一种方式再得到学历提升的机会?这一下触动了我。

我后来就专门问他在哪里可以报考,他就告诉了我报考的方式。恰在这时,场里分配来了一位正式科班出身的省中专—农校毕业生,来了就是干部身份,安排在场办公室,财政编制,他是国家包分配的省中专毕业生,我则是不包分配的县中专毕业生。我就请教他关于"五大生"的事。他当时因在外地上学,见多识广,知道这些。他也正是有这一想法,要取得大学文凭。于是我们就跑到县教育局咨询,后来在自考办详细了解了"五大生"一说。"五大生"指的是1979年9月8日以后按国家规定的审批程序,经省政府或国务院有关部委批准,由国家教委(原教育部)备案或审定的广播电视大学、职工大学、职工业余大学、高等学校举办的函授大学和夜大学（分别简称电大、职大、业大、函大和夜大）的毕业生。"五大生"的最基本含义是指通过五种特定的教育形式取得大学学历的学生。20世纪80年代，高等教育自学考试加入这一行列。通过这些方式取得的文凭国家承认学历。

虽然毕业时没能立即享受国家分配的大中专毕业生待遇，但我却在那里看到了迟到的希望。我突然发现了自学考试这一种也可以同样获得大学文凭，这一趟人生的末班车，我缘何不去利用自己青春时光搭乘呢？于是，我便毫不犹豫地报考了自学考试，并选择了会计专业，企图以此来改变自己在那个事业单位国有农场里调整自己的工种和地位。

1993年5月，我和这位同事一起在县教育局自考办报考了高等教育自学考试自修大学。他报考的是行政管理专业，而我则是想改变在基层干户外建筑等艰辛工作的想法，报考了中南财经政法大学的会计学专科，幻想学成后当一名会计，也可以去坐办公室。

因为高等教育自学考试可以不参加成人高考，当时每科就是交报名费15元一科，另加1元钱的结业证书费，然后买指定的自学考试教材自学，只要每科成绩60分及格，这一科就算结业，所有科目全部结业后就可以毕业拿到大学专科文凭。这些报名及交费条据至今我都还保存着。当时工资很低，一天工资2.5元，交报名费和买教材都是一种奢望，我便从那位报自考的长者手中借像《大学语文》《马克思主义哲学》等公共课的教材，但他要求借书必须要打借条，他说打借条是为了促进你珍惜书爱惜书，更要好好学。这是我一生中遇到的最为深刻和难忘的记忆，也最激励我的痛苦却又幸福的人生经历。

1993年10月，我首次参加了高等教育自学考试，当时为了尽快毕业，所以两天考试的4科我全部报名了，先报的是公共课。那时的自考刚刚兴起，考试的两天时间里，开考前，考场外浩浩荡荡的考生队伍，不亚于恢复高考制度的1977年高考。很多没能上得大学又有梦想和追求，希望取得大学学历的考生们，都在争抢着搭乘这一趟迟到的学历提升末班车。我同千千万万个中国青年一样走在了"五大生"其中之一艰难求知的自考之路上。首次考试4科我过了3科，取得了一点小小的成绩，离拿到大学文凭靠近了一步。

谁知道会计专业对于我这个没有上过高中，没有学过高等数学和高中英语的中专生来说是一道难题，尤其是艰深的高等数学和烦琐的会计分录及深奥的计算机上机操作，让我一考十年，但是我仍然坚持自学，有时也向学过高等数学的人士请教。所以这个专业的毕业一直是一条漫漫长路，但我始终没有放弃。

也许是命中注定，也许是人生末班车总是那么情不由衷地遇上了我。就在我进入那个农场没多久的时间里，国家开始了以自转商性质的农转非。花钱可以由农业户口转为商品粮户口，可以将户口从农村迁至城里，成为商品粮户口。

末班车总是不期而至，我紧紧地抓住这根救命的稻草，想方设法，东挪西借，凑够了转户口所需的几千元费用，将自己的户口从农村迁到了县城，将户口性质由农业户口一举变成了曾经梦寐以求的商品粮户口。这在当时对我来说是多么地渴望啊，在那个曾经桎梏着农民和城市居民两种身份，两个等级的社会里，我就在那个艰难而又坎坷的岁月里，尽管欠下了当初不菲的债务，但却得以实现，这在我的心中多少算是得到了一丝安慰。

这也许又是一个命运的转折，就在我购买了城镇商品粮户口之后，随之而来的国家对于不包分配的大中专毕业生，属城镇商品粮户口的在找到接收单位后，可以办理毕业生分配手续，享受大中专毕业生分配同等待遇。这对于我来说简直是一个绝佳机遇，尽管在当时的年代，我这个在城市里举目无亲的农家孩子，要找一个接收单位难于上青天，但学校当初为我们推荐干临时工的这个差额拨款事业单位，却比那些进了企业的同学要好得多。

也许是场长的开恩，也许是场方以为我们就像场里其他员工招工一样简单，就这样接收了我们。随后我们便在艰难而又一言难尽的情况下向县机构编制委员会办公室打了增加编制的报告，办理了毕业生分配手续。一年的试用期后转正定级，后又按照事业单位录干的程序参加录干考试，经市级人事部门批准录用为事业单位国家干部。自此开始享受毕业生分配事业单位干部身份的待遇，让我的人生由此成为一个转折。

这正是人生的一趟末班车，以至于现在回想起来，现在的大学生、研究生都不存在分配工作了，我们当时还搭上了那一趟最后难得的末班车而感到万分荣幸。

也就在报考自修，分配录干的时间里，我开始了我走出社会的自学生涯，开始捡拾起了我小时候就爱好的文学创作梦，开始写诗歌，写散文，也写小说，并不间断地开始向外投稿，期间利用下班时间自修大学。

分配录干转正定级后，我作为一名技术人员，在事业单位里就要靠技术生存吃饭，于是职称考试便成了摆在我面前的一道初考。我开始从技术员考起，最初先是拿到了技术员的职称。因为我当时自修的目的就是希望我能通过学习会计专业，取得会计专业的资格，以此来改变自己的工种和地位。于是就在那个当初刚刚开始实施会计人员持证上岗的年代里，我硬是通过我自学的会计专业知识考试后，成为县里首批拿到会计证的人员之一。自此，我开始走上了一生中艰难而漫长的考试生涯。

　　当初报考自修会计专业时，是想到做一名会计人员是多么地清闲自在，在那个实是事业单位却类似农场的单位里，当一名会计是多么地令人向往，于是报考会计专业才成了我最初的初选。

　　谁知考取会计证想做一名会计却又是多么艰难啊！于是我便在一方面考技术员职称的同时，考取自修会计的科目，那十分烦琐的会计分录，令人头痛的高等数学，都让我在那个农场劳作之余的时光里熬更守夜地苦学，去追回我逝去的读书和求知年华。此间，还要不断地参与会计和经济专业职称考试，以此希望日后能成为一名会计人员。后通过努力，取得了经济专业的助理经济师职称。

　　当会计是我最初的梦想，而酷爱写作则是自己的追求和精神支柱。写作自然离不开中文，既然没有跨进大学校门，那么这余生的岁月里，我发誓一定要通过自修来圆我的大学之梦。报考会计专业是为了求生，而写作又是我的爱好，我要在求生的同时充实我的爱好，于是我又毫不犹豫地报考了自修大学汉语言文学专业，两个大专科目自修同时进行。每次自修考试的两天时间里只能考四门科目，我就趁一个专业的有些科目已考过时，余下的考试时间报考另一个专业科目，两个专业错开时间，有机地利用两天的考试时间。

　　自学考试是一项艰难而又异常辛苦的事情，它远远不如跨进大学校门之后，听课那样的容易通过考试。每一科在啃透书本知识的同时，不知要经过多少次考试才能及格。

　　也许是我爱好文学的缘故，当我在没能谋求到一个会计职业的时候，我自然想到了我钟情的文学，我手中不停书写的笔。就在我自修大学同时爱好文学的过程中，期间发表了大量的文学作品后，1999年9月23日，我被县报社聘用，成为一名记者。到了报社，那么我就必须要再取得新闻专业的大学文凭，且必须要拿到大学本科文凭，因为从会计学和汉语言文学再拿新闻学的本科文凭，属跨专业，要加试科目，于是我便又报考了华中科技大学新闻学的专科，这样我就开始了三个大学专科的同时自修，后来因为精力和考试时间都在同一时间，就放弃了汉语言文学专业的自修，会计学和新闻学两个专业则互相错开报考，尽量在考试的两天时间只考4科中，有效地利用好两天的考试时间，尽量不让时间空缺。

我在那个类似农场的事业单位里工作了九年之后，进入了县报社从事新闻工作，显然以前的技术专业职称及经济专业职称都与新闻专业无缘了，必须要再考新闻专业职称。而新闻专业职称又更需要新闻的对口专业，且要想再拿得新闻本科文凭，也必须要是新闻专业对应方可，否则自修仍要加试科目。与其如此，不如就在我报考新闻学本科的同时，再报考一个新闻学专科，且一些公共科目不用考试，再则也考试不了多少科目，还可再拿到一个专科文凭，这又何乐而不为呢。于是，我便又同时报考了新闻学本科和专科。与此同时，我又开始了新闻专业的职称考试。

2003年12月31日，随着国家撤销县市报之后，我所工作了5年的县报社也随之撤销。我却因为多年来在文学和新闻领域的追求与取得的业绩而被市级报社聘用。同时又在新闻单位工作，新闻专业的科目与职称考试自然必须继续进行。

当我在付出巨大的艰辛和努力，参加许多次的自学考试后，在参加中南财经政法大学高等数学超过十年才及格的情况下，终于通过了会计学专科的各科考试，于2004年6月拿到了中南财经政法大学会计学专科的文凭，此时距离我1993年开始报考自修大学专科，用了整整十一年的时间。后又于2007年6月拿到了华中科技大学新闻学专科的文凭。

大学专科没有英语科目，而要拿到大学本科，则必须有英语这一科目，这又是我的一大弱项。为取得华中科技大学新闻学本科的文凭，仅在英语这一科目我又是经历了不下十年，且参加了多次夜学培训，最终才通过英语考试，并赴华中科技大学参加了论文答辩后，于2016年6月取得了华中科技大学新闻学本科的学历。至此，我从1993年开始报考自修大学专科起，到最终拿到本科学历，用了整整二十三年。二十三年里，通过自学考试的方式取得了华中科技大学新闻学专科和中南财经政法大学专科两个专科，以及最后的华中科技大学新闻学本科的学历。

在职称方面，我又是通过考试，后来在县报社撤销的2003年拿到了助理记者的初级职称。后来到了市级报社，新闻职称仍然要继续考试，但是考中级职称又要考我的弱项科目英语和计算机。我就利用夜间时间参加培训，最终这两科全部通过，才拿到新闻专业记者的中级职称。因从技术类和经济专业的职称放弃之后，重新考新闻职称，所以就晚了许多步，直到2014年才拿到记者的新闻专业中级职称。后来我在为取得副高级职称而努力，就撰写新闻专业论文，先后在《新闻前哨》《新闻采编》《新闻论坛》《新闻传播》《中国地市报人》《写作》《郧阳师范高等专科学校学报》上刊发新闻学术论文10余篇，新闻作品获得湖北新闻奖一等奖，在武汉通过水平能力测试考试后，终于于2020年拿到了新闻类的副高级职称主任记者。

正是因为没有上过大学，所以我总是对大学校园十分好奇和向往，每到一个城市，我就会利用闲暇时间来到这个城市内知名的大学校园去看看。在南京和上海，我先后去过南京大学、东南大学、南京农业大学、南京航空航天大学、南京理工大学、南京林业大学、上海交通大学、同济大学、上海外国语大学等大学校园。在武汉，我除了前往武汉大学、武汉理工大学、华中师范大学、中国地质大学、华中农业大学、中南民族大学等大学校园外，我已记不清我去了多少次中南财经政法大学和华中科技大学，这两所我通过自修取得专科和本科文凭的校园。后来我终于在省作协举办的多季"春秋讲学·喻家山文学论坛"中有缘前往，在华中科技大学8号楼国际学术交流中心学术报告厅，许多次同世界文学巨匠、法国诺贝尔文学奖获得者勒·克莱齐奥，以及国内的著名作家李敬泽、格非、刘震云、韩少功、张炜、毕飞宇、迟子建、戴锦华、阎连科、笛安、王尧等众多知名作家面对面交流，聆听他们的文学思想。

2019年4月，我更是有幸参加了湖北省作家协会和华中科技大学在华中科技大学联合举办的大师写作班学习，聆听了著名作家、茅盾文学奖获得者、清华大学教授格非为期一个月的讲课，和华中科技大学20名研究生同堂听课，也真正算是圆了我的一次大学梦。当我在一个月的时间内每天穿行在华中科技大学那梧桐烟雨的校园时，我感到无限的幸福和无比的欣慰。

这些都是我在取得学历中的一些经历，却让我这一生十分受用，永生难忘。从1993年我开始报考自修大学，到2016年取得华中科技大学新闻学本科学历，其间的艰辛不为人知，二十三年间，我从一个专科、两个专科，到最终取得大学本科学历，经历了太多的艰辛，这是我一个没有参加过高考、中考自学者的亲身经历。

如今，不知不觉间我已参加工作三十二年了，在我人生的档案中赫然记载着我三十二年的工龄，而我的基础学历却仍然让我无言以对，我仍然在不断地考试，不断地进取，以一个不包分配的中专毕业生到取得一个大专、两个大专，直至本科学历；从技术专业职称到经济专业职称，再到新闻专业主任记者副高级职称。三十二年间,我一直跋涉在考试的路上。这看似平淡平常的考试,它却陪伴着我走过了人生不简单却又艰难的三十二年。

人到中年,蓦然回首,其实我这一生就是在考试中进取,在考试中成长,在考试中进步,在考试中翻过一座又一座高山;在考试中,从乡村来到县城,再到市里;在考试中,从农场到县级报社,再到市级报社。考试成为我的一步步台阶,它伴随着我走过了难忘而又不堪回首的三十二年人生岁月,而今后的考试仍在等待着我继续去应试,但我丝毫也不会感到畏惧,因为我深深懂得,我只有在考试中才能前进,无论前面的道路会是怎样地坎坷与崎岖,无论今后的考试试题是怎样地艰深,我都不会害怕和畏惧。因为我深深懂得,人生就是一道大考,它将伴随我终身,直到永远。

写于2011年9月14日夜
2022年10月29日改

(此文发表于《中国社会报》2013年12月20日、《帕米尔》2013年第4期)

人生的行李

人生本身就是一个背负行李旅行的过程，在一个个人生驿站一次次地卸去行李，而后重新背起新的行李，去行走或登攀更远更高的人生之路。

我是在无数次地背起行李而后又无数次地放下行李，却依然无法走到我所追求的人生目标之过程而发现这一真理的。

小学毕业升入初中，是从一条崎岖不平的数十里的山路上走过来的，那时我仅仅十来岁。入学前，需要带很多的行李，铺盖、箱子、衣服、脸盆，小到牙刷、牙膏之类的都必须带全。这是我第一次出门，也是第一次携带行李，这么多的物件，我一个人怎么也挑不动，所以便由父亲帮着挑。第一次的行李是我记忆中最重的，然而却是我人生旅程中最轻的行李。我第一次背负行李的目的是为了求学。当父亲帮我把行李挑到学校的时候，那一刻我感到十分幸福和得意。

在我初中的三年里，每个星期都要携带一次行李。虽然携带的只是一些简单的生活用品，但每一次背起行李都有一种沉重感和使命感。每一次背负起行李，都想起自己此行的目的，每次到校后卸下行李都有一种兴奋感。

后来到远方去读书，随着时间不停地推移，背负行李的次数不断地增加，背负行李的自豪感也消失得荡然无存，相反对背负行李倒有了一种负累感。

学业完成我被分配到单位参加工作。那一阵背负行李是很激动的，预示着我将从此成为一个自食其力的男人，成为一个走向社会变得日渐成熟的男人。对背负行李反倒有了一种敬畏和神圣，一种生活的开始，一种成家立业的开端，一种奋斗。

在单位里结婚成家，经受着日子的煎熬和磨炼，时时都背负着家庭这一永远都无法卸下的行李。不管生活是多么艰难，人生旅程是多么遥远，这些苦恼的行李永远都背负在自己的肩上。

在我梦寐以求地徜徉在精神的家园里，耕耘和采摘一枚枚硕果的时候，那些笔墨纸砚和灵感便成了我今生永远携带的行李。

当我在不安于现状,一次次地逃离世俗的时候,我开始游移于一座又一座的城市,我开始将行李一次又一次地搁置在一座又一座的城市之中。在不易携带的时候,我又将行李一次又一次地抛却给了那一座又一座供我生活了不长不短的城市。当我回归到我文学的道路上的时候,我便开始怀念我一次次丢弃的行李。每一次丢弃行李都是在树起一个更大的目标,奔向一个新的生活。

行李可以一次次卸掉,人生的行李却永远背负在肩上。

写于 1999 年 4 月 1 日

(此文发表于《武当风》1999 年 5、6 期合刊,《十堰青年报》2000 年 1 月 28 日)

心灵钙化灶

小的时候,曾因久患感冒而未及时治疗,引起肺炎,但早已自行痊愈,后经 X 线检查,在肺部上已留下了永久的钙化灶,永永远远地留在了自己的肺上。

多少年来,我从来不知道自己身体上残留的病斑,自己心灵上已经形成的钙化灶。多年来,我刻苦地读书、写作,把自己的一生都交付给了读书和写作,从未顾及自己的身体。自己的命运靠文学来撑持,文学在我的心间就像病灶一样潜滋暗长,久而久之便形成了我心灵上的钙化灶。

文学是我一生赖以生存的精神支柱。我在一个单位的基层工作,工资不高,又时常歇业,妻子在家照看小孩。我热爱生活,坚强地靠自己微薄的收入艰难地养活一家人,但是我并没有因生活的困境而倒下,而一蹶不振地抛弃自己一生痴爱的文学,我不能累倒在生活之下。我酷爱属于我的文学,我不知疲倦地读书,并没有把自己淹没在日子的犯愁之中。我用少得可怜的工资购买书籍,作为我的精神食粮,依靠写作养育我一生的梦想,诊治这心灵上的病斑。

"有何胜利可言,挺住意味着一切。"里尔克的精神时时都在唤醒着我。对于文学,失败是常有的事,自己在不断地被打倒之中不断坚强地站起,不停地读,不断地积累,总会有所收获。

对文学的痴迷我近乎疯狂,这并不是缘于我青春的激情和冲动,她将是我一生中持之以恒的事业。我将时时刻刻捍卫这精神的领地,去努力攀登她。我可以丢弃自己的一切,但我不能丢弃酷爱的文学。我文学的情结告诉我,只要你努力地攀登就会有成功的那天。

写作是一件痛苦的事,因为生存便更加痛苦,而手中的笔又无法用来计算金钱与财富。如果我们都放弃自己手中的笔,那么人类的精神高地将是一片荒漠,寸草不生,人类的精神圣餐便将是虚空的。因此无论如何,我都不会终止手中的笔,即使我追求的是海市蜃楼,哪怕死是累倒在一堆的稿纸之中,我也不会放弃我所追求的梦想。因为我手中的笔是绝对不会带来一块面包或是一顿美餐。我必须把自己的理想高高擎起,把自己的头沉重地埋下,竖直手中的笔,为自己所追求的目标而奋斗。

文学正像病斑一样已经在我的心间留下了钙化灶,已经永远地留在了我的心间,就像心灵钙化灶一样,将伴随着我生命的始终,无法割舍和诊治。

(此文发表于《广州青年报》1999年2月18日)

疲惫的旅程

要出趟远门，且是我向往已久又没去过的地方，我的心情开始高兴起来。在高兴之余，我开始了准备和收拾行李物品，包括相机、书本之类的。我想用相机在一个新的城市留下生命的彩页，以丰富我旅途的内容。不忘带本书，是因为我要用这旅途上闲着的时间借看书消闲一下。

一切准备停当，我购买了车票，而后赶到火车站，登上了列车。此次远行是我一人，路上没人和我聊天，我开始想着趁路上列车奔驰的机会，放眼观看一下路边的风景，或者是看看一座新城市的面貌。然而列车在轨道上疾驰，只留下铿锵铿锵撞击铁轨的声音。路边的白杨树或其他一些不知名的树木都像风一般地向后退去，一眨眼的工夫就不见了踪影，迎来的又是新的一闪而过，都来不及看清它们的全貌，列车就已经驶远。我只好将目光放远，看着远山，但是远山也不会持久，一会儿又会被新的风景和物什遮挡，待再回首看时，早已成了逝去的风景。我的目光在这排山倒海般退去的风景中目不暇接，此时我感到了眼睛的疲劳。于是，我静下来掏出书本看书消磨时间。然而列车却又颠簸得让人难受，眼睛看着的字行在一跳一闪的让人头晕，且邻座嘈杂的说笑声，也影响得让我看不进去。我只好又放下书本，孤独地坐在那里，周围都是陌生的旅客，既无人和我交谈，也没有能够让我搭腔说话的人。

时间在列车渐行渐远的过程中消逝，夜渐渐地黑了。此时，窗外的风景也已渐渐模糊，直至只能看到漆黑一团，除了夜色什么也没有。只是列车偶尔抵达另一座城市时，看到灯光下城市的街道和楼群，此后，便是陷入又一种孤独陪伴着我的旅程。

夜色在加深，火车在奔驰。此时，我的双眼开始疲倦，有一种要睡欲睡的感觉，但我又担心，担心睡着后会否有小偷出现。我强力支撑着打架的双眼，当实在坚持不了的情况下，我就靠着座位打起盹来。晕晕沉沉，我疲劳极了。就在这种极度疲惫中，列车到站了，我拖着一身的疲惫走下列车。

此时，天已大亮，当是在这个向往已久的城市欣赏游玩的时候了。然而我一夜之久坐车的疲劳却使我无心欣赏城市的风景，此时的我是多么地希望能有个地方供我睡眠休息一下。然而我要在这新的一天去干我要干的事情，我没有时间去休息，也没有地方供我休息。我疲惫地在街上行走，疲倦地去办事，没有丝毫的好心情，我在街上穿行着，疲惫之极。

当我在疲惫之时，我是多么后悔此次的旅程，多么憎恨这旅途的奔波啊！我想人生平平静静地过着多好，为何要去奔波，要遭受那奔波之苦呢？有了这种想法，我悟出不奔波的人生是多么地幸福啊！我羡慕并欣赏那些不经奔波而享受幸福的人。但是我作为一个出身贫穷，命里注定一生将永远奔波的人，只有在遭受了奔波之苦后，才有可能享受到幸福。于是，尽管人生旅途的奔波很辛苦，但我必须忍耐和经受，因为只有这样，我才能拥有抵达成功的那一天。

写于 2001 年 12 月 12 日

（此文发表于《新一代》2002 年第 10 期）

我与老朋友的双沟情缘

在秋高气爽的金秋，有着多年深交的朋友从他乡归来。几位朋友已在异乡闯荡了多年，多年前我们就常来常往，相聚喝酒，纵古论今。多年来为谋生各奔西东，如今在这金秋时节重又相逢，我便邀约了另几位朋友相聚，为他们接风，互相叙旧，重温当年的友情。

朋友们都为这重逢的机会感到高兴。饭前，酒店服务员向我们推荐酒的种类，当她点到双沟大曲时，我们几乎众口一词，"就喝双沟"。席间，我们互相敬酒，热闹异常，大家都在酒中互道别离之苦，共话生活的艰辛。随着时光的流逝，人生的交替轮回，如今都已到了人生的多事之秋，各自都在为自己的前程和事业而奔忙，从此，也便失去了那相聚酒席间的欢乐。奔走他乡的朋友们，更是时间金贵，平时极少有这样的机会。就连我们尚在同城的朋友们也少了来往，各自都已成家立业，平时琐事缠身，于是多年前那沉浸酒中的生活也早已不再。此次相聚，大家都开怀畅饮，酒酣耳热，我们又开始怀念那段青春年少的时光，叙说过往的岁月。

酒是感情的影子，今天当我们这些朋友们再次相聚时，恰逢双沟酒又打入我们这座城市，并盛行一时，于是，我们在酒席上沉绵往事，怀念友情，追寻过去的岁月。多年来，我们因为谋生而失去了多年酿造的双沟情谊。令我们意想不到的是，曾经风行一时的双沟酒也在我们这座城市里烟消云散。我在朋友离去，失去双沟酒的日子里，平时变得极少饮酒，偶尔来客作陪时，也失去了往日的酒量，没有双沟酒的时候，偶尔其他酒喝上两杯，颇感苦涩，既没有朋友相聚喝双沟酒时的那种豪爽和香甜，也没有朋友相聚时的那种心情和气度。加之人生的艰辛，生活过得并不如意，喝酒的情趣锐减，神情变得黯然，平时养就的熬更守夜爬格子耕耘的勤奋劲也失了兴致。在这种心境下，我备感凄凉、孤独，独自品尝着这岁月的苦酒。

如今，天各一方的朋友们又回到了身边，见证我们友情的双沟酒也开始风行我们这座城市，我的精神陡然为之一振。

我们开始为这朋友相聚和双沟名酒而放开酒量，朋友说，这不就是我们多年前相聚时常喝双沟酒的滋味和气氛吗！这不就是我们多年来在双沟酒中结下的情谊吗?! 人生轮回，岁月匆匆。是双沟酒与我们有缘，是双沟酒成全了我们的友情啊!

有人说，酒是一种坏东西，人们万事坏在酒中，使它被誉为败事毁世的祸首。然而酒也是一种好东西啊！它可使我们热烈奔放、豪情满怀，正如有人所言，它能让失意者超脱，更让得意者放达；它能给灰色的社会增辉，更能给苦涩的人生添彩；它能给寂寞者安慰，更能给孤独者温暖；它既可以成为消极避世者自我保全的灵丹，也可以成为积极入世者奋发图强的妙药；它可以使人们的理性得到回复，也可以使理性得以超脱……有酒可使我们享受人生，真可谓"杯小乾坤大，壶中日月长"！

酒间，朋友道明，此次回来时间紧迫，明天又得返程，因此不能久留，这次相聚既算接风，也算饯行。此言一出，我们个个酒兴大发，又互相劝酒，谁也没有推辞，大有一股"劝君更尽一杯酒，西出阳关无故人"的豪迈。

送行时，分别的凄凉感向我们涌来，我们纷纷举起手中的双沟酒吟道，"莫愁前路无知己，天下谁人不识君"。相逢在这金秋时节，唯愿这双沟名酒陪伴我的朋友到四海天涯，时时都有这美酒相伴，那时他们将不再孤独。

写于 2002 年 10 月 28 日

（此文发表于《郧县日报》2002 年 11 月 13 日）

本命年说

今年是我的本命年。

老人们常说，本命年要事事小心，让他平平安安地过去，防止"毒灾性"，不能折腾。有些人本命年会得喜事，有些人本命年坏事会接二连三地涌来。老人的话，我只是听着，并未往心里去想。他们说不要折腾，对我来说倒没有什么折腾。

我出生在乡下，母亲早年去世。我读了一所国家不包分配的中专，毕业后在学校的引荐下，在县城谋了份工作，我的户口却依然在乡下。

我酷爱读书，出学校进社会之后才知道自己知识的浅薄，便开始自修大学，通过自学来改变和提高自己，读的书也越来越多。有了工资，自己也买得起书了，几乎每月工资的三分之一便是用来买书，买的书如今两书柜已装不下。通过读书自己所获得的知识面也逐渐扩大。读各种类型的书，读中外名著、文学精品。得益于书本知识的熏陶，偶尔提起笔来，写些文字。后来结识了县城里的一些文学前辈，受他们的指点，我对文学的悟性逐渐提高，渐渐地有作品在报刊上发表。

上面来了一个政策，农业户口可以通过自转商成为县城非农业户口即商品粮户口，我东借西凑通过这一形式，将户口从农村迁到县城，国家不包分配的大中专毕业生，经过用人单位同意接收，可以办理毕业生分配手续，解决就业。

在单位工作了几年，承蒙单位领导的关心和厚爱，使我办理了毕业生分配和录干手续，解决了就业问题。自己从一个农村青年进入城市加入到城市居民的行列。执着地追求文学，成为一个文学迷，把自己对人生的感悟通过文学这一形式抒发出来，做着作家梦。通过自己的不断努力，已有近百件作品在省市报刊刊登并有作品获奖，同时被市作家协会吸收为会员，自己独自品尝收获的喜悦，同时利用业余时间在一家杂志社兼职，以丰富自己的阅历。

一个人出来闯荡，最终都要找到一个归宿，家中的人都在期盼着我，希望我能尽快成家立业。偶然的机会认识了我后来的妻子，在单位领导的关心、朋友的支持以及家人的期盼中，我们结婚成家。领导也在单位住房极其紧张的情况下，为我安排了两间简易住房，使我漂泊的人生有了些许安稳的定所。

在城市里安营扎寨，建起自己的家园，但无时无刻不在怀念生我养我的乡村以及尚在乡下的家人。家人对我的牵挂也无时无刻不在激励着我，我天生就注定自己是只漂泊的船，不能成为家人手中紧系的缆。

自己应该有自己的理想，自己理应有自己的追求，文学将伴随我一生，自始至终。

今天是我的生日，从乡村到城市，我心灵始终都在漂泊着，父亲一定还在挂念着今天是我本命年的生日。

我在这漆黑的夜里，向着家乡的方向望去，只见黑茫茫一片，犹如我的人生，想想我九泉之下的母亲，回头望望腆着大肚子的妻子，我不觉想起自己已是快要做父亲的人了。

本命年我能说什么，我只能期待着下一个本命年再去述说。

写于 1997 年 4 月 13 日

恻隐之心

自小时候起,恻隐之心就一直潜藏在我的心灵深处,然而在我几次真诚的恻隐之心被伤害之后,我断然发誓不可再有恻隐之心。可是事隔不久的一件事却又使我再生恻隐之心,并且永生铭刻在心。此后的日子使我悟到,正当的恻隐之心是不可无的。

我每次在街上遇到那些跪地艰难行走,或是身体有某种缺陷的残疾人在那里乞讨时,我都会产生一种同情心,或多或少地施舍给他们一些零钞。有时是一些身体健全,或是沿街卖唱,或是说自己家乡遭灾、出来逃命等事。不管他们的话真假几分,我也都会献出一份爱心,尽管有时会感到有一种被欺骗的感觉,但我也不会想得太多,因为他们本就值得可怜了。

在一个夏夜,我初上夜市摊吃夜宵,正当吃得兴起时,一些小姑娘过来卖花。看到她们小小年纪就走出社会来寻找求生的本能,我突然被她们的"坚强"所动。于是,我一下子买下了她们手中所有的花,我只是给了她们手中花的钱,却并没要她们手中的花。她们兴高采烈地道谢走了,使我感到我的恻隐之心施到了点上。可是过了一会儿,又有卖唱女来要我点歌,我依然给了她钱将她打发走了。就在我在那里吃饭的一个多小时里,又有一些卖西瓜、卖饼子、卖豆浆等等的小姑娘过来,我都掏出钱来将她们打发走。此时,还遇到了一些老太婆和坐着轮椅的残疾人来向我讨要的,他们的讨要有时接到钱后甚至连一声谢谢也无法换来,使我感到我的心灵遭受到了莫大的伤害。可此时我发现身上的钞票已所剩不多,够不够付饭钱都很勉强。而那些被我施舍过的小姑娘又来到了我的面前,不住地叫喊:"叔叔还有最后几枝花""还有最后几块西瓜""还有最后几杯豆浆"……我不理她们,她们又不走人;给她们,我此时已没有给付的可能了。于是,我只有请她们走开,反倒使我跟乞讨者一样。而她们哪里相信,她们还执意讨要。万般无奈,我只有向她们告饶,我已经给你们了,你们忘记了吗?今晚已是不可能再给你们了,无论你们站到何时。不管我怎么解释她们都依然站在那里不走,我只好喊来摊主埋单走人。可当我结账时,竟然发现身上的钱还差一些零头,在摊主的优惠下，我走了人。我走时，听到身后有人议论他们说"他们这些都是职业讨要者，没有什么值得可怜的"。听到这些话。我感到那晚的同情心就如同抛在了粪坑里。此时的我已身无分文，竟连回家的公交车票钱都没有了。我在漆黑的夜里茫然无措。我不得不摸着黑路步行赶回家去。在路上，一些中巴车不住喊客的声音让我感到揪心地痛。从那晚起，我发誓以后不管是遇到什么样的讨要者，我都不会再动恻隐之心了。我是那么想的，也决定那样去做。

可是在后来的日子里，却有一件事让我愧疚一生。那次我走在街头，一对满面尘垢，脸上淌着汗水，背着一个小孩的夫妇，行走在炎炎烈日下。我看见他们背上的小孩耷拉着脑袋，看上去有一两岁，不知是病了还是睡了，也不知还是饿了。他们见到我后，像是见到了救星，他们走近我，向我乞讨着说，他们是重庆人，外出寻亲。因为坐错了车次来到了这座城市，而身上已身无分文，孩子又病了，也饿了，他们希望我能施舍他们一两元钱，给孩子买点东西吃。我仔细打量了他们，尽管他们满脸尘垢，但绝不是装的，那是他们奔波行走的劳累，从打扮看，他们倒不像职业乞讨者。我动了恻隐之心，但是瞬间我的脑海中，又闪现出那晚我步行回家时可怕的一幕幕，我脑海中又冒出不管什么样的乞讨者都是骗子，我想起了那晚的发誓，这次我没再给他们。要是在那次以前，我看到他们这身模样和背着的孩子，我一定会倾其所有，解囊相助。因为我不是看在他们的身份上，而是看到他们背上的孩子，尽管父母有罪，但孩子无罪啊！我们也是为人父母者。但是自那晚以后，我却完全打翻了这种念头，我径直向前走去。

在两天之后我路过车站，却看到站内一个角落里围满了人，并传来撕心裂肺的痛哭声。出于好奇，我走了过去，透过人群，我看见痛哭者正是那天在街上遇到的那对夫妻，他们身上早已尘垢满身了，而他们背上的孩子已撂在地上，我看见孩子已经永远地闭上了眼睛。此时，我的眼睛一阵模糊，鼻子里喷出一股酸辣的东西，我将手伸进口袋，一把摸出了全部钱票，挤进人群甩给了他们，然后扭头又挤出了人群。我不忍看到他们悲伤的面孔，也不忍让他们看到我那曾被他们见过的面孔。我疾步离开了那里，可身后那撕心裂肺的哭喊声，却一直回荡在我的脑海里。

在路上，我感到我是一个罪人。我想，那天哪怕是应他们的要求给他们一元两元也可，或许还能救下那个孩子。即使不能救下孩子，我的心灵也会得到一丝慰藉。尽管这次我掏出了我身上全部的钞票，但是已经无法弥补那天的遗憾，无法抚去我心中的愧疚。虽然这次我也没有了车费，可是和那晚的情景却完全不一样。我顶着烈日，却怎么也感觉不到暴晒。我只感到我的脑海里一直回响着那撕心裂肺的哭喊声。这种哭喊声将永远回响在我生命的旅程。它让我时时记住恻隐之心不可有，但是关键正当的恻隐之心却是不可没有的。

（此文发表于《十堰日报·竹溪版》2001年12月24日）

青春的履痕

我习惯于将自己每发表的一篇作品都复印下来，然后贴在一张 16K 的纸上，标明刊发的报刊名称和期数，插进一个资料册里。时常在夜深人静时独自欣赏。

有一次，我拿了一叠报刊在复印店里复印、剪贴时，被身边的一位大约三十来岁的女士看到。她看我剪贴得那样认真和仔细，全身心地投入。她问了一句："这是你发表的吗？"我说："是的。"看样子，她对我的这些东西很感兴趣。她又问我老家哪里人，现在哪个单位工作。看她问得真挚，我便毫不掩饰地回答。她把这些作品浏览了一遍之后，说道："再过一二十年，你再拿出来看时，那简直就是一场梦。"我看她用一种近乎过来人的口吻说的不无道理。我猜想她大约在我这个年龄时也一定是一个十足的文学迷，只是现在是绝对没有再去追求了。也可能在文学的道路上碰了钉子，尝到了从事文学的艰辛，便觉得这是毫无意义了。

我曾很多次地给一家报纸的副刊编辑送去稿件。在我很多次与编辑交谈和请教时，他曾说了一句让我激动不已的话："搞文学如果你觉得有兴趣，你就继续搞下去；如果你觉得累，你就不要搞了。那么 40 岁以后，你回过头来会觉得那简直就是一场梦。"

我不知道他们为什么都有如此相同的感受。他们的年纪都没有超过 40 岁，为什么都已经预料到了 40 岁以后的感觉，他们的感觉并且都是很成熟的，他们现在很可能就已经在感受当时梦一般的时光了。

前一位女士我不太了解，而后一位编辑，我则是知道得较多。论年纪，他们都比我大。我知道这位编辑在大学是读中文系的，在大学时他对文学就很痴迷，经常在报刊上发表小说、诗歌、散文等文学作品。后来毕业分配到乡镇中学教书，在不安于现状、不甘守束缚的情况下，毅然独自出来闯荡。那时对文学痴迷得要命，正当教育上要对他擅自离岗给予处分的时候，他却用他文学的大手叩开了通向文学的大门，他用他发表的作品打动了报社的领导，调进了报社工作负责编副刊。以前的副刊是断断续续不定期地出，而他来这后，硬是把副刊办成了周刊，每周一期，并且办得非常红火耐读。但是从他调到报社之后，却是很少写作和发表了，他说他已经放弃了。

　　回忆我当时追求文学的情景，就仿佛眷恋沙滩的孩童，顶着炎炎夏日赤足光身地奔跑在沙滩上，晒成油棍一条没有什么两样。当发表第一篇处女作时，手捧散发着油墨清香的样报，激动得三天三夜没睡着觉。整日做着作家诗人的梦。那时每发表一篇作品，我都要激动好一阵子。后来，在发表作品数量不断增加的情况下，对当时激动的心情仿佛减少了许多。在热火朝天耕耘文学园地的时候，又扯竿子为旗，办起了文学刊物。筹集经费、约集文学前辈的稿件，整日里都奔忙在印刷和校对上。待小小的刊物印出来时，我们这帮文学青年都激动不已。虽说只是一本小小的印刷粗糙的册子，但我们也是敝帚自珍，万般珍视。当时既非为名也非为利。整日里忙乎不知为了什么。无外乎就是对文学的一种虔诚。

　　现在回想起那些时日来，真是有点梦一般的惊喜。这只是奋斗到一定阶段之后，回过头来，高屋建瓴的一种观瞻。如果我现在还是在那种阶段上挣扎，就永远也不会觉得。对于梦只是梦醒以后才觉得那是一场梦，如果尚在梦中徜徉的话，就一定还在梦中享受幸福。对于追求文学，他们认为40岁以后觉得是一场梦的话，是指他们现在已经放弃了之后对以前的一种回首，如果他们尚在继续的话，就同样不会觉得。但当成名成家以后，回首以前所追求文学的情景，肯定会认为是梦一般的，那都是梦醒之后的感觉。但这都只是一个过程，每一个大作家大诗人都必须经历的过程，每一个成名的作家、诗人，他们也都有在小报上发表作品的历史，他们也都有发表处女作时激动的心情，就像年老时回首孩童时一样，觉得好笑。

　　经历这一个过程，迈开沼泽，走过这一个梦一般的年龄和时段，留下这一条青春的履痕，让我们梦醒后时时回忆。

写于1998年10月8日

呼　德

在这种被人际、网络、通信交织的城市环境里，是通信工具联络着我们每一个人。无论你在哪里，只要是呼机、手机一响，就能将你从这繁华城市的茫茫人海中"抠"出来。在我们生存的空气中每时每刻都在发射和传递着各种网络通信信息的信号。因此，在某些时候，我们不得不感激这发达的现代化网络通信工具。但是，一旦通信信息中断，人们失去了联系，那时才会想到通信工具在此时是多么地重要啊！

但是呼机也常常给我们带来无尽的麻烦。常常是呼机手机虽然别在自己的腰上，但是自己的时间却时时被掌握在别人的手中，被别人牵着走。当你刚刚挤上一趟出游的车次，呼机上传来一件可有可无的小事扰乱了你的兴致；当你专心致志地在构思一篇文章或是精心筹备一顿可口的晚餐时，偏偏又传来了朋友邀你赴宴的应酬；当你正在为自己的一件事而忙得焦头烂额时，别人打来一个传呼，请你帮他办一件鸡毛蒜皮的小事……这样的事在通信异常繁荣的今天，使我们不得不感到烦恼，厌恶那些可有可无的呼叫，甚至开始讨厌那些曾经为我们带来了极大方便的通信工具。于是，我们便有人开始玩起了"失踪"，当你正在忙某一件事时，任何呼叫你都不应或不回。在千万次地呼叫得不到回应的情况下，人们就创造出了一种叫"呼德"的名词，根据被叫时回应的及时与不及时，或回与不回，来区分呼德的好与差或"机风"的正与不正。

我有一位朋友，他的呼德在人们的印象中是极好的，凡呼必应。在手机尚未普及的年代里，无论是他在天涯还是海角，只要是他能收到传呼和能找到公用电话的地方，他都及时地回机了。因此，他在朋友的呼德中口碑很好。然而有两件事却令他异常气愤，从而改变了他的呼风，甚至一些呼机他索性不回了。

这位朋友从事的是一项新闻工作，当时他正在参加一个重要会议。会议明确规定，与会人员都必须关掉手机和呼机，中途不得接打电话，而这位朋友因怕有人给他打传呼，提供新闻线索或是安排采访，他无法收到没能回机而误事。于是，这位朋友便将 CALL 机打到震动，既不影响会议，亦不漏掉任何一个信息。恰恰不争气的是在会议的中途，这位朋友的 CALL 机被呼了一次。朋友所坐的位置在最里边，且会议又很重要，并有明确规定不能回机和接打电话。朋友看到是他的一位朋友用手机呼的，他想等会议结束后再回也不影响。

会议结束后，这位朋友回了机，那位朋友接听后，电话那头显得一脸的不高兴，出口一句："你的呼德怎么变了。"待这位朋友将情况解释清楚后，得到了那位朋友的理解，才依然谈天说地，和好如初。

又有一次，是这位朋友正在参加一个重要采访活动，中途收到一个传呼。当时他实在无法回机，既找不到公用电话，同时起身回机也是对被采访对象的不尊重。于是，他等到采访结束后才去回机。可对方接听后的第一句话便是："你的呼德怎么这么差？"随后就将手机挂了并且关机。这位朋友一连拨了多次，电话里一直传出信号："你所拨叫的电话已关机。"整整一天，就让这位朋友感到心里很不舒服。整整一天，他都在反复拨打那个手机号，可一次也未拨通，对方均是出现关机的提示。他知道，那位朋友手机平时是从来也不关机的。直到后来那位朋友因为他呼机没有及时回机，而和这位朋友绝交。这两件事深深地触动了这位朋友。

我还有一位朋友是医院骨科临床的一位主治医师，一次我急着要找他，我就拨打他的手机，但是连续拨打手机被拨通响过几下之后，就只听到电信平台上传来了"呼叫无应答"的声音。我想这位朋友可能是手机忘在家中或是当时在车上或街上，嘈杂的声音使他无法听到手机的响声。我不得不停止拨打，开始干我的事，我想等一会儿再打。谁知过了一会儿之后，我的电话响了，是那位朋友打给我的。他一再反复地给我解释：他刚才正在给一位断肢伤员做手术，当时手机在腰上一直响个不停，而他一时又无法腾开手来去接听，且做手术是不敢有半点马虎的。等他可以腾开一只手去接听电话时，我的电话已经挂了。手术做完后，他便又从来电显示上查出电话给我打了过来。听到朋友的解释，我的内心感到非常惭愧，我为什么要不识时务地在朋友正忙着的时候打电话呢？这样岂不是影响了他的工作，且在病友、领导以及同事心目中给我的朋友造成了什么样的影响。尤其是病友伤口疼痛呻吟不止心烦意乱时，又听到那刺耳的电话声，岂不更是烦恼极了，疼痛加剧？我愧悔不已。从此，我发誓再也不轻易给别人打电话或传呼或手机，除非是必须要打的时候，同时我也尽量不给别人找麻烦。但是因我当时不知道情况，朋友对我的体谅和他那情真意切的解释则让我永远感动。

通过这件事，使我想到了前面那位朋友的朋友以他呼德变差而和他绝交一事，这两件事形成了鲜明的对比。我在想什么叫呼德，所谓呼德就是呼叫者的品德，你明知别人在开会，明知别人在采访，明知别人在做手术……明知别人当时因忙而不能回机，你为什么要去打呼机呢？你为什么不去替别人着想呢？既然你有急事，那么你为什么不能亲自去找人家呢？你不识时务地呼叫别人，真正没有呼德的就是你自己！呼机是人家的呼机，打来的传呼人家可回可不回。因为你这一个电话没有回，就证明人家品德差的说法是不正确的。因此，我们做人时要替别人想想，说别人差时，首先要想想自己，只有自己做对了，才能去说别人。

写于2001年12月23日

十八岁的日子

十八岁是花季一般的年龄，十八岁正值青春年少，十八岁有着美丽的青春梦想。在多少个日子过去，我仍然痴痴地怀想，十八岁我那如诗如梦的岁月。

在城市的街道上，时常映现出十八岁那形单而瘦长的身影。漫步大街，有那如瀑的长发陪伴，和那银铃一般的声音响彻耳畔。月光照亮我十八岁的青春和梦想。多少个日子就这样静静地流过。

十八岁的日子，太阳是暖的，月亮是明的。就连那春天的雨也是细如牛毛的。轻飘飘的雨丝如同少女初恋的吻。十八岁，明静如水，纯洁如玉；十八岁，男孩充满梦幻，女孩渴望雨季。十八岁时光匆匆。转瞬即逝。在逝去的雨季里，再难找到花开。

十八岁，青春含苞欲放。十八岁是人生的开端。十八岁的梦想阳光般灿烂，青春永远不会老去。十八岁在梦想与现实之间生活。十八岁，好男儿开始勇闯人生，在青春的躁动中找寻停泊的港湾。

十八岁，都有豪情壮志。十八岁少年就像一头桀骜不驯的烈马，永远驰骋在人生的疆场。十八岁，男儿仗剑走天涯，女孩有泪难轻弹。十八岁的年龄如梦一场，回首想时，都成了戏言。

十八岁的青年永远激荡青春的双桨。虽然回头是岸，但他们却昂首向天，永远挑战风浪，激流勇进，谁说十八岁不是成功的第一步，谁就没有搏击风浪的信心和力量。

十八岁的年龄短暂但却永恒，没有什么记忆能比十八岁的时光记忆更加深刻。多年来我在人生的旅途上疲惫地奔走，是因为我在为实现十八岁时的誓言而拼搏，艰辛和困苦都写在十八岁的年轮上。当我在享受收获的欣喜之时，我深切地感受到十八岁的梦想是那样漫长，而成功又总是写在人生旅程的前方，每走一步都是在向成功迈近一步。那时，我在想十八岁的梦想和誓言并非都是戏言。

十八岁季节虽然短暂，但是十八岁的激情却永远倾注着每个人的一生，每个生命的年轮里都注进了十八岁的血液和狂想。为着理想而拼搏,为着十八岁的梦想而奋斗。如果人生能有轮回,那么就请将现在的时光,轮回到人生十八岁的岁月中时时回想。十八岁虽然过去,但是十八岁的梦想却永远留在我的生命里。

写于 2001 年 12 月 12 日

(此文发表于《学子》2003 年第 3 期)

笑对人生

当生活出现失意时,当工作不顺心时,当人生遇到烦恼时,当艰难困苦袭来时,切记我们一定要笑对人生。因为笑对人生,我们坚强;因为笑对人生,我们才会克服困难。

人的一生并非一帆风顺,总是挑战与机遇并存,有挑战就总会战胜崎岖和坎坷。在坎坷困难面前,我们不要气馁,要迎难而上,挺住意味着一切。世上无难事,只要肯登攀。我们每时每刻都生活在城市的边缘,岁月长了,故事也就长了,我们艰辛奋斗的历程也就长了。在纷繁而又喧嚣的旅途中,每一次清新面对都充盈着我们跋涉的脚步。笑对人生,我们充满自信,生活不会抛弃我们,我们也就不会放弃人生。艰难困苦都写在我们人生旅程的每一个角落,只有我们昂首阔步奋力前行,笑对人生,我们的生命才会因此而美丽和灿烂,我们的人生也才会留下光辉而精彩的瞬间。

我们都是初涉人世的跋涉者,每一个灿烂的笑脸,都给我们以鼓励,然而每一个困难也不会吓倒我们,不会令我们却步。我们是年轻一代,我们的血脉里流淌着滚烫的热血,我们拥有真诚和坚强,我们正值青春年华,朝气蓬勃,热血旺盛。我们是充满热血的男儿,困难何所畏惧。我们要笑对人生,傲视困难,努力拼搏,带着我们年轻的闯劲。因为在充盈青春而热烈的花海和森林里,阵阵花香和果香正浸润着我们梦想的精彩和我们闯荡的赤诚,向我们一路走来。

笑对人生,一路高歌。澄澈而明静,晴朗又高远的天空里,温暖的阳光正打在我们幸福的脸上,朗照着我们激荡青春的未来。

在人生与阳光的交替中,我们闯荡,我们用不羁的青春,放飞我们永恒的梦想。

2001 年 12 月 24 日凌晨

(此文发表于内蒙古少年儿童出版社 2002 年 5 月出版的《校园散文》《优秀校园范文精选》两书)

再度漂流

一群大雁在秋天的高空扑棱着翅膀向南方飞去，它们在这里生活了这么久，为什么又要再度漂流，是去重新寻找自己的家园呢！

我是一个出生于乡村的贫穷的孩子，我的命中也注定着漂泊。母亲在我幼年去世后，父亲便带着我们过着漂流生活。我们生活在船上，在江上漂流，走到哪里，哪里就是家。在这种情况下，我仍然没有忘记生养我的村庄和故园。生命的河流始终都在流淌着，在这种流淌中，我开始着人生的漂流。虽然人在漂流，但是心灵却在漂流的过程中，寻找新的家园。

日渐长大的我，在一次次地失去家园之后，又在一次次地寻找家园。我靠着自己的执着奋斗，在这个针芒之地，我仍然没有忘记读书，在苦读中我爱上了文学，我辛勤耕耘，营造着这个属于我的空间，我虽然一直都处在漂流状态中，但我却始终都在为着寻找一个永生的家园而奋斗。

我在这座城市里结婚成家，这是人生的一个驿站，使我漂流的心得到了些微而暂时的安定。于是我便在这座城市里兴建自己的家园。在努力奋斗建设家园中，我仍然没有忘记生我养我的乡村，没有忘记我漂流的童年和童年漂流的那条江、那条河。

虽然家禁锢着自己的身躯，但是心灵却处在漂流之中，因为我对文学的爱好，使我想到要通过文学再去寻找我精神的家园。在几经思虑之后，终于有一天，我背负着精神的十字架和对缪斯艺术女神的崇敬与向往，砸碎了档案的枷锁，开始了我无尽的漂流。

再度漂流，我抛离了档案的禁锢，我要在文学的园地里辛勤耕耘，重建我的精神家园。

终将有一天，我会在这漂流中找到永久的居所。那时，我才会备感安详而宁静。

写于 1997 年 9 月 8 日

珍重友情

人生是一个长长的旅程，而我们每个人仅是一个匆匆的过客。不以时长而长留，也不因厌世而短存，唯以友情的珍贵而难忘。我们本身就生活在这一个充满友情而温暖的世界，处处弥漫着友谊的温情。

俗言说"同船过渡，八百年修行"。我们不期而遇地来到这个世界，又天生注定了我们所要相遇接触的人群的范围，上天既没让你早生，亦未让你晚来。如果早生或晚来，都不会遇到你周围如今的同事、朋友和人群。这就是说，我们同时来到这个世间，本身就是一种缘分。世界之大，人群浩如烟海。而哪些人该你认识和相遇，这都是上天安排的，而同在这个世上的其他更多的人，上天没有安排你和他们相遇的，不用说是认识，就连名字和长相什么你都不会知道。

上苍限定了我们接触人群的范围，而这个机会我们理当珍惜，我们共同来到这个世界不容易，上苍安排我们相遇更不容易，而我们又在这相识的人群中选定了人员作为我们的朋友，那么就是贵中之贵。我们想想，那么多的人群我们选定朋友，既不选这个，又不选那个，而恰恰选中了你，这不就是弥足珍贵的吗？但是，对于这弥足珍贵的友情，我们是该随意视之呢，还是应当珍重这难得的友谊？

人世浩繁，感慨多多。这难得的友谊也是多么难以选定的人选啊！人生一世，没有几个朋友，未免显得孤独、寂寞，如果一个人在这个世界上行走生活，既没人和你搭腔，也没人陪你聊天说话，唯有你自己去行走那孤独的人生苦旅，该是多么地寂寞孤苦啊！

著名作家余秋雨先生说："严格意义的友情是一个人终其一生所寻找的精神小村落，寻找途中没有任何实利性的路标。"那么我们该如何终其一生去寻找这一个精神小村落呢？关于友谊，每个人都有自己的圈子和范围，商人有商人之交，同事有同事友谊。这宽泛的友情当属多多，但是又怎样在这大范围的友情中选定和自己患难与共、同甘共苦，可达到"莫逆之交"的朋友呢？所以我们要慎用"莫逆""知己"这些词语，什么样的朋友才能达到这个境界和档次。当然，如果没有宽泛的友情，我们出门办事干什么都会遇到拘谨；如果没有严格意义的友情,则我们的友情就难显深刻。我们的友情应当不惟功利,唯求崇尚"君子之交淡如水"。我们既然终其一生寻找的友情,应当要排除邪恶、虚伪和背叛,既然用一生的时光换取了这份友情,我们理当用一切来濡养这友情的神圣和圣洁,真正达到地老天荒,海枯石烂。不求什么誓言,但求真诚。

既然我们用一切濡养的友情,我们理当珍视、珍重、珍惜这来之不易的友情,朋友不在于多,而在乎精。常言说:"人生难得一知己,得一知己足矣。"珍重友情让我们在这一个精神的小村落里遨游。

我周边的一个人,他恰恰不是这样,众多人把他当朋友看待,缺钱缺物朋友相送,遇到什么困难,朋友伸手相助,然而他却不断地亵渎这友情,以至于最后变得凄凉、孤苦、无助。这个人出生乡村,祖辈为民,当时他从市里一所学校毕业后,难以寻找工作,于是他便将希望寄托在当时结识的一些朋友身上,朋友们二话没说,纷纷利用各自的关系为其打通了各个环节,将他留在了市里一家单位上班。后来每当缺钱朋友们都是给他送去,然而他拿到钱后不是精打细算地花销,而是大手大脚铺张浪费,以至于让朋友感到失望,致使他的朋友越来越少,一些甚至与他绝交,最后他在那所城市混到无人登门的地步。好在他又有了一个机会迁往另一座城市,在他要离开那座城市之前,他想既然已经要离开,那么就可以大肆地骗骗这些朋友,反正以后离这座城市也远了,求他们的事也不会再有。于是,他便纷纷找到以前有过接触的朋友,编造各种谎言,骗取了一些钱财,那些朋友们也看在以前交往的情面上纷纷借钱帮助。他甚至还从一些初次相识的朋友那里借钱,而一旦借钱成功之后,就迁往他乡了。从此,与这座城市的所有朋友断了联系。朋友们想起往常的交情,时常还写信问及,可是他收到信后一封信也不回,也不打电话。就这样,朋友们对他失去了信任,个个想来都感到恼火,发誓再也不与他联系。

谁知他一年多后又回到了这座城市,是因为他家中出了事情,要到一些部门处理,他又求助于那些朋友帮忙。可朋友接到电话后,谁也没有出面帮忙,最后他不得不亲自去找那些部门人员处理,最后效果大打折扣。在办事中,他失去了往日熟悉的面孔,没有了温情,一切都是冷冰冰的。办完事后备感凄凉,最后孤独地离开了这座城市。

这件事给了我们一个启示:我们用一生时光寻找的友情,应当珍视。人的一生,爱情、金钱、事业、地位什么都可以失去,唯独友情是万万不可失去的呀!

写于2002年10月23日

(此文发表于《十堰广播电视报》2003年4月10日)

阳 光

太阳每天都是新的。

初升的朝阳将光辉与温暖带给大地和人类,我牵着梦想与童真和太阳赛跑。金色的阳光洒满小路。

被阳光锻打的日子,金光灿烂。沐浴阳光,我备感温暖。阳光普照的大地,鲜花烂漫,我一个天真烂漫的少年,热血沸腾,忘情奔走。手握阳光,是一把金灿灿的梦想。有梦飞翔的天空,必有太阳的朗照。在晴朗的日子里,我时常在回味和梦想,天真烂漫的时光必将消失,而新一轮的太阳又将升起。

被阳光晒暖的童年,有过我们美丽而天真的童言童语。曾经因为迷恋阳光,而在乡村的稻场上洒满我们童年的欢笑。阳光疾走,没能留下我们童年的脚步。游戏和笑声被我们的记忆珍藏,阳光则伴着我们成长,于是,我们成长的生命里总是充满阳光。

我们曾经因为阳光的刺射而迷惑了双眼,于是道路总布满了崎岖和坎坷,失败也就横亘在面前。然而在这片湛蓝的天空下,因为有阳光的照耀,我们才不会计较得失与成败,我们拥有年轻人的坚强,高歌前行。

阳光牵着我们的梦想去踏平人生的坎坷,迷惑的双眼被我们永远抛在身后,阳光则伴随着我们的脚步前行。

太阳也有忧伤的时候。那时,她就躲进云层,留下一片灰暗的天空,似在低泣,又似在倾诉。忧伤过度,她就会流下一串串珍珠般晶莹的泪水,那是太阳无声的语言。在太阳落泪的时候,我们也倍感伤心。

然而,这种忧伤总是不会太久,随时随刻,她就又会露出灿烂的笑脸。时常还会绽放出五光十色的虹桥。那时,让我们更深地领略到了阳光语言的光洁与美丽。

阳光的语言总是给予我们无穷的力量,同阳光对话,让我们感受到光明与温暖、向上而又真实的力量。

走在阳光下,我们备感光荣与亲切。在阳光下行走,我将永远充当一个辛勤的拾贝者,捡拾更加光明而灿烂的日子和生活。

伴着阳光上路,我们的青春将永远充满光荣与梦想。

写于 2001 年 12 月 12 日

(此文发表于《南叶》2002 年第 7 期)

生 命

当一个婴儿降生大地，并发出了第一声啼哭时，这便是生命的开始。这是每个人唯一生命的诞生。既是第一次生命的诞生，也是最后一次诞生生命，因为生命赋予我们每个人的有且仅有一次。也正因为有了这一次的生命，才使我们有了百倍珍惜生命的信念。

在生命成长的过程中，要让仅有的生命在人生中闪光，所以我们才有了奋斗，有了拼搏。只有奋斗，只有拼搏，生命才会更有意义。

只有人生中有崎岖，有坎坷，才能使生命显出她的可贵之处。在生命中，我们要认准目标，为着目标而奋斗、拼搏，那才能抵达生命的辉煌。

生命的辩证法告诉我们，生命给予我们的虽然只有一次，但我们却要把全部的努力与奋斗赋之于生命。

生命中也有痛苦和泪水，但它却无法扼制我们奋进的脚步，因为我们已被泪水泡大，在泪水中逐渐强壮起来，成长为血性男儿。我们诞生在母亲的羊水中，生活在痛苦的泪水里。是泪水历练了我们，使我们选择了坚强。

生命是短暂的，世界是漫长的，小草都有着顽强的生命力，能在沙漠里，能在荒原上成长，何况我们人类。无论人生中的大风大雨是多么地频繁和强大，都不能摧垮我们的生命，因为我们还有生存的信念。在困难与灾难降临的时候，我们要挺住，我们要向生命抗争，只有奋斗和抗争，才能使生命延长，才有我们抵达人生彼岸的那一天。

光荣与辉煌最终会成为我们生命活着的精彩，是因为我们有了奋斗和进取，强化了生命。

生命总是在死亡之时结束，到那一刻，面临死亡的我们，谁都会发出希望，只要生命能停留哪怕是万分之一秒，我们也要珍爱那一刻的生命。然而一切都为时过晚。珍爱生命，从现在做起，只有我们珍爱生命，生命才会永远年轻。

让我们热爱生命吧！因为生命给予我们的只有一次。

写于 2001 年 12 月 12 日

（此文发表于内蒙古少年儿童出版社 2002 年 5 月出版的《成功男孩》一书）

伤感离别

时光匆匆，岁月无情。在人生的长河里，总会有几番离别让人永生难忘。从一次小小的暂时分别，到人生中难以相见的离别，直至生死离别，无论是何种离别都会让人伤感，那种伤感总是刻骨铭心的。

告别校园时代，和同学们那次断肠天涯的离别，让我伤感至今。每一个阶段的校园生活结束，毕业时都会有一次离别，同学间总会有一份小小的礼物相赠，那些离别时的情景至今还残存在我的记忆深处。在最后一次校园离别时，面对着每位同学都将步入社会，那时那刻，个个都是泪满眼眶的。当时，谁也不知道此生的命运如何，谁也不知道命运会将他安排在什么地方。有些人可能至死也不会再有相见的机会。于是总有同学泪如雨下。

我深切地记着离别前的那天晚上，是我们的班主任为我们主持了一个别开生面的欢送会，也就是我们的离别晚会，也算作毕业典礼吧。那晚是班主任为我们点燃了满教室的蜡烛，在蜡烛映照的气氛中，我们每个人都变得沉默。面对着即将离别，每个人的心情都是如铅般的沉重。在昏黄的蜡烛光亮中，我看见每个人的脸上都表情凝重，满脸严肃，眼里都似乎含满了泪水。班主任宣布晚会开始时，大家一片肃然。在寂静中，班主任的一曲《人在旅途》将所有人感情的闸门一一打开，大家的泪水都静静地流了出来。那时，班主任是哽咽着将歌曲唱完的。他感觉这些被他教过的学生，从此将天各一方，羁旅天涯，此时此刻伤心万分。同学们都认为此次的离别，有些可能因为工作将终身难以再见。那晚，同学们的心情异常沉重，那些断肠的话语怎么也倾诉不完，都认为相聚时间太短。在同窗几年的时光里，在没有离别的时候，谁也不会知道珍惜相聚时光的重要，而就在离别的一刹那间，大家才发觉了相聚时间是如此短暂。那一晚，同学们都在班主任的陪伴下，在教室里，在烛光下，共同度过了离别前的最后一个夜晚。早上，当各自背上行李向各个方向离去时，大家感情的潮水再一次被发泄出来。

在我后来参加工作的日子里，又遇到过多次的离别让我揪心地痛。一位相伴多年的朋友辞了工作要去南方闯荡。临行前，我们几位朋友为他饯行。我们知道，他闯荡南方，再和我们相见的机会几乎不再有。为此，那晚我们个个都喝醉了酒,大家都想到在这以后没法相见的日子将会是一番怎样的情景,个个将怎样度过那失去友人的时光。第二天,当那位朋友跨上客车的一刹那间,大伙彼此都泪流满面,彼此的伤感都无以言表。朋友们放眼看着那辆载着朋友的客车消失在滚滚风尘之中,心中充满了无限惆怅和伤感。在多年以后的今天,回想起那位朋友离去时,大家伤感的面孔,至今还让人辛酸。

我深深地记着母亲去世的情景,当时我很小,但在我的潜意识中,我已经明白,母亲将永远地离开了我们。于是,我放声大哭了起来。就在为我母亲办理丧事的人们打开棺盖,要让母亲的亲属向遗体告别时,我看见母亲生前的亲朋好友们都趴在棺材上,看着母亲的遗体痛哭失声。而我只能站在边上大哭,那时我知道了从此我将永远失去了母亲。直至后来,在我日渐懂事的时候,我渐渐明白,那就是人们常说的生死离别啊!没有什么离别比生死离别更让人痛苦伤感和怀念的了。在这以后的日子里,在我感受了一次次离别的伤感之后,我发现珍惜相聚的日子,珍惜时光,珍惜生命是多么地重要。那一次次离别的伤感时时敲醒着让我珍爱生命、珍惜时光。

(此文发表于《十堰日报·竹溪版》2001年11月1日)

心灵的守约

凡事都是有一个约定俗成的。我之所以在我如今的环境中,艰苦的岗位上坚守了这么多年,甚至将是一辈子死守在这里,缘于我对档案之来之不易的看重,对心灵盟约的坚守。

我在乡村长大,年少时期,当一群孩子站在村口,好奇而羡慕地看着从城里归来的在乡村中长大而后又到城里或外地去工作,回家探亲的叔叔阿姨们,给他们的孩子或侄子们带回的水果糖或者小玩具,甭提那时我们对于走出这个村子有多么地向往和崇拜。那时尚且不知道世上还有城市户口和农村户口的区别,商品粮和农业粮的不同。天真无邪的孩子们对着那些卖弄着自己父母或伯父伯母们带回的小玩具或水果糖的孩子们夸下海口说道:"长大后,我们也要到城市里去住,也要去买许许多多漂亮的玩具,买很多很多的水果糖。"其实那时只是为了激一激那些伙伴们,使自己心里得到一种安慰。话说出来容易,但却远远不知道在那个年代进城居住的艰难,对于农村的孩子们来说,除非好好读书,考上学后,才能被分配到城市里去工作。要么就是到城市里去做一名打工仔,否则的话想进城比登天还难。天真的孩子说出来的话谁也都没有记在心上,谁也都没有去为进城而奋斗。

上初中时在学校住读,每星期都要从家里挑去一袋粮食去交伙食。而看到有些学生不从家里挑粮,却是每星期拿着粮本去粮所里称粮,再用粮食交伙食,我们感到好奇。略知一点的学生说那叫商品粮,并且对商品粮大加吹捧了一番,顿时让我们年少的思想跌入云里雾中。

后来朦朦胧胧中知道了吃商品粮和吃农村粮的差别,以及由吃农村粮到吃商品粮转变的艰难。开始对吃商品粮的敬畏渐渐疏远不敢奢望了,对自己的安慰只有好好读书。后来考上了一所中专,而我们不是计划内招生的分配生,所以不包转户口,我们依然是农业户口。中专毕业后,由学校引荐到单位上班,因为是农业户口,而商品粮户口不是一时半会就能解决的,必须上面有政策才可。所以工作关系也不是随时就能办理得了的,须等到户口解决后,才可办理推荐安置手续。

也许是我们的命运还好,刚上班几年,上面就有了政策。通过自转商的形式解决了商品粮户口，再加之国家不包分配的大中专毕业生，只要找到了接收单位，就可以办理毕业分配手续了。在一次次地等待与机遇中，自己由一个农民成为一名国家干部，随着商品粮价的取消，粮食全部都是市场价，但也是足以令人神往和自豪的了。

也许是缘于了这些，我们才知道对工作的来之不易，因此倍加珍惜。朋友们几次鼓动我，像你这样能写写画画的，在南方即使做个自由撰稿人也是很不错的。何必非要厮守在那个场子里，饥一顿饱一顿，饿不死，撑不死的呢？如今应该思想放开，趁年轻，到外面去闯荡闯荡，开开眼界，多挣点钱，以备养老，谁还稀罕那个正式工作？

我坚守这个岗位就像坚守一种信念，一句诺言一样。如果我放弃这个盟约，可能我早就过上了更为幸福的生活，也不会生活得这么艰困。哲学上存在着一个"物极必反"的道理。但是如今即使再艰苦和贫困，我却依然坚守着这个岗位，从没有过动摇的念头，也许这一生的前途就将要荒芜了，但即使再荒芜，也未解散这个心灵的守约。

　　　　　　　　　　　　　　　　　　　写于1999年4月1日

梦的思维

我时常在重复做着关于我童年的梦。童年之于我，早已远远而去，不复重来。童年的记忆也只能是勉强地记着一些难能可贵的片段，而童年的活泼可爱却时常在我的梦中反复映现。

二十多年过去了，岁月的无情，又能抱怨什么。

离别多年的同学再度相聚，席间，共叙别离之苦。一位眼睛近视到视力只有0.2的同学，透过高度近视的镜片，努力地睁大双眼看着我。隔着这桌子的距离，看着他吃力的目光，我仿佛意味着什么的消失。他说，你何时有了这么修长的胡须和你满脸的沧桑。我说，时光已经不在了，你记忆中的我只是我生命中的一个驿站，只是过去美好生活的停留。生活的劳累，只是命运的恩赐，昨天的消逝才有今天的开始。我只能感谢时间给了我成长和成熟的机会，而在成长的过程中，肯定要有付出，那便是生命过程的一次次消逝。

我不是一个哲学家，但我深深懂得时间的一去不复返。关于童年的梦一次次地在昭示我，珍惜今天的重要和来之不易。童年只有过去，才能变得更加珍贵，因为童年之于人只有一次，那活泼可爱也便只有一次。如果每个人在童年都知道自己童年时光的珍贵，那么他们绝对不是一个凡人。童年的思维方式只能是一种初识的幻觉。

诚然，二十多年的时光可以看作人生的三分之一，但绝不能认为尚有三分之二而去虚度她。应该把二十多年时间看作距离生命终结已经走出了三分之一而去倍加珍视她。

反复映现的梦不只是一次次生命的再现，更重要的是在警告自己，童年虽然过去，青年时代还能让她白白流走吗？珍惜年华，珍惜时光，并不是非要去努力挣钱，当然，金钱固然重要，但自己所追求的事业比金钱更重要。

著名诗评家王家新先生曾说过，人生不经历最苦难的时刻，就算不得一个完整的人生。进而言之，在人生最苦难的时刻而抛弃自己的理想和追求的人，便不是一个完全的人。我们努力地过好，并努力地为自己的精神支柱所追求的一切而过好，这才是最有意义的人生。

关于童年的梦反复告诉我的不是年轻，而是关于年轻时应该做些什么样的选择，过去的已经过去了，要为明天的到来做好打算。人的一生又不可能碌碌无为地活着，不可能被时间所支配，被支配着去把最宝贵的时间浪费在无聊的闲侃与应酬之中。自己应该成为时间的主宰者，让时间在自己的生命中发挥到极致，寻找适合自己发展的闪光点，去精确地支配时间，让青春年华不再虚度。

　　妻子怀中抱着的孩子正在津津有味地吮吸着手指，当他错把我向着他的方向沉思的目光，当作是在看着他可爱的动作，而突然停止自己吮吸的乐趣向我微笑时，他笑中所蕴含的童稚，不正和我反复映现的童年的梦一样吗？

　　站立起来，让童年远去，让童年的梦永远消失。

（此文发表于《瓦屋山》1999年1月15日）

命运的等候

整整一天我都在整理自己刊发的作品。复印、剪贴，写上刊发报刊的名称及刊期或日期。报刊一一复印，然后剪下贴到牛皮纸上或剪贴本上，认认真真整理，不敢有半点马虎。

热爱文学创作已有六个年头了，这六年的苦苦追求和耕耘，其中的艰辛不为人知，收获的成绩积攒了厚厚一大摞。今天我用一整天的时间去整理它们，这个时间是难得的。我整理这些刊发的作品，旨在对以前苦苦奋斗的一种总结，以及对自己以后的创作道路做一个更好地界定。

我整理出了厚厚的一沓作品。我如今在一家国有事业单位的基层工作，与文化无缘，这些基层生活只能作为我的一种生活积淀，为我的文学创作提供素材，而这种工作压根就不适应搞文学创作，我所需要的是文化氛围浓厚的一些单位，这样才能更适宜于我潜下心来，更好地进行文学创作，多出作品，多出精品。

整整一天，我整理时都在幻想一个适宜我发展的环境氛围，时间在默默地消逝，而我却在耐心地等待。从我所刊发作品的质量和数量上看，我应该有一个更适应创作的环境，应该是动一动身子的时候。所谓的动就是希望能调到文化单位去，而文化单位都是事业单位，需要财政编制。这一个编制就像一个门槛和笼子，固定和束缚着我无法迈进。编制是国家体制的问题，要受到国民经济的计划和地方财政的限制，不是想进就能进的。

我手捧一沓作品站在人生的路口等待，等待一种机遇，等待一种命运，我在为命运而等待，相信有一天幸运会降临在我的身上。当那一刻，幸运的钟声在我耳旁敲响的时候，我想我一定会激动得热泪盈眶。但是现在我只有等待，听凭命运的等候。

一切在创造之中，只有命运在等候。

写于 1998 年 4 月 28 日

在北京照相

匆匆忙忙的人生，一生都难得照几次相，一般都是自己在年轻的时候，邀朋唤友共同聚一美景，同留时光的瞬间。成家立业之后，照相已是过眼云烟，匆匆而过，提起照相不觉惭愧。

偶尔的一次出差，到了北京。这是中国的首都，作为一位中国公民，初次来到北京，不带点东西回去，情有可原，但是不留下一点美景日后阅读却是终身的遗憾，或许以后再来北京的机会已是少有。

北京照相的景点当属天安门广场。这里热闹非凡，照相摊点更像游客一样，此一处彼一伙摆满了广场。

选择一家照相的摄影师留下北京的景观。我对照相了解不多，但对这里简洁而熟练的北京话却备感亲切。

"15元，四景的照一张吧！"不等你回答，只看一下你的表情，他就移向了下一位顾客。对每一位顾客都是笑笑的，这就像你在老家留下的照片，不照一幅的确遗憾。

对于首次来到天安门广场，花费15元留下天安门景象，当然值得，还是四个底版的。放好行李，站在摄影师的镜头下。不容你做任何心理准备，天安门城楼已摄入你的底版。将你背对人民英雄纪念碑只那么几秒钟，你还没有考虑到站立位置的准确性，又进入了第三景。毛主席纪念堂进入你的背景。还有什么再考虑的，历史博物馆早早地将你在北京照相，摄进了你在北京停留的瞬间。整个四景不超过3分钟，你还在疑问摄影师是否欺骗了你，一张一小时后领取照片的收款单已等待着你交钱，摄影师早已进入了下一位顾客的程序。程序还是那么简单，就像摄影的瞬间。

手持一张一小时后领取照片的凭据，回想自己在县城照相的情景。摄影师们总是先选定自己站立的位置，然后调准焦距再来摆好自己的姿势，抬好自己的头颅，甚至再来抚起自己垂在额头凌乱的头发。如此三番五次，然后再重新调焦距，露出笑容对你说道："笑笑的，笑笑的，开始了……"你能清晰地听到他咔嚓的缓慢声,你根本不用担心刚才姿势是否摆错,从你睁得僵硬的圆眼和疲惫的姿势已经证明一幅照片的美好性。在这个循环往复的程序中,在天安门广场不亚于要拍摄十幅景的照片吧!

在北京照相使我顿悟:在老家摄下的只是一种姿势,而在天安门广场摄下的却是宝贵的时间。

(此文发表于《十堰晚报》2000年1月1日)

浓浓淡淡老乡情

前不久，国务院下发了《关于禁止多层次传销活动的通知》的文件，致使许多人方才醒悟，那些人中有一半以上都是老乡。传销，自开始以来，传播的多半都是老乡、亲戚、朋友、同学这一圈子的人，而老乡又可能占得更多一些。

开始传销时，我的同学，亦是老乡一再游说让我去做传销，去听他们聚会、演讲。多少次我都是在用一种勉强和他谈话的方式间接告诉他，我不会去做传销。我告诉他，你做传销是你正在寻找人生的突破口，人不能一辈子如果不找到一份执着的事业，碌碌无为过一生，这是毫无意义的，我只能在你开满鲜花的路上祝贺你，但我早已找到人生奋斗的目标，我手中的笔便是我人生的追求。我谢绝了老乡给我提供"发财"机会的邀请，觉得有些惭愧，因此以后的来往也便少了。

高等学府或中等学校一年一度的"乡会"更是感激人。在一个学校里，快要毕业时自有一个乡会长出来张罗，由几人操持着写上一份海报，贴于校门口，要求全校各班哪里人氏于几日几时几分在某处聚合，尚未毕业的为即将毕业的老乡送行，毕业生向在校生道别。举行一个宴会，举杯痛饮，真有生死离别的场面。老乡的定义在这里得到完美的诠释，多么诚挚的老乡情谊啊！

在部队服役，当兵的时常有老乡聚会，喝酒都是海量。他们老乡的定义已经下得更宽更广，他们把坐一个方向列车的战友都称为老乡，往往连着几个省市。这种老乡的感情是多么诚挚，一旦老乡受欺便出来相助，甚至这帮老乡和那帮老乡打起群仗，真有"士为知己者死"的英雄气概。

我进城已经十年了，可我依然念念不忘的还是老乡。每次家乡的老乡来，我总是要盛情款待他们，好让他们知道我是从那条山沟里走出来，从乡村放牛的一个村民成为城市市民的。

一个老乡来我这里，并且是第一次来。我热情地接待了他，我们从未打过交道，只是相互知道。因为是老乡，我的防线早已随着市侩的交往而崩溃得荡然无存了。住了一天之后，他走了，过了一天他又来了，我笑脸相迎。

他声称自己因为办事钱用完，而钱在别人处，人不在，一时难以拿出，所以先到我这里拿点钱，等明天那人来后就给我。我自己身无分文，已经几个月没有发工资了。碍于老乡的情面，我从别人手里转了点钱给他，我相信了他最迟明天还我的承诺。可谁知他一去杳无踪影，一天、两天、十天、一年……"明天"一天天地过去，可我一直未见到他的人影和他的任何一封信甚或口信。我知道自己被骗，并且被骗在老乡手里。

中年诗人野牛先生曾对自己的朋友说过："前面就是枪林弹雨了，谁还顾得了谁。"朋友们愕然。

青年诗人赵原在一次列车上可怜尚在站台上的一位老者，声称三天都没有吃上饭了。赵原帮他从车窗里接进来。邻座的人说他："你为什么那样多愁善感呢？自己好过了整个世界都好过了。"

我们相信，在物欲横流、金钱统治一切的时代，看重看轻老乡情面是每个人的天性。诚然，诸如野牛所言又是无可厚非，有失偏激的。对待自己的朋友如此的说法，是幽默抑或是看破红尘的一种超脱，这都不能证明什么。

赵原帮助老者，这是任何一个人都应该具有的美德，但邻座的嘲讽又是如此地刻薄、太自私化。

中国人过于讲究情面，爱面子，致使把老乡情看得过于重要。一帮老乡中有一个走出来了，其他的便都紧随其后，看轻看重老乡情这要因人而异、因事而异，既不能因为老乡而损公肥己，又不能因为老乡情面而放弃道德的准则。看准老乡把握住老乡情面的尺度，既不能太情面化，又不能被老乡所骗，浓浓淡淡对待老乡的情面才是做人的准则。

（此文发表于《十堰青年报》1999年2月26日）

我的宗教

宗教是一种社会意识形态，是对客观世界的一种虚幻的反映，要求人们信仰上帝、神道、精灵、因果报应等，把希望寄托于所谓天国或来世，从精神上解除人们的武装。在阶级社会里，剥削阶级利用它来麻醉人民以维护其统治。这是《现代汉语词典》对"宗教"一词所做的解释。

"宗"其中之一的意思解释便是尊奉向往。由此将"宗教"一词引申一步，那么它的意思便可理解为"对所钟爱的一种事物的尊奉和向往"。即将"宗教"一词活用为动词。

我出生在农村，世代布衣，以耕田劳作为生，祖辈中不曾有过半官职衔。轮到我这辈，也许是读书比前辈们多了一点，抑或是命运的安排，使我留在了城里脱离了乡村的耕种生活，在城市里混入一种过着8小时工薪阶层的生活。由于多读了些书，又沾上了一点文学的灵气，便痴心妄想地做起了作家、诗人的梦。虽然这些都是可望而不可即的，但内心还是把它作为一种生存的寄托，用以平衡一种心理支撑。

痴迷于文学，便利用了所有的下班时间，当下班之后，别人都在乐于"开拖拉机"时，我却钻进了书海，饱读中外名著。夜晚常常都是在深夜12点之后才睡去。做一个业余文学爱好者是辛苦的，所有的时间必须靠自己挤。工作在基层，生活艰苦，每月的工资我几乎用了一半来买书和稿纸，但依然没有放弃自己的追求，在自己不断地努力之下，作品已先后被铅植在全国上百家报刊过千件。这无疑对自己坚持文学创作是一个动力，认真读书刻苦写作，将是我一生所不可放弃的，她将成为我赖以生存的精神支柱。失去文学，将失去我一生的方向和舵盘，生活中可以失去一切，但不能失去我挚爱着的文学。

既然文学已成为我今生的宗教，那么请让我背上耶稣的十字架，穿越《圣经》，奔驰在文学的宽广大道上，做一个文学的教徒，听凭缪斯这一教主的发落。

写于1999年5月28日

体验到校园收购旧书的感受

　　高考结束这天,我突发奇想,决定体验一番到校园收购旧书的感受。这个计划是我酝酿已久的,我拿出一张我写了数十遍,我认为比较满意的四个字"收购旧书",带上秤和袋子,骑上单车出发了。

　　这四个字是在我周密考虑之后,用了自己全部的书写水平写就的四个字。我本打算随便写上这四个字,然而我想,我何不把这四个字好好写上一番呢?同学们卖掉自己的旧书,就如同卖掉自己多年的心血和汗水。我来收购旧书,当时的目的是想来感受一下同学们卖书的心情,赚取一点利润当属其次。然而在写这四个字时,我又突然想到,我来收购旧书不单单是为了这些目的。我有责任把这四个字写好,让同学们能从中受到一点教益。所以,我就用心地写了这四个字"收购旧书"。

　　到了校园内,同学们正沉浸在一片议论与欢笑声中。高考刚刚结束。

　　我选择在教室楼梯道里,摆好写了字的纸。我天生不是做生意的,所以,我没有吆喝的嗓子和技巧。

　　不一会儿,几位同学便抱了一大抱课本、作业本,来到我的面前问过价钱之后,我便过秤、付钱。看到他们行色匆匆,没有一个人对自己卖出的书本感到留恋,我有些愕然。

　　收购进入高峰,我便被围得水泄不通。出乎我意料的是,竟然没有一个人欣赏我这四个字,不知是什么原因,同学们根本就无法理解我当时的良苦用心。

　　当看到同学们搬来他们一大堆旧书露出的汗水时,如同看到了他们在炎热夏日里,汗流浃背地拼搏在教室里的样子,我又怎能忍心收购他们所付出的汗水和辛劳呢?然而,看到他们那一张张无法理解我那用尽心血写就的四个字的面孔时,我又怎好对他们讲解书的珍贵和读书的重要。他们又不是小学生了,他们如今已经高中毕业了,不久他们将堂而皇之地走进大学的校门,或是走入社会。

　　不一会儿,我那写字的纸便被他们踩踏得污秽不堪了。

　　我在收购着旧书,其实在收购着我童年时代的梦想和我学生时代的追求,我以这种方式体验生活，我又怎样对他们讲解那些一言难尽的辛酸呢？

法国的安利·鲁拉尔是个藏书狂，买书常用马车拉，买书太多，无处藏书，便又再买房子，共买了五栋房子藏书，从不将书借给他人。死后，他的家人将他的藏书全部廉价卖掉，致使巴黎旧书市场的书价一落千丈。

他们卖书是否有一位作家那种深夜沉书大海的决心呢？

他们卖书是否为了下一次的发愤呢？

我装好旧书，整整四袋，架上车子，只能推着走。但是我的体验使我的心一片释然。

走着，我在想着：他们是否有一日会像我一样，站在他们的校园里，去收购自己学生时代的追求和逝去的青春呢？

我走着、想着，想着、走着……忽然一阵大风将那张写字的纸刮得飞扬起来，我无法看到它飘落的地方……

（此文发表于《十堰晚报》1996年10月25日）

蜗居的时光

提起城市生活不得不提起我的蜗居生涯。我在城市生活，到目前为止，已蜗居过四个地方。

1990年，我带着报到通知来到一个叫国营种畜场的单位报到上班，住处是单位安排的。初到城市，我同许多新招来的农工同住在一个油毡棚里，睡着大通铺，农工有二十几人，且房屋是极简陋的。墙是用水泥砖干码起来的，也没有用水泥浆砌，地是土地，也没有水泥地平，外面是粉条晒场。这个小屋盖在这里的目的，是让我们夜间顺便可以照看晒场上的粉条。我将简单的行李安置在这个简陋的小屋里，便开始了我的城市生活。

一个月后，我被领导安排去养猪。我所养猪的一个猪栏是在一个山坡上，和其他饲养员的饲养车间隔开着。那里原是一个养兔的地方，后来兔子没养了就改成了猪栏。因那里路远，饲料、用水难以保障，且夏天阳光直晒，先前的饲养员都亏了，也算是领导考验我，将我安排在那里养猪。初到城市的我无牵无挂，自然接受了这项工作任务。

猪舍旁边有一间简易房，人住在里面以方便照看猪。因为那是在一个一片孤寂的单独山庄上，四周没有人烟，且树林密布，曾经发生过多次被盗事件。这里阴森恐怖，坟墓林立，遍地荒凉，完全是一个荒野。为了照看猪舍、饲料和猪，我搬到了这一个荒野外的小屋内。当时那里的土地还没有开发，四周野草没膝，时常有野兔出没，更让人毛骨悚然的是那里距离医院的太平间不远。我在其间仅有几平方米的小屋内，夜不敢出门，全靠那些书陪伴我度过了那段难忘的岁月。那时才从学校出来，工资非常低，也无钱去买书，全是学校时读过的一些教材和我从老家带来的旧书，打发那段难熬的时光。深夜时偶尔的一两声猪的叫声，为我孤身一人身居在荒野中壮胆。

县城要建一座客运站，我所饲养猪的猪舍要被拆除，那片荒野也将逐渐繁华起来，我便又被安排在新的岗位工作。我到了车间内被安排收购红薯，车间内有一个值班房，仅有七八个平方米，那里晚间要安排值班。就这样，在那个小小的值班室内，安排了我们三个人同住。值班室内仅能支下三张床，每人的东西都是用一个小木箱装着放在床底下。房屋是瓦房，很陈旧，顶棚是油毡做的，已破烂不堪，且时常有老鼠在上面奔跑。在这个嘈杂的地方，我失去了在那荒野中静心读书的环境，但是练就的那种读书的境界倒使我值得怀念。好在那时都是单身，无牵无挂，同住的两位同事晚上时常要上街去溜达。我没有逛街的爱好，因此他们逛街时那间屋子便整个属于我的了。我便在那个屋里读书，开始了我的文学之路。在那里，我写下了许多苦难生活的记录，也读了很多中外文学名著，尽管那里时常有老鼠出没，但是我仍在那小屋中，坚守心灵中的那片净土。

后来，那两位同事都结婚后陆续搬离了那间小居，那里便成了我读书和创作的园地。虽然简陋寒碜，但是却为我写作提供了大量的素材和静谧的环境空间，我的大部分作品都是在那里创作完成的，五六年的居住，这使我不得不感谢那间小屋。

我结婚后也搬离了那间小屋，所谓的搬离，倒不如说是挪窝，从一个蜗居搬到另一个蜗居。新搬的一个小屋是两间仅有二十余平方米的简易房，房屋是一坡水，上面缮着石棉瓦，房屋矮小，伸手可触屋顶。因为仅仅是石棉瓦，且石棉瓦又是烂的，下面也没有缮油毡，所以下雨时常常外面大下，屋内小下。为了使屋内不漏雨我从街上买来了塑料布，钉在石棉瓦下。殊不知那塑料布简直不起作用，上面漏下的雨水落到塑料布上后，汇聚到一起，越坠越沉，直至塑料布承受不了时，水全部泼下来，如瓢泼一样。于是常常下雨时，我和妻子便忙乎着将家中所有盆子、钵子，凡能盛水的器皿全部派上用场，接屋顶漏下的雨水，而家中的盆子总有不够的时候，所以，再有处漏雨就只好任其自然，床上也是常被淋得衣被湿透。最害怕的是在夜间突然下起雨，来不及接雨水时，家中常被淋得到处都是湿的，我的很多好书就是被雨水漏湿而损坏了。在这种生活中，有很长一段时间，我和妻子都得了恐雨症，真是有苦难言。更为难熬的是夏天，由于我在屋顶上面蒙上了一层塑料，夏天的毒日顶着照晒屋顶，酷热难当。屋内一丝风都不透，时常室温能达到三四十度，待在屋内时常挥汗如雨。后来几经与领导协商，单位才在屋顶上铺上了一层油毡，算是结束了漏雨和太阳蒸晒塑料闷热的时光。

在这个小屋内，我们做饭、睡觉和我写作，晚间妻子和孩子要看电视。那台小小的17英寸的黑白电视机便是他们的乐趣，我则要趁那段时间先睡，待他们睡着时，我即起床开始读书写作，时常从凌晨零时起床，直到天亮，这就是我在那段蜗居时光里养就的守时写作的规律。

尽管整个小屋简陋、寒碜，使我痛苦不堪，但是我对这个小屋还是有割舍不掉的特殊感情，只有在这个小屋里我才能写作，一旦离开了这个小屋，我连灵感都无法找到；只有这个小屋，这个使我痛苦的小屋才能激励我多写作品，写好作品；只有居住在这样的小屋里，在这样的小屋里写作，我才能找到感觉，才能逼迫我坚定文学的信念，才能使我想到只有写作才能改变我的命运，改变我蜗居小屋的历史。

　　不管我日后能否住上高楼大厦，我都不会忘记我蜗居的小城和那小城中给我带来的痛苦和欢乐，给我的勇气和信心，给我灵感和作品的小屋。无论我是怎样地动荡和变迁，我都会牢记住苦难可以成就人，是这些蜗居给我激励，使我在人生之路和文学之路上走远，再走远。我会永远记住这小屋和小屋的感情。

写于2002年1月13日晚

小屋的感觉

　　房子越住越觉得窄。人们大抵都有这种感觉。这使我想起我曾经居住了六年的8平方米小屋来。我现在住了两间一厦的房子，面积是原来的7倍之多，但现在依然是越住越觉得挤。现在回想起来，不知道以前是怎么住下的。

　　拥挤的城市里，一般的单位都没有住房，因为住房特别紧张，所以参加工作初期都必须租房住，有的单位的职工租房住的日子得过十几年甚至二十几年，才有可能分到一间半间的小屋。除非单位里有了钱，加上职工集资，建起家属楼，才可搬进稍稍宽绰一点的房屋，一般还是不敢想的。

　　我去单位报到的第一天，办公室工作人员把我领到了车间旁的一间闲置的小屋。说是小屋一点不假，空间面积只有8平方米，周围没有其他房屋。这小屋在车间大院内，大概就是车间的一个值班室吧！在当时，所有单位住房都紧张的情况下，能有这么一间小屋居住，已是相当不错的了。

　　小屋是普通民房，缮着瓦，上面有一个很陈旧的被油烟熏黑而后又发黄的油毡顶棚，地上没有水泥地平，只是用砖铺着，下面是空着的。这显然是车间用来放置杂物的小屋。小屋留着一扇窗户，木凳，镶着花玻璃，屋内很潮湿。从顶棚和墙上烟熏的程度来看，这里很长时间没住过人，并且从墙上小孩写的粉笔字中可以看出，以前住的是一家人，并且不是单身汉。可见他们当时也是在住房十分紧张的情况下，一家人蜗居在这仅有8平方米的小屋里。大概是以后单位里走了人，或是其他原因，致使有了空闲的房子，他们才搬了出去。这才又给我造成了一个有间住房的机会，房间虽小，但很温馨。

　　我将小屋里里外外收拾了一番。顶棚以及墙上的灰尘扫了扫，把以前乱七八糟的报纸撕去，又找了一些报纸把墙以及顶棚重新糊了一下，玻璃也擦洗干净。经过收拾一番，整个屋子焕然一新。

　　收拾停当，我在房间内支了一张床，放置了灶具和炊具，以及从乡下带来的一个木箱，父亲给我做的一个书柜、小木桌和木凳。8平方米的小屋，就这样被安置得满满当当的。

　　单身的时光，没有电视机，我就在这个小屋里刻苦地读书，潜心于文学创作。一张床几乎占据了屋子的三分之一，一个书柜、灶具占去了屋子的三分之一，还有三分之一便是一张小桌和可以围着小桌勉强坐下最多六个人。即使这样，灶上的事得必须停下，因为坐人之后就没有了厨手施展手脚的活动余地。炒菜时，窗子和门都必须打开，以便房间内的油烟子能散发出去。好在是单身，没有什么客人，即使有也仅仅是同学，他们是不会见笑的，因为彼此都有这种感受。若是来了多的客人，车间内还有一个院子可以把小桌挪到院子里去坐。

就这样在 8 平方米的小屋里，既做饭又睡觉，新糊的报纸，不长时间便又被熏黑了，这使我想到了以前那家残留下来的状态，使我也感受到了他们的那种拥挤的感觉。我比他们强一点的是我是单身，没家具，他们是一家人，大人还有孩子，他们一家人在这里居住是怎么能转过身，怎么度过的，可想而知。

这房间真像转身殿，转身就有可能碰到一样东西，所以必须处处小心。我那时没有家具倒是为我帮了很大的忙。我只好把床支得高高的，床底下可以存放不少物品，使得房间内的空间稍微宽绰一点。因为转身就能碰到东西，所以我必须将一些易碎的东西放在一些不碍事的地方。

房间小慢慢地适应，让小小的房子圈住一个渐大的灵魂。8 平方米的小屋，我住了整整六年。六年后我结婚时，单位的领导给我们分配了两间一厦，近 60 平方米的简易房。虽说也是民房，但比以前宽绰多了，面积是原先小屋的 7 倍之多。开始搬进去时，怎么也不习惯。买了一点家具，置满了一些空闲的位置，使屋子不至于空荡。慢慢地适应，慢慢地淡忘以前住小屋的感觉和记忆。渐渐地便觉着现在住着的屋子也拥挤起来，就像以前住在 8 平方米小屋那样拥挤。似乎感到走路时凳子都绊脚。

房子越住越觉得挤，60 平方米房子的拥挤约略和 8 平方米房子的拥挤似乎不同，但又仿佛感觉一样。但是真正让我现在再去居住那 8 平方米的小屋，我真不知道该怎样摆设和走进。

房子越住越觉得挤，这只是人的一种心态，一种感觉，其实空间面积是一样的，关键是怎样整理和摆设。东西越置越多，感觉挤时应看看现在想想从前，"知足者常乐"。

（此文发表于《武当风》1999 年 5、6 期合刊）

终于有了"温馨的港湾"

　　来到这座城市不知不觉中已经四年了,四年里印象最为深刻的当为租房。刚开始来的时候,人生地不熟,租房也不是那么容易,我找遍大街小巷,大小楼栋,才在城区的一个单身公寓,和别人合租了一间十多平方米的小屋。房间虽小,但是有暖气热水,用来方便。我和那位合租者虽然不在一个单位,但从事的都是一种职业,也有一些共同语言,彼此十分熟悉。在那里租房虽然远了点,但居住的日子挺开心。

　　后来,单位腾出了一间单身宿舍,安排我和另一位同事合住,这里虽然没有暖气热水,但离单位很近,上下班方便多了。然而好景不长,没住多久,由于土地要开发,房屋要拆迁,我不得不又另寻住处。我在报纸上登寻租信息,在街上看出租信息,四处寻找合适的住处。可忙乎了好几天,毫无结果。不是房租太离谱,就是离单位太远,或是环境不好,再不就是合租对象不合适。满街奔波了好几天,也没有找到合适的房子。由于拆迁时间一天天逼近,经过几天时间的奔波寻找,最终与人合租了一套两室一厅的房子。房子很小,且终日不见阳光,阴暗潮湿,而合租对象又不熟悉,租住地离上班地方又远。租房时最麻烦的就是搬家,乱七八糟的东西,但都是生活必需品,所以都要一样一样地搬过去,弄得浑身疲惫。

　　租房子住最不开心的是房东那张满脸阴沉的脸,苦大仇深的样子,像个巫婆一样,好像我们租房的人低人一等似的。租房给钱,天经地义,可每每她去收房租时,哭丧着脸,像是要债一样。房租我们本是一个季度一付的,可她一见着我们的面就问我们讨要房租,也不管我们是否刚刚才给。可当我们告诉她房租才付时,她才想起来。那些话语总是让人感觉如同吃了苍蝇一般。

　　更让人感到可恶的是,我们租住她的房子本就没有电视,连闭路电视线都没有看到,可她每个月非要问我们要闭路电视费,让我们住着心里感觉很不舒服。就这样,租着她的房子,我们如同遭受着煎熬。终于有一天我忍无可忍,要求退租房屋,可她却说我本来签的是一年的租期,如今才住了9个月,要从押金中扣除违约金。我想,扣就扣呗,反正我已不租了,于是就听任她扣。可当她检查房子时,又说这坏了,那脏了;这水龙头有问题,那管道有毛病,算来算去硬是额外又扣去了几百元。

离开那个巫婆般的房东和那间进去就不舒服的房屋,我感觉租房住是多么地不爽啊!要想告别租房的日子,唯一的办法就是买房,可我手上又没有多少积蓄,但我想起房东那张脸,我还是决定硬着头皮也要买房。抱着这样的想法我开始了解一些楼盘信息,从房价到地段,从景观到房型,从楼层到配套,我几乎跑遍了十堰大大小小十几个楼盘,察看了许多房型。当面对那每平方米两三千元、一套房至少二三十万元(当时的房价)的房价时,我又感到畏惧了。十多年来我虽然一直在为生活奔波,但前些年刚出来参加工作时不仅没有积蓄,每个月的工资连生活费都很勉强,这几年虽然生活略有起色,但还是更不敢谈积蓄。面对房价,我望而却步。但当我回想起租房子住的烦恼时,我就发誓要买房。

于是我开始四处借钱,东筹西借,终于凑够了首付款,我对看过的楼盘逐一筛选,贵的买不起,太偏僻的不考虑,好环境的不敢想。几经思虑,我选择了一套120平方米,环境、物业、上下班远近合适的住房。我付了首付,办完了按揭手续,剩下的就是装修了。东家去看看,西家去学学,现学现装,硬是折腾了一两个月,才将这套房子简单地装修了一下。

搬进新房子居住的那一刻起,我有了一种欣慰感,漂泊的心终于有了停靠的港湾。我记得有人说过,房子不需要大,只要一个避雨的屋檐;房子不要多豪华,只需要一个温馨的港湾。如今,走进我的小屋,就仿佛走进了一个宁静的港湾,在这里使我备感温暖。有道是"安居才能乐业",有了自己的房屋,我会更加辛勤地工作。虽然我现在每月按时付着月供,也和大家一样没能逃脱次次加息不断增加的支出,过着和众多人一样的房奴生活,但我欣慰的是,我终于拥有了一个温暖的家,拥有了一个温馨的港湾,对于那租房居住的日子已经远远地抛在了脑后。

(此文发表于《十堰晚报》2007年8月2日)

后 记

　　决定出版这部散文集的动念由来已久。我最初是以写诗初涉文坛,但是这部散文中收录的散文,却跨越了我从文学创作之初到现在为止的散文作品,时间跨度长达30年。

　　尽管我是以写诗为主,但也兼及散文、小说及文学评论的创作,回首自己30年的文学创作之路,其间也写下了为数不少的散文作品。这些散文作品也先后发表于《人民日报·海外版》《经济日报》《工人日报》《农民日报》《中国劳动保障报》《中国社会报》《杂文报》《湖北日报》《长江日报》《广州青年报》《城市晚报》《湖北农民报》《贵阳晚报》等报纸副刊,以及《文学界》《长江文艺》《长江丛刊》《火花》《延河》《安徽文学》《中国铁路文艺》《新一代》《劳动月刊》《珠江》《雪花》《岁月》《牡丹》《地火》《辽河》《湛江文学》《意文》《太湖》《北大荒文化》《躬耕》《含笑花》《散文选刊》(原创版)等期刊,有些散文也获得了或大或小的奖项。其中散文《怀念乡村春节》自被选入江苏省2011届高三模拟联考语文试卷后,十多年来上百次入选各地高考语文试卷,并入选武汉大学发布的《2011年度湖北文学影响力排行榜》

榜单；散文《故乡行》被选入高二语文期末模拟考试试卷等，并入选长江文艺出版社出版的年度选本《2013年中国精短美文精选》等。

我散文创作的成绩虽然没有发表诗歌的期刊影响大及获奖的级别高，但是作为我文学创作之路上的一个文学足迹，抑或一朵浪花，它们都是我散佚天涯的"孩子"，亦让我敝帚自珍，而倍加珍爱它们，所以我决定将它们收集到一起，"团圆"在这部散文集这一个"家"中。

在收录进这部散文集的散文作品中，有对故乡乡村及童年的怀念，有对亲情友情的书写，有对岁月时光的感怀，亦有对人生生活的感悟，更有对行走旅途的所思所忆，以及对生育我的汉江充满的思考等，不一而足。我将这些散文分为了"行走记""故乡忆""亲情书""岁月想""人生悟"等五辑，之所以取书名为《汉江书》，是因为"汉江"是一个宽泛的概念，我出生和生活于汉江边上，汉江因此成为我故乡的一个指代，可以理解为是我故乡的代名词，无论人生，无论故乡，无论乡村，也无论亲情友情，无论是我发生在这条江及这条江岸上所有的故事和思绪思考，都可称之为是为故乡而书写，"书"自有书写和倾诉之意，是充满泥土芬芳和情感感悟的倾诉，也有写故乡、写汉江之书之意，所以我将书名定名为《汉江书》，以此感念这条江和这条江所赋予我的文学生命。

既然这部散文集中的散文作品跨越了我30年创作的文学历程，那么里面收录的就不乏我最初走上文学创作之路的早期散文作品，有不少都是千字的短文，多是人生感悟或思绪思索类的随笔抑或小品文，但是我都收录了进来。在初始文学创作时，我是见到什么写什么，想到什么就写什么，在什么心境下就写什么，更有许多短文是以虚构的笔法写出来的。在虚构的散文作品中，像《体验到校园收购旧书的感受》就是我写下的第一篇权且算作散文的短文，这一篇就是我在虚构的状态中写下的。那时我爱好文学才刚刚起步，虽没有到校园收购旧书的经历，但是我却到校园去感受了一番，观察和体验了那些收购旧书者的经历，我将他们的经历嫁接在我的身上，于是便以虚构的笔法以我为主人公写下了这平生第一篇散文，没想到寄出不久，便在1996年10月25日的《十堰晚报》二版发表了，是事隔多年之后我在合订本中才发现了此文已经刊发。当然我的处女作刊发的是诗歌，一首诗歌《春夜》刊发于1993年12月26日的《山花》报纸上。虽然第一篇散文刊发已经过去近30年了，但当时体验和感受的情景还历历在目，如今再读这篇短文时，仍生发无限感慨，所以必须要将这篇散文收录进这部散文集中，以作纪念。再比如《闯荡广州的日子》《我们的广州》等文章都是虚构类的短文，那个时间段我根本就没有到过广州，也没有辞过职，更没有那种勇气和想法，只是凭着自己的想象和当时的心境而写下了这类文章，但我也都收录了进来，那是一个时代的记录，也是我人生足迹和文学足迹的见证。那些作品尽管显得苍白浅显和稚嫩，但那也是我文学之路上的一个历程，一道足迹，有些作品我写好后也就根本没有向外投过稿，更没有发表过，但我将其收录进去，旨在见证我所走过的艰难岁月和初始的文学旅程。虽然里面所记事叙物现在都已完全物是人非，但那些勉强称之为作品的短文，却是那个时代的见证，记录的都是那个时代沧桑的人和事及物，甚至有许多文章都是苦难生活的记录，所以我都在文后标注了写作时间，对于一些发表了的则标注了发表的报刊名称及刊期。不管发表的是哪一级的报刊，不管发表报刊级别的高低，我都作了标注，主要表明的是文章写作与发表的时间，和现在这个时空差距的不同。收录进这部散文集时也都保持原样，没做任何改动。

如今看来，这些都已将成为过去，我当重新拾起文学沉重的行囊，再次迈上征程，继续前行。

作　者
2022年11月9日